Palladium

Boris Razon

Palladium

roman

Stock

Couverture Hubert Michel
Illustration de bande : © Ita / Millennium Images, UK

ISBN 978-2-234-07532-0

Pour Caroline

À la mémoire de
Jean-Marc Roberts

Le bourreau déclarait qu'il était impossible de couper une tête s'il n'y avait pas un corps dont on pût la séparer, qu'il n'avait jamais rien fait de semblable jusqu'à présent, et qu'il n'allait sûrement pas commencer à son âge.

Lewis Carroll,
Les Aventures d'Alice au pays des merveilles

« Je t'en prie, parle-moi aussi de l'autre infortuné. Vit-il ? Voit-il encore la lumière du soleil, ou est-il déjà mort et dans les demeures d'Hadès ? » L'obscur fantôme, alors, lui répondit : « Pour celui-là, je ne puis pas te dire clairement s'il est vivant ou mort : il ne faut point parler en l'air. »

Homère, *l'Odyssée*

Lorsque me submerge cette envie de revenir en arrière, il me semble vaguement me souvenir que j'étais alors immortel. À cette époque, le temps ne passait pas : quand je fumais encore, j'étais parfois si heureux ou bien mon désespoir était si noir que je croyais que tout resterait éternellement ainsi. Quand je tirais voluptueusement sur ma cigarette, le monde était immuable.

Orhan Pamuk, *D'autres couleurs*

palladium /pa.la.djom/ masculin singulier

1. Mot emprunté du latin et dérivé du grec, allusion à la statue protectrice de Pallas, qui passait pour le gage de la conservation de Troie. Désigne ce qu'un peuple considère comme assurant sa durée.

2. (Figuré) *Tout ce qui est le garant de la conservation d'une chose.*

Prologue

Vendredi 29 juillet 2005.
Service de réanimation neurologique de la Pitié-Salpêtrière.
Chambre numéro 7

Je suis un homme sans âge et un meurtrier. Oh je sais, tu te moques, tu trouves ça prétentieux. « Encore un qui se raconte des histoires », te dis-tu. Tu t'apprêtes à me lâcher, toi aussi. Détrompe-toi, je suis sérieux. Chirurgical. Pas du genre poète. Je n'ai plus d'âge depuis que je suis couché dans un lit d'hôpital. Allongé, telle une momie, incapable de remuer mes membres. Prends ton visage, regarde-le dans le miroir. Oui, observe-toi. Vois le sillon naso-génien, les quelques rides qui se creusent sur ton front, les pattes-d'oie que tu peux faire naître en plissant les yeux. Vois tout cela, les stigmates de l'âge. Chez moi, ils ont disparu. Mon visage ne bouge plus. Il ne remue pas et mes yeux sont immobiles, cachés derrière mes paupières closes.

Ma peau est lisse comme une mare au clair de lune. Morte. Oui, souris à tes rides, apprends à les aimer, elles parlent de ta vie ; elles parlent du temps, de l'énergie qui circule. Moi, ma peau est fine et diaphane, elle manque d'air et de soleil. J'ai même des boutons d'adolescent. À part ça, rien, le plat, la mort des muscles. L'enfer à ciel ouvert. Parce que crois-moi, ça bat là-dessous, ça vibre. C'est prêt à tout pour vivre. Tu rigoles moins maintenant, tu commences à me croire. Un homme sans âge et un meurtrier, c'est ce que je suis devenu.

Je ne suis pas le fruit d'une imagination quelconque. Je n'ai pas d'imagination. Je n'ai pas de souffle non plus. Pense donc... C'est une machine qui respire pour moi. Elle m'envoie de l'air, elle le chasse, elle m'envoie de l'air, elle le chasse. Je la hais, cette machine, et je prie chaque seconde pour qu'elle ne s'arrête pas. Je veux vivre encore un peu. De l'imagination, la vie en a eu pour moi. Oui, pour moi plus que pour les autres. Et maintenant, j'attends de me libérer. Ils veulent me juger pour les meurtres que j'ai commis. Ils voudraient bien éclaircir l'énigme, comprendre comment j'ai fait. Si je leur racontais, ils ne me croiraient pas. Ils prendraient ça pour des divagations de soûlard ou de grand malade. Je ne suis ni l'un ni l'autre.

Ils ont dépêché un jeune homme qui entre chaque matin dans ma chambre et passe sa journée à me surveiller. Il attend que je sorte de ma léthargie. Il pénètre à bas bruit dans la pièce – je le soupçonne d'avoir dormi dans le couloir. Il passe devant le lit sans rien dire, il respire à peine, il observe un silence religieux. Il contourne le sommier, longe la fenêtre, hasarde un œil au-dehors puis vient s'asseoir sur la chaise à côté du lit, en retrait. Comme ça. Il peut ensuite me surveiller, traquer en vain le moindre soubresaut de mon corps. Je me demande s'il saura avant moi que je suis revenu. J'hésite. Comment faire pour déjouer sa surveillance ? Quand ma famille me rend visite, il s'éclipse. Mais dès qu'ils franchissent le seuil de ma chambre, il est là, à nouveau. Assis, calme et posé. Je ne peux pas dire que je le déteste. J'aimerais savoir qui il est, ce qu'il me veut, comment il fait pour rester immobile et silencieux tout ce temps. Moi j'ai des excuses : je ne peux pas bouger, je suis en réanimation, je suis presque mort. Mais lui, où a-t-il été formé pour se montrer aussi implacable ? On dirait une ombre, un fantôme. Ce n'est pas un de ces flics débonnaires qui feuillettent un journal et observent leur suspect d'un œil distrait. Lui, il a les yeux rivés sur moi. Il me scrute. Comment je le sais ? J'ai beau avoir les paupières scotchées pour les protéger, je sens son regard posé sur mon visage, sur ma bouche. Comme ces femmes qui devinent sans même se retourner vos yeux sur leurs courbes. Il doit faire partie des services de renseignements. Il est trop raide pour qu'il en soit autrement. Même les infirmiers le craignent. Il attend en silence, son regard noir fixé sur ma bouche. Il veut des explications. Si je savais seulement ce qu'il pense, ce serait beaucoup plus simple. Mais pour comprendre, il faut revenir au début, à ce qui s'est passé, à ce qui m'a amené ici, dans cette chambre d'hôpital parisien. J'ai fait défiler mille fois ce film dans ma tête, reprenant les jours les uns après les autres, essayant de me remémorer chacun des indices que j'aurais pu laisser passer. J'ai égrené chaque seconde des deux derniers mois. J'ai pénétré la zone interdite il y a vingt-neuf jours. J'ai passé vingt-neuf jours à traverser les enfers. Et, pour mon malheur, tout ici est vrai.

Première partie

LA MÉTAMORPHOSE

J-64. C'est peut-être ici que tout a commencé, en Croatie, où j'étais parti avec mon père. Je me souviens, ce jour-là, il faisait beau mais un peu frais. Attablés dans un restaurant au bord de la route, nous mangions des kebapçiçi très mauvaises. Je voyageais avec mon père parce qu'il prenait sa retraite. J'avais tellement peur qu'en arrêtant de travailler, il tombe malade ou fasse une dépression, que j'avais voulu marquer le coup. J'aurais dû m'en rappeler, en général, les choses tournaient mal quand nous partions tous les deux. Mais à ce moment-là, nous nous efforcions d'oublier que les boulettes étaient infectes et mangions avec appétit. La viande était peut-être pourrie.

J-62. Nous étions à Zagreb d'où nous repartions pour Paris. Depuis des années, j'étais devenu superstitieux sans vraiment me l'avouer, aussi transportais-je toujours avec moi quelques talismans. Des petits animaux en plastique qui traînaient dans mes poches. Et, pour prendre l'avion, je portais toujours une chemise. Mais cette fois-ci, ma chemise était noire comme le reste de mes vêtements. Je trouvais ça trop sombre, je ne voulais pas avoir l'air endeuillé. J'avais décidé de voyager en tee-shirt, sacrifiant la superstition à l'esthétique. J'étais là, comme les autres, un type banal dans une queue d'aéroport, je menais une vie normale, plutôt heureuse, j'avais un boulot passionnant, une compagne que j'aimais, une famille, des amis et j'éprouvais le besoin de me protéger ; j'avais peur – un peu seulement – tout le temps. Comme si quelque chose planait sur ma tête. Alors maintenant que j'en suis là, je regarde les jours passés comme un avertissement. J'essaie de trouver la faille et, au passage, je savoure les moments de plaisir. Tu vois, quand on est comme moi immobile dans un lit, dans un état tel que tu ne sais plus compter les jours, les heures et les minutes, la mémoire est la seule chose qui te reste. Car le temps, celui après lequel tu cours chaque jour, n'existe pas. Quand on ne sent plus rien, ni l'air sur sa peau, ni la vie à l'intérieur, les jours sont des secondes. La vie n'a plus de rythme. C'est ton corps qui lui en donne, avec ses mouvements. Alors je réfléchis, je cherche à comprendre comment tout cela est arrivé. J'essaie d'identifier le carrefour, le moment où j'ai fait fausse route. Par chance, Caroline, ma compagne, est avocate, elle saura quoi dire. Si je peux lui parler avant qu'on m'interroge, tout ira bien. Les médecins disent que ça va revenir, que c'est impossible autrement. La plupart d'entre eux ne savent pas quand mais, pour eux, je ne resterai pas dans cet état très longtemps. « Dans trois mois, on n'en parlera plus. Ce ne sera qu'un mauvais souvenir, croyez-moi ! » Voilà ce qu'a dit un médecin à mes parents, pas plus tard qu'hier... J'ai tout entendu, et ça a été comme une décharge de soulagement. Trois mois, ça paraît long comme ça, mais on s'habitue.

J-61. À mon retour de Zagreb, nous avons assisté au mariage d'une amie avec Caroline et ses filles. Caroline était témoin, elle portait un tailleur blanc sous le soleil dru. Et je me souviens comme j'avais envie d'elle, de sa peau, de son odeur. Nous avons fait l'amour entre la cérémonie et la soirée, dans la salle de bains. Nous étions vivants et elle était un peu jalouse. Elle avait cru que je traînais autour de la piscine pour observer une femme se baigner seins nus. J'essayais juste de passer un coup de téléphone au calme. Lorsque j'étais remonté, elle m'avait regardé avec méfiance, ses rayons bleus doutaient de moi ; il y avait eu comme un affrontement et puis nous avions cédé tous les deux au désir, sur le carrelage bleu et blanc. La lumière un peu grise, les murs marron, le frisson du rideau de douche, je me souviens de chacun des détails. Ces jours où tout s'était noué autour de moi. Nous venions de faire l'amour et je me sentais fort et gai. Ces semaines sont un moment heureux de ma vie, un moment plein. J'aimais Caroline. Et depuis quelques jours, nous essayions d'avoir un enfant. Le lendemain, nous devions rentrer à Paris. Nous avions fait l'amour encore, tard dans la nuit au retour de la fête, ivres. Puis, au matin, nous nous étions promenés avec les filles au milieu des herbes folles de la citadelle Vauban. Est-ce à ce moment-là que ça s'est produit, alors que, hagard, je marchais au milieu des insectes ? Le problème c'est le mystère, il vient tout corrompre. Je cherche la petite bête. Celle, un peu spéciale, qui m'aurait piqué ce jour-là. C'était le 29 mai 2005, le jour du référendum sur la Constitution européenne. Je devais couvrir la soirée électorale. J'étais journaliste, rédacteur en chef d'un site d'information. Tu vois, tu commences à en savoir un peu plus sur moi. Il suffit d'attendre. Je n'ai personne d'autre à qui parler. C'était il y a soixante et un jours si mes comptes sont bons. Autrement dit, il y a un siècle. La nuit électorale avait été assez calme, nous étions rodés à ce genre d'événement. Et puis, je n'avais plus la même excitation. Après cinq années passées à travailler comme un acharné, j'avais décidé de me calmer, de prendre du recul, de renouer avec mes projets personnels. Je voulais profiter de mes congés accumulés, neuf mois en tout. Je voulais écrire, reprendre mon premier roman, *Le Cas Z*, finir mon conte pour enfants, et un éditeur m'avait commandé un livre pour la fin de l'année. Surtout, je voulais passer du temps avec Caroline, partir au soleil. Nous avions prévu de nous envoler à nouveau quelques jours plus tard. Vers Spetses, une île grecque, l'île de mon enfance. Alors, cette soirée électorale, je dois avouer que je l'avais couverte de loin, un peu distrait. J'étais ailleurs, déjà dans ces quatre jours insulaires.

Je revois ces auréoles de soleil autour de nous, éblouissantes. Le scintillement rose de la mer et ces rochers sortis des eaux comme des iguanes. La Méditerranée me parle, elle occupe une place à part dans ma vie ; c'est le berceau, il n'y a qu'elle. Avec Caroline, nous nous sommes baignés, nous avons traversé l'île en scooter, nous sommes allés au cinéma en plein air pour voir *Catwoman*. C'est là qu'ont commencé les dernières fois. Car c'est la dernière fois que je suis allé au cinéma et le film était très mauvais. Mais j'étais heureux d'être là. Je me souviens aussi des mots de Caroline : « Tu es bizarre, pourquoi est-ce que tu ne me fais pas plus l'amour ? » Je trouvais ça stupide. Elle avait peut-être raison. Maintenant de quoi j'ai l'air dans mon lit à faire l'amour aux souvenirs ? En plus l'un d'eux me trompe, c'est sûr.

J-54. Ici, j'ai un fort soupçon. Nous étions à Spetses encore, le jour du départ. Je suis comme ça : quand c'est possible, il me faut un dernier bain de mer. Si le bateau quitte le port à 8 heures, je me lève aux aurores pour partir avec le sel en train de sécher sur ma peau. J'adore la sensation de la peau qui tire et qui gratte contre les vêtements. J'adore l'impression de tromper mon monde en emportant la mer dans un aéroport. Nous repartions dans l'après-midi pour Paris. Je voulais me baigner. Mais, aux Woods, mes rochers préférés sur l'île, la mer était agitée et sale. Nous avions cherché une autre crique. Là aussi, l'eau était polluée, mousseuse. Nous n'avions plus le temps. C'était cette mer-là ou rien, dans une baie un peu en retrait des vagues. Au milieu, une flaque graisseuse flottait à la surface de l'eau. J'aurais préféré que la mer fût propre, mais nous n'avions pas le choix. Lorsque nous avons pénétré dans cette zone, j'ai voulu m'en éloigner. Ai-je avalé de l'eau à ce moment précis ? Ai-je absorbé une substance toxique ? Après ce bain de mer, j'ai fumé une cigarette. J'adorais l'odeur âcre de la fumée de tabac quand elle se mêlait dans la bouche au sel de la mer. C'est la dernière fois que j'ai senti cela. La métamorphose m'a empêché de fumer. Tu m'imagines, de toute manière, en train de tirer goulûment sur le filtre alors que mes poumons ne marchent plus ? Rends-toi compte, ils n'esquissent plus le moindre effort, rien, ce sont deux poches affaissées. C'est par là que ça devrait revenir, paraît-il. Je devrais recommencer à respirer, un jour. Tu imagines ça ? Répète-la pour voir cette phrase : « Un jour je devrais respirer à nouveau. » Il paraît qu'en bas, devant l'hôpital, des hommes fument par l'orifice de leur trachéotomie*, comme une deuxième bouche. Et moi je me demande : « Ai-je trop ouvert la bouche dans ces eaux grecques, me suis-je empoisonné ainsi ? » Tout cela ne peut pas être fortuit, il y a un dessein, une explication. Ou est-ce seulement ma vie, mon destin ? Et cet homme qui me scrute, que me veut-il ? Croit-il seulement que je l'ai fait exprès, que j'ai tué par plaisir. J'étais obligé, contraint pour essayer de m'en sortir. Je n'avais pas le choix. Mais ils ne me croiront pas. Il faut que je trouve de meilleures explications si je veux m'en tirer.

De retour à Paris, les jours se sont enchaînés. Des traces, j'en ai retrouvé, oui. Comme ce jour où le frère de mon beau-frère s'est marié. Je me sentais survolté et épuisé, sans aucune raison. Ou ce déjeuner avec un journaliste, au soleil. Tout à coup, j'avais eu le sentiment d'être surveillé, épié. Je me sentais comme dédoublé. Parfois, je me dis qu'on sait à l'avance ce qui va nous arriver, il faut juste être assez intelligent pour le percevoir ou s'écouter, c'est aussi simple que ça. Ainsi avais-je dit à mon banquier, quelques jours plus tard : « Je suis inquiet pour l'avenir. » J'avais de quoi. Mais

* Les termes suivis d'un astérisque sont explicités dans le lexique de fin d'ouvrage.

alors, je ne me suis pas entendu. Pas plus que je n'avais compris que la menace montait, lorsqu'un soir, en train de dîner, je peinais à suivre une conversation professionnelle tant j'étais fatigué. Je trouvais ça curieux, voilà tout. Je me souviens d'avoir regardé mes collègues avec de grands yeux ronds, incapable de focaliser mon attention, bercé par l'alcool.

J-41. À partir de là, les choses ont commencé à se préciser. Ce dimanche, nous avions fêté l'anniversaire de Romane, la fille de Caroline. Elle avait cinq ans. Il faisait une chaleur étouffante. Les vingt gamins hurlaient tandis que j'animais la chasse au trésor. Romane était contente et moi à moitié mort, la voix cassée à force d'essayer de me faire entendre. Le soir venu, je montrais mon mollet gauche à Caroline. Sur la face externe, une grosse piqûre. Je lui montrais aussi ma cheville gauche. J'avais là une cicatrice depuis que nous étions tombés de mobylette sur un chemin caillouteux, plein de cahots, à Spetses, lors de notre premier séjour ensemble sur l'île. La cicatrice n'avait pas changé depuis deux ans. Et là, les deux grains blancs qui l'ornaient avaient tout bonnement disparu. Caroline s'en était étonnée ; elle voulait que j'aille voir un médecin, trouvait ça bizarre. Je l'avais envoyée balader. Je me sentais très bien. Tout moi ça. Montrer mes blessures pour qu'on s'inquiète et refuser d'en tenir compte.

La douleur, quant à elle, a commencé un peu plus tard, quelques jours à peine, le soir de la fête de la musique. Cette année-là, nous avions décidé de sortir, d'emmener les filles profiter de la rue et de ses spectacles inhabituels. Nous avions rendez-vous au jardin du Luxembourg pour un concert de percussions brésiliennes. Les filles étaient excitées et émues. Elles découvraient la foule, la fête. Nous avions dîné avec le frère de Caroline dans un restaurant chinois, il était plus de 22 heures et les filles étaient épuisées. J'avais mangé en vitesse mais ce n'était pas bon. Je voulais rentrer pour coucher les enfants, mais Salomé s'était endormie. J'avais dû la porter sur mes épaules. Sa masse abandonnée me tordait les cervicales. Elle refusait obstinément de se réveiller. Après une demi-heure de marche, j'avais très mal à la nuque. À dire vrai, je n'y prêtais pas attention. Le lendemain, je me sentais un peu fatigué mais rien d'alarmant. Je déjeunais avec une collègue à qui j'ai dit cette phrase que je me répète maintenant en boucle : « Je ne me projette pas dans l'avenir. » Et je me dis que j'aurais dû. Me projeter, sentir la bête monter et lutter de toutes mes forces pour l'empêcher d'agir, pour l'écraser dans l'œuf. Ne pas laisser la métamorphose se produire. Au lieu de quoi, je continuais comme si de rien, dînant le soir même avec mes deux grands amis, Morgan et Benjamin, des jumeaux. Caroline était partie pour Deauville participer à un séminaire. J'en profitais pour boire un peu trop de rosé, attablé en terrasse, à Belleville. Le matin m'a rappelé à la raison, j'avais une solide gueule de bois. L'impression que le cerveau est dilaté et qu'il cogne pour faire sortir la pression. Par chance, ce jour-là, je suivais une formation à Sciences-Po. Au début, alors que je devais me présenter devant soixante-dix personnes, j'ai cru que j'allais vomir. À midi, au déjeuner, j'avais des sueurs froides et l'impression que j'allais m'effondrer dans mon assiette. Je me sentais crevé, la tête me pesait, comme si elle m'entraînait vers l'avant. Il faisait si chaud dehors et si froid dedans. J'ai commandé des sushis, du poisson cru. C'était une erreur, j'allais l'apprendre plus tard. Mais qui se méfierait des sushis ? Après une réunion houleuse au journal, j'avais décidé de rentrer chez moi et d'annuler mon psy. Trop mal à la nuque et au dos. Je m'en étais ouvert à Caroline qui m'avait à peine écouté. Elle avait autre chose à me dire : elle était sûre d'être enceinte, elle le sentait dans son corps, ses seins gonflés. Elle en était certaine et j'imaginais sa poitrine souriante. Trop heureux, j'en oubliais mon mal de dos ; mais je tentais de ne pas m'emballer, de rester calme. Je me sentais dépassé, excité et mort de peur. Les sentiments étaient justes mais la cause, elle, aurait dû être différente.

Parfois, je me dis que la vie est chienne : elle m'a transformé en fœtus, immobile et coincé dans mon enveloppe. Pour mère, j'ai une chambre d'hôpital et ses cloisons, comme un placenta, m'amènent les bruits du monde, déformés, menaçants. Il paraît que je vais renaître et, comme pour un bébé, le monde guettera avec attention mes poumons. Respire ? Respire pas ? Crie-t-il ? Je cherche encore à comprendre si dans ces jours qui ont précédé la métamorphose, j'aurais pu trouver une faille, une indication. Je retournais à Sciences-Po le lendemain. Je me sentais beaucoup mieux, plus alerte. J'avais toujours mal au dos mais moins d'alcool dans le sang. Malheureusement, j'avais appris le soir même que je devais remplacer une collègue enceinte pour la permanence du week-end. Au retour de Caroline, nous avions dîné en terrasse, au bout de notre rue. Un pavé de thon mi-cuit, encore une fausse note. Nous avions parlé de cette grossesse, nous étions gais. Qui aurait pu prédire les jours à venir ? J'étais saoul et alangui. Elle aussi. Nous avions fait l'amour en rentrant, comme si souvent. Nous avions fait l'amour comme si le monde était ouvert, comme si nous dévorions la vie, nous avions fait l'amour comme si nous donnions naissance à quelque chose. Mais c'était la dernière fois. Je revois son corps comme dans un rêve posé près du mien. Elle me chevauchait, la tête renversée, ses seins fiers me faisaient face tandis que ses cuisses m'enserraient. Je m'émerveillais encore d'être en elle. Caroline était une femme conquise de haute lutte. Nous haletions. Maintenant je me souviens de la chaleur et du frottement de nos corps et de la lumière tombante. C'était la vie. Et en cet instant, je cherche en moi une réponse, un désir. Mais rien. Je ne vis plus. Je caresse ces souvenirs comme une peluche, souvenirs des jours révolus. Je me demande si c'était vrai, tout ça. Le sexe, le désir. J'en ai tellement vu depuis.

J-35. La réalité m'a écrasé et je m'en suis à peine aperçu. Ce samedi, vers 13 h 30, j'étais parti travailler. Je connaissais à peu près l'essentiel de mon activité de la journée : l'Iran, où un nouveau président très radical et méconnu venait d'être élu. Comme d'habitude, j'étais entièrement pris par la mise à jour du site. Cette activité m'absorbait, il faisait très chaud dehors, on commençait à craindre une nouvelle canicule. De temps en temps, je sortais de mon bureau très climatisé pour aller fumer une cigarette sur la terrasse, le soleil me chauffait. J'en avais bien besoin, il faisait si froid dans mon bureau que j'avais les doigts de la main droite engourdis. Surtout l'annulaire et l'auriculaire. Je sentais comme des fourmis au bout de ces deux doigts ; cela me gênait quand je tapais à l'ordinateur. Je ne faisais pas grand cas de ces sensations car j'avais déjà éprouvé cela plusieurs fois cet hiver. Au froid, mes doigts s'engourdissaient et fourmillaient. J'attribuais ça à une mauvaise circulation sanguine due au tabac. Alors, ce samedi au bureau, sous la climatisation, je n'étais guère surpris. J'avais toujours mal au dos, plus bas, dans le milieu cette fois. J'essayais de trouver une bonne position, je me tortillais sur ma chaise. C'était encore debout que je me sentais le mieux. Je travaillais et essayais de ne pas y prêter trop d'attention. Caroline aurait aimé sortir le soir, vers 22 heures, à mon retour. Je voulais lui faire ce plaisir, effacer cette journée de travail qui l'avait tant irritée. Mais j'en étais incapable, je me sentais épuisé, j'avais envie de m'arrêter. Du coup, elle était passée chez un traiteur pour nous préparer un bon dîner. Je n'en profitais pas. Je ne sentais pas bien les goûts et, surtout, manger me faisait mal aux dents. Pas une douleur classique comme une carie. Autre chose, comme si la pression sur la dent se transmettait à la gencive en une décharge lancinante. Très désagréable. Je me vois encore à table, le salon manquait de lumière. Je commençais à trouver ça étrange, à dire à Caroline que je ne me sentais pas bien, que quelque chose ne tournait pas rond. J'énumérais mes problèmes : douleur au dos, fourmillement dans les doigts et puis ces douleurs dentaires. Avec, en plus, un malaise général, une fatigue, un engourdissement de l'être. Rien de bien grave ni de vraiment insoutenable, mais quand même. J'essayais de ne pas trop gémir car je savais que mon côté petite chose l'énervait. Elle est une femme forte, rarement malade, jamais fiévreuse ; une dure au mal, une combattante. Moi, c'est l'inverse, un coup de froid ou de fatigue, un changement de température et je commençais à avoir mal à la gorge. J'étais facilement sujet aux angines. D'ailleurs, ce soir-là, ma gorge me gênait un peu, elle tiraillait, grattait. J'avais peut-être attrapé un virus par le réseau de climatisation. Caroline en avait marre de mes jérémiades, elle me regardait l'œil circonspect et amusé pour que je rentre un peu plus dans ma coquille. Je lui avais souvent reproché de ne pas assez me « mamaïser » quand j'étais malade, elle me trouvait hypocondriaque. Dans la nuit, mon sommeil était agité : j'avais un peu mal au dos.

J-34. Je ne peux m'empêcher de collectionner les détails inutiles. Comme si je devais retrouver les pièces d'un puzzle dont je ne connais pas les formes. Il y avait certainement quelque chose que nous aurions pu faire, un détail qui aurait dû me mettre la puce à l'oreille. Si l'on avait compris à temps. Ce dimanche, je m'étais levé à 6 heures pour la permanence. Je me rappelle qu'au réveil, j'avais oublié mon malaise. Je ne me sentais pas trop mal, plutôt bien même. J'avais eu le temps de prendre une douche. Par le vasistas, je remarquais le beau ciel bleu au-dehors. La matinée de travail était plus calme que la veille : les réactions à l'élection d'Ahmadinejad, un peu de sport. J'attendais que Caroline se réveille pour pouvoir lui téléphoner. Elle avait acheté un test de grossesse ; je voulais qu'elle attende mon retour pour le faire mais craignais qu'elle n'en ait pas la patience. Moi cette histoire me rendait fou. Cela faisait des années que je désirais avoir un enfant. Et, plus que tout, je redoutais de ne pas en être capable, d'être stérile. Alors là, si vite. À l'intérieur, je bouillonnais. Je trépignais de lui parler, de savoir comment elle se sentait, si elle croyait toujours être enceinte. J'en oubliais ma douleur au dos et mes fourmillements dans la main. Enfin, pas vraiment. Yann, mon patron, m'avait appelé pour faire le point, en milieu de matinée. Il me parlait de Bruno, notre directeur et camarade, dont la santé l'inquiétait. Il savait qu'il avait un problème mais ignorait si c'était sérieux ou pas. Je l'avais interrompu : « Si je n'étais pas hypocondriaque, c'est pour moi que je m'inquiéterais, ça fait quelques jours que je ne me sens vraiment pas bien. » Je lui racontais mon dos et ma main. Il n'avait pas réagi. À dire vrai, il n'y avait pas de raisons de s'alarmer. Nous parlions du site, Yann préparait son départ en vacances quinze jours plus tard, en Indonésie. J'avais raccroché pour me remettre au boulot, trier, traiter les dépêches, faire un portfolio. Et puis, enfin, Caroline m'avait appelé. Vite, nous en étions venus au seul sujet qui nous intéressait et au test. J'en profitais pour me plaindre, lui dire que je ne me sentais pas bien et que c'était sa faute, qu'elle faisait trop monter la pression, que l'incertitude me rendait malade. Le test était négatif ; j'étais déçu mais pas abattu. J'y croyais encore. De toute manière, il était trop tôt pour que ce soit fiable. J'entends encore nos échanges de ce jour : tout était électrique. Il y avait une forte tension, due tout à la fois à l'éventuelle grossesse, à mes douleurs et plaintes, et au fait que je travaillais. Elle m'en voulait de ne pas être auprès d'elle, je le sentais. Nous devions déjeuner ensemble chez mon ami Joseph, qu'elle aimait beaucoup. Pour une raison que j'ai oubliée, elle ne voulait plus venir. J'y allais donc seul. En chemin, je me suis rendu compte que j'avais du mal à fumer. Ma gorge était noueuse, je n'y prenais aucun plaisir. Dans le métro, j'avais l'impression d'être en apesanteur. Je me suis dit : « Ce n'est rien, c'est juste un effet de la fatigue, je me suis levé tôt ce matin. »

J'ai retrouvé Joseph dans la rue. En entrant chez lui, je lui racontais mes douleurs, mon malaise, le fait que je me sentais de moins en moins bien. Je toussais, j'avais mal à la gorge, des fourmis dans la main. Que pouvait-il en dire ? Pourquoi attendais-je des autres qu'ils me disent : « C'est peut-être sérieux, tu devrais faire attention. » Il m'a proposé un verre de vin blanc. J'ai accepté après maintes hésitations en espérant que cela me remettrait d'aplomb. Nous avons mangé des *mezzes*. J'avais plaisir à manger, mais je me sentais étranger à moi-même, je me traînais. Joseph m'a fait écouter un disque : *I'm a Bird Now* d'Antony and the Johnsons. Il n'était pas encore sorti en France. Le côté rock indépendant m'a d'abord gêné, puis je me suis habitué et j'ai fini par me laisser emporter. C'est le dernier disque que j'ai écouté. Faut-il y voir une prémonition ? Si je l'entendais à nouveau, je retrouverais le poids de mes sensations, lourdes et fourmillantes. Il y avait un vide-grenier au pied de la butte Montmartre. Nous avons décidé d'y aller, j'avais envie, besoin, de marcher pour tenter d'échapper à mes douleurs, comme si je pouvais me fuir moi-même. Dehors, il faisait très chaud. Il y avait un monde fou. J'avais du mal à mettre un pied devant l'autre mais, aussi, l'impression que c'était passager. « Ça va passer, ce n'est rien, ça va sûrement passer », pensais-je. De temps en temps, je ne pouvais m'empêcher de dire à Joseph que je ne me sentais pas bien. Je pouvais faire la liste : pour commencer, j'avais mal au dos. La chaleur m'accablait et sur chaque pore de mes reins, une armée de fourmis fêtait la victoire. La tête me tournait presque, elle était lourde. J'avais le souffle court. « Ah, cette chaleur ! Pourvu qu'elle passe. » Voilà ce que je ne cessais de me répéter. Je ne remarquais même pas qu'il y avait là quelque chose d'anormal. D'ordinaire, j'aimais la chaleur, elle me faisait du bien. Nous nous sommes arrêtés pour boire un café. À l'intérieur, c'était pire. Les fourmis s'attaquaient à mon visage ; ma face perlait de fourmis. Mes cuisses, ma main et mon dos aussi. J'avais vraiment mal, comme si un étau compressait ma poitrine. J'essayais de le cacher, je ne voulais pas paraître chochotte ni douillet. Dans le fond, j'étais certain que tout cela allait passer et qu'un autre que moi n'y prêterait pas même attention. Au bout d'un moment, Joseph a pris la mesure de mon délabrement. En route j'appelais Anne, Annette, ma sœur. Elle est médecin, pneumologue. Je lui racontais mon violent mal de dos, les fourmis qui se baladaient sur, dans mon corps, comme elles me faisaient souffrir, comme je me sentais bizarre. Elle m'écoutait. Elle connaissait, elle aussi, ma tendance à l'hypocondrie. Mais je me remémore bien cet instant : au téléphone, elle était restée silencieuse un instant. J'avais senti une forme d'inquiétude chez elle : l'histoire des fourmis lui faisait de l'effet. Elle se demandait ce que c'était. Après, j'ai appelé Caroline pour lui dire que j'arrivais. Elle était dehors je crois ; elle m'a paru renfrognée. Lorsque je suis rentré chez nous, elle était déjà là. Je lui déclarais – elle le savait déjà mais c'était plus fort que moi – que je ne me sentais pas bien. Je proposais d'aller au cinéma, je me sentais coupable de gémir tout le temps. J'essayais de prendre sur moi. Après tout, j'avais été capable de déjeuner avec Joseph et de me promener dans la brocante, j'étais donc parfaitement en mesure de m'affaler sur un fauteuil dans une salle climatisée. Je ne voulais pas gâcher le week-end. Caroline me regardait en coin, essayant de savoir où j'en étais, si mon habituelle pleurnicherie d'homme malade était, cette fois, justifiée. « Il vaut mieux appeler ta sœur, aller la voir », avait-elle tranché. Pourquoi finalement m'avait-elle cru ? Je suppose qu'elle voulait mettre un terme à mon délire, m'extraire de mon marasme et de mes angoisses pour accoster sur les rives de la médecine. J'insistais : « Allons au cinéma, je te jure, ça va à peu près. » Mon corps envoyait des signaux contraires parce qu'elle n'a pas sauté sur l'occasion. Elle m'a jaugé à nouveau et a refusé, il valait mieux qu'on consulte ma sœur. Je l'ai appelée à nouveau et lui ai demandé de m'examiner. Elle proposait de venir chez nous. Je refusais, je pouvais me déplacer. Nous nous préparions à partir quand des douleurs abdominales m'ont saisi. Caroline s'approchait de la porte d'entrée, elle l'ouvrait, j'étais plus loin dans le couloir devant la cuisine ; mon ventre se serrait, je sentais que j'allais vomir. J'ai fait demi-tour, je suis entré dans les toilettes et j'ai vomi. Tout était comprimé dans les tuyaux, ça faisait mal. J'étais très habitué à vomir, cela m'arrivait souvent. D'habitude, cela remontait de manière puissante, viscérale. Là, c'était pénible, sec, fatigué. Tout s'est passé très vite, Caroline était encore à la porte, je crois. Quand je suis sorti des toilettes et lui ai annoncé que j'avais vomi, elle a été surprise. Alors ce n'était pas tant que ça du cinéma ; je ne lui avais même pas parlé de nausées. En fait, je n'en avais pas eu. Je ne m'étais pas senti mal, mon estomac s'était contracté comme par réflexe. Et voilà. Nous nous regardions, l'air un peu con. Et nous avons appelé ma sœur pour lui demander de venir, finalement. J'étais soulagé, je crois, d'avoir vomi. C'était comme si le malaise avait pris une forme connue, rassurante. J'avais l'impression d'être un peu plus léger, moins écrasé par la douleur. Lorsque ma sœur est arrivée avec Mathieu, son mari, nous sommes tous allés à l'étage pour qu'elle m'examine. Nous étions dans notre chambre, le soleil commençait à décliner et passait à l'horizontale par nos fenêtres basses. C'est dans cette lumière rase qu'elle m'a ausculté. Je lui racontais ce que j'éprouvais depuis quelques jours. Mais il y avait trop d'éléments disparates et rien qui rentrait « dans le tableau », comme elle disait. La seule chose dont je me souvienne, c'est qu'elle a testé le signe de Babinski et aussi mes réflexes. Mais voir Annette et Mathieu me rassérénait. Nous discutions, nous rigolions, même ; je les trouvais en forme. Annette m'a prescrit des analyses de sang. Elle allait chercher le soir même ses trois enfants à la gare ; ils étaient à la mer avec nos parents. Je lui demandais de ne rien leur dire, je ne voulais pas qu'ils s'inquiètent. Surtout ma mère, à qui les maladies font une peur bleue. Mon père, lui, est médecin. Le soir, à la nuit tombante, mon malaise s'est accentué. Mon dos me torturait, je ne savais pas quoi faire pour que ça s'arrête, le Doliprane était sans effet. Les fourmis remontaient dans mon bras droit. Ce soir-là, je m'en souviens parfaitement, j'ai dit à Caroline ces quelques mots : « C'est comme si un poison s'attaquait à la gaine de mes nerfs. » Elle m'a regardé d'un œil, excédée, l'air de dire : « Oh c'est bon, n'en rajoute pas, qu'est-ce que tu ne vas pas inventer pour qu'on s'intéresse à toi ! » Elle ignorait que la métamorphose avait commencé. Nous nous étions couchés à peine la nuit tombée. Caroline m'avait massé le dos avec une crème à la cortisone. Pendant qu'elle me massait, je lui avais dit : « Tu sais, si ça se trouve, c'est complètement psychosomatique. J'ai mal là où ça me travaille en ce moment : je souffre du dos comme une femme enceinte et ma main s'engourdit parce que j'ai décidé de me remettre à écrire. » Caroline n'avait pas répondu. La crème m'avait apaisé et je m'étais endormi. Pas pour longtemps. Une douleur, ça ne s'oublie pas. Et celle-là, moins que tout autre : mon dos était incandescent, je ne savais que faire. Ça brûlait et compressait ma colonne de manière lancinante. Je me tournais, je gémissais. Je haïssais notre matelas posé sur un sommier à même le sol. C'était dur. Je voulais que ça s'arrête. Je me sentais étouffer, oppressé par la douleur. Malgré moi, j'ai réveillé Caroline. Une mâchoire se refermait sur le milieu de mon dos. Je voulais que ça s'arrête. Les idées et la douleur tournaient au même rythme. Je voulais que ça s'arrête, j'étais épuisé, j'avais mal. Je tournais, je virais, en vain. La douleur me tenait éveillé. Au milieu de la nuit, pour essayer de me calmer, je m'étais fait couler un bain. Je m'y plongeais, il était chaud, ça réconfortait. La douleur se calmait. Elle se dissolvait dans l'eau chaude. Du coup je m'endormais. La douleur me réveillait quand l'eau refroidissait. J'ajoutais de l'eau chaude et ça allait mieux ; je me rendormais. Jusqu'à ce que l'eau refroidisse.

J'essayais de me recoucher. À nouveau, le dos me brûlait et me cisaillait le corps. Je retournais dans le bain, le seul endroit où je me sentais bien. Je passais la nuit entre le bain et le lit, à tenter de lutter contre la douleur et à chercher un répit dans le sommeil. Mais le sommeil ne venait que dans l'eau chaude. Au petit matin, la douleur s'était un peu estompée, je m'étais vaguement endormi dans nos draps. Mais vite, le réveil nous avait rattrapés. Le week-end était fini. Une nouvelle journée commençait : nous étions deux zombies. Ce que j'ignorais encore, c'est que les nuits et les jours se confondraient désormais et que j'étais encore bien vivant à l'époque. Maintenant, ces jours passés me semblent d'un autre temps. Il y avait des odeurs, des couleurs, des espoirs. C'était le temps où mon esprit commandait à mon corps, le temps où je n'avais pas rejoint les monstres de foire et les autres secrets de la vie. Mais à compter de ce matin blanc, il n'y a plus eu d'alternance, simplement une continuité effrayante, un labyrinthe de douleur où j'allais m'enfoncer chaque minute davantage. Tu me vois, là, avec mes meurtres sur le dos, pas un brin de ma peau ne respire, pas un soupçon de vie ne l'ébroue. Mes yeux sont clos. Comme le flic, tu pourrais te pencher sur moi avec délicatesse, placer un miroir devant ma bouche, il n'en sortirait rien. Je suis un mort-vivant. Un vrai. Ça s'est passé comme ça : une petite succession de faits dont je cherche le fil rouge. Regarde bien mes yeux aux paupières scotchées, immobiles. Quand je les ouvrirais, ça fera mal ! En attendant, j'essaie d'ordonner tout ça. De remettre du jour et de la nuit, l'alternance normale de la vie.

J-33. Au matin, Caroline m'a accompagné au laboratoire ; je n'avais rien mangé, il fallait être à jeun. Il était tôt et la journée commençait, blafarde. Me rendre là-bas constituait une épreuve. En marchant, j'avais mal au dos mais moins que durant la nuit. Dans la cabine de prise de sang, la laborantine me scrutait. Elle m'a demandé si j'avais peur tout en prenant pas mal de sang. C'était facile, mes veines étaient belles et grosses. Maintenant, elle n'y arriverait plus. Les veines ont été tant piquées qu'elles sont parties se cacher sous ma peau. En plus, elles sont devenues dures, elles roulent sous l'aiguille ; un cauchemar pour les infirmières. Je les entends qui s'escriment tous les trois jours à trouver une voie pour les produits. Elles pestent. Elles cherchent dans les plis du coude, sur la main – il paraît que ça fait mal mais je ne sens rien. J'en ai même entendu une pleurer à force de rater. Mais là, c'était facile, le sang jaillissait comme d'une fontaine. Elle m'a expliqué que les résultats seraient disponibles en fin d'après-midi. Je suis rentré à la maison et j'ai appelé un médecin généraliste du quartier que notre voisine nous avait conseillé. J'avais rendez-vous à 18 h 30. Je me disais qu'entre le sang et le médecin, on allait enfin mettre le doigt sur ce que j'avais. Le temps était clair, il faisait beau et chaud, on parlait de remettre en route le plan canicule. J'ai téléphoné au bureau pour prévenir de mon absence. Je ne me suis pas du tout montré alarmiste, comment aurais-je pu l'être ? La matinée avançait. Je me souviens du coup de téléphone de mon père et de sa voix rocailleuse : « Alors comme ça il paraît que t'es malade ! » Ma sœur avait cafté. Sa voix était enjouée, il venait de passer trois semaines à Saint-Tropez, mais je sentais un fond d'inquiétude. Ces derniers temps, il s'était beaucoup attendri, il était plus affectueux. Il m'a proposé de passer, qu'on déjeune ensemble. J'ai accepté. Midi approchait, à nouveau je me sentais mal. J'étouffais sous la double compression de mon dos et de mon estomac. Tout était contracté en moi, ma main droite fourmillait toujours. J'avais l'estomac creusé mais pas vraiment faim. Un peu envie de vomir aussi. Je retrouvais mon père au pied de l'immeuble, dans la rue. Je ne me sentais pas bien. J'étais fatigué, j'avais du mal à marcher. Mes jambes étaient lourdes. Il m'a proposé d'aller déjeuner en face de chez moi. Je refusais, je voulais marcher, me dérouiller, prendre l'air. J'espérais que la douleur s'estompe sous l'effet mécanique de la marche. Mais pas du tout, je peinais à mettre un pied devant l'autre. Je rêvais de dormir mieux la nuit suivante. Nous avions choisi un genre de salon de thé marocain. J'y ai mangé l'assiette du jour, boulettes de viande, légumes et semoule. Ce n'était ni bon ni mauvais. De toute façon, je me forçais, je n'avais pas faim. Je voulais juste puiser un peu d'énergie et de force dans la nourriture. Mon dernier repas dehors. Nous sommes vite repartis, je ne me sentais pas bien, j'avais peur de vomir. Les épices remontaient le long de mon œsophage. Dehors, la ville étouffait sous le soleil, pas un pet d'air. Mon père m'a laissé à l'entrée de l'immeuble, il se demandait ce que j'avais, me trouvait un peu bizarre. Arrivé chez moi, j'ai allumé une cigarette. Encore une erreur. Je me souviens d'avoir aspiré la fumée et senti comme un bloc de béton entrer dans ma gorge. Je l'ai immédiatement écrasée. Un signe de plus. Je me suis allongé sur le lit et j'ai mis le DVD de *L'Esquive* que je n'avais pas vu. J'avais beaucoup de mal à me concentrer, la fille répétait sans cesse un mot que je ne comprenais pas. Ça m'énervait. Le film était réussi mais je n'arrivais pas à oublier que ça n'allait pas. J'avais toujours envie de vomir. C'est le dernier film que j'ai vu. Je me demande encore ce qu'elle disait, cette fille si touchante et vibrante : « Tu vois ? » Et je me dis que j'aurais dû comprendre, si c'était ça. Peut-être étais-je en train de vieillir ? Après cela, je suis allé chercher les résultats de la prise de sang. J'ai appelé ma sœur : il n'y avait rien d'anormal. Cela me laissait le sentiment étrange de délirer. Pourtant j'avais toujours très mal au dos. J'essayais de trouver une position qui me préserve en marchant. Parfois j'y arrivais et cela redevenait agréable, sinon la douleur m'accablait.

Le cabinet était grand, la secrétaire agréable. Il faisait frais. Le généraliste avait l'air gentil et compétent. Mais face à mes symptômes, il est resté coi. Il m'a examiné. Ma tension était bonne, mon pouls à 60. Pour moi, c'était bas, j'aurais dû m'en rendre compte : il ne descendait jamais en deçà de 80. Je suis reparti sans être plus avancé sur mon état. Je devais le rappeler si je continuais à me sentir mal. Je suis rentré à la maison. Je ne me souviens plus de la soirée. Je sais que les filles étaient là. Ça oui. Je m'étais couché, tôt, pour oublier la douleur. Mais la nuit était pire que la précédente. J'avais si mal qu'il m'était impossible de dormir. J'ai repris mes allers-retours entre le lit et la baignoire. Mais l'eau chaude ne soulageait plus ma douleur ; j'avais l'impression que mon corps faisait des bulles. Je n'arrivais pas à fermer l'œil, j'avais un mal de chien. Je voulais m'arracher le dos, que ça s'arrête. À 3 heures du matin, j'abdiquais. J'appelais SOS médecins. J'espérais qu'ils me soulageraient. La douleur était si intense et ça durait depuis si longtemps que j'étais à bout, comme un boxeur arrivé au terme de son match. J'étais sonné. Le médecin m'a examiné, encore une fois. Rien, il n'a rien trouvé. Mais il s'acharnait, il voyait bien que je souffrais. Il a décidé de me faire un électrocardiogramme. Je commençais à prendre peur ; mes pires craintes pouvaient être fondées, je pouvais être vraiment malade. Mais non, tout était normal. En désespoir de cause, il m'a fait pisser dans un bocal et a enfin trouvé quelque chose : du sang dans mes urines. Ce qui lui a permis un diagnostic par ces temps de chaleur. Je faisais une colique néphrétique. J'avais un calcul rénal. Je n'avais pas assez bu ces derniers jours, selon lui. Le médecin m'a fait une piqûre, j'allais pouvoir dormir. Je repense à ce répit. Je me disais : « On sait ce que c'est, ça va s'arrêter. Ce n'est pas grave. » J'étais soulagé, j'avais une explication. En plus, on m'avait toujours répété que ces douleurs étaient parmi les pires. Je n'étais pas si douillet. Ça aussi, ça me rassurait. Je suis parvenu à m'endormir cette nuit-là, vers 4 heures du matin. Le lendemain, si on s'y était mieux pris, tout aurait pu être différent. J'ai envie de le croire. Pour me dire que mon destin n'était pas de me retrouver enfermé dans mon corps, transformé à jamais. Je sais que j'ai des idées, des convictions, une compagne, des amis, une famille. Je sais qu'ils viennent me voir. Je sais que le flic est là avec son visage implacable, je sais qu'on essaie de me soigner, que des infirmières passent, des médecins. Je sais tout cela. Ma vérité est ailleurs. Je suis intoxiqué, je le sais. Ce que j'ai vécu est trop dur. Ils croient en ce qu'ils vivent mais la réalité est ailleurs. Je suis intoxiqué. Trop de médicaments, trop de poisons, trop de choses coulent dans mes veines. Hier, avant la visite de ma sœur, je suis sorti de mon corps. J'étais là, au-dessus de moi, à deux mètres, me regardant en plongée. Je voyais les infirmières préparer mon corps pour faire croire à ma sœur que tout allait bien. Elles tentaient de couvrir les escarres* de mon front avec mes cheveux, de maquiller mon visage pour dissimuler quelque chose qui ressemblait à la mort. Elles se pressaient de peur qu'elle n'arrive trop tôt. Elles rasaient sans douceur mon visage avec un appareil électrique. De là où je me trouvais, je ressentais les vibrations m'agresser et pénétrer mon cerveau. Quel artifice que tout cela ! La réalité était ailleurs. Je l'avais vue de mes yeux, à plusieurs reprises. Que pourrais-je dire quand il faudra parler ? Devrais-je tout raconter ou essayer de faire comme avant, comme si la vie était simple. On s'aime, on travaille, on a des amis, on s'amuse, on est triste, on est malade, et, pour finir, on meurt. Et que se passe-t-il quand, sans le vouloir, vous basculez ailleurs ? Je voudrais crier, me débattre, en finir avec ce cauchemar. Quelle heure est-il ? La nuit, le jour. Est-ce que je l'entends respirer ? Est-ce qu'il est là ? Pourquoi fait-il exprès d'être si discret ? Pourquoi est-ce qu'il ne rote pas, ne pète pas, ne tourne pas les pages d'un magazine ? N'en a-t-il pas marre d'être assis sur le fauteuil ? Il devrait avoir mal aux fesses, se tortiller un peu. Juste le frottement du coton sur le skaï et je saurais qu'on est le jour. J'aimerais savoir parce que, des fois, je me dis qu'il faut se reposer, arrêter de compter les minutes avant la métamorphose. Ne pas chercher à comprendre. Aligner les faits.

J-32. À huit heures et quart, Caroline était partie avec les enfants pour les emmener à l'école. J'étais encore au lit. Et, malgré les médicaments, je ne me sentais pas bien. J'avais prévenu le bureau que je ne viendrais pas, que j'avais une colique néphrétique. À 11 heures, je ne tenais plus, j'appelai le généraliste. Je lui racontais les douleurs, la nuit, SOS Médecins, la colique néphrétique. Il m'écoutait, semblait dubitatif sur le diagnostic et m'a conseillé d'aller aux urgences de l'hôpital Saint-Joseph. Il insistait pour que le médecin de garde l'appelle quand je le verrais. Mais la métamorphose était déjà bien engagée, je n'étais plus moi-même. J'avais si mal. J'ai passé deux coups de fil, l'un à Caroline, l'autre à mes parents, pour les informer. Tout me semblait difficile, j'étais dans un état cotonneux. Je marchais en tanguant à moitié. C'était la première fois que j'allais aux urgences. J'avais peur. J'entrais, il n'y avait pas trop de monde. J'ai donné mon nom, décrit mes symptômes ; la femme derrière le comptoir m'écoutait à peine : elle m'a tendu un flacon pour analyses d'urine. À croire que mon corps parlait mieux que moi. Je suis allé aux toilettes contiguës à la salle d'attente, elles étaient sales. J'avais du mal à pisser, trop de gens autour… J'ai toujours eu la vessie timide. Finalement j'y arrivais, je rapportais le flacon, je le donnais et allais m'asseoir. Je m'endormais, misérable, aux urgences. Je ne me contrôlais plus bien. Je somnolais, m'éveillais, m'endormais à nouveau, prêt à attendre longtemps. Je regardais les autres, certains semblaient atteints, d'autres pas. En moi, la métamorphose faisait son chemin, mais ça ne se voyait pas encore. Je devais juste avoir l'air d'un insomniaque de grande envergure, joues creusées, yeux cernés. Des gens me précédaient dans la salle d'attente, pourtant on m'a appelé en premier. Je savais pourquoi, mes urines n'étaient pas normales : elles trahissaient un problème. Je passais derrière le comptoir, l'infirmière m'a reçu dans un sas. Elle a pris ma tension, j'avais toujours le pouls bas. Elle me semblait gentille, me posait des questions sur mes symptômes, m'annonçait qu'un médecin allait me voir. Elle m'a conduit vers une petite pièce où était un brancard. Je m'y allongeais. J'ai attendu. Personne n'est venu ; je n'arrivais pas à dormir. Mon portable était éteint, je me sentais coupé du monde et très seul. Je l'ai rallumé pour voir s'il y avait des messages mais non. Il faisait toujours grand beau dehors. Dans le couloir des urgences, l'agitation régnait. Maintenant, allongé, je sentais un peu moins les douleurs, j'étais calme. Trop calme, si las. Au bout d'une heure et demie, la médecin a débarqué. C'était une grosse femme à l'air déterminé. Une nouvelle fois, j'ai égrené mes symptômes et lui ai dit que mon médecin traitant voulait lui parler. Elle est repartie sans piper mot. Dans le couloir, non loin, j'entendais des voix qui me rappelaient quelque chose. Des voix tendues, inquiètes. Mes parents étaient là, ils étaient venus sans me demander mon avis. Être allongé me faisait du bien. La médecin est revenue ; elle pensait, elle aussi, à une colique néphrétique. Avec cette chaleur, c'était fréquent si on ne buvait pas assez. Moi, j'avais plutôt tendance à beaucoup boire ; mais bon, j'avais pu oublier, perturbé comme je l'étais. De toute manière, elle m'a annoncé qu'on allait me faire une échographie des reins et une radio des poumons.

Extrait du dossier médical – 28 juin

Fondation
Hôpital Saint-Joseph.
Service de biochimie.
M. Boris Razon
Urgences accueil SAS.
Prélèvement fait à 14 h 30.

Examens biochimiques sanguins.
Créatinine umol/l 60-120 **92.**
Urée mmol/l 2,0-7,0 **4,5**
Glycémie mmol/l 4,2-6,0 **5,2**
CRP* mg/L <6,0 7,4

Urines (milieu de jet)
Aspect limpide.
Leucocytes 1/mm^3.
Hématies Rares.
Absence de germes.

Gaz du sang*
Ph 7,38-7,41 **7,41**
PCO2* mmHg 38-42 **41,6**
SaO2* : 98 %.

C'est là, en gras dans le dossier, le signe qu'il y avait bien quelque chose. Ce n'était pas invisible. De quoi s'agissait-il ? D'un poison, d'autre chose ? Y avait-il une chance que j'en réchappe ? Était-il prévu que cela finisse ainsi, dans ce lit, immobilisé ? Désormais, il fait nuit dans ma vie, comme il faisait noir ce jour-là, au-dehors. Le ciel s'était chargé d'électricité. Mes parents étaient là, comme des piles. Ils tournaient autour de la médecin. Mon père, poussé par ma mère, commençait des phrases sans les finir. Il se demandait assez fort pour que la médecin l'entende : « Mais pourquoi a-t-il le pouls si bas ? » Elle n'en savait rien, elle s'en foutait peut-être... De toute manière, elle faisait mine de ne pas entendre. Si elle avait supposé un instant la suite, les choses auraient pu se passer autrement. Pourtant, je n'arrive pas à lui en vouloir : il y avait du monde aux urgences, elle était débordée et j'étais jeune. Les jeunes, il ne leur arrive rien de grave... en général. Mes parents l'agaçaient. L'échographie n'a rien donné, il n'y avait pas de traces de caillou mais ça ne voulait rien dire. Quant à mes poumons, la radio était nickel. Caroline, qui venait d'arriver, était dépitée de l'entendre. Elle savait comme moi que ça ne m'encouragerait pas à arrêter le tabac. Sur le moment, je savourais la nouvelle et la perspective de fumer sans culpabilité ni crainte. Mais l'occasion, je ne le savais pas encore, ne se présenterait pas. En tout cas, pour la médecin, c'était, de toute évidence, une colique néphrétique. Et, bien sûr, ça allait passer, il fallait juste expulser le caillou. Pour la douleur, elle m'a donné de la morphine et prescrit des calmants et aussi quelque chose contre la constipation. Mes intestins étaient pleins. Pour une raison inconnue, cela faisait cinq ou six jours que je n'avais pas chié. Elle l'avait vu à la radio. Lorsque la morphine est passée dans mes veines, derrière le paravent du couloir, la douleur s'est évanouie. Elle a disparu. Cela provoquait chez moi une forme de béatitude, de joie. J'en rigolais de soulagement et plaisantais avec Caroline et mes parents ; je jouais au toxicomane. C'est la seule parenthèse enchantée dans la métamorphose, le seul moment où la chape qui s'est abattue sur moi a été levée. Lorsque, quelques minutes plus tard, ils m'ont relâché, je me suis levé et j'ai marché d'un pas hésitant, je titubais à moitié. Il pleuvait à verse. La souffrance était tapie sous la morphine. Nous sommes rentrés à la maison, il n'était pas loin de 18 heures. Je me suis couché immédiatement. Au milieu de la nuit, j'avais à nouveau mal et j'ai repris des médicaments plusieurs fois, peut-être un peu trop. Mais j'ai pu dormir. Chez moi. Ma dernière nuit. Il y a trente-deux jours de cela.

J-31. Le lendemain, je m'éveillais, léger. Par nos fenêtres basses filtrait un soleil splendide. La chambre était baignée de lumière ; il faisait si clair que ça m'irritait un peu, comme des flashes dans les yeux. Mais je me sentais mieux. Ce devait être l'effet des médicaments ou le caillou qui avait un peu progressé. En tout cas, je me levais moins fatigué que les jours précédents et le cœur soudain léger, aussi aérien que le ciel était clair. J'ai pris une douche et commençais à m'habiller. J'ai en tête le moindre de mes gestes et le sentiment de libération qui m'habitait. Comment t'expliquer cela, le déséquilibre entre la réalité et ces quelques minutes durant lesquelles je commençais à croire que la souffrance était derrière moi. Cet enthousiasme, qui peut-être est le tien chaque jour, la volonté de te doucher, de t'habiller et, pourquoi pas, de te faire beau. Car la journée est devant toi et qu'elle recèle les promesses de ce que tu en feras. Parce que c'est tous les matins ainsi. Tu dois connaître ça, non ? Oui j'en suis sûr, ça n'a rien d'extraordinaire. C'est la vie, quand elle habite chaque parcelle de ton corps. Je m'attarde car j'aimerais que tu comprennes. Ce matin-là, j'ai mis mon pantalon en lin bleu-gris, très large et très confortable, un tee-shirt à manches longues et ma paire de Converse blanche. Je me souviens du contact du coton sur ma peau et de la forme de mon corps, je me souviens du bruit de Caroline en bas avec les filles, j'entends encore les gazouillements du petit-déjeuner. La bonne humeur régnait dans la maison et dans mon cœur :

mon dos me faisait à peine souffrir. Je me sentais porté par une vague de renouveau. Combien de temps cela a-t-il duré ? Une ou cinq ou dix minutes ? Je suis bien incapable de le dire. J'étais face au grand miroir de la salle de bains, le soleil me tombait dessus par le Velux. J'étais debout, droit face au miroir. Debout sur mes deux jambes solides, pas les petites cannes endormies qu'on appelle encore mes jambes. Le soleil continuait à me faire mal aux yeux, il était un peu plus de 9 heures du matin et j'étais comme ébloui. En fait, je sentais une gêne au coin de l'œil. Pas grand-chose, un tressautement, comme lorsque couve une migraine ophtalmique, une sensation de tremblement flou et nerveux au coin à gauche. Oui, c'est ça, c'était flou et ça tremblait. Plusieurs fois, je tentais de m'en débarrasser en me frottant les yeux. Je les roulais de côté, à droite, à gauche, pour savoir où ça déconnait. C'était en bas à gauche que ça n'allait pas. Je m'approchais un peu du miroir, je scrutais mes yeux... Retiens cet instant, mon ami, si tu permets que je t'appelle ainsi ? Souviens-t'en pendant que j'essaie de le contenir, de freiner le temps. Ce moment précis où tu me vois penché en avant l'œil collé à mon miroir, c'est l'instant qui précède la chute. J'espère que tu ne le connaîtras jamais. En te le racontant, vois-tu, j'ai envie de le laisser en suspens, comme s'il était encore possible que ce fût une poussière tenace dans mon œil. Je l'aurais retirée et fait tremper mon œil pour bien le nettoyer. Et je serais descendu rejoindre les filles dans la cuisine. Caroline m'aurait regardé avec amour, elle m'aurait demandé : « Comment tu te sens ce matin ? » en relevant le menton pour bien accentuer la question. « Mieux, beaucoup mieux, aurais-je répondu, je crois que je vais rester à la maison aujourd'hui pour me reposer. Si ça continue comme ça, je pourrai peut-être aller bosser demain. » Elle m'aurait souri, soulagée, et je me serais assis pour boire un café.

Mais non. Cet instant, mon ami, nous l'avons retenu un peu mais, vois-tu, c'était trop tard. Voilà ce qui s'est passé. J'observais ma cornée et je tardais à comprendre. Puis ça m'a sauté littéralement dessus : ma pupille était très dilatée et fixe. Elle ne voulait pas se rétracter. En même temps que je criais : « Caroline ! Caroline ! » j'ai eu le temps de me dire que c'était probablement dû à la morphine, ou que j'avais forcé sur les médicaments. Je n'étais pas très inquiet. Je te laisse mesurer, mon cher, l'étendue de mon inconscience. Mais la légèreté, vois-tu, ne disparaît pas comme cela, elle met du temps à s'évaporer. La vie refuse de céder. C'est pourquoi j'y voyais juste une réaction étrange aux traitements. Pourtant, quand Caroline m'a rejoint et que je lui montrais mon œil, j'ai vu la stupeur et la crainte figer son visage. Les peurs ancestrales se sont emparées d'elle : « Il faut qu'on aille à l'hôpital vite, vite ! Appelle ta sœur. » Je l'ai appelée. Annette m'a conseillé d'aller aux urgences de la Pitié et de demander à voir le neurologue de garde. Elle m'a dit qu'elle nous rejoignait là-bas, le temps de finir avec un patient. Nous sommes partis, comme ça, très vite, je ne sais pas si nous avons dit au revoir aux filles. J'ai eu l'impression de m'en aller à toute allure, sans me retourner, sans comprendre que mon absence serait longue et que j'irais si loin. Dans la voiture, je n'arrêtais pas de m'excuser auprès de Caroline, je lui disais que j'étais désolé de lui imposer tout ça, cette énième péripétie. Aux urgences, on nous a accueillis comme des chiens. On ne savait pas dans quel ordre les patients devaient passer. Et puis un type, visiblement un interne, est venu me chercher. Il m'a emmené derrière un genre d'isoloir. À peine séparé des autres patients. Des vieux pour la plupart. Et mal en point. Le bonhomme en blouse blanche m'a demandé ce que j'avais. Il avait l'air fourbu derrière ses lunettes. Je lui ai raconté mes symptômes, lui ai annoncé que je voulais voir un neurologue. Il m'a regardé comme si je le peinais franchement et, d'un air bravache, il m'a expliqué qu'il n'y avait pas de neurologue aux urgences. Je le regardais à mon tour, étonné : ma sœur m'aurait dit une ineptie ? J'étais très fatigué. La lumière des néons, la peinture crasseuse, la blouse blanche mal tenue, la tête de ce jeune médecin un peu bête, tout m'accablait. J'étais las, j'avais envie que ça s'arrête. Il m'a demandé si d'ordinaire j'étais stressé, si je travaillais beaucoup. Toutes choses auxquelles j'ai répondu : « Oui. » Alors le petit homme a lâché : « Rentrez chez vous, ce n'est rien, ça va passer, vous êtes stressé, c'est rien, votre œil et vos fourmillements. Ne restez pas ici, vous vous rendez pas compte, ça y est, on a lancé le plan canicule, il y a plein de gens avec un stress hydrique, avec des problèmes sérieux. Sinon vous allez attendre six heures et, franchement, ça nous encombre aujourd'hui. » Tu sais, à ce moment-là, j'avais encore des forces. Au fond j'aurais pu le gifler pour lui apprendre la vie, lui hurler : « Regarde-moi, connard, regarde-moi bien pendant que je vis encore et dis-moi que je n'ai rien. Regarde-moi et apprends que, dans trois jours, je serai tout entier paralysé, incapable de communiquer avec qui que ce soit. Regarde-moi bien et dis-moi encore que je n'ai rien. » Et lui foutre mon poing dans la gueule. Mais j'étais trop mou et fatigué pour me mettre en colère, je le regardais et ânonnais une vague réponse. En fait, j'étais stupéfait, et trop mal pour dire quelque chose. Abasourdi par la métamorphose. Je le regardais encore bêtement. Mais il n'avait plus rien à dire, il m'a fait sortir de l'isoloir. Je retournais vers Caroline qui attendait, assise, inquiète. Je lui expliquais qu'ils ne voulaient pas de moi, qu'a priori, pour eux, ce n'était rien. Je ne savais trop comment me comporter, je m'abandonnais à mon épuisement et j'avais chaud. Au moins mon dos me laissait-il un peu en paix.

J'ai appelé ma sœur. Elle arrivait, très surprise par la réaction de l'interne. Annette s'inquiétait, elle a appelé une cousine de son mari qui était chef de service en rééducation neurologique à Ivry-sur-Seine. Par chance, comme tous les mercredis, elle était sur place, à la Pitié. Tu comprends mon drame maintenant ? Je ne peux m'empêcher de me demander : que se serait-il passé si j'avais suivi ses conseils ? Si j'étais rentré chez moi ? Y avait-il une chance que j'échappe à mon sort ? Gilberte, c'était son nom, nous a rejoints dans le bâtiment des urgences puis nous a emmenés vers un bureau où elle pourrait m'examiner. Mon corps ne m'appartenait déjà plus. Il s'acharnait encore à faire ce qu'on lui disait, c'est tout. Je marchais pour la suivre, hors de moi-même. Dans le bureau au mobilier des années 1970, elle m'a demandé de bouger les yeux en suivant ses doigts, puis elle m'a fait faire des gestes. Je ne me souviens pas bien. En tout cas, c'est sûr, il y avait un problème neurologique.

Extrait du dossier d'observation. Fiche établie par le Dr R. – 29 juin

Boris Razon 29 ans, **2 doigts engourdis, 4 membres, les deux pieds, thorax gauche.** Douleur colique néphrétique. Pouls 50-60. **Sang** urines. **Diplopie*** 2 yeux. Journaliste.

Gilberte est sortie de la pièce pour discuter avec ma sœur. Annette lui a expliqué que j'avais un kyste dans le crâne, mais bénin. Je me souviens simplement qu'elle était persuadée que c'était la cause de mes problèmes. Sur le moment, cela m'a rassuré. Peut-être parce que je m'étais habitué à l'idée qu'un jour ou l'autre il faudrait m'ouvrir le crâne pour ôter cette chose, cette petite bombe planquée à l'orée de mon cerveau. Caroline était effondrée et terrorisée ; je pouvais lire une effroyable peur sur son visage. Tu vois, dans nos vies, les moments importants ne sont pas toujours partagés. Pour elle, pour ma compagne, l'instant qu'il faut suspendre c'est celui-ci. Avant la confirmation du problème neurologique. Jusque-là, elle attendait une logique, une explication, une solution. Après, elle n'était plus que peur et pleurs, comme si, de son côté, elle avait toujours su que c'était grave et que sa vie, une nouvelle fois, était en train de basculer. Caroline avait commencé à comprendre, elle embarquait avec moi sur l'autre rive, celle de l'enchaînement des faits. Gilberte essayait de faire en sorte que je sois reçu en consultation par un neurologue qu'elle tenait en très haute estime. Il a accepté. Elle nous a guidés dans un couloir mal éclairé, au sol de lino bleu. Derrière l'une des portes, le neurologue. Nous avons attendu. Mon père est arrivé. Mathieu aussi. Il était un peu plus de midi. Je sentais l'angoisse de ma famille. Moi, j'étais parti trop loin : mon corps me tenait en respect. Il avait pris le contrôle. J'avais sommeil, j'étais lourd, je somnolais, assis. Nous avons attendu longtemps, très longtemps. Puis, finalement, il m'a reçu, avec ma sœur je crois ; elle avait été interne dans son service. Le bureau était longiligne, avec, peut-être, quelque part, une fenêtre ; une installation stalinienne. Le médecin était placide, il avait des cheveux très blancs. Pas de compassion chez lui, c'était un clinicien et ça se sentait. Il m'a questionné sur mes symptômes, sur ce que j'avais mangé les jours précédents. À un moment il est sorti pour demander à Caroline depuis quand je toussais ainsi. Je crois qu'il n'avait jamais vu de cas comme le mien. Il m'a dit : « C'est peut-être une ciguatera*, une paralysie due à une toxine du poisson cru. » Il était très calme. Je n'avais donc pas de raisons de m'inquiéter. Je me souviens bien lui avoir demandé ce qu'il fallait faire dans ce cas-là. Il est resté très calme. Sa réponse me glace encore les sangs : « Rien. Cela dure au moins huit mois. » Il me regardait et souriait, il élaborait une à une les hypothèses devant moi : « Évidemment, une tumeur, mais je n'y crois pas trop ; un Lyme*, oui, c'est une maladie neurologique due à une piqûre de tique ; ou un syndrome de Guillain-Barré*. Mais une forme pas du tout classique. Il s'agit là encore d'une paralysie progressive qui peut aller jusqu'à la tétraplégie. Au bout d'un moment, cela régresse. Plus ou moins complètement. »

Extrait du dossier médical. Examen initial par le Dr B. – 29 juin

29 ans, journaliste. 25/6 vers 15 h, **engourdissement** de la main Au moins une fois/ semaine poisson cru. 25/6 : douleur dorsale et aux dents à la mastication.

Gorge sèche. Mydriase* droite. ROT G « D. Toux. **Asthénie*** ++. Apex* pulmonaire droit ? Intoxication poisson cru ? Botulisme ? Porphyrie ? Pas d'antécédents familiaux.

Voyage Guadeloupe en février ; CPK* : 249 UH 27/6. Faire IRM cervicale, PL*, scanner pulmonaire.

En fait, je ne comprenais rien à ce qu'il me disait. J'étais écrasé par la fatigue et par ces perspectives. Pas un instant, je n'avais imaginé qu'on ne pourrait pas me soigner, qu'il n'y aurait pas de solution. Pour moi, une fois le diagnostic établi, on pourrait me guérir, empêcher la métamorphose. Mais non. Il m'a annoncé qu'on allait m'hospitaliser pour observation et pour tenter d'établir un diagnostic. Il n'était sûr de rien ; en plus, il fallait qu'il me trouve un lit. Ce n'était pas simple. Il m'a raccompagné dans le couloir. Il faisait sombre, j'étais épuisé, j'avais chaud. Je voulais m'allonger. Je devais d'abord avertir le bureau. Le couloir débouchait sur deux portes vitrées. Je m'installais là, dehors, pour téléphoner. J'appelais tour à tour Yann et Alexis pour les informer que je n'allais pas bien, que j'étais à l'hôpital, que j'allais devoir y rester un moment. « Non, je ne sais pas ce que j'ai. Je crois que je vais me paralyser progressivement. Oui, ça risque de durer assez longtemps.

Oui, j'espère que ça va aller, à dire vrai je n'en sais trop rien. » En leur parlant je fumais une cigarette mais elle était dégueulasse. Son goût me faisait tousser, j'avais du mal à avaler la fumée. Je l'ai écrasée avant de l'avoir terminée. Tu vois, c'était ma dernière cigarette et elle n'était pas bonne. Tu trouves peut-être que je m'attarde trop sur les détails, que je m'appesantis sur chacune de mes sensations, sur chacun de mes gestes de ces jours passés. Mais que ferais-tu toi à ma place, hein ? Tu penserais aux joies à venir ? Tu chérirais les bons souvenirs ? Tu parles... Tu serais là comme moi à décortiquer méticuleusement chaque minute pour essayer de comprendre ce qui s'est passé. Tu soupèserais chacune de tes pensées, chacun de tes actes. En plus, si jamais je m'en sors, il faudra que je m'explique devant l'autre. Et puis, tu dois comprendre que, depuis ces jours, toutes les secondes comptent. Alors ce geste de mon pied pour écraser la cigarette, crois-moi, je le déplore. Fumer c'était vivre, s'infliger soi-même du mal et en jouir. Au lieu de quoi, je retournais dans le couloir, je m'asseyais sur un des fauteuils verts à attendre que le médecin revienne. Je m'endormais. Nous avons attendu très longtemps. Caroline avait prévenu sa mère, qui habitait en Norvège. Le temps s'étirait, ma pensée aussi. Je n'étais plus tout à fait clair. Le médecin est revenu, il nous a dit qu'il avait trouvé un lit en neurochirurgie, car j'avais consulté un médecin du service pour mon kyste. Nous y sommes allés tandis que mon père se chargeait de remplir les papiers d'admission. Le bâtiment était moderne. Je n'y faisais pas vraiment attention, je voulais juste m'allonger. Mon corps me guidait vers la chambre, j'avais mal partout, je voulais m'allonger, je voulais que ça s'arrête. Lorsque je suis arrivé dans ma chambre, je me suis précipité sur le lit. Un autre patient était là avec une femme. Je l'ai à peine salué et me suis alité. Ce n'était pas le soulagement attendu. Le patient a quitté la chambre, nous étions, je crois, assez envahissants ma famille et moi. Et nous charriions tellement d'inquiétude que l'air était devenu irrespirable. Assez vite est arrivé un interne ou un jeune chef de clinique, il voulait m'examiner, il dépendait du service de neurochirurgie. J'étais très agité car il ne me comprenait pas. Pourtant, c'était simple, j'allais de plus en plus mal. Je ne sentais presque plus ma main et si mon esprit tournait à une vitesse folle, mon corps était en train de rendre les armes. Le type ne comprenait rien. Il me proposait de me mettre sous Deroxat, un antidépresseur. Je le regardais, l'air fou et méchant. Je le prenais dans les yeux. De quoi me parlait-il celui-là ? J'étais en train de me paralyser, personne ne savait ce que j'avais, j'ignorais si on allait pouvoir me soigner, j'avais peur, j'étais angoissé. Et lui, tout ce qu'il avait trouvé, c'était de me proposer du Deroxat, comme si je délirais, comme s'il n'y avait pas de raisons d'angoisser ou de déprimer. J'ai fermement refusé et il est reparti.

Extrait du dossier médical. Note du Dr C. – service de neurochirurgie – 29 juin

Cliniquement conscient
Malaise généralisé
Pas de déficit
Pas de trouble
neurologique
cliniquement évident
Pas de syndrome
cérébelleux
ni vestibulaire

Le neurologue est repassé, accompagné d'une collègue dont il voulait l'avis. Elle était jeune, elle avait l'air sympathique. Elle portait une blouse sur un pyjama bleu. Elle me questionnait. À un moment, elle m'a demandé de lui serrer la main droite. J'avais l'impression de ne pas y parvenir, je ne sentais pas ma main. En réalité, j'étais en train de lui broyer les doigts ; je ne comprenais pas du tout ce qu'il m'arrivait. Eux non plus. J'avais franchi un premier cap dans la métamorphose.

La femme m'a fait tousser, m'a demandé si j'avais du mal à avaler. Je lui ai répondu – je ne sais toujours pas pourquoi – que j'étais toujours au bord de la fausse route. Elle a pris un air entendu. Ils sont repartis perplexes. Caroline et les miens sont revenus. Puis repartis car des infirmiers entraient dans la pièce. Ils étaient gentils, avaient l'air enjoué et portaient des uniformes blancs avec des liserés bleus sur les poches. Mais ça a dégénéré : ils voulaient m'enfoncer un tube dans le nez. Ils m'ont pris par surprise. Ils ne m'ont pas vraiment expliqué. J'ai vu ce type avancer un tuyau blanc vers mon nez et me commenter son geste : « On va vous mettre la sonde... » Je ne comprenais rien. J'ai eu un mouvement de recul, il m'a expliqué que c'était une sonde naso-gastrique* pour me nourrir au cas où j'aurais un problème de déglutition. Que ça ne m'empêcherait pas de manger. Je lui ai dit que je n'en voulais pas, que je n'en avais pas besoin. Il a insisté. J'ai capitulé. Alors il a essayé, il m'a enfoncé le tuyau dans le nez, je sentais qu'il touchait les parois et prenait le chemin de la gorge. Est venu le moment où il m'a demandé de déglutir, et, là, le contact du plastique m'a irrité. J'ai eu un puissant réflexe vomitif. Un liquide blanc et mousseux est remonté de mon estomac, sorti par la bouche et le nez, et tombé en flaques sur mon pantalon. L'infirmier était atterré, il a vite retiré la sonde. Il se sentait mal de me faire vomir. Il a pourtant réessayé. Le tuyau est passé dans le nez, arrivé à l'orée de la gorge j'ai vomis encore plus violemment. L'infirmier a fini par battre en retraite. Il est parti, dépité d'avoir raté son geste ; en disant cependant que ce n'était pas trop grave vu que c'était préventif. « De toute façon, a-t-il ajouté, vous devez être à jeun pour les examens de demain. » Je ne savais pas de quoi il s'agissait. Mais j'étais content de ne pas avoir ce truc dans le nez. Caroline est revenue, mon voisin de chambre aussi. Nous avons discuté avec lui. Il venait se faire opérer d'une tumeur au cerveau. Il l'avait découverte à cause de très violents maux de crâne et devait se faire opérer dans deux jours. Il était, comme nous, mort de peur. Je tentais de le rassurer en lui disant que son chirurgien, que je connaissais, était réputé être l'un des meilleurs. Ici les visites étaient autorisées jusqu'à 20 heures, j'avais peur que Caroline s'en aille. Assez vite, toute la famille s'était rassemblée autour de moi, j'étais très fatigué et terrassé par l'angoisse. À un moment, je me suis levé du lit. Mais mes pieds se sont dérobés sous moi, mes jambes aussi, je manquais tomber. C'est comme si tout s'était transformé en guimauve en bas, que mes jambes étaient caoutchouteuses. Je ne comprenais plus rien, j'étais bouleversé. La métamorphose était entrée dans sa phase active. Mes jambes bougeaient mais je ne les commandais plus. C'est comme si j'avais un poulpe endormi à la place de mon corps habituel. Si je me concentrais et que j'étais soutenu, je pouvais encore faire quelques pas. Mais c'était périlleux. J'étais tellement pris par la métamorphose que je ne réalisais pas ce qui m'arrivait. Je me débattais, j'essayais de me dépêtrer de cet afflux d'informations incompréhensibles. Je n'y parvenais pas. J'avais tellement peur, je ne comprenais tellement rien à ce qui m'arrivait, que j'étais sonné. Le soir, la neurologue, Sophie, c'est son prénom, est venue me chercher pour aller passer une IRM. Ma sœur m'a accompagné. De toute manière, ça ne m'inquiétait pas, j'en avais déjà subi pour mon kyste. Mais je détestais ça. La médecin m'a proposé d'essayer de marcher en passant mes bras autour de son cou et de celui de ma sœur. Je pensais y arriver. On commençait à avancer quand un aide-soignant a apporté un fauteuil roulant. L'IRM était d'une longueur insoutenable. Apparemment, ils faisaient un tas de recherches et de vérifications. Une chose était sûre, la métamorphose n'était pas due à une tumeur. Je ne sais pas si ça me rassurait. Je me rendais juste compte que tout était difficile : monter sur la table d'IRM, en descendre. Je me sentais partir mentalement dans des sphères de moi-même que j'ignorais. J'étais dans mes tranchées. À côté d'Annette, dans le couloir, il y avait un homme. J'ai mis un temps fou à le reconnaître car ma vue était trouble. C'était Yann, mon patron. J'étais surpris et content de le voir, ça me ramenait à la vie, comme une irruption du réel au milieu de ma guerre. À le regarder d'en bas, comme ça, depuis mon fauteuil roulant, j'avais le sentiment d'être un enfant.

Extrait du dossier médical. Note du Dr C. – service de neurochirurgie – 29 juin

À l'IRM : stabilité du kyste.

Nous sommes remontés à la chambre et je me suis couché. Je ne savais toujours pas ce que j'avais. Ce soir-là, je pouvais encore bouger et marcher un peu. Tout le monde était parti. Caroline était chez nous. Et moi je n'arrivais pas à dormir. À un moment, les infirmiers sont passés, ils ont essayé de me piquer pour une prise de sang et une perfusion. Ils s'y sont repris à quatre fois alors que mes veines étaient énormes. L'infirmier y perdait son latin et sa fierté à passer à côté de ce boulevard. Il a demandé de l'aide à sa collègue qui a réussi du premier coup. Je suivais ça de loin, trop occupé par ma métamorphose. Trop fatigué, trop nerveux, trop écorché. Tout ça était trop dur. Je me répétais tout le temps que c'était ma première nuit à l'hôpital. Je ne dormais pas. J'avais peur.

J-30. Le matin a déboulé sans que j'aie eu l'impression de m'être assoupi. À 6 heures, mon voisin est parti se faire retirer un bout d'artère en prévision de son opération. Il faisait déjà chaud. Je me suis levé péniblement, j'ai réussi à marcher encore un peu accroché à mon pied à perfusion. Je voulais pisser mais aller jusqu'aux toilettes ressemblait à un combat. Les nuits d'insomnie à répétition avaient eu raison de moi. En tout cas, c'est ce que je pensais. Je pissais lentement, fixant d'un œil vide les deux grands bocaux à bouchon rouge qui étaient posés sur le rebord de la cuvette. Et je me suis rendu compte qu'ils étaient pour moi. Normalement je devais pisser dedans, l'un était opaque, l'autre non. Grâce à ça, on pourrait savoir si c'était une maladie qu'on nomme une porphyries. Un vrai nom de tragédie grecque. Le temps que tout ça me remonte à la tête, j'en avais presque terminé. J'avais un doute, fallait-il que ce soit dès le premier jet, devais-je pisser dans les deux ? Je ne savais plus. J'ai choisi un bocal, le clair, et voilà ; mon dernier pipi. Je suis retourné vers mon lit ; j'appelais ma sœur. Elle n'était pas loin, au café, avec Caroline et ma mère. Elle allait peut-être essayer de venir me voir, vu qu'elle était médecin. Je peinais à trouver mes mots. J'étais très angoissé, je crois. Ils devaient me faire une ponction lombaire*, ça faisait des années que ça me faisait peur, que ces deux mots associés me terrorisaient. Je demandais à Annette de me décrire comment ça se passait, si ça faisait mal, qui allait me la faire. Elle m'a raconté, ça n'a pas ôté la peur. Cela l'a fait vibrer d'une autre manière. Plus précise. La matinée passait. Je téléphonais mais j'avais la flemme de parler. Je sentais que je perdais l'usage de mes mains. Mais je n'avais pas perdu espoir à ce moment-là. Je ne savais pas ce qui m'attendait, à quoi ça ressemblait d'avoir son corps pour sarcophage.

Ce jour-là, c'était encore des mots. Je me disais que je pourrais utiliser ce temps passé à l'hôpital pour écrire, qu'il me faudrait un dictaphone qui se déclenchait à la voix. J'en ai demandé un à Caroline, comme ça, je pourrais toujours dicter. Je regarde ça avec amusement maintenant, cet acharnement à vouloir utiliser son temps, le mettre à profit. Écrire, quelle vanité ! Ceux qui vivent ne savent rien. Mais jusque-là, j'y croyais. En fin de matinée, la médecin est arrivée pour la ponction lombaire*. Je lui ai dit que j'étais fatigué, elle avait l'air de le savoir. Elle ne m'a pas demandé si j'avais peur. Pendant qu'elle préparait son matériel avec les infirmiers, un externe a passé sa tête dans l'entrebâillement de la porte, il voulait savoir ce qu'elle faisait. Je ne comprenais pas très bien les raisons de son regard de chien docile et puis ça s'est éclairé. Il voulait faire le geste médical. Il voulait s'entraîner sur moi. J'étais saisi, couché de côté, le dos en boule. Je ne pouvais rien dire mais tout en moi s'était raidi, tout criait : « Non, je ne veux pas, pas lui, non je vous en prie. » La médecin m'a libéré sur le champ : « Tu veux faire la ponction lombaire*, c'est ça ? Non, là c'est pas le moment, j'ai besoin qu'elle soit parfaite pour l'analyse. » Il est reparti bredouille. Il ne peut pas savoir combien je l'ai haï, lui qui voulait s'entraîner sur moi. Et puis elle m'a piqué entre les vertèbres. À un moment, elle a dit : « Et merde, moi qui voulais que ce soit nickel, c'est raté. » Elle parlait de sang, je ne comprenais pas bien. Quand elle a terminé, ils m'ont expliqué que je devais rester couché sur le dos et ne pas trop bouger sinon je risquais une très forte migraine et des nausées. Je les écoutais, je ne disais rien. La métamorphose, elle, était à l'œuvre. À partir de là, je n'ai plus pu me lever. Mes membres se sont vidés de leur substance, de leur sens. Très progressivement, de manière implacable, tout a foutu le camp.

Extrait du dossier médical. Résultats ponction lombaire* – 30 juin

Neurochir-Cushing
30 juin 13 h 47 ;
Chimie LCR
– Origine LCR lombaire
43 éléments
– Protéine LCR 1,25 g/l
– Glucose LCR
3,3 mmol/l
– Chlorure LCR 118 mmol/l
usuelles entre 120 et 130 ;
Groupe hospitalier Pitié-Salpêtrière.
Laboratoire de bactériologie.
Demande N° SA 0506 1991
Prélèvement liquide céphalo-rachidien.

Éléments nucléés : **43**
Hématies : 107
Observations infirmières : aide aux déplacements.

Caroline est arrivée en début d'après-midi. Mon père était déjà dans la chambre. Je ne me souviens plus bien. J'avais faim ou plutôt je voulais avoir faim. C'est ça, j'avais en moi le désir de manger pour retrouver des forces, je sentais bien que, sinon, ça n'irait pas. Et puis je voulais leur prouver que cette histoire de sonde gastrique était ridicule. Je me réjouissais à l'idée de pouvoir manger, de retrouver quelque chose de normal au milieu de la débandade. Mais ça a tourné au vinaigre. Quand j'ai enfin pu toucher à mon plateau, vers 16 h 30, je n'étais plus capable de le faire. Je pouvais tenir ma fourchette, piquer l'omelette desséchée de l'Assistance publique, mais, quand j'essayais de l'amener à ma bouche, mon bras se trompait. Il amenait ma main droite trop bas, trop haut ou trop à gauche. Mes gestes étaient impossibles à contrôler, je ne pouvais pas viser. J'ai essayé une fois, deux fois, trois fois, quatre, cinq, six, sept. Ça ne servait à rien, ça empirait, mes forces s'épuisaient, mes nerfs aussi ; je ne pleurais pas parce que je n'en avais pas la force. Mais, en moi, tout pleurait, c'était tellement pathétique. Caroline m'a aidé à manger, elle tentait de dissimuler son effroi. De toute manière, je n'avais plus faim. Mâcher me fatiguait et ma perte de contrôle m'épouvantait. Je n'avais plus de pouvoir sur moi-même. Et cette peur-là, mon ami, efface tout, elle raye les souvenirs d'un trait. La métamorphose me demandait de tout lâcher : mon corps mais aussi les miens. Elle voulait m'entraîner sur son territoire. Une fois que j'y serais, elle pourrait me dévorer tout cru avec son armée de fourmis. Je comprenais bien qu'il fallait lutter mais je ne savais pas comment faire. Chez moi, rien ne répondait, mes gestes se faisaient à l'envers. Ma pensée, mes souvenirs se brouillaient. Tout était absorbé par la lutte, toutes ces forces étaient aussitôt avalées. Dans l'après-midi est passé l'un des chefs de service de neurochirurgie, celui qui m'avait suivi pour mon kyste. Il était petit, il avait l'air propret de l'ouest parisien. Il m'a fait un sourire – faux – et m'a dit de ne pas m'inquiéter, que j'étais entre de bonnes mains, que tout allait bien se passer ; je lui ai répondu en souriant – aussi un faux – que j'espérais bien. Dehors, le temps était à l'orage. La mère de Caroline est venue ; je lui ai demandé de bien s'occuper de sa fille, surtout je voulais qu'elle mange des choses saines. Je ne voulais pas que Caroline se laisse dépérir. Elle m'a apporté un dictaphone. Je n'avais ni l'envie ni le courage de m'en servir. En fait je n'ai jamais pu le faire, la métamorphose ne m'en a pas laissé le temps. Dan, mon cousin de Genève, est venu me voir. Il est médecin. D'autres gens peut-être sont passés aussi. Je ne sais plus, mes intérieurs étaient occupés. En fin d'après-midi, on m'a annoncé que j'allais être transféré en neurologie. Là, on pourrait mieux me surveiller et prendre soin de moi. Comme il n'y avait pas d'autres lits, ils allaient me placer en réanimation. Mais c'était temporaire, dès qu'un lit se libérerait à côté, ils me l'attribueraient. Quand ils sont venus me chercher, je tenais encore un peu sur mes jambes. Suffisamment, en tout cas, pour aller sur le fauteuil roulant. L'aide-soignant portait un pyjama bleu, il avait l'air doux et rusé. Pendant le transfert d'un bâtiment à l'autre, il s'est mis à pleuvoir. Caroline a laissé tomber l'un de mes téléphones portables qui s'est brisé. J'y vois maintenant un présage : les communications seraient dorénavant rompues. Derrière mon fauteuil, toute une troupe s'engouffrait avec moi. Nous arrivions par le sous-sol. C'était jaune et sale. Nous montions avec le monte-charge. En haut, la chambre était grande et j'étais seul, sans voisin. L'ensemble faisait beaucoup plus moderne, beaucoup plus spatial aussi. Il y avait beaucoup de bruits, des diodes, ça sonnait de partout. Je ne me doutais pas, évidemment, que je n'en sortirais plus, que j'y resterais jusqu'à maintenant. Figure-toi que je ne la connais pas bien, cette chambre, j'ai à peine eu le temps de la voir. On entendait aussi une radio à plein volume. Il n'était pas loin de 18 heures. Je crois qu'ils ont eu du mal à me transférer sur le lit, mon lit, celui sur lequel je repose aujourd'hui. En arrivant, j'ai demandé le téléphone car, avec toutes ces machines, le portable était interdit. Ils m'ont dit qu'il était trop tard, que c'était fermé. J'insistais, je voulais pouvoir parler avec ceux que j'aime. J'ai eu de la chance, ça a marché. En plus, les visites étaient limitées : il n'y avait que deux tranches, de 15 heures à 16 heures et de 19 heures à 21 heures. Je crois que j'avais droit à un peu plus parce que, normalement, je n'aurais pas dû être là, en réanimation. L'infirmière a débarqué, elle était blonde, elle était grosse, elle avait l'accent de l'Est et la voix martiale. Elle a commencé fort : « À poil ! » Je ne comprenais pas, je la regardais. « À poil ! » elle a répété. Elle était face à moi, là, devant mon lit dans son pyjama bleu, avec ses yeux bleus aussi, mi-rond, mi-bridés et elle ne comprenait pas mon air bête. Et puis une lumière lui est venue : « Ben oui, je te tutoie parce que tu es jeune, c'est plus simple pour nous, tu comprends. » Oui, ça je comprenais, ça ne me gênait pas trop ; enfin j'avais quand même été un peu choqué. Mais bon, on ne me disait pas « À poil ». Je suis pudique moi, d'abord, et, ensuite, on ne me donne pas d'ordre comme ça. J'avais rien fait de mal. Alors j'ai essayé de glisser : « Est-ce que je pourrais pas garder un petit caleçon parce que j'aime pas trop me mettre tout nu devant des gens que je ne connais pas. – Nan, ici c'est à poil et c'est comme ça. On est en réanimation et, en réanimation, les patients ils sont tout nus. – Ben justement, en fait, je ne suis là que de passage, après je vais changer de salle. – Ici c'est comme ça, tu retires ton caleçon ; au fait, moi, c'est Marine. » J'ai grommelé : « Moi, c'est Boris », et j'ai obtempéré. Puis, elle a ajouté : « Avec ce que tu as, tu es ici au minimum pour quinze jours, mais sûrement pour beaucoup plus, ça peut aller jusqu'à huit mois, un an, tu comprends, alors il faut s'y faire... » Je la regardais, méfiant. « Mais de quoi elle me parle celle-là », j'ai pensé tout bas. Et elle en a rajouté : « Tu risques de te paralyser des pieds à la tête, au pire même tes paupières ne battront plus, rien. » J'avais envie de la tuer, elle ne savait rien, même les médecins ne savaient pas ce que j'avais, ils me disaient que j'étais de passage et elle, elle m'assénait ses vérités apprises, comme si j'allais rester en réanimation, comme si c'était ma destination et non une escale. Sur le moment, je l'ai méprisée... Mais maintenant ? Que puis-je dire ? Elle avait raison, je le crains. Elle n'est pas là ces derniers temps. Elle doit être en vacances. Je les reconnais toutes maintenant, je sais qui entre et qui sort, qui est troublé par le policier et qui s'en fout. Je connais leurs vies et leurs problèmes. Je me suis mis à détester Marine. En même temps, je la respectais et je la craignais. J'étais à poil et elle me collait des électrodes sur le torse. Ici, ils avaient l'air plus sérieux et plus affairé. Je me sentais pris en charge, ça me rassurait. Elle est partie, elle a laissé la place à Caroline, mes parents, Morgan, Dan. Et puis, ils ont dû partir.

Extrait du rôle infirmier – 30 juin au 1er juillet

Garde 14 h – 21 h.	Entrée pour diagnostic, subfébrile, déficit des 4 membres, douleurs	dorsales, toux +++, sécheresse de la bouche +++.

Tu vois, j'étais seul et j'avais la trouille ; de l'autre côté du couloir la radio hurlait à en crever. Je crois que c'était RTL2, ça me dérangeait, ça m'irritait. Je demandais à ce qu'on ferme ma porte. Ils m'ont expliqué que c'était impossible. En « réa » on ne ferme pas les portes, pour pouvoir entendre les alarmes des machines. J'essayais de regarder la télé. Mais je la trouvais trop petite. Je voyais l'image un peu brouillée et surtout je voulais changer de chaîne, mais la télécommande était récalcitrante. Je n'arrivais pas à la diriger dans la bonne direction en même temps que j'appuyais sur le bouton. Je trouvais qu'ils auraient pu faire des télécommandes un peu plus pratiques. Je ne comprenais pas que c'était ma main qui ne marchait plus bien. J'ai éteint la télé à grand-peine ; je voulais dormir. J'ai appelé avec la sonnette pour demander un Stilnox. Le médecin a accepté de m'en donner. Un infirmier m'a dit qu'il s'en occupait. Je l'ai attendu, attendu, mais il ne revenait pas. J'hésitais longuement avant de sonner à nouveau. Quand il est arrivé finalement, il avait l'air de trouver que j'exagérais, que je le dérangeais. Je ne voulais pas l'emmerder, moi, mais j'avais besoin de mon somnifère, c'est tout. Je lui ai aussi demandé s'il était normal que mon lit me fasse mal au dos. Il m'a expliqué que non : « Ce sont des matelas antiescarre* à air pulsé, on ne peut pas faire mieux comme matériel médical. » Il a vérifié quand même. En fait mon lit était dégonflé. Il ne savait pas comment faire pour le réparer, je devais attendre le lendemain. Avant qu'il parte, je lui ai demandé de bien vouloir baisser un peu la musique dans la chambre d'à côté. J'espérais dormir. J'étais épuisé et je me disais qu'une nuit de sommeil me ferait du bien. Mais j'étais envahi par les mauvaises ondes, dominé par l'angoisse. Je n'arrivais pas à dormir et l'hypnotique me plongeait dans un drôle d'état. Tout en tension. Ne pas dormir quand on a pris un Stilnox est une mauvaise chose, cela accroît la puissance des angoisses et vous fait errer, malheureux, entre ciel et terre. J'étais ensuqué, l'anxiété m'étouffait. Je voulais qu'elle me lâche mais, plus mon corps s'engourdissait sous l'effet du médicament, plus sa pression augmentait. Et puis il y avait les alarmes des machines un peu partout dans le couloir, des sonneries lourdes, qui faisaient peur. Moi-même, j'en produisais. Au milieu de la nuit, un truc m'a chatouillé le nez. J'étais couché sur le côté gauche et c'est la narine gauche qui me gênait. Ça me grattait, ça trifouillait. J'ai ouvert un œil. J'ai vu des doigts gantés qui s'agitaient autour de mon nez et essayaient de scotcher un tube dessus. J'ai balbutié un « C'est quoi ça ? » bien rauque. Une voix derrière moi m'a répondu : « C'est rien, on te met de l'oxygène, tu en as besoin. » J'étais à peine étonné, je ne cherchais pas à tourner la tête pour voir le type, j'ai marmonné : « N'importe quoi » et je me suis rendormi sur le lit dégonflé.

Extrait du rôle infirmier – 30 juin au 1er juillet

Veille 21 h – 7 h.	Désaturation* en dessous de 90 % par moments.

J-29. De ce jour, j'essaie de tout garder en mémoire. C'est difficile pourtant, les attaques étaient si violentes que ma mémoire, si fiable, m'a lâché. Si j'avais pu m'accrocher, lutter contre la métamorphose, tout se serait peut-être passé différemment. Je ne serais pas là aujourd'hui, à ressasser les heures, les minutes et les secondes, à chercher une explication, un indice. Mes yeux seraient encore ouverts sur le monde. Je m'appellerais Boris, j'aurais un âge, je n'aurais tué personne, ni traversé ce cauchemar. Ce jour-là, j'ai vécu mes dernières heures en votre compagnie, dans un monde où les choses ont un sens. Même si, déjà, elles n'en avaient plus beaucoup. Quand l'équipe du matin a débarqué dans ma chambre, je n'étais vraiment pas frais. Mon attention, ma mémoire, ma concentration, à partir de là tout est écorché. Il y a des trous. Il n'y avait pas de douche dans la chambre, les toilettes se faisaient au lit. Je ne sais plus si j'arrivais encore à me laver seul ; je ne crois pas. Une aide-soignante m'a donné à manger, de la bouillie. C'était délicieux. Elle me parlait gentiment, me demandait si mon père était bien gynécologue obstétricien. C'est lui qui l'avait accouchée de ses trois enfants. La coïncidence m'a plu, elle me rassurait aussi, je me disais que si mon père avait bien pris soin d'elle, elle et les autres prendraient bien soin de moi. Je racontais la nouvelle à ma sœur avec une excitation démesurée, comme si, de ce fait, j'allais pouvoir guérir plus vite. En moi se disputaient la peur de la mort et l'espoir. Je n'avais plus vraiment la mesure de ce qui m'arrivait. Mes souvenirs sont aussi des rumeurs ou des ouï-dire. Il paraît que j'ai demandé à une amie, Maya, de venir me voir. Quand elle m'avait proposé de passer le week-end suivant, j'avais été très ferme. Je lui avais dit : « Non, aujourd'hui. » Le matin, je me sentais épuisé. Porter le combiné du téléphone me fatiguait, je n'arrivais pas à maintenir le fil des conversations, ma voix était blanche, un mince filet qui s'épuisait. Vite je voulais raccrocher. J'étais trop fatigué et pourtant je ne m'endormais pas. Quelque chose en moi résistait. Je devais savoir, tu ne crois pas, que si je m'endormais, je ne m'éveillerais plus. Il fallait tenir, s'accrocher autant que possible. Tu sais, à partir de maintenant, j'en suis réduit aux conjectures, je tente de trouver des explications. Avec midi est venue l'heure des tests. Ils m'ont fait boire un verre d'eau. J'ai manqué de m'étouffer, la moitié est passée dans les bronches. Pour les infirmières et les médecins, c'était un signe : j'étais bon pour la sonde naso-gastrique*. J'ai fait le fier en leur disant qu'elles n'arriveraient jamais à me la mettre, que d'autres avaient essayé avant elles. Elles m'écoutaient à peine, elles étaient infirmières de « réa », c'est pas pareil. Ça sous-entendait qu'elles étaient meilleures, en tout cas qu'elles le pensaient. Moi, je me disais que j'allais encore leur gerber dessus, c'est tout ce qu'elles gagneraient dans l'histoire. Mais non. Le tuyau est passé dans ma gorge sans que je sente le moindre mouvement. À un moment, elles ont arrêté et ont déclaré : « Ça y est. » Elles ont envoyé un peu d'air avec une seringue. Ça a fait un drôle de bruit genre « boump », la preuve que le tuyau était dans l'estomac. Mon dernier repas était une bouillie. Depuis, tout passe par ce tuyau, oui, celui que tu vois à l'intérieur de mon nez. Ils me donnent un produit lacté et protéiné, ma seule nourriture. Cherche pas, on appelle ça du Sondalis. Il y a des expériences qui te renvoient en enfance et qui ne sont pas forcément heureuses. Mais ça ne s'arrêta pas là, elles ont continué la série des tests et m'ont annoncé que si je n'avais pas pissé d'ici deux heures, il faudrait me mettre une sonde urinaire.

Extrait du rôle infirmier – 1er juillet

Jour. 7 h – 14 h.
Toux plus ou moins efficace, **n'a pas uriné de la matinée** (à surveiller), yaourt à 12 heures toux +++, sonde naso-gastrique* posée.

Encore un problème que je n'avais pas envisagé, à dire vrai cela faisait un bail que je n'avais pas songé à pisser. J'ai demandé tout de suite l'urinal. Je voulais leur prouver que j'allais bien. Je ne voulais pas d'un tube dans la bite. J'essayais de pisser mais je ne savais plus vraiment où il fallait contracter. Je me concentrais mais ça ne sortait pas. Plus j'essayais, plus ça me semblait compliqué. Je me disais que c'était la pression. Le fait qu'on attende que je pisse m'en empêchait. J'ai appelé ma sœur, je lui ai dit que j'étais inquiet, que je ne pouvais plus pisser. Elle ne répondait rien, qu'aurait-elle pu dire ? Elle était à son cabinet, je crois. J'étais fait, pas une goutte ne sortait de mon sexe. Et les deux infirmières qui sont revenues. Elles savaient bien, elles, que je ne pouvais pas, plus, pisser. Elles m'ont promis que ça ne ferait pas mal, que ce n'était pas grave. Un mauvais moment à passer, après ça irait mieux. En plus ça me libérerait la vessie. Je ne pouvais pas refuser. Ça ne servait à rien d'attendre plus longtemps. Un muscle de plus de touché, c'est tout. L'infirmière a posé un champ, préparé sa sonde, mis des gants stériles et m'a injecté de la Xylocaïne, un anesthésique, dans le conduit. Et puis, elle a enfoncé le tube ; je le trouvais énorme. Tu sais, c'est très gênant, quelque chose comme ça ne devrait vraiment pas se trouver là, un peu comme si on était attrapé et coincé. À un moment, le tube s'est bloqué, ça a fait mal, l'infirmière a forcé un peu et c'est passé. C'était fini, la sonde était en place, la gourde au bout a commencé à se remplir. J'étais dérouté, j'avais perdu mon intégrité. J'avais un tube dans la bite, je les détestais tous de m'avoir fait ça. Mais j'étais trop fatigué, même pour me rendre compte de la rage qui était en moi. La métamorphose me tenait, elle transformait mon corps et en faisait ce qu'elle voulait. Regarde, elle m'a jeté dans un lit comme une maîtresse et m'y maintient en experte. Tout ce qu'elle touche, tout ce qu'elle caresse, tout ce qu'elle embrasse a cessé de fonctionner. Elle m'a cloué les bras et les jambes, elle m'a bandé les yeux et ne veut laisser que sa salive entrer dans ma gorge. Elle a pris possession de son territoire. Avant, c'était chez moi. Mais pour que son empire soit certain, il faut que je sois en vie. Les tubes qui sortent de moi servent à cela. À ce moment, je croyais pourtant qu'elle voulait me tuer, j'avais peur, peur, peur de mourir. De crever sans avoir compris comment ni pourquoi. Sans rien laisser non plus. Caroline n'était pas enceinte, elle avait ses règles depuis hier. J'étais tellement effrayé. Je ne savais encore rien de ce qui m'attendait.

Il paraît que des amis sont venus me voir, je ne m'en souviens pas. Ils m'ont raconté après ; la rumeur du monde et des autres m'atteignait à peine. Dans l'après-midi, le médecin qui dirigeait la réanimation, le neurologue qui m'avait vu en premier, est passé me voir. Il marchait avec la tête et le torse qui précèdent les jambes. Il avait le cheveu tout blanc mais n'était pas bien vieux ; il m'a posé des questions. Et puis, il a lâché tout à trac : « Moi j'en pince pour une ciguatera*. » Personnellement j'en pince pour Caroline. Je suis peut-être malade mais ce type est fou. Je ne savais pas quoi dire, je ne voulais pas être un objet d'études pour médecin. Peu après, Sophie, l'autre neurologue, est venue me voir. Elle, elle penchait plutôt pour un genre de maladie de Lyme*. C'était l'hypothèse que je préférais, car, a priori, ça durait deux semaines. Tu auras compris que ce n'était pas la bonne. Elle s'était aperçue que mon lit ne fonctionnait pas. Elle s'est énervée, a donné des ordres, elle voulait qu'on me change tout de suite de lit. Une aide-soignante lui a expliqué que c'était impossible, que le lève-malade ne fonctionnait pas. Sophie s'en foutait, elle exigeait que ce soit fait tout de suite. Alors ils ont appelé du renfort pour me sortir du lit. Je trouvais qu'ils exagéraient, avec du soutien je pouvais quand même tenir debout. Ils m'ont aidé mais ça a viré au drame. Mes membres bougeaient dans tous les sens, ils avaient du mal à me tenir, à se tenir, je dérivais. Les soignants paniquaient, la neurologue hurlait : « Ivan ! Ivan ! »

Le voici. Ivan avait l'air costaud et des yeux écarquillés, il me regardait avec étonnement tandis que je m'accrochais drôlement à lui. Mon corps qui tombait n'était retenu que par mes mains tant bien que mal agrippées à sa nuque. Je n'étais plus qu'un fétu de paille. Je ne savais plus où était mon corps. Il me fallait un homme là-devant, un homme auquel je me suspendais pour savoir que toute cette masse avait un sens, un centre de gravité. Je pouvais aussi bien flotter ou m'aplatir sur le sol. Mes mains derrière sa nuque, c'était la seule chose sûre. Je voulais retrouver le lit, un semblant d'ordre. Allongé, le monde paraissait moins fou. Au bout d'un temps indéterminé, on m'a recouché. Je pouvais à peine respirer. La pensée s'évanouit, les mots s'écrasent devant un tel désastre. Je savais qu'il y avait un vrai problème, très grave. Ce genre de choses n'arrive pas sinon. Le gouffre devant moi était si profond que je ne pouvais plus réfléchir ou imaginer. Mon corps était devenu le jouet d'un autre, un pauvre pantin essoufflé qui se noyait dans la trouille. Le temps n'existait plus. Il n'y avait que les événements. Plus tard donc, la neurologue est entrée dans ma chambre, elle s'est postée devant mon lit. Elle portait un air dur qui lui seyait mal. Elle m'a dit qu'on allait m'intuber. Je ne comprenais pas ce que ça voulait dire, je ne comprenais pas. Je ne savais même pas que j'avais du mal à respirer. Elle m'a dit que je désaturais trop, que mon corps ne s'oxygénait pas assez. Il fallait m'intuber avant le week-end. Je ne comprenais toujours pas. Il fallait me placer sous assistance respiratoire. Je ne voulais pas. Je voulais voir Caroline avant. La médecin a refusé. Je lui ai demandé si je pourrais parler, une fois intubé. Elle m'a répondu que non, la présence du tube dans la gorge l'empêchait. Je voulais téléphoner à Caroline. Elle a refusé, elle avait peur que tout prenne des proportions dramatiques, elle avait peur de ma famille et de nos passions. Je la regardais, je la toisais, je suis redevenu un instant moi-même. Je lui ai dit qu'il ne se passerait rien tant que je n'aurais pas parlé à Caroline, que je ne voulais pas prendre le risque de ne plus pouvoir lui parler de ma vie. J'étais ferme et j'avais la fièvre dans les yeux. J'exigeais de lui parler. Elle a cédé. Elle m'a laissé passer ce coup de téléphone, le coup de téléphone, le dernier que j'ai donné, mon ami. Caroline a décroché. Je lui ai dit qu'ils allaient m'intuber, que je l'aimais comme un fou, qu'elle était belle, qu'elle me plaisait, que je la désirais comme aucune autre femme. Je lui ai dit que nous ferions des enfants quand je me serais remis. Je lui ai dit encore et encore que je l'aimais, elle était en train d'arriver, elle était dans le couloir. Ils l'ont laissée entrer. Elle arrivait dans la chambre, elle était toujours aussi belle, le téléphone à l'oreille. Elle l'a éteint et m'a rejoint, à côté du lit. Nous chuchotions. Je la regardais, je m'emplissais d'elle, je lui ai demandé de s'occuper de mes manuscrits, notamment de mon conte pour enfants, « L'Homme dauphin et la sirène », celui que j'avais écrit pour elle, par elle. Je lui ai dit les mots que je ne peux plus lui dire maintenant. J'essayais de lui dire l'amour et, peut-être, un peu, la mort. J'essayais de lui transmettre toute la passion qui habitait encore mon pauvre corps, je voulais la protéger aussi, l'entourer, la garder à mes côtés. Je l'emmenais avec moi. Elle devait partir, c'était l'heure. Je l'ai suivie des yeux, ils ont fermé la porte, ils ont préparé leur matériel, le chariot d'urgence a été demandé. Pendant qu'ils s'apprêtaient, le téléphone a sonné. J'ai répondu. C'était Jean-François, nous travaillions ensemble sur le site. Un homme mystérieux qui m'avait pris sous son aile ; il m'avait beaucoup aidé, m'avait beaucoup appris. Depuis longtemps. Nous devions dîner ensemble, à Madrid, la semaine suivante, le 4 juillet. Il voulait savoir comment j'allais. Je lui ai répondu : « Il faut que je te laisse, on va m'intuber maintenant. » J'ai laissé le combiné à l'infirmière qui a raccroché. Puis le noir, l'anesthésie. Lorsque j'ai ouvert les yeux quelque temps plus tard, je me sentais plutôt bien, assez frais. Et autour de moi, il y avait Caroline, ma sœur, mon père et ma mère. J'étais heureux de les voir encore. Je leur parlais, ma bouche formait des mots sans le son. Mais ils me comprenaient et nous pouvions communiquer. Le tube passait dans mon nez, je pouvais donc articuler. Ça me faisait du bien de les voir, je les aimais. La métamorphose avait eu raison de moi. Je m'étais presque entièrement éteint, maintenu en vie par trois tubes et un petit fil logé dans mon cerveau. Et maintenant, en cet instant, je revois ma famille et mon amoureuse ce jour-là, mon regard balaie la pièce et les embrasse chaleureusement. J'étais calme. Je les regardais encore et nous parlions en silence. Je les passais encore une fois en revue. Le respirateur me soufflait dans les bronches, il sifflait, il sonnait. Je me disais : « Ils vont partir ou mes yeux vont se fermer. Bientôt je ne les verrai plus. » La métamorphose avait eu lieu. Immobile, imperturbable, impénétrable, derrière mes yeux paralysés, j'étais devenu le Sphinx.

Extrait du dossier médical – 1er juillet

Établissement français du sang de l'Île-de-France.
Laboratoire d'immuno-hématologie.
Sérologie du CYTOMÉGALOVIRUS* (CMV) : **négatif.**

Sérologie du Virus EPSTEIN-BARR (EBV) : **négatif.**

Coombs direct et bilan immuno-hématologique, prélèvement du 01/07.
Test de coombs direct : **négatif.**
Antiglobuline Anti IgG : **négatif.**
Antiglobuline Anti C3d : négatif.

Sérologie du virus VARICELLE ZONA (VZV) : **positif.**

Extrait du dossier d'observation.
Esther (externe)

Groupe hospitalier Pitié-Salpêtrière.
Laboratoire de virologie.
Demande N° LV 0526 1069 sur sérum du 30/06/05, reçu le 30/06.

Lyme* (sang + LCR), prêt 07/07/05.

Vit B12 : prpet 05/07.
Interféron 06/07.
Porphyrie **négatif,** reçu le 01/07.

Deuxième partie

Les aventures du Sphinx

1

Embarquement immédiat

Extrait du dossier médical – 1er juillet

Dr D. – praticien hospitalier.
Le 1/07, abolition de **tous les réflexes** sauf bicipital gauche. Mydriase* aréactive. **Ataxie* proprioceptive* majeure** des 4 membres. Déficit moteur distal du membre supérieur droit depuis ce jour uniquement.

Au total tableau de **méningo-radiculite***.

Dr L. – interne

Hypoesthésie*, prend le froid pour le chaud au membre inférieur droit.

Arrête-toi un instant mon ami. Oui, reprends ton souffle. Tu as une famille, des enfants ? Pense un peu à eux, invoque l'intonation de ta femme, le claquement de sa langue, prends un souvenir que tu chéris, n'importe lequel et emporte-le avec toi, tu en auras besoin. Gorge bien tes poumons de l'air frais que tu peux aspirer, savoure son trajet, pense à moi qui me gonfle comme une outre sans le décider ; regarde tes mains, tes veines sinueuses et épaisses – fais-les donc gonfler pour jouer – respire par le nez, tu sens l'air qui se faufile entre tes poils protecteurs ? Oui. C'est bien, profites-en, tu peux bouger un peu les jambes si tu veux, faire trembler tes muscles comme un sportif à l'échauffement. Peut-être as-tu envie d'un verre d'eau ? Ne te prive surtout pas pour moi. Attends, laisse-moi imaginer comment l'eau vient lécher chaque parcelle de ta bouche, sa fraîcheur et cette sensation quand tu avales. Comme c'est bon… Tu es prêt maintenant ? On va y aller alors, on va s'enfoncer plus avant dans mon histoire. Je suis content que tu m'accompagnes.

Après le départ de Caroline, j'avais sombré dans un profond sommeil comme si, les jours passés, le manque d'oxygène m'avait tenu éveillé artificiellement. J'ai ouvert les yeux en pleine nuit. Les machines autour de moi crachaient un bruit désespérant, un de ces bruits blancs comme le souffle des réacteurs. Les barrières hautes de mon lit avaient été remontées. J'étais empli d'effroi, il faisait très sombre. Ma vue se brouillait, de petits point blancs saturaient mon champ de vision, l'air s'était épaissi. Un son s'élevait comme le rotor d'un hélicoptère : tou-tou-tou-tou-tou-tou-tou-tou-tou. Il cognait contre mes tempes. Je voulais fermer les yeux, dormir, quitter la pièce, m'échapper, ne rien savoir. Mais c'était impossible, je me sentais comme un enfant recroquevillé et pris au piège. Mon cœur s'était mis au rythme de l'hélicoptère, j'étouffais. C'est alors que l'homme est entré. Il semblait ignorer jusqu'à mon existence. Il a longuement fait couler de l'eau, a ri puis s'est approché de moi. Il portait une lampe frontale. Je ne l'avais jamais vu, sa lampe m'éblouissait. Je n'arrivais pas à distinguer ses traits. Mais je sentais la menace. Il m'a collé sa lampe sur les yeux, je ne voyais plus que des points rouges, mes yeux larmoyaient. Que voulait-il de moi ? Pourquoi ne parlait-il pas ? J'avais peur qu'il ne me frappe ou ne me torture. J'étais incapable de me défendre. Le rotor continuait à soulever mon cœur. La lumière a reculé, je pouvais le voir maintenant. Il a fait deux pas en arrière, il souriait, il m'observait, pensif. Comme s'il essayait de m'évaluer. Son visage me glaçait. Il était torse nu, musclé, les bras croisés. Ses cheveux frisés tombaient sur ses épaules mais étaient plaqués contre son front par un bandeau. C'était un infirmier, je crois. Soudain, « clic-clac ». Un crépitement, un flash, il m'avait pris en photo. Moi, nu, malade, au bord de la mort. Moi, me débattant avec la vie, et, lui, me photographiant. Il changeait d'angle de vue, me prenait sous toutes les coutures. Il me mitraillait. Il devait échanger des photos de malades nus sur Internet. Tu les imagines, toi aussi, ces hommes qui salivent derrière leur écran en regardant nos corps décharnés, accaparés par la maladie ? Je vomissais en pensée, je ne pouvais ni protester ni le dénoncer. Il devait faire ça depuis longtemps. Mais pour qui ? Pourquoi ? Je me sentais humilié. Je ne pouvais plus bouger, je ne pouvais pas crier, hurler. Je me jurais de le lui faire payer.

Extrait du rôle infirmier – 1er au 2 juillet

Veille. 21 h – 7 h. Patient laissé **attaché** car pas toujours très cohérent !!! A des mouvements assez vifs avec ses jambes. Dossier transfusionnel rempli par les infirmiers.

Tégéline* J1 1/07/05 – 23 h 15.

Au matin, je m'étais éveillé dans cette vaste chambre. Je voulais avertir l'infirmière, lui faire comprendre qu'il y avait un pervers dans le service. La lumière était vive, elle passait par la grande baie vitrée. Il faisait chaud. La porte était ouverte, j'entendais les infirmières passer devant ma chambre comme si c'était un hall d'aéroport. Elles jacassaient, perchées sur de hauts talons. Je n'avais jamais remarqué combien infirmières et hôtesses de l'air se ressemblaient. Elles faisaient à peine attention à moi. Pourtant, j'avais besoin d'aide, il fallait que je les prévienne pour qu'on l'empêche de nuire. J'espérais être encore capable d'articuler. Je leur raconterais tout. L'une d'entre elles, un peu plus prévenante, avait dévié sa course pour venir me voir. Elle ressemblait vraiment à une hôtesse de l'air. Même couleur bleu clair de la jupe et du gilet, même foulard, même démarche sèche mais langoureuse. Elle s'était penchée sur le lit, avait placé ses mains de part et d'autre de mon corps. Elle était presque allongée sur moi et sa bouche, tout contre mon oreille, sortait des mots sucrés à l'accent de noisette. Sa voix était charmeuse, un peu envoûtante, elle réchauffait mon corps.

« Ne t'inquiète pas, c'est normal, d'autres que toi ont déjà vécu ça. Tu as vu des choses, c'est ça ? Ne crains rien, ça arrive... Ce sont des hallucinations. »

Extrait du rôle infirmier – 1er au 2 juillet

Jour. 7 h – 14 h Aspirations dans les poumons très épaisses et **purulentes**, malodorantes ++++, antibiothérapie commencée, tégéline* (le flacon se termine à 15 h 30). Patient pas agité, non contenu, coopérant ++, très **fatigué**. **Mouvements** parfois **involontaires** des membres inférieurs.

Un instant, je fus soulagé. Je ne savais pas comment la remercier. Elle comprenait, elle savait ce que j'avais enduré. Elle pouvait peut-être me protéger, empêcher que ça se reproduise. Puis, je fus pris d'un doute. Sa bouche s'est éloignée de mon oreille, elle partait sur ses hauts talons, accompagnée de leur bruit sec. Elle était partie trop vite. Comment avait-elle su ? Comment avait-elle pu deviner ce qui s'était passé ? Était-elle complice ? Étaient-ils tous complices dans le service ? Avaient-ils trouvé là un moyen légal d'assouvir leurs pulsions ? Je me méfiais. Voulait-elle me tromper ? Me faire croire que je délirais. Je l'avais pourtant vu de mes yeux, cet infirmier voyeur. J'attendais Caroline et mes parents qui ne devaient plus tarder. Autour de moi, ça s'agitait. Des bruits d'avions qui décollaient, des sonneries signalant l'imminence d'un départ ou une alarme. J'avais hâte que ma famille arrive, je voulais tenter de leur raconter ce qui se tramait ici. Je voulais me confronter à eux. Me croiraient-ils ? Étais-je devenu fou cette nuit ? J'étais dans cette même chambre, dans cette atmosphère de hall d'aéroport, avec ces infirmières qui passaient en discutant, qui criaient parfois. Tout était normal si on considérait que ma place était ici et non à Madrid où je devais partir quelques jours pour nouer des liens plus étroits avec la rédaction d'*El País*. Tu vois, j'essaie d'éviter d'y penser, de ne pas imaginer ce qu'auraient été ces journées. Tu sais, nous devions partir en vacances peu après, en juillet. Ça me paraît tellement loin tout ça, tellement absurde. Rien que le mot vacances. VA-CANCES. Vacances de qui, vacances de quoi ? Là où j'en suis, ça n'existe plus. Alors franchement où serais-je allé inventer un pervers pareil ?

J'étais complètement à leur merci. Ils étaient revenus à trois, mon infirmière accompagnée d'une femme, peut-être une aide-soignante, et d'un homme. J'essayais de trouver une parade :

comment me laisser soigner tout en les surveillant ? Ils m'ont installé une nouvelle perfusion. « Ce sont des tégélines*, ça va te faire du bien, m'a-t-elle dit, mais il faut qu'on surveille ta tension. » J'avais un peu peur, ne risquait-elle pas de m'empoisonner encore. Elle avait l'air gentil pourtant. J'avais l'impression de devoir jouer sur deux tableaux : un œil ouvert pour les surveiller, l'autre fermé pour réfléchir et les duper. J'avais du mal à les écouter, du coup. Ils me parlaient mais je ne les comprenais pas vraiment ; je voulais surtout guetter leurs gestes. J'ai acquiescé. « Oui, oui, je suis d'accord, tout ce que vous voulez tant que je peux voir ce que vous faites », ai-je pensé.

Extrait du rôle infirmier – 2 au 3 juillet

Garde. Tégélines* à reprendre à 23 h. Perte de la sensibilité au niveau buccal et des membres, **perte ++ de la mobilité. Angoisse ++++.** Douloureux au niveau des épaules et du dos.

Je crois que je n'avais pas tout compris.

Ils m'avaient sorti du lit et emmené dans un coin de la pièce. Un coin isolé par des paravents. Et, derrière, mon nouvel espace. C'était censé être plus intime ? Ils me portaient par les épaules et les jambes à l'horizontale au-dessus du sol, comme un paquet. Et, de là, ils m'ont installé sur un genre de suspension, comme deux tréteaux en métal, sauf que je constituais la planche. Il y avait une légère différence de niveau, comme avec des barres asymétriques. J'avais les jambes au-dessus des épaules et la barre des jambes juste sous mes genoux. C'était très inconfortable. J'étais nu, suspendu à cette chose, et je ne savais pas bien ce que l'on attendait de moi. Les hôtesses de l'air s'étaient retirées à côté. Elles s'affairaient, je crois, avec mon lit. Mais tu devines le spectacle, mon ami : je ressemblais à un sanglier attaché au-dessus d'un bûcher... Un sanglier sans poil, nu comme un ver. Maintenant, je redoutais l'arrivée de ma famille, je ne voulais surtout pas que Caroline me voie. Car, évidemment, la merde s'était mise à couler hors de moi, sans même que j'aie à pousser. Elle s'écoulait délicatement et tombait sur le lino. J'ai compris à quoi servait cette machine : elle faisait chier. Et ça marchait.

Tu imagines l'humiliation ? Tu vois ce corps nu et souillé exposé comme à l'abattoir... Tu comprends ce que je ressentais, non ? Tu comprends ce qui se passe quand tu ne t'appartiens plus, quand ton corps ne peut plus rien ? Tu dépends du bon vouloir des uns et des autres. Et les autres, les « soignants », comme ça, au milieu de leurs mille activités, ils te prennent, ils te posent dans un coin et ils t'exhibent. Pendant que je me vidais sur le suspensoir à merde, j'entendais des pas approcher. Des pas que je connaissais, les pas de Caroline. Je distinguais aussi les voix de mes parents. Je sentais la merde sortir de moi et tomber en tas sur le sol. Je ne voulais pas qu'ils me voient comme ça, embroché comme un animal.

Je n'ai rien vu. Mais j'ai entendu. J'ai entendu le hurlement d'horreur de la femme que j'aimais et ses sanglots. Elle m'avait vu. Elle se brisait en deux de chagrin. Ses talons ont encore claqué, elle quittait la pièce. Me voir ainsi lui était insupportable. Elle était repartie au milieu des larmes. Mes parents, désabusés ou éteints, sont allés se poser dans le couloir, attendant que je sois à nouveau décent. Et, tu vois, je ne comprends pas. Pourquoi n'avaient-ils pas hurlé : « Arrêtez tout, il est malade mais c'est un être humain, traitez-le avec des égards. » Non, ils ont obéi, quitté la pièce pour attendre l'autorisation d'entrer. Les infirmiers bavassaient ; ils avaient à peine remarqué l'arrivée de ma famille. C'étaient des cons, des incompétents. Je commençais à les haïr. Mais ce n'était que le début, vois-tu. Je ne comprenais pas ce qui m'arrivait. Maintenant que nous sommes ensemble, que je te raconte, les choses s'éclaircissent. C'est comme si nous remontions la pente. Avec toi, je vais peut-être trouver la clé ou, au moins, un indice.

Une des infirmières a fini par se réveiller. Toujours la même, avec sa voix douce : « Tu veux qu'on te remette au lit, c'est ça ? Il va falloir que tu attendes un peu parce qu'il n'est pas prêt. Tu sais, il était cassé, on essaie de le réparer, il faut le regonfler. Ne t'inquiète pas, nous nous en occupons. »

Elle et ses collègues avaient décidé de m'orienter vers eux pour que je puisse les regarder. Ils voulaient que je comprenne qu'ils travaillaient pour moi. Il y en avait un, avec un fort accent antillais, qui faisait le fier-à-bras. « Mais moi je te dis que ce lit il faut le gonfler à l'ancienne. C'est sûr, pour ça, t'as besoin de muscles et de souffle. Les techniques modernes, c'est nul », a-t-il affirmé avec un air entendu.

Extrait du rôle infirmier – 2 au 3 juillet

Jour.
Diurèse très basse. Se plaint d'une douleur thoracique aux bases des poumons.
Électrocardiogramme fait.
Famille très présente, recadrée par Dr K. ce matin.

Tu vois je ne peux pas passer sur lui, l'effleurer sans le décrire. Ce type a précipité ma chute. Après tout, on pourrait même se demander si ce n'est pas lui le responsable. Réfléchis un instant : si ce connard n'avait pas voulu frimer devant ses collègues, s'il n'avait pas voulu bander ses muscles devant les filles, que se serait-il passé ? On aurait regonflé bien gentiment mon lit, on m'y aurait installé délicatement. Mes parents puis Caroline seraient entrés dans ma chambre à pas de loup, de peur de m'effrayer. Et ma compagne, ma femme si la vie le veut bien, aurait posé ses yeux de papillon contre mes joues. Alors la vie aurait été plus douce, tu comprends ? Mais non, l'aide-soignant avait les yeux ronds et rapprochés, vitreux. La bêtise lui collait au visage. Une barbe en collier sur sa peau noire, un tee-shirt blanc minuscule tout gonflé de ses muscles énormes et un pantalon bleu. Il arborait l'arrogance des idiots. Il avait enroulé autour de ses bras, comme le font les rabbins avec les tefillin, les tuyaux qui sortaient du lit. Il faisait la leçon à sa collègue : « Tu vois, tu attrapes d'abord le tuyau. Tu le serres bien fort contre toi et tu prends l'eau en toi. Tu vas la chercher et tu souffles toute cette eau pour gonfler le lit. » Au fur et à mesure qu'il soufflait de l'eau dans le tuyau, celui-ci se serrait sur son bras et faisait plus encore saillir ses muscles.

2

Les particules

Il y avait un imprévu. Le matelas s'était élevé, il flottait comme un zeppelin au milieu de la pièce. Seul le tuyau et le type au bout, gonflé comme un Bibendum, l'empêchaient de partir au loin.

Il faut que je m'arrête ici, que je te prévienne. Si tu franchis cette porte, tu comprendras, j'espère, pourquoi nous sommes là, toi et moi. Ça ne m'amuse pas, tu sais ; crois-moi chaque parcelle de mon corps a goûté de cette histoire. Tu as vu l'enveloppe, la carapace, le Sphinx que je suis devenu. Tu entends cette respiration puissante autour de nous, la machine qui entretient la vie, le souffle que je n'ai plus. Et toutes les dix minutes, as-tu remarqué le tensiomètre qui s'enclenche ? Il paraît que certains médicaments font monter la tension. Écoute bien chacun de ces bruits, regarde la couleur des électrodes posées sur mon torse.

Je suis allergique à leur colle, mais ils n'ont pas trouvé d'autre moyen de les maintenir. Chacune est susceptible d'enclencher une alerte, si mon cœur bat trop lentement par exemple. Depuis le temps, tu as dû les entendre. Parfois, quand ils me déplacent pour me laver, mes pulsations ralentissent. Tu les entends alors, ces bruits ? Je suis sûr que oui. Tu sais, comme moi, tu ne pourras plus les oublier. Le sifflement de l'air qui passe dans les tubes, l'alarme régulière, même le bruit du téléphone dans le couloir marqueront à jamais ton existence. Ils t'amèneront ici, à mes côtés, dans l'attente impatiente qu'il se produise quelque chose, que je me réveille et que je puisse enfin parler, t'expliquer. Voilà, je voulais te rappeler où nous sommes parce que, là où je t'invite, tu risques de te perdre. Si jamais tu te sens acculé au fond du labyrinthe, essaie de te raccrocher aux bruits, de les retrouver, ça pourrait t'aider. Moi je n'y suis pas parvenu. C'est pourtant, crois-moi, la seule matière tangible. Mais eux aussi peuvent te tromper, c'est toute la difficulté. Je vais donc te raconter ce qui s'est passé à partir de là. Je vais essayer d'être objectif. Mais tu le sais comme moi, ça n'existe pas, l'objectivité, il n'y a que des choses ressenties. Je vais juste prendre un peu de distance. Me regarder comme tu le ferais, aligner les faits. Sans complaisance. Je crois que ce sera mieux, pour toi comme pour moi.

Extrait du rôle infirmier – 3 au 4 juillet

Garde.
Pose de cathéter* sous-clavier à 18 h. Avant la sédation toujours mydriase* aréactive à droite et pupille normale à gauche mais +/- réactive. Patient **douloureux** et **angoissé** ++++.

Avec cet air gorgé d'eau, la peinture se décollait des murs en toutes petites plaques qui dégringolaient. Elles étaient minuscules, une pluie de particules. C'était comme si l'immeuble se désagrégeait lentement. Les infirmiers paniquaient, de partout ils affluaient. Ces vieilles bâtisses ne supportaient pas l'humidité. En gonflant le lit, l'idiot avait rompu l'équilibre de la structure. Le plafond menaçait de s'écrouler. Les infirmiers craignaient pour mon respirateur : si les particules s'engouffraient à l'intérieur de la machine, elles pourraient m'étouffer. Ils étaient vingt dans la pièce, prêts à me transférer dans un autre lit. Des équipes de pompiers étaient arrivées et observaient le souffleur, plein comme une outre, avec ce matelas qui lui sortait de la bouche. Les particules tombaient comme des pacotilles, elles tapissaient ma rétine. Mes yeux s'emmêlaient, c'était insupportable. L'un d'entre eux me donnait une vision distordue de la réalité. C'était, en somme, le mauvais œil. Il voyait tout rose bleu vert et distordu. Il créait des monstres qui s'accouplaient avec les murs décomposés. Un vrai déluge psychédélique. Je savais que cet œil hallucinait, qu'il inventait couleurs et formes mais je n'arrivais pas à le contrôler. Je voulais le maintenir fermé mais tout m'en empêchait. La jeune femme à la voix douce me parlait, m'obligeant à réveiller les monstres : « Ne t'inquiète pas, le six, ils l'ont déjà évacué. Mais pour toi ça va être plus compliqué. On va prendre soin de toi. » Derrière elle, le chef des pompiers avait jugé bon de prendre de mes nouvelles.

« Comment va-t-il ?

– Pour l'instant il tient le choc...

– Le respirateur ne s'est pas enrayé ? Il ne faut pas que la moindre poussière entre à l'intérieur. »

Il avait cinquante ans et des bandes fluorescentes sur sa parka bleue. Il ressemblait à un pompier américain. Il avait ce côté très rassurant des pompiers noirs qui savent de quoi ils parlent dans les films, un regard de compassion profond et bienveillant. Il m'a glissé à l'oreille : « Ne vous inquiétez pas, dès qu'on aura sécurisé le périmètre vous pourrez sortir. Des situations comme ça, j'en ai connu des tas, mais là il faut reconnaître que ça craint... »

Dans cette chambre, les paillettes multicolores tombaient par milliers. Je suffoquais. Il faisait une chaleur moite. Les pompiers avaient entrepris de casser les murs, ils les frappaient à coups de pioche. Pour supporter la chaleur, ils avaient retiré leurs combinaisons et travaillaient en tricot de corps, un mouchoir plaqué sur la bouche et le nez. Et ils frappaient les murs avec leurs pioches. Ils suaient à grosses gouttes. Ils cassaient tout.

Tu sais, mon ami, je n'ai pas réfléchi un instant. Pas une seconde, je ne me suis demandé ce qui se passait. Je voulais vivre, vivre à tout prix, tu comprends ? J'avais des choses à faire : manger, boire, écrire, fumer, aimer. J'avais envie de dévorer tout ce qui se trouvait devant moi. Je luttais donc de toutes mes forces pour échapper au drame, pour ne pas sombrer avec l'hôpital, pour rester en vie dans ce milieu hostile. Je voulais quitter cette pièce, m'échapper. Tu vois où ça m'a mené, avec toi qui me fixes comme si je détenais la clé d'un mystère. Tu parles d'une vie. Mais, à ce moment-là, ça ne m'a pas effleuré que ça pourrait finir comme ça, ici. Toujours au même endroit avec l'angoisse chevillée au corps et ces images qui me poursuivent. Que s'est-il réellement passé pour que j'en arrive là ? Allez, on y retourne.

Extrait du rôle infirmier – 3 au 4 juillet

Veille.	Sous Fenta*, moins douloureux. À 6 h, après l'occlusion	palpébrale, la pupille gauche paraît moins mobile qu'hier soir.

L'infirmière s'inquiétait. Elle passait la main dans mes cheveux pour me calmer. Mais le contact de sa peau m'obligeait à desserrer la paupière pour me retrouver au cœur de ce cauchemar multicolore. Pompiers, médecins, ouvriers, infirmiers, stewards, tout le monde était tendu. Je saisissais des bribes de conversations. Les paroles rassurantes de l'infirmière, bien sûr – « Il faut juste qu'on protège ton respirateur, qu'on le nettoie. Tout va bien, ne t'en fais pas » – mais aussi les observations des autres : « Tu crois que ça va s'effondrer ? » ; « Cet hôpital est vraiment dans un état de merde »... Le médecin-chef est revenu vers nous. Il m'a regardé avec ses yeux de cocker pleins de commisération. Il était couvert de suie. Il a pris l'infirmière à part : « On ne contrôle pas la situation. Ça se désagrège de partout. On fait face comme on peut mais on manque de moyens. L'air est gorgé de saloperies. Mettez un masque. On ne peut absolument pas le sortir. Il va falloir qu'on l'isole, sinon les particules vont avoir raison de son respirateur. On va le mettre dans ce coin derrière une bâche. On va lui construire un échafaudage et tout colmater autour. Le moment venu, je vous préviendrai. Il faudra faire vite. Le risque, ce sera là. On aura préparé un corridor de sécurité mais ça restera dangereux. Il faudra être rapide et méticuleux. On dépêchera quelqu'un pour vous aider. Vous l'emmènerez le plus vite possible le plus loin possible. Sa vie dépend de vous... »

Une équipe est arrivée et a installé une bâche blanche en plastique sur toute la largeur de la pièce. Derrière cette bâche, j'étais, paraît-il, en sécurité. Pourtant ça tombait, ça grêlait de la particule dangereuse. Le mur de plastique s'ouvrait en son milieu. C'est par là que le personnel médical entrait dans la zone de confinement. Ils étaient toujours aussi nombreux à essayer de casser les murs à la pioche. L'infirmière me réconfortait et continuait de parler avec douceur : « Bientôt tes parents et tes amis vont pouvoir venir te voir, ça va aller. Tu te sentiras mieux. Ils prendront soin de toi. Tiens, d'ailleurs, regarde qui vient. » Au milieu du plastique, entre les deux pans, le visage de ma mère se dessinait. Elle avait bravé le danger pour venir me voir. « Bobik, ça va, mon chéri ? »

Que voulais-tu répondre à ça ? Comment pouvait-elle me demander ça ? Ne voyait-elle pas le désastre autour de nous. Ne voyait-elle pas que l'hôpital s'effondrait, implosait sous nos yeux ? « Bobik, mon chéri, ça va ? Tu vas bien ? Comment tu te sens ? Tu sais, il y a des gens de ton travail qui sont venus te voir. On va les faire entrer, n'est-ce pas ? Est-ce que tu veux qu'ils viennent maintenant ? Non, on va rester un peu ensemble d'abord, tu es d'accord ? » Je ne savais pas comment elle faisait pour rester aussi calme. Au milieu du tonnerre, des gravats, elle réussissait à ne s'inquiéter que de moi. Un tourbillon d'hommes déferlait autour de nous. En quelques minutes, ils sont venus, m'ont tourné, ballotté, porté. Et reposé. Le lit me faisait mal. Il faut dire qu'il n'était pas fait pour ça. C'était une structure métallique, un échafaudage roulant. Ils l'avaient construit de manière à pouvoir m'évacuer plus vite. J'étais recouvert d'un drap. Seule ma tête dépassait et recevait un peu d'air. Ma mère me parlait mais je ne l'écoutais pas. Tu vois, je ne savais pas comment faire. J'avais l'impression que l'univers s'était ligué contre moi. Tu te représentes ce tourbillon de gens et de couleurs et la sensation d'étouffer sous le poids des murs qui se rapprochent. Je ne pouvais pas entendre ma mère. J'étais absorbé par le combat des pompiers. Je voulais vivre, m'échapper de là. Je surveillais tous les moments, avec la certitude qu'à la seconde suivante mon heure serait venue. Je ne pouvais pas bouger et j'explosais de peur. J'étais un volcan de peur. Aux efforts précipités des équipes, je devinais que ce combat était une course contre la montre. Au moindre retard, on risquait la réaction en chaîne, les murs pouvaient se disloquer. Tous les sauveteurs l'avaient bien compris. Ils couraient pour cogner là où le mal progressait. De temps en temps, ils franchissaient la bâche pour venir souffler. Reprendre une gorgée d'air plus légère et repartir dans l'eau et la suie. Je les entendais soupirer, accroupis, le regard dans le vide. Collé à mon échafaudage plastifié, j'étais la victime du déluge. Ma mère chantonnait une berceuse yiddish, ça me déconcentrait.

J'ai reconnu l'accent nasal qui m'avait cueilli à mon entrée dans le service. La voix forte de Marine, mon infirmière, insensible au drame qui se jouait, à son bâtiment qui s'étiolait. Elle venait prendre la relève et n'était pas du genre à abandonner un malade sur son lit. Tu sais, elle me rassurait en même temps que je la craignais. Elle a ordonné à ma mère de sortir comme si personne n'avait le droit de pénétrer dans son domaine. Elle hurlait des ordres incompréhensibles. À chaque syllabe qui s'échappait de sa bouche, je tressautais et, sur la surface dure de métal, mon corps me faisait mal. Ma mère ne m'a rien dit, pas même au revoir, elle a tourné le dos et la bâche s'est refermée sur elle.

Extrait du dossier médical – 4 juillet

Groupe hospitalier Pitié-Salpêtrière. Laboratoire de bactériologie.	Prélèvement du 1/07/05 Urines.	Antigène soluble Legionella pneumophilia sérogroupe 1 : recherche **négative.**

C'est à ce moment précis que la peur m'a submergé. La vague d'effroi est remontée pore par pore, lentement, le long du métal froid et troué. Tu vois, il ne restait que moi, paralysé, posé à plat dos sur un échafaudage, entouré de bâches en plastique au milieu d'un carnage avec une infirmière devant laquelle il valait mieux filer doux. Ma gorge se serrait, je voulais pleurer. L'un des pompiers s'est approché de mon lit et a promené un œil sur moi : « Houlà mais ça n'a pas l'air d'aller fort… » Il s'est penché sur mes yeux, s'est approché tout près. Il se mordillait la lèvre. Je ne sais pas ce qu'il voyait. J'étais pétrifié. Il a réfléchi et dit à mi-voix : « Je crois qu'il faut que j'appelle mon chef. » Le chef pompier noir est accouru, avec son air inoffensif. Il s'est penché sur mon thorax, a posé une oreille sur mon respirateur et, de la main, a maintenu mes paupières ouvertes. Il portait une parka orange fluo sur sa blouse blanche. Et toujours sa casquette noir et gris de pompier Sherlock Holmes. Il semblait compter, balançait la tête de droite à gauche, la mine triste. C'était mauvais signe. « De toute façon, même si on arrivait à trouver un moyen de le sortir de là, on ne pourrait pas, il est en trop mauvais état. Si on le déplace, il fait un arrêt. »

Tu comprends maintenant. J'étais pris. Si je ne bougeais pas, les particules allaient m'étouffer. Si, au contraire, on me déplaçait, je mourrais d'un arrêt cardiaque. Je ne savais pas quoi faire, mon ami. Tu crois qu'on est préparé à affronter ça quand on a vécu comme moi à l'abri du danger ? Non. Tu ne sais même plus ce que tu veux dans ces cas-là. Tu t'accroches à tout, tu serres les dents en espérant que, cette fois-ci, tu passeras entre les gouttes. J'ai arrêté de respirer. J'avais peur. Je ne voulais pas qu'ils me sortent de là, je ne voulais pas souffrir. Je ne voulais pas mourir. Mon cerveau pleurait. Je voyais ces particules partout et moi trop faible pour lutter. Si on me poussait un peu brutalement sur mon échafaudage, je risquais la mort. L'arrêt cardiaque, stop, fini. Le médecin s'est retourné vers Marine : « Hé vous, venez ici. Il faut faire très attention à lui. Vous comprenez, si on le déplace, il ne s'en sort pas, s'il reste, ça n'ira pas non plus. Il doit se calmer. Alors, à partir de maintenant, vous restez à côté de lui, vous ne le laissez pas, pas même une seconde. Vous restez à son chevet, vous ne bougez pas et vous faites revenir sa famille. Il a besoin d'être entouré, protégé. Vous imaginez un instant ce que c'est que d'être malade au milieu de ce merdier. Merde, vous auriez pu deviner toute seule, non ! » Elle ne le laissait pas paraître mais il l'énervait au plus haut point. « OK, je vais m'occuper de lui, ne vous en faites pas. » Le respirateur continuait son œuvre, imperturbable, il crachait son air.

Une seconde infirmière était venue aider Marine. Mais, de l'autre côté, quelque chose se préparait. Tu sais, mon ami, l'angoisse est une substance humide. Les deux infirmières là, j'ai vu leur pyjama se foncer et leur nuque blanchir sous son effet. Leur corps se crispait, ma gorge se serrait. Nous attendions la vague. Les pompiers, soignants, médecins ont reflué en nombre, ils ont dévasté la grande bâche. Ils étaient quinze ou vingt à se projeter contre les murs. Couleurs bleue, rouge, orange et un craquement sombre suivi du tonnerre. Je ne sais pas ce qui s'était passé à côté. Le médecin-chef m'examinait à nouveau, main sur la cage thoracique, paupière maintenue entre deux doigts, voix excitée. « OK, tout va bien, il résiste. Et vous, surveillez-le bien, vérifiez que les bâches ont tenu le choc. Occupez-vous de lui, essayez de le distraire. Trouvez un truc. Ça va mal, je ne suis pas sûr qu'on va tenir. Je veux qu'on le sorte de là, qu'on lui fasse un corridor. » Les pompiers avaient repris leurs pioches. L'angoisse était montée d'une marche. On venait me voir, haleine chaude sur mes yeux secs. Les hommes passaient comme des flèches, laissant derrière eux un parfum noir et une odeur de suie mouillée. Puis, à ma droite, deux yeux globuleux, un nez, de la chaleur étaient apparus. « Boris, Boris, tu m'entends ? » C'était un homme, un pompier je crois. Il murmurait à peine. « Boris, ça y est, on est presque prêts. D'ici quelques minutes, tu vas pouvoir partir. N'aie pas peur, tout va bien se passer. On va d'abord t'emmener là. » Il désignait un coin, près de la bâche, à deux pas de l'entrée. « Là-bas, tu attendras qu'on vous donne le "go". À ce moment-là les infirmières passeront à toute vitesse dans le corridor qu'on t'a préparé. Tu comprends ? Pendant tout le trajet, je veux que tu fermes les yeux et que tu ne penses à rien, tu m'entends ? Tu fermes les yeux et tu fais le vide. Surtout tu ne regardes pas : oublie les particules, l'humidité, le danger. N'ouvre pas les yeux. Tu m'entends tu te laisses aller, tu ne penses à rien, OK ? »

Extrait du dossier d'observation médicale – 4 juillet

Dr L. **Tétraplégie** flasque*.
Paralysie oculomotrice*.
Diplégie faciale.

J'avais les orbites grandes ouvertes pour tenter de le regarder, lui. De trouver un peu de confiance dans ses yeux, dans ses lèvres qui prononçaient lentement les mots destinés à m'encourager. Je tremblais des pieds à la tête. J'avais peur des particules, peur que le frottement ne me fasse mal, peur de la douleur ; je ne voulais pas cesser de respirer. La chaleur et l'humidité étaient terribles, on étouffait. La tête me tournait, j'avais des vertiges. L'échafaudage bougeait maintenant. Ça y est, c'était parti. Le mouvement était enclenché. Je m'accrochais à mes yeux fermés.

Nous étions devant l'entrée de la bâche. Les cahots du bref voyage se répercutaient comme autant de coups sur mon corps. J'avais mal mais je ne savais pas où ni même comment. Dans ces moments, tu voudrais retirer ta peau, tes os, enlever ta chair, savoir où se loge la douleur. Il n'y a que ça qui compte : la localiser pour espérer la neutraliser. Mais ton corps te toise, il te considère comme un étranger. Et toi, comme un idiot, tu lui cours après. Les deux infirmières le sentaient. Elles voulaient dire quelque chose de gentil, j'en suis sûr. Un mot, une phrase, une musique qui puisse alléger les roulements de mon cœur. C'était là, sur le point d'émerger, mais leur attention a été captée ailleurs. Par les coups de pioche en rafales, le son des gaz qui s'échappaient, le visage tout en oreilles qui s'infiltrait entre les deux pans de la bâche blanche : « La voie est bientôt claire, d'ici quelques minutes ça devrait être bon. Postez-vous chacune d'un côté et attendez le signal. » Et puis une seconde plus tard : « On va être prêts, le corridor, le corridor, préparez-vous, préparez-vous… » Marine ne l'avait pas entendu venir, n'avait pas anticipé cette irruption. Elle s'est tournée avec brusquerie et, je ne sais comment, m'a mis un violent coup de genou. Elle a réveillé le volcan, une douleur insensée ; elle était rouge. Elle a parcouru mon corps entier en une fraction de seconde et a coloré mes os les uns après les autres. Quand elle est arrivée au crâne, je me suis évanoui dans la décharge de mal. Quelque chose s'était arrêté dans ces vagues mots de Marine : « Oh merde ! »

Ah mon ami… Si j'avais su que la douleur pouvait être aussi forte, si j'avais su qu'elle avait une couleur quand elle arrive aux confins. On ne se réveille pas d'un coup comme celui-là, on flotte. L'air est dense, il bourdonne à gros grains. Voix, sons, couleurs, tout est déformé. Pas forcément désagréable. Tu oublies la respiration et la peur. Un peu de répit, un état gazeux. Mais la situation était la même sauf qu'à l'endroit de l'impact, maintenant, une douleur diffusait dans ma jambe. J'en ressentais d'autant plus l'inconfort de mon échafaudage. Je me sentais mal, je suffoquais un peu, mes respirations étaient de plus en plus amples. Le respirateur devait être mal réglé. Les deux infirmières étaient plantées dans le sol, genou plié, prêtes à s'élancer. De part et d'autre de mon lit de fortune, leurs mains agrippées, égyptiennes, elles attendaient le signal du départ. « Allez, go, go, go, avancez. C'est le moment. »

Extrait du rôle infirmier – 4 au 5 juillet

Garde.
Tégéline* J4.
Ponction lombaire* prévue demain matin.
Mis en restriction hydrique.
Douleurs de type **neurogène*** : membres supérieurs, membres inférieurs et dos ; à surveiller.

Ils nous ont entourés, ont attrapé les perfusions, tenu le respirateur. La machine roulait, ils poussaient tous tandis que d'autres s'étaient postés autour, en haie de protection. L'un d'eux avait posé une main sur mon thorax, l'infirmière me tenait l'épaule, en stéréo. Et ils hurlaient dans mon oreille alors que nous prenions de la vitesse : « Ferme les yeux, surtout ne les ouvre pas. Garde les yeux fermés et ne pense à rien. Laisse le respirateur faire son œuvre. » Nous avons franchi la bâche. Autour de nous, des morceaux de plafond avaient sauté. C'était la guerre. L'escorte nous a abandonnés.

Une fois la salle des décombres franchie, mes infirmières ne savaient plus où aller. Mais elles couraient comme des furies. Après avoir enfilé un dédale de couloirs déserts, elles ont foncé dans un ascenseur vitré. Mon corps se tordait de douleur et de rage. J'étais brisé, vrillé par les cahots et les heurts. Mes os et mes nerfs exigeaient du répit. Seules la peur et la colère les maintenaient éveillés, à vif. Les deux femmes hésitaient, elles étaient paralysées : fallait-il monter ou descendre ?

Mon ami, tu le sais, toi, mes ennuis ne faisaient que commencer. Lorsque l'ascenseur s'est ébranlé, j'ai perdu connaissance dans un jet de douleur rouge. Tu te souviens, la douleur qui parcourt chaque arête de ton squelette avant d'exploser dans ton cerveau. La même chose. J'ai récupéré mes esprits dans une chambre identique en tout point à la première ; j'aurais même été incapable de les distinguer. À croire que rien ne s'était produit. Je me suis posé la question, évidemment. « Ai-je rêvé ? » J'ai mis du temps à y répondre, ce n'est que ces derniers jours que les choses m'ont semblé plus claires. Mes parents s'étaient rassemblés autour de moi. Il y avait ma mère, mon père et ma sœur. Ils étaient incroyablement calmes. À peine affectés, pas du tout inquiets. Enfin, je ne sais pas. Ma sœur s'est assise sur une chaise tout près de moi, mes parents se sont placés autour, un peu plus loin, en retrait. Et ils parlaient entre eux, de choses et d'autres. Le plus surprenant, c'est qu'ils faisaient semblant d'être en paix. Comme si nous n'étions pas perdus dans un pavillon de la Salpêtrière, comme si je ne venais pas de survivre à la destruction. Ils devaient obéir aux instructions des médecins : « Faites comme si de rien n'était. Il a besoin de calme. » Et, pour finir, il y avait ce respirateur qui sonnait et sonnait encore. Mais ma sœur appliquait les consignes de l'hôpital à la lettre, elle ignorait jusqu'aux bruits que je produisais. Elle aurait dû se rendre compte, pourtant, que quelque chose s'était détraqué. La machine ne fonctionnait plus très bien. Elle s'interrompait par intermittence. Elle ne respirait plus pour moi.

Extrait du rôle infirmier – 4 au 5 juillet

Veille. Tégéline* en retard.

3

À bout de souffle

Dans ce cas, mon ami, ton cerveau et ton corps ne font plus qu'un. Tout ton être s'installe là où ça ne va pas. Plus rien d'autre n'existe. Ton poids se loge sur tes poumons, tes côtes t'écrasent la colonne et ta trachée remonte. Tu es comprimé, tu voudrais un peu d'air. Imagine un peu, quand la machine s'arrête, le voyant rouge du respirateur s'éteint. Tu vois, c'est précis comme sensation : une boule se forme dans tes poumons, elle fait le trajet inverse de l'air jusqu'à ta gorge. Elle progresse. Et tu attends bêtement, tu attends que la machine se remette en route.

Je guettais le voyant, il précédait d'une seconde la soufflerie. J'attendais et je m'emportais contre ma sœur qui ne se rendait compte de rien. Elle ne voyait pas que j'allais crever, là, sur mon lit. Mes parents non plus n'y voyaient goutte, comme s'ils étaient ailleurs. Mon regard fixait le voyant. Je ne savais pas combien de temps je pourrais tenir si la machine s'arrêtait. J'attendais. Il ne se passait rien. Ils discutaient. Il fallait qu'ils comprennent que ça ne pouvait pas durer longtemps. J'attendais. Le voyant s'est éteint, aucun bruit de souffle, du temps. Le voyant s'est allumé. La machine est repartie. Je respirais à nouveau. Mon corps était aux aguets, concentré sur le voyant lumineux. Il redoutait l'extinction. La lumière était faible. J'étais sur batterie. Il fallait rebrancher la machine sur secteur. Normalement, les deux infirmières auraient dû repérer ce problème.

À cette occasion, j'ai compris que le temps n'a aucune valeur. C'est un caméléon. Il se transforme en puits, un tunnel qui se prolonge dans les entrailles de la terre et tu t'y perds. Quand la diode du respirateur faiblissait et lâchait, il ne restait plus rien. Ni ma famille, ni le chaos des étages du dessous. J'oubliais le carnage. J'étais au pied de la spirale, réduit à cette extrême attente. Elle occupait tout. Reprendra, reprendra pas. J'attendais. Je me retenais de penser. Je me retenais de tout. Je tentais de transmettre la dernière réserve d'énergie dont je disposais à cette lueur, que le rouge revienne et avec lui l'air. Jusqu'à maintenant, la machine avait trouvé moyen de repartir. Elle finissait toujours par me balancer un grand souffle. Mais de manière anarchique, irrégulière. Elle s'emballait et envoyait deux fois de l'air ou, au contraire, se bloquait et me laissait hors d'haleine. J'essayais en vain de comprendre la logique, de trouver le tempo de sa respiration. Mais il était imprévisible, insupportable. Je voulais identifier le dessein caché de ses errements. Il n'y en avait pas. Les batteries s'épuisaient, voilà tout. À un moment, le voyant ne s'allumerait plus. Il n'y aurait plus d'air.

Mais, autour de moi, tout était calme. Ma sœur me parlait doucement, elle me caressait les bras et les cheveux. Elle me parlait, elle parlait à mes parents. Leurs échanges étaient doux mais si lointains. Je ne comprenais pas. Ils auraient dû être alertés par le voyant, la cadence erratique de la machine. Mais où était focalisée leur attention ?

« Tu crois qu'ils vont venir bientôt ?

– Je ne sais pas, il y a peut-être quelqu'un qui ne va pas bien.

– C'est long quand même.

– Que veux-tu, dans ces situations, ils sont toujours débordés. »

C'est ça, ils ne voyaient pas le drame qui se jouait sous leurs yeux, mon respirateur qui, lentement, rendait l'âme.

Extrait du rôle infirmier – 4 au 5 juillet

Jour.
PL* faite à 12 h.
Douleurs : Neurontin* paraît efficace. Ce matin **langue abîmée** à cause de la pression des **mâchoires.**
Conscient et vigilant mais paraît très endormi.

Rien qu'à te raconter ça, je n'en peux plus. Je la sens approcher, rôder. La mort est à nouveau dans ma gorge. Elle a tout remonté, des orteils jusqu'à la poitrine pour venir se loger là. Et je la sens qui progresse encore vers la langue. Je sais où elle veut en venir. La lutte est donc là, dans ma gorge... C'est une sensation qu'on n'oublie pas. J'essayais d'absorber l'angoisse et de rester calme lorsque la machine stoppait. Faire le vide. Ne pas penser au voyant rouge. Ne pas penser à la fraîcheur de l'air, aux poumons qui se gorgent, à l'exhalaison. En vérité, je faisais semblant. Mon être était tendu comme un fil sous l'effet de la fin prochaine. Il se refusait à l'accepter, à la laisser creuser son sillon.

« Tu crois qu'il les attend ?

– Je ne sais pas.

– Tu crois qu'il a besoin de quelque chose ?

– Je ne sais pas.

– Tu ne veux pas aller parler aux médecins ?

– À quoi ça servirait ?

– À ce qu'ils viennent vérifier que tout va bien...

– Mais tout va bien, papa... Tout va aussi bien que possible.

– Non, ton père a raison, il faudrait peut-être aller les voir.

– Comme vous voulez, mais que voulez-vous qu'ils fassent de plus ? »

Ma sœur est partie dans les étages. Après lui avoir demandé de s'enquérir auprès des autorités de l'avancement de la situation, mes parents observaient un silence apeuré. Comme si ma sœur avait servi de tampon entre nos corps, entre eux-mêmes et la douleur. Apparemment, ils n'arrivaient pas à la partager, à se l'échanger. Ma peur s'insinuait dans ce vide. Le voyant rouge m'obsédait. Mes parents ne pouvaient pas s'en apercevoir. Ils étaient trop graves pour qu'un détail de la sorte les accapare. Je voulais tant qu'ils prennent conscience du problème et qu'ils tirent la sonnette d'alarme. Qu'ils voient que ma vie était attachée au fonctionnement de la machine. « Ils arrivent. Ils finissent avec les autres et ils s'occupent de lui tout de suite. » Annette était revenue. Je me demande bien ce qu'il leur était arrivé aux *autres* pour qu'on les traitât si bien.

« C'est chiant quand même qu'ils soient si longs. Je vais peut-être les chercher.

– Écoute, papa, ça ne sert à rien, je viens d'y aller. »

Ils auraient pu poster quelqu'un dans ma chambre, un médecin, un pompier, une aide-soignante, une infirmière, je ne sais pas. Un regard accoutumé à ces machines, un regard qui me traite en malade et pas en parent. Un regard clinique, même mécanique. Je voulais un technicien des respirateurs. Quelqu'un qui sache prolonger la durée de vie du mien, économiser son énergie pour que, toujours, il me délivre de l'air. Je guettais le moment où il allait s'arrêter et où, sans que personne ne s'en aperçoive, je sombrerais. Je devinais qu'il y a un point qu'on ne franchit pas impunément, un lieu dont on ne revient plus. C'est une histoire de secondes. S'il ne redémarre pas passé ce point, c'est fini.

Extrait du dossier médical – 5 juillet

APHP – Hôpital Louis-Mourier – Colombes.

Service de biochimie et génétique moléculaire.

Centre français des porphyries.
Urines.

Créatinine urinaire
mmol/l 12,1.
Acide delta aminolévulinique
– par litre umol 30
normales < 38
par mmol créatinine umol 2,5 < 3,0.
Porphobilinogène
par litre umol 7,6 < 9
par mmol créatinine umol 0,6 < 1,0.
Porphyrines totales
par litre nmol 80 < 250
par mmol créatinine umol < 10 < 30.

Ces secondes étaient un saut dans l'inconnu. Un séjour dans les limbes. Quelque chose en moi vibrait encore, toutes les particules de mon corps se figeaient. Les vibrations de la vie même tentaient de se faire oublier, comme pour échapper au radar mortuaire. La vie se terrait en moi, elle se suspendait. Entre chaque bouffée, entre chaque extinction du voyant se déroulaient un combat et une partie de cache-cache. Cette lutte m'épuisait. Je me laissais pour mort. Repli tactique. Surtout ne pas penser, ne pas attendre, ne pas réfléchir, ne pas vouloir connaître la suite. Imaginer qu'on n'est déjà plus là mais ailleurs, imaginer que les bruits de l'univers vous parviennent étouffés, depuis les profondeurs. Se diriger doucement vers la sortie, se laisser couler un peu pour alléger le fardeau. Entendre ses parents, les saluer d'un léger sourire énigmatique. Se pardonner. Embrasser sa sœur, la remercier du regard. Apprécier la légèreté. Savoir qu'elle ne dure pas. Prendre l'air qui vient. Le garder le plus longtemps possible. Caroline. Ne pas la laisser. Attendre. Espérer. Un peu. Regarder le voyant s'allumer. Respirer. Un peu.

4

L'ascenseur des ombres

Je ne sais pas quand ils ont débarqué. Ils ont demandé à mes parents de sortir. À ma sœur aussi. Et, alors qu'ils s'étaient engagés dans l'escalier, ils leur ont crié d'un air calme : « Vous le retrouverez tout à l'heure. On vous dira quand et où. » Et là, tout de suite, ils m'ont retourné pour inspecter le respirateur.

Extrait du dossier médical – 5 juillet

Groupe hospitalier Pitié-Salpêtrière.	Fédération de biochimie.	Origine : lombaire, liquide clair.
	Chimie liquide céphalo-rachidien	**Protéines 4,30/l valeurs fréquentes 0,15-0,45.**

Les deux hommes se sont éclipsés pour discuter avec quelqu'un. Je crois qu'ils parlaient dans un téléphone. Ils murmuraient. Ils préparaient mon départ. Leur arrivée n'a pas calmé la machine, bien au contraire. Mais leur présence me tranquillisait. Le soleil rasant pénétrait à l'étage. Il m'aveuglait. Je ne sais plus très bien dans quel sens j'étais. Sur le ventre, le dos ou le côté. Ils trifouillaient le respirateur. Si ça se trouve, il était juste mal réglé. Les piles mal enclenchées. Ça sentait fort le métal. Le voyant rouge s'est encore éteint. Ils ne savaient pas où m'emmener, ni quoi faire. Avec le bâtiment en ruine et tous les patients à reloger, il n'y avait plus de place. Alors à quoi bon me sortir si c'était pour me laisser sur le carreau ? Ils perdaient patience.

L'un d'entre eux était officier de police, membre du Samu. Soudain, ils m'ont attrapé, m'ont soulevé et m'ont posé sur un brancard. J'attendais ce moment depuis si longtemps. Ils étaient derrière moi. Ils ne parlaient pas. Ils me trimballaient comme un pantin. Des couloirs, peut-être. Des galeries. Nous ne sommes pas sortis de l'immeuble. Par une fenêtre, au passage, j'ai aperçu un mur d'enceinte en brique rouge. Au-delà, c'était la ville, la santé. Mes yeux voulaient me porter là-bas dans le reflet du soleil sur le petit pan de brique rouge. Ils restaient agrippés au verre de la fenêtre. Mon corps flottait à plat dos vers l'inconnu. Le respirateur m'accompagnait de son souffle rauque.

Les policiers du Samu m'ont logé dans un ascenseur immense et bondé. Ils m'y ont laissé seul. Il n'y avait pas de place pour eux. Tout autour, des vieillards, des enfants, debout. C'étaient des réfugiés comme moi. Ils étaient en haillons, comme après avoir traversé une tempête. Leurs visages étaient gris de cendre, leurs cheveux aussi. Leurs corps épuisés s'effondraient sur eux-mêmes, les épaules amaigries s'avachissaient de part et d'autre du tronc. Personne ne parlait. L'ascenseur était un bloc de béton très épais. Je ne voyais plus que les portes et le poids de la fatigue des centaines d'hommes derrière moi. Ils pesaient sur l'ascenseur, très près de mon brancard. Les policiers me regardaient du dehors, ils m'ont fait un signe de la main. Je comprends maintenant qu'ils essayaient de me dire qu'on m'attendait en bas, qu'il ne fallait pas s'en faire, que mon périple touchait à sa fin. Ils pouvaient me surveiller depuis l'écran. Encore un geste de la main. Les lourdes portes se sont refermées.

Extrait du dossier médical – 5 juillet

Lyme* du 30/6 : négatif.

L'ascenseur s'enfonçait vers le bas. Il y faisait noir et lourd. La descente m'écrasait, elle produisait le même effet sur mes voisins harassés. Il était impossible de compter les étages, il n'y avait pas de vitres, seulement cette masse de béton épaisse. Je fatiguais dans cette boîte. Il y régnait une atmosphère étrange. J'avais envie qu'il s'arrête, j'avais envie de retrouver l'air libre. Mais il continuait à descendre. L'air s'épaississait. Il se réchauffait. Nous passions sous la terre, j'en suis sûr. Nous étions même sous la mer. Je reconnaissais la pression sur le tympan et ce léger bruit de sonar que cela produit. Nous nous enfoncions sous l'eau. Nous nous rendions vers des installations sous la Seine. L'ascenseur ne s'arrêtait pas. La pression ne convenait pas à mon respirateur. Ses batteries s'épuisaient encore plus vite. Tout ça lui pesait aussi. Le voyant faiblissait, il frémissait, s'éteignait. Le son caverneux de la descente résonnait dans mes oreilles. Il appuyait sur mon crâne. La terre entière m'appuyait dessus. L'hôpital, le pavillon, les médecins, les policiers, le Samu, ma mère, mon père, ma sœur, mes voisins, ils étaient tous sur moi posés et je tombais au fond de l'ascenseur qui continuait son trajet sous-marin.

Mon ami, quand je me remémore cela, mes yeux cherchent le ciel, quelque chose en haut. Que me veulent-ils ? Pourquoi me font-ils ça ? Je n'arrivais pas à résister. J'étais au bout du possible, à la fin du chemin. Le voyant se rallumait. Pourquoi me traitaient-ils ainsi ? Mes poumons et mes organes rétrécissaient. Encore une fois, la pulsion de vie se rétractait. Elle cherchait un coin, un rocher où s'ancrer pour laisser passer la vague. Mais tout était figé, inexorable. Pourquoi était-ce si long ? Le voyant disparaissait ; l'ascenseur se frayait un passage sous l'eau. Tout bourdonnait autour de moi. Je n'avais personne à saluer. Je faisais partie des ombres. Ceux dont la tête s'allonge quand le corps chute. La diode s'est éclairée, bordeaux tant elle était sombre. Pourquoi me faisaient-ils ça ? Je ne sais toujours pas. Tout vibrait en moi. La pression faisait craquer le béton, il ondulait, il ployait dans les profondeurs. Dans la pénombre, j'entendais des voix. Des infirmiers, des policiers et des médecins. Le respirateur s'arrêtait. Ils parlaient à mes parents et à ma sœur. Ils étaient loin, tout en haut, et ils m'observaient avec leur caméra. C'était un test. Je ne distinguais pas ce qu'ils disaient. Ils étaient calmes, posés. Que me voulaient-ils ? Pourquoi ne me venaient-ils pas en aide ? Pourquoi mes parents acceptaient-ils cela ? La cage continuait à s'enfouir sous terre. Mon corps tombait avec elle. Mon cerveau tentait de remonter le fil jusqu'à la caméra et aux hommes en blanc. L'ascenseur s'est échoué enfin. Ses portes se sont ouvertes.

5

À la santé de Boris

Ils m'ont accueilli avec une salve d'applaudissements et force embrassades. Ils ont trinqué à ma santé, alors que j'étais par miracle au milieu d'eux. Ils m'ont levé, tapé dans le dos, ils m'ont pris dans leurs bras, me soutenant à moitié. Ils ont vidé leur champagne, se sont resservis, l'ont revidé, ont jeté la bouteille à terre. Ils ont prononcé des mots que je ne comprenais pas, ils ont – je crois – parlé de moi. « Nous sommes tes amis », disaient-ils. Et tu étais peut-être là avec eux. Mais je ne les connaissais pas, je ne les avais jamais vus. Je ne sais toujours pas qui ils sont. Je les trouvais laids, sales, puant l'alcool et le moisi. Mais, à la sortie de l'ascenseur, ils étaient là pour m'accueillir.

Je ne comprends pas comment ils ont réussi à me mettre debout. Ni ce qui s'est produit réellement. Les portes se sont ouvertes, et je me suis retrouvé parmi eux, dans ce bateau aux allures de ferry. Je ne peux pas te dire ce que je faisais là. Mais le bateau, c'est sûr, devait me ramener à l'hôpital. C'est là que je voulais aller. Je voulais qu'autour de moi le monde se calme pour me concentrer sur ma santé. Tu vois, je ne tenais pas debout ; j'étais un être de gaz. Je ne pesais plus rien, ça modifie l'équilibre. Mon corps était comme un ballon, il se promenait dans l'air sans trouver de point où s'accrocher, où s'ancrer. La gravité m'abandonnait. Seule ma tête, plus lourde que le reste, entraînait mon corps. Je passais ainsi de mains en mains, de corps en corps. Je me retrouvais dans leurs bras, nez à nez avec ces inconnus qui prenaient ma maladie, mon trouble pour des marques d'affection. Ils étaient déjà bourrés. Ils me fêtaient soi-disant, mais ne célébraient que leur malheur, leurs solitudes juxtaposées. Ils suaient abondamment. Je ne les connaissais pas.

Extrait du dossier médical – 5 juillet

Ponction lombaire*
Éléments : **228**/mm^3.
Groupe hospitalier Pitié-Salpêtrière.

Laboratoire de virologie
Demande LV 0526 0944, reçue le 30/06.
Liquide céphalo-rachidien.

Détection moléculaire du **virus Epstein-Barr.**
Résultat : **négatif.**

Le bateau est parti, il prenait de la vitesse. Je ne pouvais pas faire machine arrière. Il fallait attendre la fin de la traversée, que le ferry me ramène à l'hôpital. Il fallait supporter ces fous jusqu'au petit matin. Le bateau semblait très étroit. Et tout petit. Seules deux cabines mal éclairées étaient accessibles. Des banquettes s'alignaient tout le long de la première. C'était plutôt des bancs recouverts de Skaï marron. Au bout, face à l'entrée, un bar en bambou derrière lequel se trouvaient les alcools et un DJ casque sur les oreilles. En haut, accrochés au plafond, les gilets de sauvetage. La cabine du haut était plongée dans le noir. Des gens s'y trouvaient mais je ne savais pas ce qu'ils faisaient. Il y avait, semble-t-il, des couchettes. Je n'osais pas bouger de peur de basculer et de me faire mal. Mon équilibre tenait du miracle, je ne voulais pas forcer le destin. J'entendais des chuchotements, des feulements, le frottement d'un tissu rêche. Le bateau avait pris son rythme de croisière. C'était un rapide. Il y avait des vagues, du coup ça bougeait pas mal. Le lustre donnait un bon indice de la houle. Je ne savais pas trop quoi faire. Passé les effusions du début, les autres n'avaient pas l'air de beaucoup se soucier de moi. Ils étaient surtout contents d'être seuls au milieu de nulle part pour faire ce qu'ils voulaient le temps de la traversée. Il n'y avait pas d'équipage. Pas d'emmerdements. C'était un monde sans lois avec tout ce qu'il faut : des boissons, de la musique, de la drogue, des femmes. Et moi qui flottais au cœur de la débauche. Ces hommes et ces femmes avaient une trentaine d'années, comme moi. La nuit les abîmait. Ils avaient les dents gâtées, le teint blafard, je n'arrivais pas à les séparer les uns des autres. Ils se ressemblaient tous. Je ne sais pas combien ils étaient. Moins d'une dizaine probablement. Le sol était sale, couvert de bris de verre et de fonds de bouteille. Je les soupçonnais, pour certains, d'avoir pissé par terre. L'odeur était sucrée et écœurante. Un couple était vautré sur la banquette, ils s'embrassaient en buvant, cela coulait de leurs bouches. Elle était sur lui, elle rigolait, le jus ou le champagne coulait de part et d'autre de ses babines et gouttait sur son collant noir. Elle riait, penchait la tête en arrière, ses yeux se révulsaient et se fermaient. Elle retombait sur lui et hoquetait. Ils se touchaient, ils se chauffaient… Lui, je ne le voyais pas. Elle le cachait. Derrière le bar se pressaient des gens venus chercher des bouteilles et se faire des rails de coke. Une fois le nez poudré, ils retournaient dans la cabine, l'œil luisant et un peu de fermeté en plus. Ils avaient l'air de penser que c'était bon de se défoncer.

Je les trouvais cons ces amis que je ne connaissais pas. Ils me déplaisaient. Je les méprisais. De temps à autre, ils se rassemblaient autour de moi pour dire des choses. « Allez à ta santé, hein ! C'est bien que tu sois là. La teuf est cool, non ? Tu savais qu'on pouvait réserver des vieux yachts mon pote ? C'est mortel, non ? Franchement c'est pas très cher pour le cachet du lieu. » Tu vois, ils trinquaient : « À la santé de Boris ! Ouais, à la santé de Boris !!! » criaient-ils en chœur. Mais ils n'en avaient rien à foutre de ma santé, tout ça c'étaient des mots. D'ailleurs, ça ne durait pas bien longtemps. Ils me prenaient dans leurs bras ; ma tête échouait sur leurs épaules. Ils versaient du champagne dessus. Puis ils se lassaient de mon silence et s'éparpillaient un peu plus loin. Certains dansaient seuls, d'autres retournaient derrière le bar se faire un rail. Le DJ, lui, ne regardait rien ni personne. Peut-être le tournoiement des vinyles sous le diamant. Derrière moi, le couple faisait presque l'amour. Ils étaient couchés sur la banquette. À moitié dévêtus. Je ne voyais pas leurs corps dans la pénombre. Je les entendais, mouillés. Le bateau allait de plus en plus vite. Il m'a rapproché d'eux. La techno montait dans mon oreille. Elle était très industrielle. Elle me prenait l'oreille, allemande, sauvage et contrôlée.

La fille m'a repéré. Je voyais ses cheveux, bruns. Elle me caressait avec son pied. Je ne pouvais rien faire pour l'en empêcher. Qui sait si, en l'embrassant, elle ne chuchotait pas quelques mots à son compagnon ? Elle me repoussait d'une pichenette de ses orteils musclés. Elle me faisait signe avec ses doigts pendant qu'il plongeait dans sa gorge. Elle riait, écumait d'abandon. Elle me regardait avec ses grands yeux noirs, impurs. Elle voulait m'affrioler, que je me joigne à eux. Elle trouvait ça chouette de coucher à trois avec un malade. Enfin, c'est ce que je croyais. Lui aussi me regardait. Il était insignifiant, avec des cheveux noisette.

Ses yeux se plissaient, s'effilaient. Il se marrait. « Allez, viens. Viens avec nous. Regarde comme on est bien. » Il se jetait entre ses seins. Elle enroulait ses cuisses autour de sa taille. Elle hululait d'une belle voix. « Allez, viens. Il faut te le dire sur quel ton ? Joins-toi à nous. » J'ai l'impression qu'il la buvait. Qu'il la lapait. Cette femme, mon ami, était liquide. Elle était belle. Je me sentais oppressé ; je voulais partir. Je ne voulais ni les regarder ni les entendre. Je voulais m'éloigner. Il n'y avait presque plus personne dans la cabine. Ils dormaient. D'autres étaient assis derrière le comptoir, abrutis. Ils disparaissaient au fur et à mesure que l'alcool les avait éteints. Ne restait que ce couple qui me poursuivait. Ils étaient ardents et veules. J'avais le souffle coupé. La tête me tournait. En se cherchant, ils se sont encore approchés de moi. Ils me tâtaient, m'évaluaient de leurs mains expertes. Elles couraient comme des fourmis le long de mes jambes, de mon torse, elles s'emparaient de mes épaules, appuyaient sur mes pommettes. Mon crâne balançait au rythme de la houle, il suivait la lumière du lustre orangé. Le beat de la techno augmentait. La vitesse du bateau aussi. Il allait très vite. J'avais envie de vomir. L'endroit puait. Ils voulaient me baiser. Ils étaient bouillants, à deux pas de moi, prêts à me dévorer. « Ben alors quoi, t'es trop bien pour nous ? Trop classe, trop élégant. Tu veux pas d'une bonne baise bien sauvage. Elle te plaît pas, ma meuf ? » Il avait pris sa cuisse entre ses mains, l'écrasait presque entre ses doigts. « C'est de la bonne came pourtant. De la vraie bonne meuf. Pas du silicone ni de la névrosée. Non, une vraie meuf prête à faire ça même avec toi. Et avec moi bien sûr. » Il souriait. Ses dents brillaient dans le noir. « Mais si tu veux pas, tu veux pas, hein ? On va pas te forcer. Mais dans ce cas-là, mon vieux, reste pas là. Fais-moi plaisir, casse-toi... Parce que, tu vois, tu deviens blessant. Nous, on aime pas trop les voyeurs, tu comprends ? » J'étais pétrifié. Sa haine commençait à poindre. « On déteste ça même... »

Extrait du rôle infirmier – 5 au 6 juillet

Garde. **Hypertendu** cet AM. Médecin prévenu, à surveiller. **Algique +++. Atropine*** prête si besoin. Pas de bradycardie* cet AM. **Prudence** pendant les mobilisations. Sérologie virus West-Nile (tube au frigo – envoi à Lyon).

Il se vautrait dans sa femme liquide. J'espérais qu'il allait m'oublier, qu'il allait se perdre dans son corps de glaise. « Tu vois ce que je veux dire ? » C'est elle qui en rajoutait, maintenant, du fin fond de ses entrailles. Elle possédait une voix dévastatrice. Aiguë et rocailleuse. Ils allaient me cogner, c'était sûr. Le bateau accélérait encore. La vitesse me donnait la nausée. Dans mon crâne, tout s'emmêlait : « Si je vomis, ils vont me tuer. Pourquoi mes parents m'ont-ils laissé partir ? Stomp. Le beat monte d'un cran. Stomp. Ils vont me tabasser. Stomp. Me dépecer. Stomp. Je suis un volcan. Stomp. La pression monte dans mon oreille. Stomp. La techno me torture. Stomp. Je vais éclater c'est trop fort. Stomp. La lumière s'éteint. Stomp stomp stomp stomp. Mon corps bourdonne. Stomp stomp stomp stomp stomp. La lampe se rallume. Stomp. La cabine chavire. Stomp stomp stomp. Je vais sombrer. Stomp. »

Soudain une mélodie claire a retenti, une voix féminine, un morceau de bal musette. Mon esprit torturé devenait fou. La réalité était trop distordue. Je fermais les yeux. Je voulais fuir, m'isoler. Tu comprends, mon ami, je voulais juste rentrer à l'hôpital, retrouver le confort d'une chambre et le soin des infirmiers. Ça déjà, c'était assez de malheur. Mais que faisais-je là ? Je n'arrête pas d'y penser, de chercher à comprendre. Tu sais, je n'ai pas rêvé. J'en suis sûr... Je te donnerai des preuves tout à l'heure.

6

Les putes japonaises

Combien de temps crois-tu que j'ai fermé les yeux ? Tu ne sais pas ? Moi non plus. Mais cela a suffi. Elles en ont profité pour s'infiltrer dans la pièce. Là, à quelques centimètres de moi. Deux Japonaises en string et soutien-gorge ; elles me regardaient, elles dansaient. Elles étaient obscènes. Comment te dire, mon ami ? Quand les sirènes du mal s'en prennent à toi, tu le sais. Et elles étaient là, devant moi, prêtes à s'amuser avec leur nouveau jouet. La techno avait repris le dessus. Mon cœur battait à tout rompre. Les deux femmes portaient du rouge à lèvres vermillon. Elles avaient du sang plein la bouche. Elles passaient leurs mains devant leurs yeux en dansant, mais elles n'avaient rien d'aguichant, semblaient des pantins. Sur leur string en latex noir et leur décolleté pigeonnant, une étoile blanche allongée. Elles se dandinaient devant moi, voulaient m'envoûter. Mes sirènes japonaises. Des petites putes méchantes. Elles occupaient tout l'espace devant ma rétine. Elles voulaient m'empêcher de voir autre chose que leurs corps. Elles riaient. Leur chair était secouée de spasmes, elles s'approchaient de moi, elles me touchaient avec leur danse. Elles sentaient le sexe et la mort ; tellement impudiques. Je les voyais par éclipses, chaque fois plus dangereuses. Cette danse était frénétique. Elles étaient à peine plus grandes que des enfants. La techno vibrait, démoniaque. Le bateau filait si vite. Je n'ai pas résisté à leurs assauts, elles me terrorisaient. Je me suis affalé à terre et les deux goules ont dansé au-dessus de moi. Leurs longs cheveux de jais étaient coiffés en nattes de part et d'autre de leurs visages pointus. Dans leurs prunelles, il y avait des crânes et des ossements. De leurs nattes, elles frottaient mon sexe pour m'empoisonner. L'une d'elles s'est avancée vers moi pendant que l'autre dansait derrière. Elle s'est approchée, a attrapé mon visage par en dessous, baissé son string et m'a maintenu la tête contre sa vulve. Elle voulait m'enfoncer le crâne dans son vagin étroit. Je ne pouvais pas, j'étouffais dans cet antre. J'avais envie de vomir avec mon nez dans cette chatte sèche, à peine poilue. Au rythme de la musique, elle secouait son bassin avec rage contre mon visage. Me cognait avec ses os. Et me laissait, étourdi.

Tu te dis : « Ça n'est pas possible. Il doit halluciner. Nous sommes la nuit, c'est pour ça. Il fait de mauvais rêves. C'est un cauchemar. » C'est ce que je me disais aussi : « Ça va s'arrêter. Un infirmier va débarquer. Il va m'ouvrir l'œil et y plonger sa lampe de poche. Ce sera rouge. J'aurais mal à l'œil. Mais je saurais que je suis à l'hôpital ; je pourrais peut-être dormir. Relâcher l'attention. » Je me trompais, mon ami. Tout cela était aussi vrai que les jours de ta vie. Les questions roulaient dans ma tête : que suis-je venu faire ici ? Qui sont ces amis qui veulent précipiter ma mort ? Le yacht allait si vite qu'il flottait sur l'eau, à peine secoué par les vagues ; une vitesse intolérable, stridente comme la techno. J'étouffais sous la charge et les assauts dansants. Les putes continuaient, elles ne désemparaient pas. Mon cœur battait à tout rompre, il allait craquer. Elles avaient ce seul objectif : le faire sauter de terreur.

Sous mes yeux, elles sont passées à un autre type de danse. Elles transformaient leur corps. Elles devenaient des femmes-troncs. Puis elles récupéraient leurs quatre membres et hurlaient de joie en se moquant de moi. Leurs avant-bras disparaissaient et elles me narguaient avec leurs moignons, me les enfonçaient dans le nez ou les brandissaient devant mes yeux. Elles attrapaient leur tête, la détachait soigneusement de leur cou et dansaient avec elle tenue à bout de bras. Cette tête rigolarde, elles la faisaient glisser le long de leur corps. Mais ce n'était pas assez. Entre leurs cris terribles, elles arboraient devant mes yeux des morceaux de chair sanguinolente. Des bras, des pieds, une jambe, une cuisse, un bassin, un sein, une tête de femme blonde qui pleurait encore, même morte. Des trophées. Elles m'arrosaient de sang, ces bouchères japonaises. Mon rythme cardiaque était trop élevé. Je ne pouvais pas résister. L'odeur du sang mariné empestait. Soudain, le silence, le noir.

Extrait du rôle infirmier – 5 au 6 juillet

Œil gauche, mydriase*, +/- réactive.

A semble-t-il **dormi**.

Il faut que je te raconte cette sensation, cette joie de te retrouver en terrain connu. Ce geste tout simple, on t'ouvre la paupière et une lumière blanche et crue te plonge dans la rétine. Tu vois, tu es au milieu de la danse macabre des Japonaises, ton cœur s'aligne sur un rythme de techno démentiel et tu comprends, tu te dis : « Ça y est, ce sont eux ; je suis sauvé ; les infirmiers, ils sont là. Je suis à l'hôpital. Je n'ai rien à craindre des deux folles. Ça n'est qu'un cauchemar, une illusion. » Et puis la lumière devient rouge quand elle frappe ton iris. Comme un halo qui s'étend. Tu ne vois plus que ça, la lumière qui occupe ton œil et tu es soulagé, tu crois au cauchemar. Où pouvaient bien vivre ces Japonaises ailleurs que dans ta tête ?

Tu commences à te calmer. La techno ronronne. La lampe de poche recule, le faisceau devient plus petit. Tu vois la main de l'infirmier. Tu voudrais la baiser cette main, la remercier, lui dire toute ta gratitude. Jusque-là, j'éprouvais ces sentiments, ce relâchement qui vient mettre un terme à la peur. Mais soudain, dans le noir, surgit une tête derrière la fine lumière. Des nattes noires pendent de chaque côté. Une des deux Japonaises. Elle ricane, elle siffle, elle bave, elle rit à gorge déployée. Et un deuxième rire retentit plus loin. Elles jouent avec ma peur. Et sont très contentes de leur blague. Je me décomposais. Elles m'avaient eu. Elles connaissaient mon trouble et mes espoirs, elles se moquaient de moi. J'étais foutu, pris dans leurs rets. Elles avaient simulé l'intervention de l'infirmier. Celle que j'attendais, que j'espérais. Je n'étais pas à l'hôpital mais ailleurs.

Les deux sorcières étaient mortes de rire ; leur petit jeu avait repris. La danse, le string, le sexe. Elles m'épuisaient. Plusieurs fois, elles ont utilisé la lampe de l'infirmier. Et chaque fois, je ne pouvais empêcher mon cerveau de s'emballer, de croire que j'étais enfin sauvé, libéré des assauts de ces putes. Mais toujours elles apparaissaient derrière le rai de lumière avec une mine réjouie. J'étais effondré, elles allaient avoir ma peau. Je n'étais plus qu'une loque, un concentré de trouille, un homme malade. Je voulais ma chambre, mon hôpital, et c'est tout. Le calme et le respect dus aux gens dans mon état. Pourquoi n'en finissaient-elles pas ? Pourquoi ne me détruisaient-elles pas ? Quelque chose les empêchait de me tronçonner. Elles jouaient, comme des araignées avec une mouche. Cloué sur la banquette, j'étais sans recours. Je fermais les yeux, elles étaient là. Je les ouvrais, elles étaient là aussi. Je me sentais pris à la gorge. Harcelé. Tu sais, je sens encore l'effet de la musique, comme si la techno me dévorait. J'entends encore ma colère. RAAAAAAAAAAH. Je voulais crier, hurler. Les épouvanter, ces petites pétasses. Maintenant encore, je voudrais les broyer entre mes doigts, voir leurs os s'effriter entre mes mains, et raaaaaaaaaah.

J'avais réussi à fuir ; elles me poursuivaient. J'étais debout sur le pont du bateau. C'était interdit. Sur l'eau le reflet du clair de lune, le ciel étoilé gris. L'eau et le ciel de la même couleur. Tout était immobile et nous avancions au milieu du tableau. Je faisais des efforts pour rester debout, la vitesse me déséquilibrait. Mes cheveux flottaient au vent. Un instant, j'ai cru que ça allait se calmer, que cette traversée me ferait du bien. Mais la techno, la nausée revenaient. Ça pulsait dans ma tête, le rythme était lancinant, la musique était folle. J'étais seul au milieu de cette immensité. Il n'y avait rien à la ronde. Ni ville, ni berge. Seuls l'étendue d'eau et le grand morceau de nuit. J'étais au bord de me rejeter moi-même, de me vomir, de m'étaler. Le bateau ne ralentissait pas.

Extrait du rôle infirmier – 5 au 6 juillet

Jour.
Départ échographie à 10 h (gros **cœur** à la radio thorax). Retour 11 h 20. Pas de péricardite*, suspicion d'un **épanchement pleural***.

Hypertension artérielle due à la **dysautonomie*** et non aux tégélines*.

Le patient ne bouge plus la tête. Communication avec paupières (oui – non). Hypotherme à 12 h : couvert.

Une alarme s'est déclenchée. Une alarme si puissante qu'elle aurait pu annoncer la Troisième Guerre mondiale. L'hydroglisseur a bloqué ses turbines dans un fracas effroyable. Acier contre acier, des sabots de wagon de marchandises. Pour un peu, on aurait vu des gerbes d'étincelles sur la mer. On aurait dit les hurlements de milliers de personnes torturées à mort. Des cris de mutilés. Le navire a ralenti sa course à toute vitesse. Si fort que je me suis retrouvé projeté en l'air. Sans comprendre. Je suis tombé à l'eau. Je me suis enfoncé. Comme une goutte de pluie. Je ne pouvais pas nager. Je coulais comme une masse. L'eau était froide et grise. Je m'enfonçais. Tout était clair. C'était fini. Tu veux que je te dise ce qui te passe par la tête à ce moment-là ? Est-ce que c'est vrai ces histoires de film de ta vie qui repasse ? Eh bien non, je dois être un homme de nature assez prosaïque. Je pensais des choses simples : « Je ne rentrerai pas à l'hôpital. Je ne reverrai plus mes parents ni ma sœur. Je n'embrasserai plus

Caroline, je ne lui ferai plus l'amour. Je ne dirai au revoir à personne. Je mourrai seul au fond d'un étang glauque de l'Île-de-France. » Je coulais et j'étais calme. Je distinguais le fond de l'étang. Il se rapprochait. J'allais m'échouer dans cette vase profonde. « Quand m'arrêterai-je de respirer ? » avais-je pensé.

Lorsque j'ai touché le fond, sur le dos, une douleur rouge m'a parcouru comme un éclair. J'étais grillé. Foutu.

7

Le cargo de l'espoir

Tu le sais puisque nous sommes là : je ne suis pas mort. Je me suis éveillé, allongé sur le dos. Impossible de bouger. Mon corps meurtri était parcouru par des stries de douleur. Mon dos s'était voûté. J'étais couché sur cette forme ronde, craquante. Au fond de l'eau. Pourquoi je ne suis pas mort ? Je me le suis souvent demandé moi aussi. Il y a sûrement une explication. Mais, tu sais, la mort n'est pas ce que l'on croit. Là, sous l'eau, je ne risquais rien. Cela, je l'ai compris.

Extrait du dossier médical – 6 juillet

CHU Pitié-Salpêtrière Département de **cardiologie** médicale. Échographie transthoracique.

Motif de l'examen : épanchement péricardique. Rapport : ventricule gauche dimension **normale**, paroi **normale**, fonction systolique **normale**, idem ventricule droit.

Absence d'épanchement péricardique. **Épanchement pleural* gauche.**

Je ne savais pas quoi faire. Il n'y avait aucune végétation, seul un immense terrain de vase, à perte de vue, caca d'oie. C'est bête tu vois, je me suis dit : « Il faut que je rentre à Paris, que je trouve mon chemin vers l'hôpital. » Je ne pensais qu'à ça, tu comprends, comme si quelque chose au fond de moi me poussait toujours à aller de l'avant. Quand je te raconte ça maintenant, je me dis que j'aurais pu aussi bien renoncer. Mais non, je me suis redressé, j'ai cherché la surface du regard ; je ne la voyais pas. J'ai avancé droit devant moi. J'étais au fond de l'étang et j'avançais. Je savais bien que c'était vain, qu'il faudrait marcher sur des centaines de kilomètres et que j'étais loin d'en être capable. Et puis, sur le bateau, mes faux amis dormaient ou cuvaient leur alcool ; il leur faudrait longtemps avant de se rendre compte qu'un homme était tombé à la mer. Quant aux deux putes, elles devaient se réjouir en coupant des bras.

Marcher était difficile. La vase me collait aux pieds et m'obligeait à lever les genoux très haut. À ce moment, l'eau luttait contre mes pieds et je me sentais déséquilibré. J'avais peur de tomber. Mais, chaque fois, l'eau amortissait les mouvements, les ralentissait. Elle me permettait de rester debout et d'avancer. Il n'y avait rien à voir dans ce monde sous-marin, pas le moindre animal, pas la plus minuscule des algues. Ce sol mou et poreux en guise de désert marin. Ma marche était lente, mue par une force qui m'échappe encore. J'avais beau regarder autour, il n'y avait pas âme qui vive. J'étais seul et sans espoir. J'avançais pour tromper l'ennui. J'avançais pour tromper la mort. Mais vite je me sentais mal, ma tête, mon dos, mes jambes me pesaient. J'étais exténué. « C'est peut-être l'heure de l'extinction », voilà ce que je me disais, mon ami. Et pourquoi pas après tout ? Peut-être qu'une minute plus tard, je me serais éteint. Qu'en sait-on ? La seule chose, c'est que je ne pouvais pas attendre. Il fallait que je continue. Il fallait tenir. Lever le genou, décoller le pied de la merde d'en dessous, relever le pied, avancer la jambe, poser le talon, s'enfoncer dans la vase, amener l'autre jambe, lever le genou, décoller. Il n'y avait que ça à faire.

Extrait du dossier médical – 6 juillet

Groupe hospitalier Pitié-Salpêtrière. Service d'immunochimie.	Secteur S 22. Sérodiagnostic de la **syphilis.**	Dépistage dans le liquide céphalo-rachidien. Résultat : **négatif.**

Parfois je m'effondrais. Je tombais sur les genoux, mettais un temps fou avant de repartir. Je restais là, les rotules enfoncées dans le sol, les bras ballants, les paumes tournées vers la surface. Mon corps implorait et mon visage capitulait. J'avais les yeux rivés au sol, la tête penchée. Je restais un moment et je reprenais ma marche. Le soleil ne venait pas. Mes pieds s'enfonçaient plus profondément à chaque pas. Soudain, j'ai vu un grillage au loin. Il empêchait l'accès à une zone industrielle. Une usine engloutie. Des containers et des barils en tôle derrière le grillage. Et, évidemment, personne. J'approchais de la grille. Il y avait des miradors tout du long. Je posais mes deux mains sur la grille. Je ne pouvais plus avancer. À ce moment-là, je me suis dit que je n'y arriverais pas, vois-tu. La grille filait devant moi à perte de vue. Tu crois que ça ressemble à ça quand on n'a plus le droit de vivre ? Je ne voyais personne derrière mais peut-être dans les baraquements y avait-il quelqu'un ? Je me le demande encore.

Le fond de l'eau s'est obscurci. Deux mâchoires noires en acier se sont abattues sur mon corps. Elles m'ont croqué. La douleur irradiait mon squelette. Elle était rouge, encore. Les griffes m'ont arraché au sol et m'ont remonté vers la surface ; elles m'ont extirpé de l'eau et posé sur le pont d'un navire. Il faisait encore nuit. Nuit noire cette fois. J'étais pris entre les serres d'un robot. Nous étions sur la Seine, aux portes de Paris, un peu en amont de la Grande Bibliothèque. Le bateau ressemblait à un vieux croiseur de l'armée américaine. Deux hommes marchaient vers moi à grands pas, je les distinguais mal dans l'obscurité. Mais j'étais soulagé, vois-tu, de voir des hommes à nouveau. J'avais eu peur de passer ma vie dans les bas-fonds de cet étang à chercher un moyen de m'en sortir, à visiter dans les moindres recoins ce désert sous-marin. Je ne peux m'empêcher d'y penser encore. S'agit-il d'une punition, un genre de purgatoire ? Faut-il en passer par là pour accéder à autre chose ? Je suis sûr que tout ça a un sens mais lequel ? L'espion le sait sûrement. Lui et ses amis contrôlent tout depuis le début. Ils sont les maîtres du jeu. Ce qui est certain, c'est qu'à partir de là, j'ai quitté les eaux tranquilles de la maladie pour entrer ailleurs.

Extrait du dossier médical – 6 juillet

Groupe hospitalier Pitié-Salpêtrière. Service d'immunochimie. Secteur S 22. Édition du mercredi 6 juillet, enregistré le 04/07.

Exploration de l'auto-immunité. Recherche d'**anticorps antinucléaires**, examen effectué dans le sérum, résultat : **négatif.**

Anticorps anti-ADN natif Résultat 2UI/mL.

L'hôpital avait disparu, englouti. J'étais parti et il me faudrait parcourir un long chemin pour retrouver ce faux silence, les alarmes, les visites à heure fixe et l'odeur de mort de ses couloirs. Et vous tous, les observateurs de ma vie de misère. Et celui qui me surveille de si près qu'il me fait peur. Les deux hommes avançaient vers moi, l'un portait des cheveux en brosse et un marcel vert de l'armée. L'autre était plus vieux, il avait l'allure d'un savant fou, le visage allongé, une barbiche blanche, une blouse, les yeux cachés derrière des lunettes de soleil comme des loupes. Un petit bras articulé surmontait l'un des verres et doublait la lentille, comme le canon d'un microscope. Les deux hommes me tournaient autour. La mâchoire m'enserrait et me maintenait d'aplomb, sinon je me serais effondré sur le sol. En m'observant, ils faisaient des mimiques et des borborygmes, parlaient un idiome que je ne comprenais pas. J'avais l'impression d'être au zoo face à un entomologiste chargé d'évaluer mon apport pour la science. L'homme au double foyer s'est penché sur moi, il examinait mon corps de très près. Il opinait du chef. Il pouvait bien être médecin. Mais il avait l'air assez étrange.

« Encore un ? a-t-il lâché avec un accent russe très prononcé.

– Oui monsieur, encore un qu'ils ont rejeté, monsieur.

– Comment le trouvez-vous ?

– On vient de le repêcher. Il est encore trop fatigué. Difficile à dire.

– Vous avez raison, mettez-le dans une chambre.

– Vous avez entendu, vous autres ? »

Il s'adressait aux matelots qui se trouvaient autour.

« On lui trouve une chambre. Allez au boulot. »

Des gens s'activaient de tous côtés. Des projecteurs s'allumaient. Le bateau était beige, mangé par la rouille. Les hommes ont décroché le robot de la grue. Et ils l'ont fait rouler avec moi à l'intérieur. Je pensais qu'ils allaient me sortir de là. Ça n'avait pas l'air de les effleurer. Ils pensaient peut-être que cette chose dure et métallique faisait partie de moi. Nous roulions donc sur le pont et les matelots protestaient.

« C'est fou ce qu'on ramasse comme déchets en ce moment...

– Ouais, y en a marre !

– On pourrait les laisser crever. Ça nous ferait des vacances...

– ... Mais non, dès qu'y en a un sur le sonar, il faut qu'on le ramasse.

– C'est pour la rançon.

– Il y en a qui rapportent, des clients comme ça.

– Ouep... »

Nous sommes entrés à l'intérieur du bâtiment. Ils m'ont conduit dans des couloirs étroits jusqu'à une chambre très blanche. La lumière était vive, comme celle du soleil sur les murs de chaux en Grèce. Dans le coin à droite, un lit était encastré dans le sol. Un coffrage en béton sur lequel ils m'ont allongé dans mon corset de fer. Ils sont partis en éteignant la lumière.

Extrait du rôle infirmier – 6 au 7 juillet

Garde. **Atélectasie*** : clamoxyl. EVA* impossible **car communication ultradifficile**. Conscient vigilant ???

Une veilleuse baignait un coin de la pièce d'une lumière orangée. Je n'y voyais pas grand-chose. La pièce était étroite. La cuirasse dans mon dos était froide et dure. Le robot m'enserrait comme un animal, ses arceaux rigides m'encerclaient le ventre comme des côtes. L'arête dorsale et métallique de la machine rendait ma position inconfortable et précaire. Je risquais à tout moment de verser d'un côté ou de l'autre. Au moins j'étais dans une chambre, allongé, à bord d'un navire-hôpital. Je ne sais comment mais j'avais acquis la certitude qu'il s'agissait d'un hôpital. Ça devait être la blouse de l'homme à l'accent ou son regard derrière ses lunettes. Il avait quelque chose d'un expert. La lumière s'est allumée ; moins forte que tout à l'heure. Les deux hommes qui m'ont accueilli à bord sont revenus. Ils se sont approchés du lit.

« Bon alors ?

– Le spécimen a l'air pas mal…

– Oui, tout à fait dans nos cordes.

– Je crois aussi, ce n'est pas la peine de le rejeter.

– Je vais lui parler. »

Le vieux s'est penché sur moi. Il avait l'air très fou ; dans ses yeux, une lueur dure.

« Cher monsieur, j'ai l'honneur de vous annoncer que vous êtes accepté à bord de notre navire-hôpital. Je suis votre médecin et, d'ailleurs, le seul médecin à bord. »

Il avait définitivement l'accent russe.

« Je suis dentiste et ophtalmologiste mais je soigne tous les types de maladie. De toute manière, on m'a retiré ma licence dans mon pays. Vous savez bien que là-bas comme ici, l'état des hôpitaux se dégrade et certains malades, comme vous, se retrouvent reçus comme des déchets et rejetés à l'eau. C'est la raison pour laquelle vous vous trouvez ici. Avec notre bateau, acheté une bouchée de pain, nous errons dans les grandes villes du monde, autour des hôpitaux pour ramasser les malades de votre espèce. Nous sommes à l'abri des regards grâce aux brumes de la Seine. Vous avez ainsi la chance de pouvoir être traité. Sachez que les gens qui vont vous soigner n'ont pas été formés pour cela. Ou plutôt si, ils ont été formés par moi. Ce sont d'anciens malades comme vous qui me remboursent de mes efforts. Car vous soigner demande du temps et de l'argent, comme cette merveilleuse machine qui vous sert de squelette extérieur. Si je parviens à vous sauver la vie – je ne vous cache pas que chez nous le taux de décès est plus important qu'ailleurs, mais il faut reconnaître que nous récupérons les pires malades –, votre famille nous paiera une rançon élevée ou vous entrerez au service de ce bateau. Vous pouvez d'ores et déjà vous considérer comme un membre du navire. Ici, règne un ordre militaire et j'en suis le chef incontesté. Tout le monde m'obéit et vous aussi. Je dicte les règles. »

Extrait du rôle infirmier – 6 au 7 juillet

Veille.
Appel de la mère à 23 h. Voulait rappeler cette nuit.

Je lui ai expliqué que les patients dormaient peu et que le téléphone pouvait les réveiller.

Que crois-tu que je pensais, hein ? Et toi qu'aurais-tu fait en pareil cas ? Tu aurais prié que tout cela ne soit pas vrai, tu aurais aimé qu'on te pince pour te rappeler que, quelque part, la réalité existait. Mais, manque de pot, on aurait pu me piquer ou me couper un bras, je n'aurais rien senti. Et tu sais quoi ? Tout cela était vrai. On pourrait en parler des heures, gloser sur la vérité ou la réalité, sur les niveaux de conscience et sur les différentes strates qui composent notre monde. On pourrait faire ça, toi et moi, malheureusement on a le temps. Mais je te demande juste cela : accepte que je te tienne par la main et qu'on avance encore un peu plus profond. Tous les deux, on en démêlera sûrement le sens. Et je te dirai ce que je sais. Dis-toi que, si tu étais à ma place, ton cerveau hurlerait : « Je voudrais rentrer à l'hôpital. J'étais très bien dans le public. Laissez-moi tranquille », mais personne n'entendrait rien même si ça se lisait sûrement quelque part sur ton visage pour que le fou te réponde :

« Non non, cher ami, vous ne m'avez guère compris. Vous n'avez pas le choix. Je ne sais pour quelle raison la Salpêtrière n'a pas voulu de vous mais, comprenez bien, ils vous ont rejeté. Vous êtes un rebut. Nous vous avons récupéré, vous êtes à nous ! Considérez désormais cet endroit comme votre lieu de résidence. Sur ce, je dois vous laisser. Ma femme m'attend. Je reviens dans quelque temps. Yvan va s'occuper de vous en attendant mon retour. Il va vous préparer pour l'examen. »

Yvan, c'était l'espèce d'armoire à glace coiffée en brosse qui lui servait d'assistant. Il était carrément habillé en militaire. Il est venu près de moi et m'a fait pivoter sur la coque ; la douleur était épouvantable. J'avais un mal de chien. Yvan m'imposait les mains un peu partout et, chaque fois, je me tordais de douleur. Il s'en foutait, il continuait. Tu vois, pendant qu'il me torturait, je me demandais : « Comment Caroline va-t-elle faire pour me retrouver sur ce rafiot ? Où m'emmènent-ils ? » Et je ruminais : « Je me suis fait coincer. Cette clinique privée va chercher à nous ruiner. J'ai mal, je suis en grand danger. Il ne faut pas que ces gens-là approchent Caroline. Ce sont des terroristes, je le crains. Ils m'ont enlevé et, s'ils la trouvent, ils vont la menacer. » Pour conforter mes appréhensions, Yvan faisait une démonstration de force sur mes côtes. Avec ses deux mains jointes, il appuyait sur mon thorax de tout son poids. Et mes côtes cédaient une à une. Elles s'ouvraient. Noires. J'avais peine à respirer ou à avaler ma salive. En fait, il avait ouvert le squelette d'acier. Libéré, je roulais contre le mur. Yvan a déplacé la machine et m'a allongé sur le dos. Il m'a écarté les paupières ; une torche entre ses dents. Il a balayé mes yeux avec la torche, placé un bout de papier sous ma narine gauche, inspecté mes dents, m'a palpé le cou. Il me regardait avec mépris.

« Encore un trou du cul de petit Français », a-t-il sifflé entre ses dents.

Il a claqué la langue et s'est retiré, me laissant dans le noir.

Extrait du rôle infirmier – 6 au 7 juillet

Jour.
Atropine* sur rampe. Mobilisation : **bradycardie*** à 52 lors de la toilette. Communication difficile mais réponse par **mouvements** de la mâchoire. EVA* = 3-4. **Très angoissé.** Toujours pas de selles ce matin.

Je ne savais pas quoi faire. Me réjouir parce que j'avais un médecin ou m'inquiéter parce qu'il était complètement fou. Le robot était là devant mon lit, tel un squelette. Ses orbites brillaient dans le noir. À part capturer les malades, je me demandais à quoi il servait. La lumière est revenue. Le savant fou est entré dans la pièce, suivi d'Yvan. Ses cheveux étaient de plus en plus touffus et blancs, il était très excité. Ses yeux étaient exorbités.

« Ach, cette femme ne me laissera jamais tranquille. Je lui ai fait sept enfants et trouvé un magnifique yacht et il faut encore qu'elle me fasse chier. Alors Yvan, comment va notre ami ? »

Il roulait les R et m'inspectait à travers sa double loupe.

« Hum, pas très en forme.

– Hum, comme tu dis. Il va falloir tenter le tout pour le tout. »

Il a sorti un télescope, me l'a enfoncé dans l'œil.

« Han, han, c'est rouge, c'est nervuré, ça ne voit pas grand-chose. Très intéressant. Savez-vous jeune homme que l'œil et le corps se parlent beaucoup ?

– ...

– Yvan, donnez-moi l'autre... »

Il m'a enfoncé un plus gros télescope.

« Ah oui ! évidemment, ça se complique.

– ...

– Cher monsieur, je ne sais pas ce que vous avez et n'importe quel médecin vous mentirait s'il vous affirmait quoi que ce soit sur ce sujet. J'ai étudié en Russie et aux États-Unis et je suis très pragmatique. On va faire ce qu'on peut. On va attendre. Mais attention, jeune homme, en tentant. Il serait criminel de ne rien tenter. Yvan, le robot... Grâce à ce robot de mon invention, nous allons tester votre mobilité. Allez Yvan, approchez-le. »

Et le bateau a appareillé.

Extrait du dossier médical – 7 juillet

Électromyographie*. Fédération de neurophysiologie. Conclusion
Conduction motrice : **aucun nerf** ne peut être obtenu en stimulation distale aux 4 **membres en proximal et distal sauf** sur les 2 SPE en recueil jambier antérieur. Le cubital droit est obtenu en distal mais pas en proximal.
Conduction sensitive : aucun potentiel n'a été obtenu.
Détection : pas de fibrillations* mais on est J5-6 de l'installation du déficit moteur. Aucune activité volontaire.

AU TOTAL
Atteinte **extrêmement sévère périphérique. Aucun nerf n'est stimulable ou recueillable en moteur ou sensitif.** Soit il s'agit de blocs de conduction majeurs et diffus sur tous les nerfs, soit il s'agit d'une **perte axonale* massive d'abord sensitive et puis motrice.** Il faut **refaire un EMG* dans 15 jours** : si quelques amplitudes distales réapparaissent et qu'il n'y a pas trop de fibrillations*, ce sera des blocs diffus ; si tous les nerfs restent inexcitables et qu'il y a beaucoup de fibrillations*, ce sera en faveur d'une perte axonale* massive diffuse.

8

La prise de Singapour

Ne te méprends pas, j'ai compris assez vite qui étaient ces hommes : des pirates, des marchands d'esclaves des temps modernes. Ils écumaient les mers et les fleuves à la recherche de pauvres hères dans mon genre. Ils les récupéraient, les sauvaient et les détroussaient. Comment ai-je pu imaginer un instant qu'ils voulaient me soigner ? Il faut croire que j'ai un bon fond, que je pense malgré tout que le pire n'est pas toujours certain. Tu es peut-être mieux armé que moi pour faire face, je ne sais pas. Et peut-on vraiment le savoir quand on ne l'a pas vécu soi-même ? À peine l'ordre du vieux fou formulé, deux hommes, presque des enfants, m'ont mis aux fers. Ils m'ont adossé au poste de pilotage du croiseur, les mains attachées dans le dos. De ma place, je voyais les matelots s'agiter, lever l'ancre, tirer les bouts, préparer les canons car le bateau était armé. À côté de moi, assise et menottée, la femme du savant. Elle était jeune et belle, indienne. Il avait dû l'enlever, elle aussi. La contraindre à l'épouser. Lorsque le bateau a démarré, une brise fraîche a soufflé sur mon visage. Le jour était blanc ; la mer était vive, il y avait une sérieuse houle. L'air marin me faisait du bien. Je profitais un moment de cette douceur. Je regardais la femme du forban, lui souriais. Elle a baissé les yeux. Je croyais pouvoir trouver en elle une complice. Le croiseur prenait de la vitesse. Le chef était à l'avant tel le conquérant. Le pied sur un rebord, il contemplait l'immensité marine. Ses longs cheveux blancs flottaient vers l'arrière. Il était l'image du pouvoir, de l'audace, de la conquête. Il ne parlait plus, tendu vers son objectif. Nous étions au milieu de l'océan.

Extrait du dossier médical – 7 juillet

Fiche de renseignement arboviroses/fièvres hémorragiques virales.
– Institut Pasteur.
Date début des symptômes 25/06 ; date d'hospitalisation 29/06.

– fièvre
– **céphalées**
– **méningite**
– troubles oculaires
– méningo-radiculo-névrite.

Biologie : leptospiroses.
Rickettsiose : en attente.
LCR : 47 éléments, 1g protéinorachie.

Prélèvement sang, date 01/07/05.

Signes cliniques :

Voyages à l'étranger mois précédent : Croatie – Grèce.

Arbovirose suspectée : West-Nile.

Le savant russe s'est retourné. Il a jeté un regard pénétrant sur l'assemblée hétéroclite de prisonniers, d'enfants et d'esclaves, et prononcé ce discours que je te rapporte : « Mes chers amis, ma très chère femme, aujourd'hui est un grand jour pour notre communauté, un grand jour pour l'humanité, un grand jour pour la marine. Aujourd'hui est probablement la plus belle journée que nous allons vivre ensemble. Ce jour, je le prépare, je l'attends depuis si longtemps. Ce que nous allons accomplir, personne n'a jamais osé l'entreprendre. Personne n'a jamais osé l'imaginer. Ce que nous allons accomplir ensemble va révolutionner le monde, bouleverser l'ordre établi et, je l'espère, réveiller les consciences endormies. Partout dans le monde, on commentera notre audace et notre bravoure. Partout dans le monde, on célébrera notre vigueur. Et bientôt, à l'image de cet îlot de liberté que nous allons créer, des dizaines, des centaines, que dis-je, des milliers de cités se libéreront et s'autonomiseront. Une fois cet acte accompli, le visage du monde aura changé. Il sera plus juste. Chers amis, grâce à des renseignements confidentiels et à la bonne configuration des astres, nous allons attaquer aujourd'hui la ville de Singapour. Nul ne s'y attend et, grâce à notre fidèle croiseur, nous serons maîtres du port en quelques minutes. L'effet de surprise sera total et la ville s'offrira à nous. Cette ville si riche et enfermée dans ses conventions nous fêtera comme des rois. Elle nous gavera de plaisirs et de douceurs, elle nous inondera de bonheur. Singapour nous voilà ! »

Et la troupe de répéter en chœur : « Singapour, nous voilà ! »

Petits et grands brandissaient des haches, des machettes et des fusils d'opérette. Ils s'encourageaient, se tapaient dans les mains ou poitrine contre poitrine. Ils saluaient leur chef de guerre, le vieux fauve russe. Yvan les haranguait tandis que le vieux piquait un fard. Je me demande bien ce que je faisais là avec eux. Tu m'imagines, mourant sur un bateau. Ils n'attendaient quand même pas de moi que je me batte ou que je participe à leur invasion délirante. Il fallait que je m'échappe, que je séduise la femme et qu'elle me protège. Le bateau avait lancé ses turbines à plein régime, il filait vers sa guerre. La mer était forte. Nous tanguions, nous roulions. Les bagages glissaient vers moi, je me retrouvais sens dessus dessous à moitié versé sur l'Indienne. Nous approchions de Singapour. Nous longions la ligne de métro aérien qui mène à ce grand port asiatique. L'effervescence régnait. Les enfants chantaient et mettaient les batteries en place. Le savant fou était à la proue. Il hurlait en russe des sommations avant de se retourner vers nous : « En place ! Ils ne répondent pas. Je crois qu'ils ne veulent pas se rendre. »

Quelqu'un aurait pu le prévenir qu'on ne parlait pas russe à Singapour. Ils sortaient de nouveaux canons de tous les côtés. Le pont du navire en était encombré. Le chef a mis un tricorne et porté sabre au clair. Une brume dense et blanche voilait la ville. On discernait le haut des gratte-ciel à travers la purée de pois. « On accélère... Je veux être à portée de tir dans moins d'une minute. Quand je baisserai mon sabre, vous lancerez la première bordée, a hurlé notre savant. – Oui, chef », ont-ils répondu. Et j'avais envie moi aussi de prendre part à l'aventure. J'étais un peu excité à l'idée du combat imminent. C'était la première fois que je faisais la guerre. Et je ne résistais pas à l'enthousiasme général. Bientôt nous serions maîtres de Singapour. Nous étions tous suspendus au sabre du vieux Russe. Il était là, en l'air, telle la figure de proue de notre destroyer. Dans quelques secondes... En bouche nous avions le goût de l'acier, du fer et de la cordite. J'avais un peu peur pour mes oreilles. Le sabre était là, érigé, les muscles de l'avant-bras tendus. Un temps, le bras sembla fléchir, intimidé. Le chef ne bougeait pas ou insensiblement. La brume s'est dissipée.

Nous étions tout près de la ville. Elle était à nous. Un peu plus bas, il y avait le port et... des minigratte-ciel devant les darses. Ils portaient tous pavillon. Quelle belle ville de mer. Les immeubles étaient dessinés comme des bateaux... C'étaient des bateaux. Toute l'armada singapourienne nous attendait, là en face. Des centaines de navires de guerre. À bord des soldats, des soldats, des soldats. Sur le gaillard d'avant de leur navire amiral, un autre chef, sabre au clair. Lui n'avait pas peur, il a abattu son arme avec vigueur. Et le déluge de feu s'est déclenché. Notre bateau a fait demi-tour avant d'être coupé en deux par une torpille. Les Singapouriens nous poursuivaient. Les balles pleuvaient tandis que l'avant du bateau s'échouait sur une plage de sable, me projetant au sol. Je voulais fuir, échapper aux soldats, comment pourraient-ils savoir que je n'y étais pour rien ? Je n'arrivais pas à ramper, mon visage menaçait de s'enfoncer dans le sable. J'avais peur, vois-tu, et je me sentais complice de cette attaque ratée. Qu'allait-il advenir de moi ? J'en étais là quand, soudain, j'ai entendu une voix connue, un peu dure, martiale me dire : « Allez, tu peux te redresser maintenant, fais un effort… » Était-ce possible ?

9

Le train du retour

Je ne savais plus où j'étais. Je sentais le sable sous mes doigts, mon effort vain pour trouver une prise et échapper aux troupes qui nous poursuivaient. J'entendais encore des coups de fusil claquer ici et là pour étendre raides mes camarades. Et pourtant cette voix qui insistait venue d'ailleurs. Je l'aurais reconnue entre mille. C'était Marine, mon infirmière à l'accent alsacien nasillard. Mais que faisait-elle ici au milieu du Pacifique ? Elle insistait : « Oui, fais un effort. Allez, allez. Allez, continue... Allez, essaie encore, c'est bien... Allez, pousse sinon il va falloir qu'on t'aide. Franchement ce serait mieux que tu le fasses. Allez, les filles à trois on y va... » Que voulaient-elles que je fasse ? Avaient-elles été envoyées pour venir me récupérer au milieu du champ de bataille ? Devais-je ramper avec leur aide ? Elles m'avaient soulevé et la douleur était insupportable. Mon buste était relevé. Il tirait sur mon ventre. « UN – DEUX – TROIS. » Qu'allaient-elles faire ? Je ne voulais pas qu'on me touche. Je me raidissais. « Ben quoi, tu veux pas qu'on te touche, qu'est-ce qui t'arrive ?... Tu sais, t'as un rendez-vous, et c'est assez important. Y faudrait pas être en retard... De toutes les manières, t'as pas le choix. Et puis ta famille a dit "OK" alors on y va. » Elles ont commencé à me treuiller. J'étais suspendu en l'air, allongé, horizontal. Mes bras s'écartaient, ma tête était tirée en arrière. La douleur frisait le rouge. Mon corps était parcouru par des stries électriques qui suivaient les os et me montaient jusqu'aux yeux. « Allez, encore un effort ! » Elles tiraient un peu plus fort. Mon corps s'est cabré. Elles avaient dû me passer un harnais au cou. Où voulaient-elles m'emmener ? Quel rendez-vous ? Je n'avais pas la force de résister. Les fusils s'étaient tus. Elles m'ont posé sur un brancard ou quelque chose du genre. Nous étions bien sur une plage, je n'avais pas rêvé. Elles faisaient rouler la chose avec difficulté. « Tu sais, on va retrouver ta famille sur le quai de la gare. On prend un train pour Paris. Au bout du chemin, il y a l'hôpital. C'est bientôt fini, ne t'inquiète pas », m'a expliqué une Marine apaisée. Tu ne peux pas savoir, mon ami, comme ces mots ont pu me rassurer. Je n'étais pas fou, seulement malade. On me ramenait à l'hôpital. Tu vois, je te l'avais dit.

Extrait du dossier médical – 7 juillet

Groupe Cochin Saint-Vincent-de-Paul. Sérologie de la **borréliose de Lyme*.**

Prélèvement LCR du 01/07, sérum du 01/07 IgG, IgM : **absence d'anticorps détectables.**

Sur le quai de la gare de Deauville – oui c'était la plage de Deauville, figure-toi –, Caroline, ma sœur et son mari m'attendaient. Mes parents avaient déjà pris place à bord, je crois. Mon cousin Dan était là également. Ils m'ont embrassé tendrement et sont montés dans le train. J'attendais qu'on me hisse à mon tour à bord de ce TGV sanitaire en direction de Paris. Mais je me trompais. Des mains inconnues m'ont accroché à l'extérieur du wagon, au niveau de la rangée de Caroline. J'étais en chien de fusil, la tête collée à la vitre, le corps perpendiculaire au train. Comme ça, je pouvais entendre ma compagne. En fait, j'avais l'impression que mon esprit était avec eux à l'intérieur du train et mon corps à l'extérieur, tenu par un crochet. J'ignorais qu'ils avaient ouvert une ligne Deauville-Paris-Deauville en TGV. Je trouvais l'idée excellente car ce ne serait pas long. Caroline bavardait avec Dan, elle ne faisait guère attention à moi. Elle parlait doucement, comme si elle craignait de réveiller quelqu'un, elle chuchotait. Dan avait la voix chaude, j'avais l'impression qu'il cherchait à la séduire. Elle rigolait à voix basse ; un rire qui se dissimule. Pourquoi me faisait-elle ça ? Ils étaient bien au chaud et moi je me les gelais dehors. Une lumière vert et gris détrempait la ville. Il faisait froid, c'était un jour de néon ; il commençait à neiger. Une neige épaisse et poudreuse. Légère. Le train s'est ébranlé, il a démarré. Installé comme une aile, je prenais mon envol. Je glissais, à un mètre cinquante au-dessus du sol. La Normandie était étrange, elle ressemblait à une campagne de jeu vidéo plongée dans l'orage. L'herbe paraissait avoir été modifiée sur écran. Je me concentrais sur la conversation des tourtereaux. J'entendais le ronronnement de leurs voix mais c'était indistinct, comme une musique passée au tamis. Je distinguais quelques mots. « ... bébé... Ghazal ... amour. »

J'étais gelé. La vitesse et la neige me faisaient trembler. Nous traversions des quais de gare vides. J'étais comme immatériel, je pouvais traverser les quais et les objets sans que personne ne me voie. Avoue-le, c'est étonnant. Un paysage de ville et de banlieue, de lumière dans la nuit défilait autour de moi. Mon cousin avait disparu et Caroline discutait avec une pléiade de jeunes femmes brunes et bien habillées. Elles avaient fait un effort pour être sexy. Elles me regardaient en discutant sans que je comprenne pourquoi. Puis elles sont venues me décrocher à un arrêt, m'ont fait basculer comme une quille et m'ont affalé sur le fauteuil à côté de ma compagne. La tête contre la vitre froide. Caroline était à mes côtés, je me sentais protégé. Il faisait chaud, c'était bon. On rentrait à l'hôpital.

10

Le carnaval de la réa

Dehors, la nuit était sombre et glacée. Nous étions en banlieue ouest, pas très loin de la Défense. Ma tête se perdait dans ce paysage urbain, sans relief, comme des traits. Mon esprit flottait, dérivait. Il vagabondait dans ces villes inconnues aux allures modernes, entrelacs de lumières et de béton. La vitesse et la pluie m'hypnotisaient, la présence de Caroline à mes côtés me rassurait. Tu vois, je n'étais plus seul, je pouvais me laisser aller. Tu comprends, je n'étais obsédé que par une chose : rentrer à l'hôpital, trouver le chemin des soins. Et là, c'était le cas, je pouvais baisser ma garde. Je sais que tu attends de moi des explications, une logique. Mais peux-tu admettre un instant qu'elle est complexe et qu'elle se met en place lentement ? C'est une toile qui se tisse, un canevas. Si tu es malin, tu auras compris déjà où nous en sommes. Pense à ce type qui me surveille en silence. Je te l'ai dit, j'ai été poussé dans mes retranchements. Où en étais-je ? Ah oui, je regardais les jeunes femmes sexy... Des infirmières qui travaillaient à l'hôpital, elles m'accompagnaient et me protégeaient. Elles étaient assez excitées à l'idée de se trouver à bord de ce TGV, elles répétaient des pas de danse. Je m'abandonnais à la contemplation, glissais un peu dans le fauteuil. Elles bavardaient derrière moi. Je me sentais en sécurité. J'allais pouvoir dormir. Me reposer. J'étais presque allongé. Personne ne me menaçait. Ah que c'était bon... Je me laissais aller.

Extrait du dossier médical – 7 juillet

Dr M., infectiologue Méningo-radiculite* d'évolution suraiguë et d'étiologie indéterminée. Recherche d'une hypothèse infectieuse. Pas beaucoup d'orientation épidémiologique, très peu de signes cliniques révélateurs, imagerie médicale non informative (radio thorax normale mais pneumopathie* apparaît), biologie médicale non informative car anomalies peu spécifiques. **En pratique pas beaucoup d'hypothèses** dans le registre infectieux mais compte tenu de **l'évolution gravissime et du pronostic resserré,** je ne prendrais aucun risque et **couvrirais tout** sur le plan bactérien.

« Oh non, pffffffffffff, c'est pas vrai », a protesté soudain l'une des infirmières.

J'avais fait une bêtise, j'avais pissé par terre, un gros pipi qui coulait sur le sol en plastique noir du TGV et venait mouiller les talons de ces dames. « Oh merde, c'est dégueulasse. Boris, tu pourrais faire attention. Comment on va faire pour la fête, hein, Mina ? a demandé la plus jeune d'entre elles.

– Ben rien, je vais le changer et l'habiller autrement. Je vais faire ça vite, j'ai l'habitude. Mais je garantis pas qu'il sera aussi bien. »

Mina était un peu plus âgée et expérimentée que les autres. Sous des dehors très fermés, elle semblait gentille, pas trop excédée. Elle a murmuré à mon oreille : « Boris, tu aurais pu te retenir quand même. On était en train de travailler l'ordre de passage pour la fête. Et tu sais bien que tu joues un rôle important dedans. C'est pour ça que tu as pris le train avec nous. »

Elle m'a retiré mon pantalon avec aisance. Je me suis remis à pisser. J'étais mort de honte mais je ne pouvais rien y faire, je ne contrôlais pas mon corps. Elle m'a enlevé mon caleçon ; il était trempé. Mon sexe se cachait, il était tout petit et flapi, baigné de pisse. Mina avait des gestes sûrs, indifférents à ma déchéance, elle me parlait en même temps qu'elle me changeait : « Tu sais, tu es la mascotte de notre service. C'est toi qu'on a choisi pour la fête. Chaque année, le service – nous quoi – offre des cadeaux aux enfants, ils font un spectacle, on examine leurs résultats scolaires, on les félicite et on leur donne des cadeaux. Chez nous, il y a des gens de toutes les origines mais on se réunit pour la fête. C'est important, ça marque la fin de l'année. C'est pour ça, on a loué ce wagon du TGV pour faire la fête à l'intérieur. C'est assez original, hein ?

Depuis plusieurs années maintenant, on choisit une mascotte parmi nos malades, un modèle pour nos enfants. Cette année, c'est toi qu'on a choisi, parce que tu es fort et courageux. Et ta famille a dit oui. Ta femme avait des doutes mais elle s'est dit que ce ne serait pas si mal, après tout. Surtout, ne te fais pas de soucis, tu n'as pas grand-chose à faire, je t'expliquerai. » Caroline était revenue à mes côtés, elle maugréait, s'en prenait à elle-même d'avoir été trop faible en acceptant de me laisser participer à ce cirque. Mais déjà, quatre jeunes femmes brunes, algériennes ou marocaines, arrivaient en rigolant. Elles avaient de larges bouches rutilantes avec de belles dents blanches. En habit de fête, elles semblaient heureuses. L'une d'elles portait une minijupe pailletée et argentée comme une cotte de mailles. En dessous, elle arborait un collant noir et des bottines à talons hauts. Elle marchait vers moi à grands pas envoûtants, souriait, parlait, chantait presque, exubérante. À ma hauteur, elle s'est penchée avec un air coquin et m'a fait un clin d'œil : « Tu vois j'ai tout ce qu'il faut. » Elle a ouvert son sac à main et dévoilé quantité de flacons, de seringues et autres produits. « On a tout prévu. Mais, avant toute chose, on va t'habiller. »

Extrait du rôle infirmier – 7 au 8 juillet

Garde.	Tégéline* en cours. Algie : dos.

Les jeunes femmes ont sorti une blouse blanche et un genre de boa argenté, un vêtement de fête avec des fils et des fanfreluches qui dépassaient en torsades. Un truc immettable. Je n'ai pas eu le temps d'avoir honte car les deux femmes m'ont enfilé la blouse de médecin. Puis elles m'ont mis le boa comme une écharpe, veillant à le faire passer en dessous du col de la blouse. Elles ont fait plusieurs tours avec : les filaments métalliques qui en partaient me grattaient la gorge. C'était assez désagréable et je me sentais un peu ridicule. Derrière, j'entendais un rythme de percussion. De la musique brésilienne ou antillaise, une musique terrible, qui vous donnait envie de bouger, vous prenait aux tripes. En un tournemain, les deux femmes m'ont posé à l'intérieur d'un seau ou d'un bidon de peinture. Il me remontait jusqu'aux genoux et me maintenait ainsi à la verticale. « On t'a mis là-dedans, comme ça tu te tiendras bien droit pour la fête, c'est bien non ? Hein, qu'est-ce que t'en dis ? » m'expliquaient-elles avec gentillesse. Tu as le droit de te moquer de moi, mon ami. Oui, regarde-moi avec ma blouse, mon caleçon, mon boa et mon seau, trop fatigué pour être debout. N'est-ce pas ridicule ? Si bien sûr. Et pourtant je leur faisais confiance, elles étaient infirmières, elles avaient l'accord d'un médecin. Elles m'ont observé en silence, l'air satisfait, et ont décidé d'ajouter une petite touche : elles m'ont injecté le contenu d'une seringue, « de l'atropine*, pour t'aider à tenir le coup », ont-elles précisé. Ma compagne me parlait : « Ne t'inquiète pas mon amour, je suis là. Je sais que c'est dur pour toi. »

J'étais terrorisé. Je ne savais pas ce qu'ils attendaient de moi. Caroline et Mina m'ont emmené dans le recoin, après le bar, à droite de l'entrée. Il y avait une table et quelques chaises. Sur la table, des bouteilles de Coca-Cola, du jus de fruits, du punch et des eaux. Caroline s'est assise et m'a tenu droit contre sa cuisse. Face à nous, au fond du wagon, à peu près au niveau de ma rangée, de tout petits enfants dansaient à quatre pattes. Derrière eux, une foule. Ils arboraient des costumes bigarrés et des cotillons. Une ligne de basse sortie des entrailles de la terre lançait un rythme jamaïcain. Par-dessus, des percussions brésiliennes secouaient le TGV. Au loin, les corps des enfants et des adultes commençaient à tressauter. Caroline m'a enserré un peu plus fermement la taille. Elle se préparait à la vague.

Elle est venue tel un rugissement. Une voix sonore, amplifiée avec un effet de réverbération puissant. Il s'adressait à tout le wagon. Cet homme était un monstre. « Mesdames et messieurs et surtout les enfants, bonsoir. Vous êtes ici pour la vingt-quatrième fête du service de réanimation de la Salpêtrière et je suis votre maître de cérémonie. Ce soir, ça va être chaud chaud chaud dans le TGV, ça va zouker et apprendre la vie. En présence de notre invité d'une année, votre malade, notre malade, le malade : il s'appelle BOOOOOOOOOOOOORRRRR-RIIIIIIIIISSSSSSS. On l'applaudit bien fort. »

11

La mascotte

« Et c'est parti !!! N'oubliez pas, les enfants, que rien n'est jamais acquis. N'oubliez pas que la mémoire est le meilleur outil de l'homme. N'oubliez pas, les enfants, que l'humanité compte plus de morts que de vivants. » L'atmosphère était électrique, c'était celle d'un carnaval brésilien ou caribéen. Il y régnait le même parfum de mixité, de sueur, et d'aspiration spirituelle. Les alcools étaient là, aussi. Les membres de la réanimation avaient l'air de nourrir une mystique particulière à laquelle ils adhéraient tous. Je me sentais pris au piège, je ne savais pas comment répondre à leurs attentes. Les tambours pulsaient, la procession avançait. Au premier rang, trois filles de quatre ans au plus. Elles étaient vêtues de justaucorps et de tutus argentés, les yeux rivés à leurs ballerines. « Et on commence notre soirée avec

Rosa, Ancelina, et Maria qui sont nos plus jeunes enfants. Toutes les trois ont réussi brillamment leur année de maternelle, elles respirent la joie de vivre et ont décidé de nous préparer un petit spectacle de danse classique. On les applaudit bien fort. Allez-y, les filles. »

Elles ont esquissé trois entrechats, un petit tour sur elles-mêmes et tenté de se mettre sur les pointes. « ooooooooooooooooooOOOO OOOOOOOOOOOOOOOOOOOOOOO OOOOHHHHHHHHHH, c'est fantastique. Quelle grâce !!! » Les filles se sont avancées, un peu poussées par l'animateur, elles devaient prendre leurs cadeaux à mes pieds. Mais, au dernier moment, Rosa s'est arrêtée, elle a levé les mains vers moi, portant une boîte ouverte. À l'intérieur, des pétales de rose blancs. Elle voulait que je fasse quelque chose mais j'étais incapable du moindre geste. Elle me regardait, implorante. Devais-je essayer de lui dire un mot, fallait-il que je la bénisse ou un truc de ce genre ? La petite attendait, le speaker se taisait.

Extrait du rôle infirmier – 7 au 8 juillet

Veille.	Pas de bradycardie* cette nuit. Fébrile.

« Allez, Boris, essaie de le faire, essaie d'avancer ta main. Oui essaie. » Caroline tentait de me guider. Heureusement qu'elle était là. J'étais au bord de l'asphyxie tant je me sentais mal. J'essayais de me pencher vers la petite fille pour avancer le bras. Je cherchais comment faire, c'était facile de se pencher, il suffisait de se laisser tomber ; mais le bras ? Je sondais mon corps pour savoir où et comment. Il ne me disait rien. Mon bras est parti tout seul, il a renversé la boîte, cogné le visage de la petite fille, les pétales de rose étaient par terre. Rosa retenait ses larmes. « Ce n'est pas grave, Boris, tu as essayé. Ce n'est pas grave, mon amour », me consolait Caroline.

Je me sentais mal dans mon seau. Mes jambes flageolaient, j'étais en train de partir, j'étais en train de mourir. La musique avait été coupée. Au milieu de ce silence, je distinguais le bruit d'aspiration de mon respirateur et sa sonnerie aléatoire. Elle faisait : « Beuden beuden... » L'air était lourd, épais comme de la semoule, il me collait aux poumons, il m'écorchait. Il faisait trop chaud. La petite fille me regardait, je suais. « Bedaine, bedaine. » Elle a haussé les épaules. Mon respirateur était une petite boîte jaune posée à même mon torse, sous la blouse. Il y avait un peu d'orange au niveau des boutons et en haut sous ma gorge, une fente horizontale comme celle d'un mange-disque. « Baden baden. » C'est par là que l'air entrait, c'est par là que je vivais. La petite fille semblait perdue, elle cherchait sa mère. Puis, à ma grande surprise, elle a couru vers moi et s'est pendue à mon cou. Je manquais m'effondrer. Mais aussi vite qu'elle est venue, elle m'a lâché et a disparu.

Et le carnaval a repris. Les enfants défilaient, la musique tonnait, je n'en pouvais plus. Je voulais que Caroline me tienne dans ses bras. J'avais peur. « Beuden beuden. » Ma mère est passée pour me faire une surprise. Elle a récité les noms des amis qui avaient fait le déplacement et elle s'est mise à chanter en yiddish. La chanson était belle et triste. Ma mère pleurait presque et ça me retournait le ventre. Ma sœur l'a suivie. C'était une forme d'intermède familial. Elle m'a parlé : « Boris, tu sais, tout ira bien. Ce matin je me suis réveillée avec une chanson dans la tête, une chanson qui disait : "Je n'ai pas d'ami comme toi." Tu connais cette chanson. Non ? Eh bien, en tout cas, en ce qui me concerne, elle dit vrai. Tu es mon seul ami, Boris, et je veux que tu prennes soin de toi. » J'essayais de me concentrer sur ses paroles. Mais un chien, un teckel, s'était accroché à mes basques. Il s'approchait, il jappait, dressé sur ses pattes arrière. Il était très excité, il paraissait vouloir attraper quelque chose, un fil ou une corde. Il mordillait un fil de Nylon et tirait dessus de toutes ses forces. À chaque traction, ma gorge se serrait, je me sentais étranglé de l'intérieur, comme s'il m'avait mis en laisse. Je cherchais à comprendre. Que se passait-il ? « Beuden beuden. »

Extrait du rôle infirmier – 7 au 8 juillet

Jour.
Pupilles drte, gche 0/0.
Conscience :
difficulté à se faire
comprendre. Somnolent.
Dépôt sur cornée. Tégéline*
terminée.
Occlusion palpébrale
bilatérale.

Le fil de Nylon était un élément du costume de Rosa, un de ces trucs entortillés qui partaient autour de son cou. L'un d'entre eux s'était fichu dans l'entrée de mon respirateur. À chaque goulée d'air, il s'enfonçait un peu plus. À la fin, le système allait s'enrayer. Fini. Kaputt. Et le chien, en tirant dessus, resserrait le nœud autour de mes poumons. Personne ne s'en était aperçu.

Le carnaval a atteint son paroxysme ; les adultes, les infirmiers, les agents, les aides-soignants dansaient à un mètre de moi. Les infirmiers avaient décidé de nouveau de me faire participer à la fête. Tout en gigotant, ils m'attachaient des barres de fer munies de ballons aux bras et aux jambes. Ça ressemblait un peu à des cravaches, mais il paraît que ça faisait fête. Je n'arrivais pas à garder les yeux ouverts. Ils se fermaient et j'entendais alors le grondement du train et les foudres des percussions. Je rouvrais les yeux. J'étouffais chaque minute un peu plus. Mes paupières se fermaient. J'avais le vertige. « Beuden beuden. » Je les rouvrais.

J'ai basculé en avant. Je m'étalais de tout mon long. Caroline essayait de me retenir. Le seau accentuait ma chute. Mon visage s'est abattu dans une flaque de pisse, nez à nez avec le chien. J'attendais l'étincelle. Le personnel de la réanimation poussait des cris de terreur. L'électricité avait sauté, ils étaient plongés dans l'obscurité. Des mains se précipitaient le long de mon corps. Caroline et Mina tentaient de me relever ; elles peinaient car le train chavirait pour une raison inconnue. Deux ou trois infirmières leur sont venues en aide. Je sentais toutes ces mains qui cherchaient une prise sur mon corps. Les femmes se collaient contre moi pour me maintenir debout. Elles me serraient comme des gardes du corps protégeraient leur client. Elles luttaient pour éviter ma mort. Le train s'est cabré. La locomotive s'est élevée. La pente était terrible. Je glissais, j'étais entraîné vers le bas avec ma troupe. Nous glissions droit sur un mur. Il n'y avait rien à faire. Ce n'était pas une cloison, mais un mur de poussière. Nous sommes entrés comme dans le sac d'un aspirateur géant. La poussière me pénétrait, elle envahissait mon nez, ma bouche, mon respirateur. Les moutons de poussière collaient à mes parois nasales, aux muqueuses de ma bouche. J'allais mourir asphyxié.

Extrait de la feuille de prescription médicale – 8 juillet

Passage du respirateur SERVIO en mode automatique VAC.
FiO2 40 %.

Soudain nous avons émergé du mur, dans le wagon d'à côté, dans les cuisines. J'étais encore en vie. Deux plongeurs nous observaient, moi et mes quatre gardes du corps. Ils se demandaient qui étaient ces fous qui traversaient les murs. Et des tombereaux d'eau se sont abattus dans le wagon.

Un véritable déluge. La vague nous a frappés de plein fouet. Nous avons résisté. Mais il y en avait trop. L'eau atteignait ma poitrine déjà. Il fallait s'échapper. L'eau montait encore. Elle touchait mon menton. Caroline et les infirmières s'affolaient. Elles ne savaient que faire. Caroline était sous l'eau. Ses bras m'enlaçaient, elle me portait pour faire sortir mon respirateur. Elle me maintenait en vie à bout de bras. Elle ne pouvait pas respirer. Elle trébuchait, elle s'étouffait, tout ça pour moi. Elle me portait vers la droite, vers le wagon d'où nous venions, là où il y avait la fête. Il était sous l'eau ; du monde partout, une atmosphère de chaos et de dévastation. L'eau était un peu moins haute ici. Tout le monde cherchait à quitter les wagons les plus proches du tsunami. Les portes du train étaient fermées. Dans les couloirs étroits, c'était la cohue.

Le TGV s'était arrêté. Il n'y avait plus de climatisation. Il faisait très très chaud. Personne ne se donnait la peine de faire des annonces au micro. Quatre wagons avaient été inondés et étaient impraticables. Les gens s'entassaient dans les couloirs pour trouver un endroit où se poser. Je risquais de tomber à tout moment, chahuté par la foule. Mais mes cerbères me protégeaient.

J'aimais bien ces femmes, elles étaient impressionnantes. Elles ne se laissaient pas déborder par la catastrophe. Elles continuaient à discuter, à rigoler, elles buvaient, elles fumaient, elles blaguaient. Elles avaient vu beaucoup de choses, ça se sentait ; elles savaient rire et rester elles-mêmes en toutes circonstances. Le plus étonnant, c'est qu'au milieu de tout ça, elles prenaient soin de moi avec une grande délicatesse. Elles nettoyaient sans cesse mon respirateur, le changeaient de position pour que je me sente plus à l'aise, me frottaient les yeux avec des compresses.

12

Beuden beuden

Tu sais, mon ami, j'étais las de fuir sans cesse les catastrophes. Tu doutes, c'est normal, qui ne le ferait pas ? Qui croirait que tout cela est possible, que les événements peuvent s'enchaîner comme ça, plus dramatiques les uns que les autres ? Ce que je veux que tu comprennes, c'est que je n'ai pas eu le choix. La réalité était là, j'étais atteint d'un mal inconnu, je me paralysais et je me suis enfoncé dans cette chose, je ne sais comment l'appeler. C'était comme si une réalité nouvelle s'était ouverte sous mes pieds, sous mon lit, et que j'y avais plongé les yeux fermés. Avec une seule question : comment en sortir ? Comment retrouver ce lit d'hôpital que tout le monde hait et que moi je cherchais ? À ce moment-là, je ne soupçonnais rien de ce qui m'attendait, du fait que, chaque minute, je m'enfonçais plus avant vers l'irrémédiable. C'est ce qui nous lie maintenant tous les deux. Cette conscience du puits qui s'ouvre sous nos vies.

Dans le train, les gens commençaient à percevoir mon trouble, ma maladie. Ils me regardaient avec commisération. Je les entendais parler de moi. « Tu te rends compte, un malade si sérieux dans un train dans cet état. C'est aberrant. – Oui, il paraît que, si sa compagne ne l'avait pas secouru, il serait mort asphyxié ou noyé ! »

Extrait du dossier médical – 8 juillet

Groupe hospitalier Pitié-Salpêtrière Service d'immuno chimie. Recherche d'anticorps anti-antigènes solubles (Anti-ECT/ENA).	Secteur S 22, édition du vendredi 8 juillet, enregistré le 04/07. Examen effectué dans le sérum.	**Exploration de l'auto-immunité.** **Anti-ENA : négatif.**

Je me sentais dévisagé. Les regards s'arrêtaient sur mon respirateur jaune. Ils se demandaient comment ça marchait. De temps en temps, la machine signalait son existence par un « Beuden beuden » sonore. Parmi les passagers, il en est un que ça faisait marrer. Quand il me voyait passer, il m'appelait « Beuden beuden. » À chaque fois, comme ça, il passait derrière moi, prononçait : « Beuden beuden » et s'esclaffait. Je ne lui en voulais pas. Il était jeune, pas plus de dix-huit ans, assez gros. Il portait une salopette en denim par-dessus une chemise jaune poussin. Il avait une grande mâchoire et des dents blanches, un visage ingrat d'adolescent. Sur la tête, il arborait une casquette en tweed. Mais, autour de lui, je percevais quelque chose d'électrique, une tension, un parfum de négociations dont je ne comprenais pas l'enjeu. J'entendais des bribes de phrases : « le pauvre », « seul », « témoignage », « important », « essentiel », « crédible », « histoire horrible », « nécessaire », « comment ? » Quelqu'un rôdait autour de moi. On m'appelait quelque part, dans mon dos : « Boris, Boris, Boris, tu m'entends ? » Ce devait être un compère du jeune. Il cherchait à capter mon attention pour je ne sais quelle raison. J'avais l'impression qu'il me tournait autour sans jamais se montrer. C'était irritant, vois-tu. Et je sentais une forme de menace, de danger. J'ai fini par les repérer.

Ils étaient quatre, entre vingt et trente ans. Le premier avait les cheveux frisés, il portait une combinaison bleue des années 1930 sur une chemise blanche. Aux pieds, de gros godillots épais. Son acolyte, un Noir au visage émacié et à la mâchoire saillante, arborait un authentique blouson d'aviateur en cuir sur un pantalon cigarette et de gros croquenots. Le troisième était en pantalon orange avec une casquette de grand-père. Et le dernier était mon blagueur, celui qui m'appelait « Beuden beuden ». J'étais au centre de leurs préoccupations. Ils jouaient aux journalistes et prenaient des notes sur leurs calepins de moleskine, ils questionnaient tout le monde et voulaient recueillir mon témoignage. J'entendais leurs questions : « Et que vous avait-on dit lorsque vous aviez loué le wagon ? Vous avait-on parlé des assurances ? C'était beaucoup moins cher ? Vraiment ! On sait pourquoi maintenant. Oui, nous envisageons d'écrire un article. Un tel événement ne devrait pas rester ignoré du public. Vous savez que le jeune homme, là, a failli mourir… » Je ne sais pas pourquoi mais je me méfiais : ils avaient l'air sympathiques et engagés mais je sentais qu'ils voulaient profiter de l'occasion, faire carrière sur mon malheur. Un déluge dans un train et les voilà propulsés.

Le train était arrêté pour une raison inconnue. Il ne pouvait plus avancer vers Paris. Trop dangereux peut-être. Parmi les voyageurs, il se disait que le plus simple était de descendre dans cette gare et de trouver un autre moyen de rentrer. Tu rigoles, hein, mon ami ? Tu te dis : « Quel manque de bol, celui-là, voilà qu'il doit encore différer son retour. » Je ne te le fais pas dire. Imagine-toi un instant un olibrius à respirateur vêtu d'un caleçon multicolore et fripé par l'urine, tétanisé par la peur et la fatigue. Avec une seule idée en tête : rentrer à l'hôpital. Pour cela, il fallait descendre du train. Mais je me sentais impuissant. Je ne pouvais plus faire un geste. Tu vas encore trouver ça drôle : je me sentais paralysé. Ma famille entière m'attendait. Ils étaient prêts à rentrer avec moi, à commander une ambulance. Mais je me refusais à bouger, j'avais le sentiment d'être pris au piège. Il fallait me porter. Je ne sais pourquoi, personne n'y a pensé avant lui. Le gaillard au blouson d'aviateur a surgi. Ses deux gros bras m'ont attrapé, il m'a soulevé et voilà. J'étais soulagé, j'allais pouvoir quitter ce train de malheur.

Extrait du dossier médical – 8 juillet

Institut national de la transfusion sanguine G,I,P-I,N,T,S.	Le 8/07/05, prélèvement du 4. Unité d'immunologie plaquettaire.	Détection des immunoglobulines G fixées sur les plaquettes : la recherche est **FAIBLEMENT POSITIVE.**

Je me trompais encore. C'était du donnant-donnant, son aide contre mon témoignage. Le type me tenait toujours entre ses bras. J'étais à sa merci, obligé de discuter. Le Noir au visage émacié s'est avancé. Sa face avait une lueur étonnante, elle ne réverbérait pas la lumière, elle l'absorbait. Ses os étaient énormes et faisaient ressortir les creux de son visage, ses yeux brillaient au fond. Il semblait malade, fiévreux. Il pouvait avoir vingt ans comme quarante. Son visage était parcouru de spasmes soudains qui l'étiraient d'un côté ou de l'autre. Comme si une bestiole lui agrippait la peau et tirait dessus fermement avant d'abandonner. Ils m'ont assis face à lui, sorte de général entouré de ses lieutenants. Il avait une voix monocorde, l'intonation grise et fausse du type qui a flairé le scoop. Il m'a interpellé avec une nuance d'ironie : « Alors, Boris, qu'est-ce qui t'arrive ? Pourquoi est-ce que tu ne veux pas nous raconter ton histoire. Qu'est-ce qui se passe ? Il paraît que tu es journaliste en plus. Ne me dis pas que tu veux la raconter toi... Tu as vu ton état ? »

Est-ce ça qui m'a énervé ou autre chose, je ne sais pas. Mais s'il est un moment où tout a basculé, mon ami, c'est celui-là. Tu n'as certainement pas eu le temps de t'en rendre compte mais je suis d'un naturel plutôt calme. Et sans me vanter, je te dirais même affable, voire chaleureux. Je n'ai jamais cherché la bagarre ni insulté qui que ce soit. Je passe pour un diplomate ; peu de gens savent combien, au fond, je suis bouillant et colérique. Tout ça pour te dire que je ne m'explique pas ce qui m'a pris. J'aurais dû l'écouter, hausser les épaules ou lui livrer mon témoignage sans faire tant d'histoires. Est-ce parce qu'ils étaient journalistes ? Est-ce parce qu'ils me rappelaient ce que j'avais été : assoiffé d'idéal ? Est-ce parce que je me sentais l'air d'un bourgeois établi à côté d'eux ? Je ne sais pas, mais ça a été plus fort que moi, tu vois. J'avais envie de leur en remontrer, de leur faire savoir qui j'étais et de quel bois je me chauffais. Ça ne paraît rien comme ça, mais, en réalité, si je ne lui avais pas dicté mes conditions et joué au rédacteur en chef, nous n'en serions pas là. Je serais peut-être en train de marcher déjà ou au moins de l'envisager. Je ne ressemblerais pas à un tronc mort posé sur un lit avec un type qui me surveille pour savoir ce que j'ai fait. Il aurait suffi que je reste maître de moi-même, rien de plus. Je suis désolé, je m'attarde, mais depuis que je te parle, c'est la première fois que je trouve un nœud. À quoi ça sert, me diras-tu ? À rien, tu as raison. Sinon à mieux voir l'abîme dans lequel je me suis engouffré. Et peut-être à trouver la sortie du tunnel. Des semaines que je me repasse l'histoire en boucle et je comprends maintenant que cela s'est décidé là, dans ces quelques secondes où j'ai joué au dur. J'ai voulu le tester. Il voulait 4 000 euros pour son papier. Le type rêvait debout, il était fou. Je me croyais investi d'un devoir : lui expliquer la vie et le métier. Je voulais qu'il comprenne ce qu'était un professionnel, un vrai. Mais il m'a ri au nez et est descendu du train. Voilà tout. Il a rigolé et il est parti. J'écumais de rage. Je voulais qu'il m'écoute, qu'il enregistre les choses dans sa petite tête. J'ai tout oublié, ma famille, mes infirmières, la maladie même. Je me suis précipité au-dehors.

13

Écully, ville fleurie

Allez, offre-toi encore ce petit plaisir. Imagine-toi un quai de gare à la tombée de la nuit balayé par des rafales de vent. Au milieu, un type jambes nues, en blouse blanche ouverte sur un caleçon multicolore, la bite à moitié sortie. Sur le torse, en guise de ceinture d'explosifs un respirateur jaune poussin surmonté d'un boa rose. Voilà, c'était moi, Ulysse des temps modernes. Au-dessus de ma tête, un panneau se balançait : « Écully, ville fleurie ». Tu vois, je repense à ces quelques secondes où j'ai observé les collines boisées alentour. Si j'avais attendu sagement mes parents, mes infirmières, ces gens qui devaient me ramener en réanimation, rien de ce qui va suivre n'aurait eu lieu. Je ne serais certainement pas un meurtrier. Mais je ne pouvais pas savoir où cela m'entraînerait. Je ne comprenais déjà plus grand-chose, je n'étais qu'une masse d'instinct. Et mon instinct me disait : « Vas-y, poursuis-le, apprends-lui la vie ! » Je me demande parfois si je n'avais pas pris goût à cette aventure, tu comprends. Jusque-là, les choses avaient déraillé, je n'y étais pour rien. Ici, à Écully, j'ai tourné le gouvernail pour chercher le fond du puits. Avec mon respirateur en bandoulière.

Extrait du dossier médical – 8 juillet

Dr.	Hier épisode de **bradycardie*** à la mobilisation. En ventilation contrôlée*. PL* prévue ce jour. **Toujours tétraplégie flasque*.**

Alors regarde. Écully était une ville de banlieue, pas très loin de Paris. Mais je n'avais jamais rien vu de pareil. Dieu que c'était bucolique, de la gare RER partait un télésiège fleuri à bord duquel les autochtones mangeaient des pizzas en buvant du rosé. Ce n'était pas vraiment un télésiège, non, c'était un café volant. Un mélange de vigne vierge et de roses trémières entourait chaque table et les plantes s'élevaient le long des armatures du télésiège comme des lianes. Il y avait des fleurs partout, roses, rouges, violettes. C'était un paradis caché.

Et quelques tables plus bas, je l'ai vu, lui, le négociateur, le Noir en blouson d'aviateur. Il était assis, nonchalant, les genoux croisés, les bras le long du banc. Il souriait de sa mâchoire démesurée et carnassière, il me provoquait. Quelque peu éberlué par tant de beauté et d'insolence, j'ai plongé dans l'inconnu. Je suis parti à sa poursuite. Je sautais de table en table mais, toujours, il était plus loin. Comme s'il voulait m'entraîner quelque part. Intrépide, je m'enfonçais plus avant. Tu ne me croiras pas mon ami, mais qu'importe ! Quand je suis arrivé au pied du télésiège, il avait disparu. Cet homme ne voulait pas négocier ni discuter, il n'avait servi qu'à me perdre. Il savait ce qu'il faisait. J'ai cru un instant qu'il avait fait appel au journaliste en moi, qu'il voulait que je révèle au monde l'existence de cette ville et de ses créatures.

Oui, tu as bien vu, ses créatures. Au bout de la descente, il y avait une place avec un café. Il y régnait une légère hostilité. Les clients m'observaient l'œil vitreux, le regard collant comme une traînée de bave. J'ai songé un instant à remonter sur le quai, à embarquer à bord du TGV pour retrouver mon lit. Mais il était trop tard. L'étau s'était refermé sur moi. Ici, il n'y avait rien de riant. Une lumière blanche éclairait les trognes. Des visages mous à la surface lunaire, des peaux grêlées, rongées par je ne sais quel mal. Je ne pouvais détacher les yeux de ces gueules à l'étrange lueur. Un couple s'embrassait avec une voracité animale, ils semblaient vouloir se dévorer sur place. Tu as de la chance mon ami, car je te guide. Mais pense à moi, débarqué de ma petite vie parisienne dans cette banlieue sordide. Je n'étais pas vraiment armé pour faire face. Et j'ai compris soudain. Personne ne me trouverait ici car je n'étais plus chez les hommes. Cela m'est apparu comme une évidence. C'étaient des « hommes-légumes » ; un croisement de deux espèces. La forme de leur tête oscillait entre le gros concombre et la pomme de terre, et ils avaient la capacité de modeler leurs visages en se mordant les uns les autres. Tu sais, la conscience ne vient pas très vite, on met du temps à s'adapter. Sur le moment, je me suis dit : « Est-il possible que si près de Paris de tels mutants vivent dans le plus grand secret ? Est-ce cela que le négociateur voulait me faire découvrir ? Voulait-il que je témoigne au grand jour de cette horreur ? Et quelle en était la cause ? Une catastrophe nucléaire, des expérimentations de Vichy ? » J'étais encore jeune et innocent, vois-tu. Je pensais comme avant, je croyais à un après.

J'ai tout essayé pour fuir. Attendre le train suivant, trouver une voiture, appeler mes parents, embaucher un chauffeur en lui promettant monts et merveilles. En vain. Je n'avais pas vraiment compris. J'aurais pu m'épuiser des heures durant à chercher une solution. Personne ne pouvait m'aider. Chacun a son théâtre d'ombres, le mien s'appelait Écully. Pas bien glorieux mais que veux-tu ? Ici j'allais devoir faire face, progresser plus avant dans la ville. Je ne pouvais plus remonter, plus m'échapper. Je te conseille une bonne goulée d'air, tu sais, une de ces grosses lampées qui gorgent les poumons. Parce que, le reste, il va falloir le faire en apnée.

Extrait du dossier médical – 8 juillet

Hôpital Saint-Antoine. Fédération des services de biochimie.	Case 66. Enzymologie spécialisée LCR.	Enzyme de conversion de **l'angiotensine** 0,32 U/l usuelle (0,06-0,25).

À partir de cette place, la ville d'Écully s'enfonçait sous terre. C'était un genre de « mall » américain en bois clair. Des rangées d'escalators descendaient d'étage en étage vers les profondeurs de la terre. J'en ai emprunté un. J'ai vite compris que je ne pourrais pas m'en sortir. Une faune inquiétante de grands Africains aux articulations fines, de types louches à la peau épaisse comme du papier à cigarette, de jeunes métisses rigolardes et suaves a tourné les yeux dans ma direction. « Au moins ils ont l'air humain », me suis-je dit pour me rassurer. Mais je savais bien que je n'étais pas de taille. J'avais grandi protégé par le confort et l'argent, je ne connaissais pas leurs codes. La ville entière puait le trafic et la violence. Je voyais les miroirs des lunettes noires se déplacer vers moi une infime seconde. C'était suffisant pour me jauger. Je ne faisais pas le poids. Ils m'avaient repéré. Ce n'était pas bien difficile, me diras-tu, avec mon boa et ma bite. En plus j'avais hérité de ballons noirs accrochés à mes membres. J'avais une allure de guignol au milieu des alligators. Ma seule présence les excitait, une petite chose malade et colorée au cœur de leur cour des miracles. Ils se sont agglomérés comme des fourmis autour de moi. Je les sentais qui s'approchaient, en petits groupes, qui m'encerclaient sur l'escalator. Je regardais ces hommes qui avaient distribué la mort plus souvent qu'à leur tour. Ils dansaient presque, se frappaient dans les mains, poussaient de petits cris de guerre. Je savais qu'au bout de l'escalator, il n'y aurait rien d'autre que mon cadavre au fond d'une cave. Plus tard, j'aurais pu l'accepter avec joie. Mais là, je croyais encore pouvoir trouver une issue. Je voulais vivre, retrouver les miens. Je ne voulais pas finir ainsi. Dans ma tête, roulaient des décisions absurdes : « Tu dois leur faire peur, les impressionner, tu dois leur montrer qui tu es, tu vaux cent fois mieux qu'eux, et d'ailleurs tu es bien pire qu'eux. » Tu sais mon ami, j'y ai cru. J'ai vraiment cru que je pouvais être plus fou, plus violent, plus fort qu'eux. J'ai vraiment pensé pouvoir les dominer par mes excès, me révéler à moi-même dans toute ma splendeur. Pour me sortir de ce trou.

Alors regarde-moi bien, mon ami. Dans ce puits, je me suis transformé. Je leur ai fait face, je les ai insultés, j'ai ri au nez de leurs femmes et leur ai montré ma bite, j'ai pissé par terre pour les humilier. Ils riaient en attendant leur heure. Tandis qu'ils me suivaient, je suis entré dans une cafétéria. Je me moquais de les savoir derrière moi. Je cherchais une solution. Elle m'est apparue sous les traits d'un jeune homme de trente-cinq ans qui conversait avec un ami :

« Tu sais ce que je lui ai fait à cette conne ?

– Oui et ben ?

– Not' voiture, tu te souviens, le tas de boue, la chiotte ? Tu sais combien je lui ai vendu dans le divorce ?

– …

– Putain, 450 euros ! Ça en valait pas la moitié ; j'l'ai niquée. Encore une fois. »

Je l'ai regardé. Je l'ai fixé même. Il était blond, les yeux verts, les cheveux longs et bouclés, la peau diaphane. Il transpirait la bassesse. J'ai avancé vers lui. Il était fin comme une crevette. Je le haïssais. Un sentiment irrépressible. Je ne supportais pas qu'il puisse parler ainsi de sa femme, ce fils de pute. J'étais devant sa table. Il s'est interrompu, a pris l'air interloqué. J'ai pensé : « Tu le mérites. » Et je lui ai écrasé la tête avec le plateau que j'avais saisi sur la table. Je lui ai pulvérisé le crâne en appuyant de mes deux bras. Je l'ai aplati comme une crêpe. Un flot de sang cernait le pourtour du plateau.

Extrait du rôle infirmier – 8 au 9 juillet

Garde.	**Lymphangite*** bras gauche : pansement alcoolisé à faire	2 x/équipe. Toujours **algie +++** au niveau du **dos.**

14

L'œil

Je ne t'avais pas menti, tu vois, mon ami, je suis un tueur. Un meurtrier de sang-froid. Mais resteras-tu après avoir appris cela ? Je crois que c'est ça au fond qui m'importe. Que tu m'écoutes avec attention, que tu comprennes ce qui s'est passé, que tu puisses dire : « Voilà qui explique tout. » Après, la justice fera son travail. Je sais que le procès approche. Mais j'ai une avocate pour ça, la meilleure. Non, ce qui compte, c'est ton regard. Tu es le seul à qui je raconte tout. Est-ce que tu comprends au moins pourquoi je l'ai éliminé ? J'avais si peur, et il était là avec son arrogance. Ce type exploitait la situation, cherchait toujours à tirer son épingle du jeu. Il était là, suffisant et fier. Ça a été plus fort que moi. Je n'ai pas réfléchi, c'est venu comme ça. Ça a au moins eu le mérite de calmer mes poursuivants. Mais tu comprends, on ne fait pas ça impunément. Comment crois-tu que je me voie maintenant ? Je ne sais plus qui je suis. Pour l'instant, tout est simple, je ne parle qu'à toi. Mais quand je serai de retour, que va-t-il se passer ? C'est pour ça qu'il me guette ? Parce que j'ai tué un homme ? Je sais que c'est grave et, pourtant, je n'avais pas le choix. Tu comprends ? Quand tu as traversé ce que j'ai vécu, quand tu as peur, comme ça, tout est permis, non ? Tout ce que je voulais, c'était retrouver ma chambre d'hôpital. En arriver là où nous sommes aujourd'hui. Tu crois que j'invente. Tu te trompes, tout est inscrit là dans mon corps, chacune de ces épreuves que je te raconte a laissé des traces. Mais ça, je t'en parlerai plus tard, vois-tu, quand tu seras prêt à entendre sans me prendre pour un fou. Le type, en tout cas, je ne le connaissais en rien. Mais si tu me demandes mon avis, je ne suis pas sûr qu'il méritait de vivre. Une petite ordure, voilà ce qu'il était.

Dans la cafétéria, un grand silence s'était installé. Sur le moment, je ne me sentais pas coupable. Ce genre de personnes, il faut les éliminer. L'ami du mort était blanc comme un linge, un râle terrifié sortait d'un lieu caché de son corps. La cafétéria était muette. Il fallait fuir et vite. J'ai profité du choc. J'ai couru, volé, fui à toutes jambes, sauté sur l'escalator qui descendait encore. En dessous, il y avait une fontaine immense, circulaire. Des flics partout, qui prenaient position. Je cherchais une issue. Plutôt crever que finir en prison. Je m'engageais à droite quand une lumière blanche puissante m'a cloué sur place.

Je ne pouvais plus bouger. J'étais immobilisé, droit comme un I. Cette lumière m'a attrapé et isolé du reste des gens. C'était une nasse. J'étais pris. Les flics ont mis d'étranges lunettes, comme des masques de plongée. La foule se pressait pour observer le meurtrier. Tout le monde se réjouissait de me voir pris. Je n'avais pas honte pourtant. Tous, je les regardais ; tous, je les méprisais. J'étais là, c'était moi, je ne craignais rien. Eh oui, les choses ont bien changé. Soudain une grosse voix a retenti : « Qui que vous soyez, vous vous êtes rendu coupable d'un meurtre dans la ville d'Écully ! »

Extrait du rôle infirmier – 8 au 9 juillet

Veille.	**Mydriase*** bilatérale **aréactive.** Patient **conscient** et vigilant.	Ouvre les **yeux** et la **bouche** à la demande.

Je ne savais pas d'où ça venait. Le son tourbillonnait autour de moi avant de me submerger de face. « C'est un crime majeur. Vous allez être soumis au verdict de l'œil. Sachez que nul ne peut se soustraire à son regard. La peine sera exécutée immédiatement. » « OOOOOOOOOOOOOO-HHHHHHHHHHHHH », un grand murmure s'est élevé dans l'étage, accompagné de bruissements en tous genres. « L'œil, l'œil, l'œil. » De bouche en bouche, ces mots résonnaient et frémissaient d'une joie teintée de frisson. « Tu as entendu, c'est l'œil. – Oui, l'œil ! – Ça faisait longtemps. » La foule se pressait maintenant autour du halo, toujours plus dense. Ils voulaient voir la justice à l'œuvre. « Tu sais, pour les meurtres, il ne prononce que des peines de mort, jamais autre chose. – L'œil est juste mais sévère. – Je ne savais pas qu'il existait encore. – Oh ben si mais on le réserve pour les étrangers. »

Sa force m'attirait vers le patio, au bord de la fontaine. La grosse voix de basse a repris : « Vous allez entrer dans la fontaine de l'œil. Une fois au milieu, vous le verrez. Il scrutera le fond de votre cœur et nous fera savoir ce que nous devons faire. N'espérez rien. L'œil n'est jamais clément car il est juste. »

Je glissais dans l'eau, elle m'arrivait à mi-mollet. Les gens s'installaient tout autour du patio. Ils me regardaient avancer vers mon destin. Avec délectation. Je pensais mourir, tu sais. Je me suis rendu compte à ce moment précis que je n'avais personne à prier, pas de dieu ni de saint auquel me vouer. Je ne pensais à rien. Je regardais l'eau claire de la fontaine, la foule, la lumière blanche des néons sur l'eau. Les gens se penchaient car la fontaine était incurvée, elle descendait profondément sous le niveau de l'étage. Au creux de la courbe, je l'ai vu, là, face à moi. Une paupière fermée, assez féminine avec ses longs cils de couleur indistincte. L'œil faisait au moins un mètre de diamètre. Il s'est ouvert. Son iris bleu projetait une lumière aveuglante. Tout était sombre autour. Il n'y avait que ce halo étincelant qui me scannait littéralement. Puis la paupière s'est close. « Voilà c'est fini, ai-je pensé, il m'a jugé... » Il faisait noir. Il ne se passait rien. Je glissais à nouveau, droit sur l'œil. Il semblait mort. La force m'a sorti de la fontaine, j'attendais la mort, je me demandais : « Est-on prévenu avant de mourir ? » La foule m'a vu arriver ; quelque chose ne tournait pas rond. Les gens murmuraient : « Tu as vu ? – Oui, c'est incroyable. » L'eau m'a déposé à la sortie du patio. Les murmures se sont transformés en conversation : « C'est la première fois, c'est étrange. » Personne ne m'a rien dit. Certains s'éloignaient, d'autres éructaient en faisant de grands signes dans ma direction : « On ne peut pas laisser faire ça. » Les policiers se sont dirigés vers eux, ont tenté de les apaiser. « L'œil a jugé, c'est ainsi, c'est notre loi ! »

Il m'avait épargné, tu comprends. J'étais passé devant le tribunal et il m'avait épargné. J'étais libre, l'œil m'avait compris. Il avait su que je n'étais pas un mauvais homme. J'étais soulagé mais coincé. Il fallait que je quitte cet endroit, cette ville de malheur.

15

Les artificiers

Lorsque la réalité vous rattrape, il est difficile de lui échapper. J'étais heureux car l'œil m'avait innocenté. Mais j'étais toujours coincé dans cette ville. Tu comprends, avec ce que j'y avais fait, je ne me sentais pas vraiment le bienvenu. Et je me méfiais des jeunes loups qui m'avaient fondu dessus. Je devais trouver un moyen de leur échapper. Tu ne peux pas connaître ce sentiment, toi, mais j'avais l'impression de me cogner dans un mur partout autour de moi. Cette ville me faisait l'effet d'une prison. Je le sentais au plus profond de moi, si je ne parvenais pas à fuir, je mourrais à Écully. Que veux-tu, on a le tombeau qu'on mérite. Alors, dès que j'ai pu, je suis sorti du centre commercial, espérant trouver quelque chose de différent, une voiture, une manière de m'évader. Je cherchais de l'air. J'étais arrivé au fond d'Écully : une zone désolée, entre un vieux village à la française et une banlieue plus récente, une zone de jonction sous la neige, grise.

Tu comprends, n'est-ce pas, que tout cela a un sens ? Que ce sont ces étapes, ces épreuves qui m'ont forgé. L'autre, le silencieux, c'est ça qu'il veut savoir. Les détails, le pourquoi, le comment. Mais c'est à toi que je les raconte. Je crois que je n'avais pas le choix, que je devais en passer par là pour les rencontrer, eux. Toucher le fond pour qu'ils se révèlent à moi. C'est ainsi que, tout à coup, j'ai senti comme un grésillement dans mon œil. Un fait étrange s'est produit : quelqu'un me nettoyait l'œil comme un pare-brise. J'entendais le « pschiiiiit-pschiiiiit » du flacon et je sentais un petit chiffon ou une compresse qui frottait ma cornée mais je ne voyais personne devant moi. J'avais toujours le même paysage désolé devant les yeux. C'était comme si on me frottait de l'intérieur.

Extrait du rôle infirmier – 8 au 9 juillet

Jour.	Patient plus **somnolent.** A des **difficultés** à ouvrir la bouche.	**Occlusion palpébrale : yeux rouges +++.**

Et soudain, une voix a retenti dans mon crâne : « Ne t'inquiète pas, c'est moi, je suis revenu pour t'aider. » C'était une voix d'homme. Elle résonnait dans mon corps, elle venait de l'intérieur. Je connaissais cet homme. « Quand on est arrivés à l'hôpital, on s'est rendu compte que tu n'étais pas là. Alors avec Garance on a décidé de venir te chercher. On va t'aider à t'en sortir. » Sa voix, je la connaissais. Mais où était-il ? Derrière moi ? Impossible, il n'y avait pas la place. Où alors ? « Écoute-moi bien, si tu veux sortir d'ici, il va falloir nous obéir et ne plus faire n'importe quoi. Tu dois faire exactement ce que je te dis. » Il est alors apparu dans un coin de mon œil droit, encapsulé dans une bulle qui ressemblait à un poste de commande. Il avait une oreillette et un micro. S'était-il introduit dans mon cerveau ? Il parlait à l'intérieur de moi. Il était ailleurs et pourtant je le voyais et l'entendais en moi. « Ne t'effraie pas. Nous avons des pouvoirs un peu spéciaux. On va t'aider. » Je l'avais enfin reconnu, c'était Clément, l'un des infirmiers aux cheveux frisés qui s'occupait de moi à l'hôpital, l'un des plus gentils. « Je peux te parler comme ça, mais aussi me faire connaître. » Et il est apparu en chair et en os, dans sa tenue bleu pâle d'infirmier, mince, élancé. À mes côtés. Je n'étais plus seul. Je l'ai accepté comme une évidence, mon ami, je l'ai béni même, ce Clément. J'aurais dû me méfier.

Le village enneigé s'étendait, plat, devant nous. Il était encaissé entre deux collines, celle du centre commercial et celle où trônait une église. Des rues commerçantes en descendaient vers des placettes d'un côté et des quartiers délabrés de l'autre. Entre les deux, un genre de square. Il servait, semble-t-il, de lieu de démarcation. La plus vieille partie du village était pavée. Il faisait nuit et froid. Des réverbères éclairaient les angles de rue. Ils diffusaient une lumière rose pamplemousse. Mon ami, si tu savais comme j'étais heureux d'avoir des alliés auprès de moi. Aux côtés de Clément, il y avait deux autres infirmiers et Garance, sa comparse. Ils m'ont exposé leur plan pour sortir d'Écully. Selon eux, tout le monde en avait après moi. Les voyous que j'avais provoqués mais aussi les bons bourgeois qui me prenaient pour un criminel et les policiers qui ne supportaient pas que l'œil m'ait acquitté. Nous n'avions que très peu de chances de sortir de cette ville. Et la seule solution qu'ils avaient trouvée était de produire un spectacle pour faire diversion et couvrir ma fuite. Oui, un spectacle. Car ils étaient des « artificiers », ils savaient créer des illusions.

« Tu vois ça ? » Clément me montrait sa main poing fermé. Il l'a ouverte. Dans sa paume, trois petites figurines en plastique multicolores. Elles représentaient des calèches et des bêtes fantasmagoriques. Il les a fait sauter dans sa main. « Ça, mon cher, c'est notre porte de sortie. Regarde bien... » Il a jeté les trois figurines au sol. Il s'est concentré, a émis une sorte de bourdonnement. Et, à ma grande stupéfaction, les animaux ont pris vie ; ils ont grossi lentement. Ils ont atteint une taille normale, se sont ébroués, détaillant calmement les lieux. Les bêtes étaient superbes et colorées. Une véritable meute. Un attelage de chevaux avec des ailes de colombe et des dais de page, une vache rapide et élégante et d'autres encore plus belles les unes que les autres. Il y avait aussi une bicyclette longue de trente mètres et un char à voile. La placette d'Écully était transfigurée. Les artificiers jetaient de nouvelles figurines à terre. « Ces bêtes, ce sont des artifices que nous avons créés à partir des figurines. Au bout de dix minutes, ils disparaissent. On va faire un spectacle pour couvrir ta fuite, on va entraîner tout le monde dans notre sillage. Toi tu t'envoleras avec tes ballons. On restera en contact, ne t'inquiète pas. Au moment opportun, nous partirons tous. »

Extrait du dossier médical – 9 juillet

Institut Pasteur.
Laboratoire d'analyse médicale – CNR des leptospires.
Sérum du 5/07/2005.

Sérologie des **leptospiroses : négatif.**
À revoir dans 10 jours pour confirmation.

Tu t'en doutes, mon ami, je ne maîtrisais rien. Je venais de commettre un meurtre, d'être jugé, et j'étais maintenant au milieu de ces montures magiques. Je dois t'avouer néanmoins que j'étais ébloui, heureux même. J'avais l'impression d'avoir enfin trouvé ma place. Avec l'aide des artificiers, j'ai appris à me servir des ballons accrochés à mes membres. Grâce à leurs conseils, je me suis élevé, puis après quelques embardées dans la neige, j'ai récupéré une forme de maîtrise de mon corps. Je volais. « Le signal, ce sera, souviens-t'en, "Lancelot", OK ? » J'étais prêt, j'acquiesçai. « Ah, au fait, on a inventé un prétexte pour le spectacle. On va leur dire que c'est ton dernier jour sur Terre, que tu vas mourir et que tu as voulu saluer ta dernière journée par un spectacle, un genre de Noël de Boris… Qu'on t'a aidé à créer dans Écully cette fête magique », m'a-t-il dit avant de s'élancer.

16

Le Noël de Boris

Mais rien ne s'est passé comme prévu, tu l'as deviné. La fête a commencé, flamboyante. « C'est Noël, le Noël de Boris, faites place !!! » Les artificiers hurlaient, suivis par des dizaines de montures dans la ville. Les enfants, ébahis, se précipitaient à leur fenêtre, descendaient dans la rue, ouvraient grand la bouche d'émerveillement. Et mes artificiers, vifs comme l'éclair, les enrôlaient dans notre carnaval. Leur plan était sans faille : les enfants nous protégeraient. Je volais au-dessus d'eux, osant parfois prendre la tête du cortège. Car j'avais plus d'assurance, je surfais sur mes ballons. Nous nous élancions dans les rues et notre cortège, chaque minute, devenait plus imposant. Les figurines s'épuisaient, s'éteignaient par dizaines. Nous en créions d'autres. Personne n'avait l'air de trouver le chemin de la sortie et je m'en moquais. Je n'y songeais plus. Il fallait entraîner toute la populace dans l'aventure, la plonger dans la transe. C'était devenu mon seul objectif.

Extrait du rôle infirmier – 9 au 10 juillet

Garde.	**Conscience ?** Difficile à évaluer. Semble répondre par **mouvements** du **menton.**	Protège-pied mis (essai).

Comment t'expliquer cette sensation, mon ami. Je volais, je sentais l'air filer contre ma peau, je sentais les mouvements de mes muscles orienter ma course, je savais prendre de la vitesse. C'était comme si, toute ma vie, j'avais attendu cela. Je suis monté vers le ciel sur ma tige à ballons. Il faisait nuit noire mais j'avais l'impression de générer de la lumière. Les quatre artificiers m'escortaient, ils me suivaient dans le ciel comme des fusées rouges, jaunes, bleues et blanches. Un vrai feu de Bengale. Je virevoltais car j'étais le maître des vents. En bas, la foule m'observait, estomaquée. Les enfants, eux, suivaient sur leurs montures, les yeux rivés à mes figures. Tout le monde criait et chantait : « Écully est à nous ! Écully est en fête ! » Nous parcourions les artères du centre, de la venelle la plus obscure à la place centrale. Il fallait que la fête s'étende, que le virus contamine la ville, que notre folie passagère les touche. Je voulais voir l'étincelle progresser et tout faire péter. Dynamiter Écully à coups de délire communicatif. Vu d'en haut, le cortège de carnaval ressemblait à un serpent flamboyant. Je plongeais en piqué. Quel bonheur ! Je me sentais invincible, un sourire puissant me barrait le visage. Je survolais la horde et essayais de m'arrêter devant elle. La foule m'acclamait.

Extrait du rôle infirmier – 9 au 10 juillet

Veille. **Conscience non évaluable** ou très difficilement. **Plus de mouvements** de mâchoire en début de nuit.	Il m'a semblé apercevoir un très léger mouvement de la mâchoire à la demande entre 4 et 6 h.	Peut-être est-ce de **l'interprétation de ma part ?**

Oserais-je te dire que ce fut l'un des meilleurs moments de ma vie, comme si, d'un coup, tout prenait sens. Comme si je m'étais découvert une vocation, comme si tout ce que j'avais fait jusque-là ne me correspondait pas. Peux-tu croire cela ? Que tout soit aussi intense, que je sois passé de la peur la plus humide à la joie la plus profonde ? Je me souviens de cette sensation de vol, de l'air qui sifflait et des cris de la population en dessous, éblouie par mes prouesses. Tu sais, mon ami, je crois que c'est là que j'ai renoncé, que j'ai compris que la mort viendrait bientôt. J'étais encore habité par le désir de vivre, par la volonté de m'en sortir, d'échapper à cette ville où je me sentais piégé. Mais je comprenais confusément que les choses prendraient fin, qu'il fallait l'accepter, renoncer et faire au mieux d'ici là. J'avais très envie de ce spectacle : c'était ma dernière œuvre. Et je dois le reconnaître, à mon grand regret, la seule. J'allais mourir ce soir mais d'ici là, je donnerais tout au spectacle. Tu vois, ici aussi on peut s'arrêter et faire une petite croix. J'ai commencé à sentir à ce moment-là qu'il n'y aurait pas de retour possible. Ça t'étonne ? Tu aurais cru que le meurtre… Non, je ne sais pas comment t'expliquer. J'avais l'impression d'être dans mon bon droit, que, d'une manière ou d'une autre, je devais commettre cet acte, que c'était juste. Oui, juste. Tu sais, il arrive qu'on se découvre soi-même. Cet écrabouillage de crâne ne me paraissait pas si grave, et puis j'avais été épargné par leur juge, le fameux œil.

Le seul problème, dans les airs, c'est que je ne pouvais pas m'arrêter. J'étais comme un poids mort toujours en mouvement. Il fallait que je trouve une solution pour contrôler mon vol. Je me suis écarté un moment pour chercher un peu de répit. J'ai remarqué une zone calme, presque désaffectée, immeubles en ruine et terrains vagues. J'ai tenté d'y atterrir sans succès, je me suis emplafonné dans un mur. Au-dessus, un immeuble éventré, sur le point d'être détruit. Déjà, les gravats s'amoncelaient. L'endroit était sinistre. C'est là que je l'ai vue pour la première fois. Une petite fille au teint pâle. Elle était allongée sur une paillasse juste en dessous de l'immeuble, à peine cachée dans un recoin. Au premier coup d'œil, je l'ai deviné : cette enfant était mourante. Elle avait sept ans tout au plus. Son teint cireux, sa respiration saccadée, la sueur sur son front, elle était en train de mourir. Je le voyais. Que faisait-elle ici ? Elle m'inspirait de la crainte, de la répulsion ; elle était sale, souillée. Les jambes maculées de merde. Je ne voulais pas l'approcher, je ne sais pourquoi. Il aurait fallu que je la prenne dans mes bras, que je la porte. Je n'osais pas. Son air de morte, le jaune de sa carnation. Je la croyais vénéneuse, un mauvais présage. Je l'ai regardée encore une fois et suis parti comme une fusée. Elle vivait encore, je peux te l'assurer.

Pourquoi ne l'ai-je pas aidée ? Tu me trouves bien lâche, hein… Honnêtement, elle me faisait peur, j'avais déjà bien assez à m'occuper de moi, je devais quitter cette ville, rappelle-toi. Je ne sais pas. Je ne pouvais pas l'aider, voilà tout. Une fois arrivé à la hauteur de la population, j'ai repris mes figures et mes cabrioles dans les airs. La fête avait pris de l'ampleur avec guirlandes et lampions. Écully avait revêtu ses atours de fête. Mon Noël avait réussi. Les jeunes, les vieux, les membres du ghetto, ils étaient tous dehors. L'atmosphère était joyeuse, les gens semblaient heureux, c'était une telle surprise. J'étais excité et fier, tu comprends ? Écully s'était transformée sous mon impulsion. « Au moins je finirai dans la joie », me suis-je dit. J'y trouvais une forme de récompense. Le regard de Garance, l'artificière, me le confirmait. Je découvrais dans ses yeux amour et tristesse, comme si elle venait, nous venions d'avoir ensemble une révélation : mon accomplissement et ma mort certaine. Pourquoi faut-il que cela soit toujours ainsi ?

17

La fête

Tu sais, je n'avais pas tout compris à cette ville. Je la croyais calme, un peu morte. Je pensais que notre fête l'avait réveillée. Je n'avais pas vu que la haine y suintait depuis de longues années. Elle était inscrite dans les murs, la haine des vieux contre les jeunes, la haine des riches contre les pauvres, la haine des HLM contre la vieille France, et, en bout de course, la haine tournée contre moi débarqué de nulle part pour semer le désordre. J'étais tellement absorbé par la joie du spectacle que je n'avais pas vu les bandes de racailles se reformer pour tenter de percer le secret des artificiers et me régler mon compte. Ils n'avaient rien oublié de mes provocations. Rien oublié de l'humiliation que je leur avais fait subir. Les zonards – ici on les appelait les Haïtiens – collaient à nouveau au train du cortège. Ils m'en voulaient, se montraient agressifs. Ils nous pressaient, moi et les artificiers, comme s'ils savaient que notre but était de fuir.

Notre défilé repassait au cœur de la place de démarcation quand a retenti un cri, un rugissement de hargne et de détresse : « Raaaaah. » Un colosse hurlait : « Vous l'avez tuée, vous l'avez tuée, c'est vous, espèces de salopards, ma petite fille chérie, vous l'avez tuée, c'est vous j'en suis sûr. »

Extrait du rôle infirmier – 9 au 10 juillet

Jour. Petite **désaturation***. Probable petite **atélectasie***.	Pas de mouvements de la mâchoire ce matin à la sollicitation.	À 12 h : a **réussi** à légèrement **ouvrir** la **bouche** à la sollicitation.

À ses pieds, étendue, toujours jaune, mais sans cette fièvre qui la rendait toxique, la petite fille que j'avais découverte. Morte. Assassinée. Ce père, gros ventre sur de petites jambes, la moustache épaisse, le regard lourd et veule d'alcoolique, désignait les jeunes du ghetto. Et les camps se formaient comme s'ils étaient préparés depuis toujours à s'affronter. Ils s'assemblaient de part et d'autre de la place. Ça sentait l'émeute, la guerre civile. Les Haïtiens ont bien tenté une diversion : « C'est lui, c'est lui, on l'a vu rôder autour d'elle. Il est là pour ça, tuer des petites filles, exterminer nos enfants. » Personne ne les a crus. Je n'avais rien fait, tu le sais bien toi. J'avais juste été faible, je n'avais pas osé la toucher, tenter de la faire soigner.

C'était une guerre ancienne, toujours renouvelée. Les enfants, les femmes avaient disparu. Sur la place, il n'y avait plus que des hommes ; les villageois d'un côté, les jeunes de l'autre. Et les plus violents étaient les premiers. Toutes les années de peur accumulée se libéraient. La vieille France avait sorti ses armes : des couteaux, des haches. En face, les jeunes mettaient à profit leur expérience des combats de rue. Ils déclenchaient des incendies, se barricadaient et postaient des hommes aux quatre coins de la place. Mon ami, c'était une explosion, une guerre sans limites. Les corps se heurtaient ; la place résonnait du gigantesque craquement des os. Je ne voyais que des gestes forts, des gerbes de sang, la nuit saturée de lumières et de tension. Et je me trouvais au milieu, une cible facile, un bouc émissaire parfait.

J'avais servi de détonateur. Les voyous affluaient par centaines des quartiers alentour. La rumeur d'un grand soir avait suffi à les rameuter. Ils nourrissaient contre moi une haine féroce depuis que je les avais nargués. Je flottais au centre de la place. Mes ballons me maintenaient entre deux eaux. Un groupe fondait sur moi, déterminé. Ils étaient vêtus comme des guérilleros kosovars, treillis militaires sur Doc Martens montantes, parka noire et légère barbichette. Des gueules de patibulaires. Le chef avait des yeux étroits de fanatique, rivés sur moi. Il allait en finir avec le fauteur de troubles. Il avait raison, au milieu du carnage, personne ne prêterait attention à un mort de plus, fût-il étranger à la ville. Je cherchais un lieu où me cacher. Tu sais, ce que je craignais par-dessus tout, c'était la souffrance. L'issue, je l'avais admise, je ne passerais pas la nuit, je le sentais. Mais je ne voulais pas échouer entre leurs mains. Toutes les rues étaient obstruées. Le groupe armé arrivait sur moi. J'étais perdu. Et soudain, ils ont heurté un mur d'hommes, guerriers homériques en tenue de camouflage, capuches et baskets. Ces hommes faisaient barrière de leur corps, à peine ébranlés par la charge pourtant habile.

Les artificiers, encore. J'ai reconnu Clément parmi eux. Au milieu du chaos, en retrait de la muraille humaine, il m'a tout raconté. Nous n'étions plus seuls. De toute la France, ils affluaient. D'autres, comme lui, des artificiers. Ils avaient décidé de faire un happening, ici même, en pleine guerre civile. « Une démonstration », disait-il. Leur chef était en chemin. C'était une femme. Il fallait que je sois patient car la soirée serait longue. « Tu vas partir avec nous. On va te mettre à l'abri en attendant que ça se calme. Suis-moi. » Ils m'ont entouré comme un homme politique guidé par des ballons tandis que les autres combattaient la racaille. Je les ai suivis, docile. Je ne savais plus où donner de la tête. La peur à nouveau m'avait pris aux tripes.

Extrait du rôle infirmier - 10 au 11 juillet

Garde.	Sorte d'**œdème*** au niveau occipital. **Réa** de garde **prévenu. Sphère ORL purulente (sinusite).**	**Désature** lors de la mobilisation et lors des aspirations.

J'ai vu Écully à feu et à sang. Des hommes à terre sur lesquels d'autres se défoulaient, à coups de pied et de batte, sans interruption. Mes gardes du corps m'entraînaient hors de la place. Je me demandais : « Mais où est la police ? Que fait-elle ? » Au sortir de la place, dans une ruelle, j'ai compris. Ils étaient débordés, et n'osaient pas intervenir. Ils se planquaient, n'avaient rien compris à la situation. L'émeute était partout, elle n'avait pas de centre. Dans certains quartiers, l'atmosphère était à la fête, les bandes avaient pris le contrôle. Ils festoyaient comme une guérilla de Mogadiscio. Dans la rue, les hommes avaient des allures de miliciens rwandais, armés de machettes et d'imitations de kalachnikovs, ils tiraient des rafales dans le ciel. Des colonnes de fumée s'élevaient du sol, comme si la foule dégageait trop d'énergie pour cette journée d'hiver.

Nous nous sommes arrêtés. Au bout d'une rue : trois voitures de police, deux classiques et un gros 4×4 portières ouvertes. Ils formaient un barrage en étoile, la grosse cylindrée au milieu et les autres de part et d'autre. Derrière les voitures, agenouillés, fusils à pompe à l'épaule, quelques policiers, six tout au plus, tiraient sur tout ce qui bougeait. Garance et le chef des infirmiers m'ont guidé, ils m'ont agenouillé derrière une voiture. Les policiers tiraient et rechargeaient de manière régulière, avec un cliquetis gras. Une balle toutes les deux secondes. En face, c'était plus désordonné. Ils tiraient par rafales. Les balles entraient dans la tôle des voitures en faisant « clong, clong, clong ». Moi qui avais toujours su éviter les bagarres, je me retrouvais au milieu d'une guerre. Garance me tenait la main, elle essayait de me rassurer et de me conduire en lieu sûr. Je tentais de la suivre, de m'éloigner du carnage. La nuit était noire, maintenant. Il faisait froid. Une odeur enveloppait la rue, je crois que c'était celle de la cordite. Un voile gris recouvrait tout. Je cherchais Garance, je sentais sa main ferme dans la mienne. Je voyais ses cheveux longs botticelliens ondoyer un peu plus loin, tourner sur eux-mêmes comme ceux d'une gorgone, former un halo. Son visage flottait au milieu de ses cheveux mouvants. Elle était tournée vers moi. Ses yeux bleu délavé étaient d'une tristesse tamisée à l'épreuve du temps. Toute gaieté en était bannie. Elle avait la peau blanche, épaisse, un peu veloutée. Une consistance de chair de poisson. Un ronflement puissant s'est emparé de mes oreilles. Je la regardais. Que devais-je faire ? Sa main tenait toujours la mienne mais son visage s'éloignait. Sa bouche formait des syllabes. Je n'entendais rien. Ses cheveux dansaient autour de son visage. Que cherchait-elle à me dire ?

Je l'ai prise à ce moment. La balle est entrée dans mon crâne par-derrière, dans la zone occipitale gauche. Je n'ai pas eu mal, j'ai senti que ça ouvrait et pénétrait mon cerveau. Ça a dû détruire quelque chose parce que je ne pouvais plus contrôler mon œil gauche. Il voyait mais c'était comme si la paupière s'était détachée et ouverte en son milieu. Elle s'était mise en travers de mon œil en quelque sorte. J'ai tout de suite su que je venais de prendre une balle. Avec certitude. La nuit s'est faite plus profonde. Garance était toujours devant moi. Ses mains étaient jointes sur sa bouche, dans ses yeux blanchis une expression de terreur. Ses cheveux valsaient, plus fous que jamais. Le son est revenu. Son corps criait.

Le craquement du métal qui se tordait sous les flammes, le « clong » des balles, les pales d'un hélicoptère dans le ciel, le hurlement strident de Garance, les sirènes d'une ambulance ou de la police, les corps qui s'entrechoquaient, la respiration des lames… La balle m'avait coupé du monde, elle m'avait protégé un instant de l'émeute et de la peur. Dès l'instant où le son est revenu, j'ai été envahi, submergé.

Extrait du dossier médical – 10 juillet

Fédération de biochimie. Chimie LCR.
Origine lombaire, **clair, eau de roche.**
Protéines 5,02 g/l valeurs fréquentes 0,15-0,45.
Phénotype immunologique.
Conclusion : population lymphocytaire composée majoritairement de **lymphocytes T** ; absence de lymphocytes B détectables.

Ce que j'ai ressenti ? Oh c'est simple tu sais. Je me suis dit : « Je vais mourir... C'est clair. J'ai pris une balle dans la tête. » Et puis cette chose étrange : « Maintenant, moi aussi je sais ce que ça fait. » Je me sentais un peu chose, la tête lourde mais rien de plus. Je me souviens aussi de ces questions dans mon crâne : « Ça saigne autour ou c'est trop profond ? Alors c'est comme ça ? » Je me sentais fier d'être encore en vie. J'avais l'impression que l'orifice était mou et suintant. J'imaginais le cou d'une poule décapitée et le sang qui sortait par spasmes. Je soufflais, j'inspirais, j'expirais, je traquais la défaillance. J'attendais de tomber. De nouveau, je n'entendais plus rien. Un bourdonnement m'a enveloppé le crâne. Mes pensées ont commencé à faire fausse route. Je pensais : « Garance est belle ; elle trouve que j'aurais dû faire carrière dans les ballons. » C'est vrai, j'avais dû me tromper, j'aurais sûrement pu faire quelque chose de mon corps. La neige, les voitures, le feu, le sang, tout était loin derrière moi. Je comprenais mes erreurs passées. C'est ça, je m'étais trompé. Je regardais la bouche de Garance remuer, je me concentrais pour lire sur ses lèvres. Elle s'est tournée dans une autre direction. Le son est revenu. Claquement des balles, sirènes, hélico. « ARRÊTE IL EST TOUCHÉ. » Elle s'est approchée de moi. Je crois que nous étions à l'abri. Sa main s'est élevée avec grâce, elle a posé l'index et le majeur sur ma joue gauche. J'ai attendu. Elle était délicate. Sa main gauche me caressait la nuque et, d'une pression des doigts, a fait pivoter mon visage. Elle s'attardait sur mes cheveux et autour de la plaie. « Putain, merde, il en a une... Elle est mal placée en plus. » Elle est reparue devant moi, m'a hurlé : « BORIS, TU M'ENTENDS ? »

Je lui ai fait signe que oui. Enfin je crois. Nous étions derrière une voiture. J'étais adossé à elle, caché par la masse métallique. La nuit était orange des feux de l'émeute. Les deux artificiers cherchaient une solution, ils voulaient me faire sortir d'Écully mais quelque chose les en empêchait. Depuis que j'avais été blessé, je me sentais comme hébété. Je vivais mais je n'en étais plus bien sûr. Je ne souffrais pas trop, seule ma paupière me gênait.

Garance et Clément évaluaient la situation. Apparemment, les bandes contrôlaient la ville et elles nous cherchaient, moi surtout. Elles patrouillaient et propageaient l'émeute plus loin, pillaient les commerces et les restaurants. Les deux artificiers voulaient me cacher, ils ne pouvaient pas me sortir de là. Ils suivaient pas à pas l'évolution des combats et me déplaçaient dans la ville en fonction des informations. Leur groupe avait pris les choses en main. Ils contrôlaient certains commerces dans lesquels nous faisions halte. Des habitants terrorisés s'y étaient réfugiés. Nous avons ainsi débarqué dans une épicerie protégée par une porte de fortune. Trois artificiers déguisés y contrôlaient les entrées. Une vingtaine de personnes s'y étaient amassées. Elles observaient le silence inquiet des masses en danger. À l'affût du moindre bruit, des événements de l'extérieur, avec l'espoir indécrottable d'en réchapper, de survivre à la mise à sac de la cité. Mais elles me regardaient avec méchanceté. Elles savaient qui j'étais : le fauteur de troubles, celui par qui tout était arrivé. Le magasin ressemblait à un abri de la Seconde Guerre mondiale, chacun se taisait et retenait son souffle. Puis nous avons repris notre errance. Alors, Garance a commencé à me parler : « Tu sais, tout autour, ce sont des illusions. Cette épicerie, les voitures de police que tu verras dehors, tout est faux, fabriqué. Tu as bien vu, de toute manière, comment les flics ont réagi. Ils ont fui, ils ont abandonné la ville. Dans ce vide, on a organisé une "occupation". Avec nos illusions, on va prendre le contrôle d'Écully. Les gens vont croire que tout est normal, que les forces de l'ordre reprennent le dessus. Ce sera faux. Des voitures, des cars de CRS, les flics sont en train d'arriver. Tout est faux, inventé, modelé par nos soins pour calmer la foule, obliger les gens à rentrer chez eux, empêcher le chaos. D'habitude, nos occupations sont ludiques. On choisit un endroit, on coupe tous les moyens de communication et on le transforme. C'est une expérience délirante, une forme d'hallucination collective, un grand happening auxquels les habitants participent sans le savoir.

Ce sont des œuvres temporaires, nous modifions la réalité. C'est notre art. Nous prenons tout en charge, la logistique, les acteurs, les spectacles. Nous sommes une troupe, au fond. Des créateurs d'illusions. Les habitants croient que tout est vrai ; ils se trompent, bien sûr. Cette fois, exceptionnellement, la patronne a accepté qu'on opère en plein théâtre de crise. On ne l'a jamais fait. Il faut avouer qu'on ne lui a pas laissé le choix. Il y avait trop d'hommes à nous sur place pour qu'elle les laisse tomber. Elle est en route. Tu verras, c'est une femme formidable. On va calmer cette ville sans une arme ni un coup de feu. Parce qu'on n'a pas d'armes, évidemment. Ça nous met en danger. Notre théâtre est illégal, totalement illégal. Nous sommes liés par un pacte secret. Nos vies réelles sont très "normales". Ce sont des couvertures, car nos vraies vies sont ici. C'est là que nous donnons le meilleur de nous-mêmes. C'est là que nous nous sentons vivre. Je ne devrais pas te raconter tout ça, c'est interdit. En même temps, on est ici grâce à toi. Tu comprends bien pourquoi on ne peut pas te ramener à l'hôpital. Il va falloir attendre qu'on ait pris le contrôle de la ville. Il faut qu'on verrouille tout sinon on sera en danger. Grillés. On ne peut pas se le permettre. C'est comme ça. Alors, maintenant, il faut attendre. Il est possible que tu meures, tu as beaucoup saigné et la balle a dû faire des dégâts. J'en suis désolée mais c'est ainsi. Tu n'es plus prioritaire, nous avons une mission. Si nous nous en acquittons et que tu vis encore, on t'amènera à l'hôpital. Mais, si je t'ai raconté cela, c'est parce que tu vas probablement mourir. Je ne l'aurais jamais fait, autrement. Voilà, tu méritais quelques explications. »

Je n'ai pas vraiment compris ce qu'elle m'a raconté, mon ami. À l'heure où je te parle, j'entrevois des explications qui me laissent perplexe. Mais dis-toi une chose, je les prenais pour mes sauveurs. Sans eux, que serais-je devenu ? J'aurais été réduit en bouillie, oublié dans un coin. Ils m'avaient protégé, aidé quand plus personne n'était à mes côtés. Je n'avais pas compris la portée de ce secret, combien il était lourd, menaçant. J'étais entré au pays des artifices ; le sens des choses était déguisé.

Mais là, sur le moment, je n'ai pas eu le temps de m'interroger sur ces hommes et femmes extraordinaires. Parce qu'à peine avait-elle terminé de me parler, que j'ai pris une nuée rouge. Tu ne sais pas ce que c'est ? Je vais t'expliquer. C'est l'arme fatale en banlieue. Une décharge rouge vermillon ultraviolente m'a frappé droit dans les yeux. L'univers entier s'est paré de cette couleur dégoulinante. Deux gamins se congratulaient en m'observant, ils riaient comme des ânes. Ils venaient de tuer l'ennemi public numéro 1 d'Écully. Car la nuée rouge, vois-tu, ça te prend dans un halo, comme un rond de fumée de cigarette, et ça éteint tes fonctions vitales en sept heures. Au bout de sept heures, c'est fini. Tu tombes comme une mouche. Les artificiers savaient cela. Ils m'observaient, effarés. Si j'avais eu une chance de réchapper à la balle, elle était passée.

Extrait du dossier médical – 11 juillet

Groupe hospitalier Pitié-Salpêtrière. Laboratoire de bactériologie.	Demande N° SA 0507 2467. Prélèvement liquide céphalo-rachidien.	**Éléments nucléés : 41.** Hématies : 11.

Garance était dépitée, elle murmurait des paroles incompréhensibles, marmonnait et je distinguais des « Ce n'est pas possible » en pagaille. Clément se retournait vers elle en guettant les alentours, il craignait que les bandes ne s'attaquent à eux et lui disait : « Viens, laissons-le là, on ne peut plus rien pour lui. C'est foutu... » Mais elle ne bougeait pas, comme si quelque chose la reliait à moi. Ses beaux yeux, ses cheveux, j'étais déjà en train de leur dire adieu. « Sept heures à vivre », voilà ce que je me répétais. Comme si enfin la mort était ponctuelle.

Deux minutes plus tard, ils étaient partis. J'étais seul. Mes forces m'abandonnaient. Ce devait être l'effet de la nuée rouge. Le ballon me traînait comme un boulet, il m'emportait dans la ville, tenu par un pied, à la merci de tous. J'étais un naufragé, un bout d'homme à la dérive. J'avais la nausée ; le ballon avait pris de la vitesse. Je filais tête à l'envers au milieu des voitures calcinées, des membres arrachés, des hommes estropiés, des neiges ensanglantées. Par endroits, le calme était revenu. Les artificiers avaient repris le contrôle. Ils avaient sécurisé la place principale et matérialisé leur pouvoir. Des cars de CRS, de plus en plus, se massaient aux abords des places et dans les rues adjacentes, avec des hommes immenses et bardés d'armes qui en sortaient. Ils se déplaçaient en escadron, organisaient les files de blessés. La ville avait changé, ils en avaient transformé l'apparence. Ils en avaient fait un vieux village classique. Il y avait trois bars et un club sur cette place, un grand car de CRS, et mes hommes. J'essayais de me faire remarquer des artificiers, je voulais qu'ils s'occupent de moi pour mes dernières heures, notamment Garance qui triait les blessés civils et les orientait. C'est pourquoi je lui tournais autour comme une mouche avec mes ballons. Mais elle me rejetait, me poussait en disant : « Tu vas nous faire repérer. »

À force, j'ai compris. Ils étaient en pleine représentation. C'était le grand soir, ils faisaient leur grand numéro, la simulation totale. Il n'y avait pas de CRS, pas d'armes, pas de flics, pas de médecins, pas d'hôpital de campagne, pas de bar qui ressemble à ça, pas de place non plus qui ait un temps soit peu cet air idyllique de bourg provincial. Ils avaient tout créé. Ils avaient modelé Écully à leur guise. Et le simulacre prenait. La place était fausse mais elle avait l'air vraie. C'est la raison pour laquelle ils ne pouvaient pas me laisser entrer, cela n'aurait pas été crédible. C'était un coup d'État temporaire, un putsch de fiction. Lorsqu'ils seront partis, il ne restera au village que la douloureuse impression d'avoir fait un mauvais rêve. Ne subsisteront que des souvenirs auxquels personne ne voudra croire. Un cas d'hallucination collective parfait. Et quelques morts…

18

Les artifices ennemis

Dans cette ville sous l'emprise des artificiers, j'errais dans les airs en attendant la mort. Mais j'étais incapable de compter les minutes ou les heures. Je ne savais pas quand ma fin viendrait. Tu crois que ça n'a aucune importance, tu te trompes, mon ami. Quand ces choses arrivent, tu as envie de prévoir, de prendre le temps de réfléchir, de te préparer. Sept heures, ça peut paraître long, figure-toi que c'est bien pire encore. Quand tu sais qu'elle va arriver, tu ne peux pas attendre. Les vents me portaient d'un quartier à l'autre de la ville comme une âme en peine, comme si un esprit tirait sur la corde jusqu'à son point de rupture. En dehors de la place occupée, la ville était déserte. Seules quelques ombres passaient, fugitives, le long des murs. Surnageaient l'atmosphère lugubre des nuits d'émeute et une odeur de métal et de chair brûlée. La nuit se dissipait. Je me demandais sans cesse où j'allais échouer, si ma famille retrouverait mon corps, si je saurais au moins quand la mort approcherait, j'avais l'impression que les ballons étaient mus par une vie propre, un instinct qui les poussait toujours plus loin quand j'aurais voulu qu'ils s'arrêtent et me déposent au calme ; pour m'éteindre appuyé contre un mur. Le matin s'est levé comme un voile se déchire. Les artificiers avaient disparu, ils s'étaient repliés. Ils m'avaient abandonné à mon sort. Pourtant c'était leur faute, leur idée de fête à la con. De mon poste d'observation, je voyais les machines qui venaient nettoyer la ville comme après une manifestation et la police, la vraie, qui commençait à prendre position et à interroger les habitants. Que s'était-il passé ici ?

Les ballons m'ont porté sur le clocher d'une église, les bras en croix, exposé à tous. Fallait-il y voir la main de Dieu ? C'était sûrement l'heure. Je sentais la traction des ballons qui me plaquait contre le toit, faisait de moi une sculpture ornementale du clocher. Un vieux martyr. Mais soudain, derrière moi, une voix connue : « Boris, c'est moi, Garance. Je ne sais pas ce qui s'est passé tout à l'heure. Quand je t'ai vu, quelque chose en moi s'est réveillé, quelque chose que je croyais cassé. Nous allons partir, quitter la ville, ça y est, nous avons fini. Nous allons nous exfiltrer. C'est un spectacle de danse qui va nous faire sortir. Ne cherche pas à comprendre. Il faut juste que je te dise, la patronne est furieuse. Il y a beaucoup de blessés et elle te considère comme responsable. » En bas, je remarquais ses compères, fondus dans la ville, dissimulés sous la neige. Ils étaient tous là. Et elle était montée me dire au revoir.

Extrait du rôle infirmier – 10 au 11 juillet

Veille. Aspirations très abondantes muco-**purulentes.**

Désaturation* à la mobilisation et pendant l'aspiration. Température : **38,8°. Conscience non évaluable.**

Pas de **mouvements de mâchoire** cette nuit.

Une brume recouvrait les berges non loin du fleuve que Garance désignait : « Tu vois, nous allons partir par là. C'est la seule voie protégée. Il y a trop de flics, trop d'équipes de nettoyage. Tu ne peux pas venir avec nous. La patronne ne veut pas. Elle dit que tu as commis assez de dégâts comme ça. Mais tu t'es bien rendu compte, n'est-ce pas, que tu ne me laissais pas indifférente ? Ça faisait des années que je n'étais plus tombée amoureuse, que j'étais seule. Et il a fallu cette folle nuit à Écully, et toi si malade. Et maintenant, je dois t'abandonner. Elle dit que tu dois mourir sinon tu nous mets, moi et toute l'organisation, en péril. Je dois lui obéir ; je sais qu'elle a raison. Elle est notre protectrice, notre mère. Elle nous a inventés, repérés, produits. » Elle s'est interrompue, a commencé à sangloter. Je ne comprenais rien, elle exagérait, elle devait être un peu folle. Elle m'était totalement étrangère, comment pouvait-elle m'aimer ? Elle pleurait de plus belle : « Il faut que je parte. Adieu, Boris. » Un frêle baiser, une caresse sur mes cheveux et elle a disparu.

Les artificiers sont partis avec elle, dissimulés. Ils avaient peur de se faire attraper, craignaient d'être démasqués. Au fond, c'était une société secrète. Était-il possible que personne ne les ait vus ? Que personne n'ait connaissance de leur existence ? Un coup de vent m'a projeté dans les airs. Les ballons ont fait le reste. Je me suis retrouvé dans la brume à survoler le fleuve. Je voyais les artificiers tapis dans l'ombre. Et Garance s'est levée au milieu d'eux, elle m'a regardé : « C'est un signe. Vous voyez. Il faut qu'on l'emmène. Je l'aime. » Et elle m'a attiré contre elle. Un grand murmure a parcouru l'assistance. Les hommes et les femmes chuchotaient entre eux. Derrière eux, d'étranges machines composées de tubulures d'échafaudage. On les aurait crues sorties de *Mad Max*. Leurs yeux étaient braqués sur nous. L'un d'entre eux, je crois qu'il s'agissait de Clément, s'est levé à son tour : « Garance, arrête les frais, tu es trop fatiguée, tu ne sais pas ce que tu dis. On ne peut pas l'emmener, tu as entendu ce qu'elle a dit. – Je m'en fous. Je veux l'emmener avec nous. Tu l'as vu hier soir avec ses ballons, tu as vu comme il est doué ? S'il survit, nous pourrons l'employer. Je ne le laisserai pas, tu m'entends », a-t-elle répondu. Je n'en croyais pas mes oreilles. Au crépuscule de ma vie, je me découvrais une femme amoureuse.

Un attelage est apparu dans le ciel. Clément a eu le temps de dire : « En formation, ELLE arrive », et la troupe s'est organisée. Ils étaient près d'une centaine, ils montaient sur les chars et portaient tous une tenue identique : un collant en latex noir et un gilet de la même matière mais comme une doudoune. Il semblait rembourré et, sur chaque ligne horizontale – on pouvait croire une bouée –, quelque chose s'apparentait à un téton. Ils pouvaient participer à un spectacle de danse contemporaine aussi bien qu'à un film de James Bond. Tous alignés, les pieds en équilibre sur la structure des chars, en position. Certaines femmes ont levé gracieusement les bras, comme des gymnastes. Tout le monde se tenait prêt, Garance s'était installée à mes côtés.

Extrait du rôle infirmier – 10 au 11 juillet

Jour.
Désat. lors des aspirations.
Bradycarde* à 53 lors de la mise sur le côté pour la toilette.

Atropine* sur rampe à faire systématiquement **avant chaque mobilisation** : vu avec réa de garde.

Conscient et vigilant mais difficilement évaluable : hoche mâchoire, **léger mouvement paupière droite.** Œdème* ++.

Je me sentais épuisé. Tout cela était trop compliqué. Seuls les mots de Garance avaient trouvé un écho dans mon esprit : « S'il survit. »

Y avait-il un moyen que je retrouve Caroline, que je l'embrasse une dernière fois, y avait-il un moyen de mourir entouré des miens à Paris ? Cette simple phrase me donnait des ailes. S'il y avait une chance, il fallait la tenter. Je me reprenais à espérer. Mais ELLE arrivait dans un carrosse à tubulure avec des ailes qui dégageaient une fumée rose.

ELLE était une grande femme longiligne de cinquante ans, une tignasse rousse coupée court. ELLE était belle mais venimeuse, avec le regard sec. Son véhicule flottait au-dessus de nous, bien droit. ELLE a parlé d'une voix de femme, grave, terriblement inquiétante : « Qu'est-ce que c'est que cette histoire, Garance, on me dit que tu t'es entichée du branleur. Non, mais tu as vu dans quelle merde il nous a foutus ? Regarde-le, il est à l'article de la mort. Contemple-le, ce misérable qui ne sait même pas mourir dignement ! » D'un ton égal, Garance s'est lancée dans une diatribe : « Je sais ce que vous allez dire, mais je l'aime. Il me plaît, il m'a émue. Faire partie de la troupe n'a jamais signifié sacrifier sa vie. Aujourd'hui, la mienne a pris un sens différent. Trop de tristesse, de violence, trop de peur. Je l'ai vu essayer de survivre et de se dépasser pour rester là. – Mais il peut tout compromettre, tout ce que nous avons construit ! » D'un geste, ELLE s'est adressée à un des artificiers. Il a décollé sur un char. Je l'ai vu absorber une fumée rose, sa cage thoracique s'élargissait, il était énorme et cette fumée semblait guider l'attelage haut dans le ciel. Il lâchait derrière lui des volutes roses. Je me demandais ce qu'était ce produit et pourquoi je n'y avais jamais eu droit.

L'artificier se déplaçait au-dessus du fleuve. Il volait. Mais la troupe retenait son souffle ; il y avait un problème. Je ne sais pas ce qui se passait. Tout à coup, un « plop » a résonné comme une bulle qui éclate. Le véhicule avait implosé. Je crois qu'il avait pris trop de fumée rose. ELLE était folle de rage de voir l'un des siens disparaître, elle a sifflé ces mots entre ses dents : « Emmène-le, Garance. Je ne le laisserai pas mourir en paix. »

19

Mes jeux Olympiques

Extrait du dossier médical – 11 juillet

Électro-encéphalographie.

Le tracé enregistré au lit montre **une activité de fond peu ample, diffuse,** thêta à 7,5c/s avec une **bonne réactivité** à l'ouverture des yeux.

Conclusion : le tracé est de fréquence un peu inférieure à la normale ; mais bien **réactif** et **sans signes de souffrance** cérébrale.

Tu vois, c'est ici que tout s'est joué, mon ami. Dans cette nuit, que mon sort s'est scellé. C'est pour ça que nous sommes là. Cela je viens de le comprendre. ELLE me l'a dit clairement. Je suis là dans ce lit à te parler, à te raconter dans le moindre détail ce qui m'est arrivé. Mais tu sais, je ne peux m'en empêcher. Tout ça passe et repasse dans ma tête, toutes les sensations et ma quête éperdue pour retrouver ma compagne et mon lit d'hôpital. Revenir, trouver une chance de vivre, ne pas se laisser embarquer dans ces aventures impossibles. Mais c'était plus fort que moi, chaque fois, j'étais entraîné et je fonçais tête la première. J'ai toujours été comme ça. Je me souviens d'une fois, j'étais encore enfant, j'avais dit à ma mère : « Tu sais, s'il y a une guerre un jour, je mourrai parmi les premiers. » J'avais dit ça comme une fatalité, une certitude. Et maintenant, je revois ce voyage aux enfers comme le reflet de cette prophétie : il était inévitable que je plonge. Je n'avais jamais su faire autrement. Je suis toujours passé pour un type calme, presque placide, un diplomate qui ne s'énerve jamais. Tu parles, je suis un passionné qui ronge son frein, c'est tout. Nous sommes ici maintenant, toi, moi et lui. Nous attendons que je redonne signe de vie, que je sorte de mon long silence, de ma vie de Sphinx. Oui, ils ont coutume de m'appeler ainsi. Parce que j'ai l'air calme. Ça donne de la profondeur. S'ils savaient quelle tempête souffle là-dessous. J'en suis sûr maintenant. Certain. Ce qu'ELLE m'a dit est vrai. Je devrai vivre handicapé. J'en suis certain. C'est écrit comme il est écrit que je n'aurai pas d'enfants et que mon sexe ne ressemblera plus à rien. Mais ça, mon ami, ça viendra après. Tu ne me crois pas ? J'ai bien réfléchi, tu sais. Je me suis demandé pourquoi j'ai vécu tout cela. Pourquoi je me suis enfoncé dans cette ville secrète, pourquoi j'en ai parcouru toutes les venelles, pourquoi j'ai rencontré les artificiers, ces illusionnistes mystérieux. Tu peux te dire que je suis devenu fou, que je n'ai jamais quitté ce lit. Tu peux le croire. Tout ça ne serait que littérature... Des mots, c'est ça que tu penses, peut-être ? Tu te trompes, mon ami. J'ai quitté ce lit. J'étais là-bas à Écully, j'ai été blessé à la tête et j'ai perdu un bras et une jambe pendant le trajet. C'est ce que cela coûte de fréquenter ce monde-là. Tu ne comprends toujours pas, n'est-ce pas ? Tu verras plus tard, quand la vérité éclatera. J'espère que je tiendrai quand même debout. Si nous en sommes là aujourd'hui c'est parce que j'ai choisi de ne pas mourir là-bas, parce que tout me poussait à revenir. J'en sais trop sur eux, sur ELLE et sa troupe, sur leurs « occupations ». C'est comme si j'avais mis la main sur le serveur des Anonymous, comme si je pouvais identifier tous les membres de cette société secrète. Ma vie a désormais un coût, celui de mon silence. Me taire, ne rien raconter de ce que tu viens d'entendre, ne rien raconter de ce monde vertigineux qui m'a tendu les bras. J'ai compris, maintenant : il est des brèches dans lesquelles il vaut mieux ne pas s'engouffrer. ELLE m'avait averti pendant que nous cheminions vers Paris : « Ne crois pas que tu vas t'en tirer comme ça. Ce n'est pas parce que la petite s'est attendrie que nous t'avons sauvé ; je n'avais pas le temps de discuter, voilà tout. Mais ne t'estime pas tiré d'affaire. Tu es sorti d'Écully mais tu n'as rien vu, rien entendu, tu ne sais pas ce qui s'est passé. Tu ne dois rien dire même au prix de ta vie. Tu as une balle dans la tête, un étrange accoutrement, ils vont te poser des questions, d'où vient la blessure, qui t'a fait un pansement, pourquoi es-tu en tenue de plongée ? Crois-tu qu'ils vont te laisser te murer dans le silence ? Impossible ! Mais tu vas résister, sinon... sinon... Nous pouvons tout infiltrer, tout transformer, tu m'entends ? »

Extrait du rôle infirmier – 11 au 12 juillet

Garde.
Ponction lombaire* faite.
EEG : lent mais **pas atteinte de l'activité cérébrale.** Ébauche de **mouvements de la paupière droite, bouge** mieux le **menton** ; pose cathéter* fémoral à 20 h 30.

Nous approchions de Paris et la troupe commençait à s'agiter. Nous devions participer à des jeux d'eau, et les artificiers montaient les uns sur les autres, grande pyramide humaine pour faire une entrée triomphale le long de la Seine. Ce qui s'est produit ensuite ? Un régisseur est venu me voir, il m'a annoncé qu'ils ne pouvaient me garder avec eux, mais qu'il y avait de très nombreux médecins dans cette compétition. Qu'ils me soigneraient s'il était encore temps. Ils m'ont fait plonger avec un artificier énorme à l'allure de garçon boucher, un homme débraillé, au gilet déboutonné. J'avais peur mon ami, si tu savais comme j'avais peur. Je ne me sentais capable de rien, pas même d'un mouvement, et ils me relâchaient à nouveau au milieu des hommes. La matinée était splendide et j'allais mourir, j'en étais convaincu.

Je pensais même que le dernier artificier serait mon bourreau. Figure-toi qu'ils m'ont attaché à lui et qu'ils m'ont fait plonger sous l'eau ; j'étais persuadé qu'ils voulaient me noyer. Et puis, soudain, alors que nous étions dans ces eaux marron et froides, il nous a désarrimés. Je suis remonté à la surface, tiré par mes ballons. Ces ballons que je portais comme une croix. J'ai émergé dans un bordel inouï. Sous l'effet de puissants éclairages, l'eau paraissait noire. Et des gens partout, des voitures immergées, des câbles électriques. Je ne comprenais rien, me sentais perdu. Trop de monde, trop d'activité. Derrière moi, à cent mètres, le char de mes amis, avec ma récente conquête. Je ne devais pas me retourner vers eux, je devais avancer vers la foule assemblée venue assister à ces jeux. C'était mon devoir, ne pas me retourner, les oublier. Garance m'avait sauvé, elle avait fait le maximum. Je ne pouvais rien lui demander de plus. Combien d'heures me restait-il encore à vivre après la nuée rouge ? Je ne savais pas. Je l'ignorais...

Je m'étais pris à nouveau à espérer. J'entendais la voix de Garance qui m'encourageait : « Va, Boris, dépêche-toi de trouver un médecin, on ne sait jamais, ils pourront peut-être te sauver. » Et aussi celle de Caroline, mon amour. Je la cherchais partout des yeux mais ne la voyais nulle part. Elle chuchotait dans mon oreille : « Boris, je suis là avec ton cousin Dan. Je t'aime. Accroche-toi, mon Boris. » Au milieu de cette foule en activité, je me sentais mal, une douleur m'a saisi à l'intérieur du crâne. Comme un éclair, une lame qui tailladait mon cerveau. La balle avait dû bouger, ce devait être ça. La tête me tournait, j'avais des vertiges, mon cerveau traversait un cyclone. Je ne savais plus où se trouvait l'eau ; le ciel, les gens, les lumières et les visages s'épataient. Ou alors c'était le halo rouge quand son effet se faisait sentir. Je ne pouvais pas bouger, je ne sentais plus l'eau autour de mon corps. J'avais froid et je transpirais, j'étais glacé mais une sueur nauséabonde perlait le long de mes tempes. Une sirène puissante retentissait dans mon crâne et autour. Ça devait être le gong final. La tête me tournait. C'était la fin. Je voulais entendre Caroline encore une fois, les larmes me montaient aux yeux. Je voulais saluer avant de partir.

J'arrivais aux abords de la compétition, il y avait partout des femmes et des hommes en maillot de bain. J'étais en train de mourir, j'en étais persuadé. J'espérais qu'on me remarquerait et qu'on me ramènerait dans un hôpital. Je priais pour mourir au sec. Enfin, quelqu'un m'a répéré : une vieille femme à l'allure sévère. Je vais t'épargner la suite, car tu ne me croirais pas. Ils n'ont pas vu que j'étais malade. Ils m'ont pris pour un compétiteur. Un médecin inconséquent a même validé ma participation. Je me suis retrouvé à me battre sous l'eau contre des colosses, à affronter un requin que j'ai transpercé comme une torpille et à sortir de ces jeux épuisé mais indemne. Un jour, peut-être, ici ou ailleurs, je te raconterai en détail. Mais ce qui s'est passé après mon ami, comment veux-tu que je l'oublie ? Tu vois, j'étais sorti de ces épreuves bon dernier. Mais j'avais été si mauvais que la population m'a fêté. Oui, elle m'a porté en triomphe comme le plus beau des vainqueurs. Il y avait des installations partout comme une fête foraine et parmi elles, un superbe télésiège qui surplombait la Seine. C'est là qu'ils m'ont conduit et accompagné, sur ce magnifique engin. Je me sentais entouré et protégé quand je l'ai entendu. Cet appel, mon ami, je l'aurais reconnu entre mille : « Beuden beuden… »

20

La bombe féminine

Je me suis retourné. Je les ai vus, lui et ses compagnons. Ils m'ont souri. Un sourire franc. Ils étaient contents de me retrouver. Ils se sont regroupés de l'autre côté de l'attraction et derrière moi. Le cri a retenti de nouveau : « Beuden beuden. » Et ils se sont mis à tirer. Ils vidaient les chargeurs de leurs pistolets, ils m'avaient retrouvé et ils voulaient ma peau. Je suis parti en quatrième vitesse, j'ai couru sur les filins mais ils ne me lâchaient pas. J'entendais les cris du public, piégé au milieu des coups de feu ; certains étaient blessés, d'autres gisaient morts. Je ne pouvais rien pour eux. Il fallait que je sauve ma peau. Ça canardait de tous les côtés. Ils étaient fous. Pourquoi prenaient-ils autant de risques ? Le speaker a fait une annonce : « Mesdames et messieurs, évacuez le télésiège dès que vous le pourrez ! Évacuez, la police va bientôt arriver. »

Mes poursuivants étaient nombreux. Toute la jeunesse d'Écully. Ils s'exhortaient les uns les autres. J'étais dans de sales draps. Je courais. De ce côté-ci, il n'y avait plus personne. Les familles, les visiteurs avaient réussi à quitter cet enfer. J'ai entendu des cris : « Ne bougez plus. Police arrêtez-vous ! » J'étais sauvé. Les flics. Je courais encore quand j'ai vu les autres en face de moi. Ils étaient plus nombreux encore. Surarmés. J'étais cerné. Nous étions suspendus en l'air, tous. Moi, seul, au milieu du télésiège aquatique, coincé. Ils étaient de part et d'autre, devant, derrière, sur les côtés. En tout, il devait y avoir au moins trois cents hommes.

Extrait du rôle infirmier – 11 au 12 juillet

Veille.
Fébrile à 38,5°. Bras gauche **inflammatoire.**
Gonflé +++.
Changement d'antibiothérapie.
Somnolent ++.
Pas de réaction motrice et verbale.
Pupille peut voir pas réactive.

« On va te faire la peau, Boris. Cette fois c'est la bonne. Tu crois que tu peux venir foutre la merde comme ça chez nous et te casser au petit matin. On va te faire payer. » Le chef avait parlé, caché derrière les autres. Pourquoi s'acharnaient-ils ainsi contre moi ? Je n'avais fait qu'exhiber ma bite et les provoquer en leur fief, était-ce cela la raison ? C'était ridicule.

« Lâchez vos armes immédiatement », a hurlé un policier dans son mégaphone.

« Non, on ne les lâchera pas. Pour une raison simple : on a une bombe. Tout ce qu'on veut, c'est que vous laissiez Boris. Si vous faites le moindre geste, on la fait exploser. C'est clair ? Tout le monde mourra à des kilomètres à la ronde. Nous sommes très sérieux. Préparés et déterminés. Nous ne rigolons plus. Laissez-nous emmener Boris », a-t-il répondu. Je n'en revenais pas. Je peinais à respirer. Le jour était bien levé maintenant. Un jour rose orangé. Sans le savoir, j'avais découvert un groupe terroriste dormant. Sinon, comment expliquer une telle organisation ? Les flics ne tenteraient rien, c'était trop risqué. Les terroristes s'approchaient de moi, à dix mètres à peine. Certains étaient drogués, les pupilles dilatées et un regard plongé dans l'éternité, sans limites. Je ne bougeais pas. J'attendais que quelque chose se produise. Je guettais les flics. Ils étaient dans un bateau en dessous du télésiège, à chacune des entrées et tout autour des attractions aquatiques. Une foule nous observait depuis un pont sur la Seine.

De nouveau, j'étais en situation périlleuse, mon ami. Par chance, les médecins m'avaient drogué pour les épreuves aquatiques et ma conscience était claire. Je me sentais mieux et j'étais épaté par mon flair. J'avais levé un lièvre, démasqué un complot terroriste. Il s'agissait maintenant de les empêcher de faire sauter cette bombe. Je ne sais pourquoi je me croyais capable de les arrêter. Soudain, j'ai entendu une voix proche à nouveau : « Boris, Boris, c'est moi, Anne, ta sœur... » Les flics avaient fait venir ma famille, c'était mieux, ça me donnait du courage. « Fais attention à toi, Boris, protège-toi, ne te mets pas en danger, s'il te plaît. » Elle me parlait avec un mégaphone ; les terroristes se marraient. Mais personne ne bougeait.

Face à moi, les terroristes ont escorté cinq femmes très jeunes. Je ne me méfiais pas d'elles. Sous les yeux médusés des policiers, elles m'ont entouré et agressé : « Alors tu veux nous baiser, c'est ça ? Tu crois que tu pouvais te balader la bite à l'air chez nous avec des airs conquérants. Espèce de sale porc juif. Regarde ça. » L'une me montrait son ventre gros, rebondi, tout en sueur et en bourrelets. Une autre dévoilait ses seins énormes et chatoyants. Je me sentais mal. Elles m'oppressaient. « Et ça ! » La plus jeune, devait avoir onze ans. À moitié nue. Elle me montrait son petit corps d'enfant maigrichonne, cachectique. Elle posait, lascive. Elle m'humiliait. « C'est ça que tu as voulu faire de nous, espèce de sale porc. Vois comme ton regard nous a humiliées, vois comme il nous a salies, hein, porc ! Tu faisais le mariole hier, t'étais le caïd, c'est plus pareil là. On est venues avec nos frères, avec nos pères, avec tous ceux qui veulent ta mort, tu comprends. »

Je ne pouvais m'empêcher de les observer. Je ne savais pas ce qui me faisait le plus peur : leur corps impudique et impropre ou leur regard meurtrier. Elles étaient droguées. Un peu de salive épaisse et blanche se coinçait aux commissures de leurs lèvres. Certaines en avaient même sur les gencives. « C'est ton heure, maintenant, tu vas mourir. » Une sixième fille s'est postée derrière moi. Elle sentait le sexe et la cannelle. Je suis sûre qu'elle était belle. Autour de moi, tout semblait retenir son souffle. Des policiers aux voyous.

« Boris, protège-toi, elles vont te tuer, voyons... » Ma sœur avait compris. « Pars, pars, ne les laisse pas s'approcher, elles vont te tuer.
– Ta sœur a raison. Elle t'aime dis donc... », me disait celle de derrière en me prodiguant des baisers sur la nuque.

Les six se sont pris la main et ont commencé à psalmodier et à chanter. Je les regardais, pétrifié. La salive blanche sortait à flots de leur bouche, leurs yeux se révulsaient ; elles semblaient en transe. Au milieu de la cérémonie, le chef a commencé un discours : « Tu vois, Boris, on t'a préparé une sauterie. Chaque fille est porteuse d'une toxine, il y en a six. Quand ces toxines se rencontrent, elles forment une arme chimique destructrice. Ça fait des années que nous préparons cet attentat. Et toi, avec ton spectacle à la noix, tu es venu tout gâcher. Des années passées à se faire oublier de la police et des autres, des années de préparation et un misérable porc détruit tout ce travail en une nuit ; tu vas payer maintenant ! »

Les corps des filles se fondaient les uns dans les autres, elles se prenaient la bouche. La salive blanche envahissait tout. Ce n'étaient plus six femmes mais un amas. Il se produisait quelque chose d'insensé. Un énorme corps était en train de se former. Une femme des anciens temps, aux cuisses épaisses comme des arbres et au ventre bas et tombant. Une déesse antique. Elle flottait au-dessus de moi. Le chef a continué : « Tu vois, ces femmes ont accepté de se sacrifier pour te tuer. Tu vas mourir dans leurs bras, réjouis-toi. Et avec toi des milliers de Parisiens. Tous ceux qui sont venus assister à ces jeux stupides. Tous les riverains. Ils vont mourir, par ta faute. Et selon l'endroit où tu subiras ton châtiment, il en mourra plus ou moins. À toi de choisir ! »

Extrait du rôle infirmier – 11 au 12 juillet

Jour.
Bouche, nez, pus, sang séché. Petite **escarre*** narine ! Conscient et vigilant mais beaucoup de **patience** avant **ébauche de mouvements de la mâchoire : seul moyen de communication.**

Mon ami, sais-tu qu'à ce moment, ma vie a pris du sens. J'allais mourir mais je pouvais épargner des innocents. Tué le premier par une puissante bombe chimique, un attentat d'Al-Qaïda. Je ne pouvais rien faire pour empêcher la détonation ; la bombe était amorcée. C'était une grosse femme dans le ciel. Je devais protéger le plus de gens possible. Pour moi, tout était foutu, mais si, au moins, je pouvais mourir en héros… Je me suis précipité sur la bombe et me suis agrippé à elle. Je me suis jeté à l'eau, vers le large pour protéger la ville. J'étreignais le gros corps et nous tombions à l'eau. J'ai entendu un cri, une voix terrible d'homme et de femme : « Maintenant ! »

La déflagration a été silencieuse mais la lumière assourdissante. Une lumière blanche si blanche puis rose. Le nuage était énorme, il n'y avait plus de femme. J'ai commencé à me dissoudre, je sentais mon corps partir en poudre. Je mourais. C'était fini. J'ai entendu cette phrase : « Plus de signes vitaux »… et je me suis éteint.

21

Après ma mort

Ça t'intéresse, hein, la mort ? Évidemment, tu es comme tout le monde. Tu voudrais savoir ce que ça fait de mourir. Il paraît que, dans les rêves, on ne meurt jamais, on n'éprouve jamais cette ultime sensation. On se réveille, en sueur, les yeux exorbités et la peur encore bien accrochée aux tripes. On regarde autour de soi, encore désemparé, jusqu'à ce que la chose s'éclaircisse : « C'était un cauchemar, voilà tout. » Mais quand tu meurs pour de vrai, cela ne se passe pas ainsi. Je vais te raconter. Plus tard, il faudra vivre, se battre, lutter contre les artificiers et la douleur. Se battre pour avancer. Mais là, nous sommes au calme. Je peux te donner tous les détails. J'ai appris beaucoup de choses sur la mort au cours de mon voyage. J'étais comme tous les gens qui ne croient pas en Dieu, je pensais que la vie s'arrêtait. Je pensais aussi que j'étais un humaniste, que les questions de religion, d'identité, de civilisation ne me concernaient pas. Mais quand on pénètre en terre inconnue, on est rattrapé par les bas-fonds, on gratte les souterrains de nos êtres et ce n'est pas toujours beau. Jusqu'alors, je croyais qu'on mourait et que les choses en restaient là. On passait de la lumière à la nuit comme après que l'électricité a sauté ; ce n'est pas du tout ça. La mort est un processus long. Elle doit s'installer, prendre possession de ton corps et de ton esprit. Et ce processus n'est jamais unique, il peut revêtir des dizaines de formes. Pendant longtemps, la mort était un fil tiré entre les parois de mon crâne. Ma vie, ce fragile équilibre, était logée dans ce filin à l'intérieur de ma tête. Je le sentais, comme tendu entre deux immeubles, un peu lâche. Ce jour-là, j'étais assis à une terrasse de café d'une place de village. Un village provençal. Au-dessus de moi, trois châtaigniers projetaient leur ombre velue au sol. Une musique. J'entendais les voitures passer au loin et à côté de moi, quelques camarades avinés devisaient en prenant l'apéro. J'avais un ballon de vin rosé posé sur ma table ; il était d'une couleur trop foncée pour être honnête. C'était une antichambre, je le sais maintenant. Je me sentais mal, la tête me tournait tant que le vin à l'intérieur du verre s'est mis à faire la toupie aussi. Et chaque mouvement de ma tête et du vin mettait en danger le maigre cordage tendu dans mon cerveau. C'était la fin s'il rompait.

Mais comprends-moi, quand tu sens cela, tu es déjà mort. Car la mort est un état précaire, aussi fragile que la vie. Je peux te dire que, ce qui maintient ce fil, c'est l'équilibre à l'intérieur du cerveau. Le fait que la pression entre la droite et la gauche demeure stable pour que le fil ne rompe pas ; la pression osmotique en somme. Pourtant ma tête tournait tant et si bien que le paysage valsait et je me demandais : « Ma nuque suit-elle le mouvement ? » Et tout était tendu en moi, concentré sur ce fil droit, comme un passage au-dessus du grand ravin, un point fixe dans le grand vertige. Tu vois, parfois, quelques expressions reflètent la vérité, comme celle-là « être suspendu à un fil ». J'avais le sentiment curieux de visualiser l'électricité qui donnait vie à mon cerveau, à mes idées, d'avoir logé l'indécelable. Le bavardage de mes voisins était gras et lourd, une conversation d'hommes avinés autour de faits divers. Je crois qu'ils parlaient de moi. Ils évoquaient la nuit à Écully, des coups de feu, des émeutes… Les phares des voitures balayaient la route au loin. Un vent triste chassait la poussière sur la place, un vent désabusé. Et ma tête tournait sur elle-même pour voir jusqu'où le fil tiendrait. Je sentais sa prise de chaque côté de mon crâne, à l'intérieur. Il était si fragile. Je le voyais devant mes yeux, ce fil, et je pressentais la rupture. Ces tourbillons de ma tête qui le fragilisaient. Le monde tournait autour de moi. Il allait craquer. Et je ne pouvais rien faire contre. Ce fil, cette évidence, c'était le processus. Tu ne me crois pas ? Je peux te le garantir pourtant. Tu te souviens de ces histoires de long tunnel et de la grande lumière au bout ? Tu sais ces histoires que racontent tous ceux qui ont connu un coma, la *near-death-experience* et tout ça ? Le tunnel, de quoi crois-tu qu'il s'agisse ? D'un processus, le parcours, parfois très long qui t'amène à la mort.

Extrait du dossier médical – 12 juillet

Groupe hospitalier Pitié-Salpêtrière. Laboratoire de **bactériologie.** Prélèvement du 7 juillet.

Sérum pour sérodiagnostic bactérien.

Sérodiagnostic de la **brucellose* : négatif.**

Sérodiagnostic de la **typhoïde-paratyphoïde : négatif.**

Mais dans mon cas, je dois le reconnaître, ça n'a pas du tout ressemblé à ça. Non c'était plus réel, plus sérieux, moins métaphorique. Tu vois, quand je me suis retrouvé, je n'étais plus. Je n'avais plus de corps, en tout cas visible. Mais quelque chose de moi était là.

J'ai fermé les yeux que je n'avais plus. J'ai pensé à la lumière. Comment l'éteindre, bon sang ? Et voilà. La mer est apparue. Une mer écrasée par un soleil couchant, cramoisie, comme engoncée dans la brume grise d'un incendie. Une mer qui rendait son dernier éclat. « Il est mort !!! » Quelqu'un a soulevé ma paupière, lumière à nouveau. Un bras d'infirmière qui remontait jusqu'au visage, œil grand ouvert, pupille dilatée, inquiétude bleue. « Il est mort, ça réagit. Il est mort. Venez voir ! » D'autres arrivaient à pas précipités. Piqûre ? Peut-être. Un liquide coulait en moi. On me vidait et me remplissait. On préparait mon corps. C'était la fin, j'étais mort. Il y avait comme un puits dans l'espace, un vertige. J'étais ici, avec elle, et là-bas, dans le son des vagues sur une terre d'argile. Les deux temps se rencontraient, ils cohabitaient en moi et me confirmaient mon décès. On n'avait rien pu faire pour me sauver. Le bruit du ressac se faisait plus lointain, remplacé par le son vibrant et dense d'un appareil magnétique. On a éteint les machines dans ma chambre. C'était terminé, il fallait faire constater le décès du patient. Une dernière fois, comme si, par ces mots, elle pouvait me maintenir en vie, l'infirmière me parlait. Je ne captais que des bribes de ses paroles : « Clément... Derrière... Colline... Bandage... Tête... Tests. » Je ne comprenais pas tout mais elle m'a sorti du lit et mené tel un chien en laisse hors de l'hôpital. J'étais à quatre pattes et je flairais le sol. Mon corps était nu à l'exception d'un drap taché de l'Assistance publique drapé autour de ma taille. Elle marchait devant et je la suivais, docile. Elle m'entraînait dans un dédale de terre et de buissons. Au sol, là où nous passions, se mêlaient détritus et seringues. C'était le paradis de la tapine et de la rapine. Mais, à cette heure du jour, le petit matin, on n'en percevait que des vestiges. Je suivais ma maîtresse infirmière, je tentais de ne pas m'enfoncer une aiguille dans la peau ou de ne pas me couper sur un rocher pointu. Elle ne faisait guère attention à moi, elle marchait à pas prudents vers sa destination. Nous avancions dans un semblant de forêt, proche du terrain vague. J'avais sur le visage un tas de bandages qui me laissaient à peine voir. Ma tête n'en était plus une. J'avais, je crois qu'on peut dire ça, un bocal de bandages sur la tête. Comme si mon crâne était un aquarium, comme si on m'avait plâtré la face. C'était si lourd que ma nuque ployait. Mon regard était collé à la terre.

Extrait du dossier médical – 12 juillet

Groupe hospitalier Pitié-Salpêtrière. Fédération de biochimie.	Dosage de la **bêta 2 microglobuline** dans le LCR. Dosage **5,6** valeurs fréquentes < **1,2.**

« Viens par ici, allez, traîne pas ! » Mon infirmière pressait le pas. Elle devait avoir un rendez-vous ou quelque chose d'approchant. « Allez, laisse-toi faire... » Je cherchais juste à comprendre où j'étais. J'essayais de sentir le sol, de flairer les odeurs : merde, sang et médicaments, éther, formol. Et celle plus lointaine mais plus forte de sexe ; avec son parfum piquant de noix de muscade. Elle tirait sur ma laisse, voulait m'entraîner plus loin dans les arbustes. Les branches me giflaient et m'éraflaient, seule ma tête était protégée.

Une chouette hululait. Je me suis tourné pour la regarder, je voulais voir ses gros yeux m'accueillir parmi les siens. L'infirmière a tiré plus fort sur la laisse. Et nous avons débouché dans une clairière en haut de la colline. Le sol y était rouge et nu. Sur son flanc serpentaient des rails de chemin de fer, là où devaient passer de petits wagonnets. L'installation était de bric et de broc, comme celle de chercheurs d'or peu méthodiques. Un mirador en bois surplombait l'installation. Mon infirmière m'y a conduit tout droit et m'a allongé, en pente, sous le mirador. Mon dos était calé entre deux rails, un morceau de parpaing soutenait mon crâne plâtré. Les expériences ont commencé. Ils testaient la vie en moi. On m'envoyait, je crois, des décharges à travers le cerveau. Les rails étaient l'outil, le guide vers mon esprit. Je ne sentais rien.

Extrait du dossier médical – 12 juillet

Dr L. (interne)

Tétraplégie flasque* totale. Aréflexie* des 4 membres.

Diplégie faciale, ouverture buccale impossible, mouvements latéraux de la bouche sur demande.

Ouverture des yeux impossible. Sphère ORL purulente. Radio thorax : surcharge bilatérale. Examen ophtalmo : pas de lésions cornéennes.

De temps à autre, une image, la mer, le bruit des vagues, l'écume rasant une cuisse, le ciel rose et brumeux me rappelait que je mourrais doucement ailleurs, que j'étais ici et là. J'entendais les

« Non ! » vrombir dans le crâne du médecin. Il testait et rien ne répondait. L'infirmière avait disparu et pourtant je sentais sa présence inquiète, en haut du mirador. À chaque tentative, ses yeux bleus d'elfe s'écarquillaient un peu plus : j'étais de plus en plus mort. Dans mon cerveau, une lavasse brune avait remplacé les étincelles. Les images de la mer s'estompaient, j'étais de plus en plus ici, sous ce mirador de fortune, la tête prise en étau entre deux rails et leurs stimulations atomiques dans mon cerveau qui ne donnaient rien. Tu vois, mon ami, il n'est pas si aisé de s'en aller. Car tout en toi refuse de le faire, la société elle-même s'acharne à te faire rester. J'avais peur, je me voyais comme sur une plate-forme de flipper, j'avais l'impression que de lourdes boules de plomb allaient défoncer mon crâne. J'imaginais les rails comme les guides de ces balles meurtrières. Je servais de champignon à rebonds. Ça ne donnait rien.

Et puis, bientôt, on m'a sorti de là. Je me suis retrouvé seul en lisière de la forêt, à quatre pattes. « Vous pouvez le préparer, l'habiller pour sa mort. Il ne survivra pas ! » avait déclaré une voix inconnue. J'attendais l'infirmière mais elle n'arrivait pas. Le temps n'avait plus d'importance pour moi. Je n'avais plus rien à espérer, plus rien à retrouver. J'avais perdu Caroline, ma vie, ce qu'elle aurait dû être. Je ne craignais plus de souffrir non plus. Je furetais, le nez au sol comme si, par magie, j'allais la voir apparaître. Je passais entre des buissons d'aubépine dont l'odeur de pisse et de sperme me collait aux narines. Je me sentais seul, j'avais besoin de mon accompagnatrice. Je devinais derrière les arbres des présences, absorbées par leurs occupations. Des gémissements, des frôlements. Une main glissait sur une épaule, s'attardait sur une toison dense et fourrageait une vulve de femme offerte. J'entendais les gémissements de mon infirmière ; elle m'avait laissé pour passer du bon temps avec Clément. Je restais un peu en retrait, je ne voulais pas interrompre leurs ébats. J'étais penaud et légèrement honteux. Je n'aurais pas dû la chercher, je n'aurais pas dû m'aventurer jusque-là. Je n'avais rien à faire au milieu de cette forêt et de leur partie de sexe. Je regardais la terre brune et sèche avec consternation. Que faire ? Je pouvais seulement attendre qu'ils en aient terminé. Les feuillages bruissaient. De temps en temps, le son profond du plaisir féminin me ramenait à ma triste position d'« écouteur ». Comme un chien battu, je laissais ma tête pendre vers le sol. Je n'osais plus regarder les choses en face. Lorsqu'elle est revenue, ses cheveux courts légèrement ébouriffés, elle paraissait plus fraîche et plus jeune, presque heureuse. J'étais un peu jaloux encore, j'aurais voulu moi aussi lui faire de l'effet. Mais je n'étais plus un homme, il fallait s'y faire. Elle m'a caressé le crâne d'une main lascive et épuisée d'avoir tant donné. Puis elle a tiré sur ma laisse : « Viens, on va en bas de la colline. Au niveau des gymnases, c'est là que ça se passe maintenant. » Je la suivais, docile ; elle était mon guide sur le chemin de la mort. Tout, autour de nous, était couvert d'un voile humide et flasque, comme une bulle de savon. Plus nous descendions, plus la brume semblait épaisse et lourde. Ce voile stagnait à deux mètres du sol. Au bout du chemin, un terrain de sport. Des dizaines de personnes y étaient alignées et formaient une file d'attente molle. Ils avaient quelque chose de résigné dans la posture. Tout en eux tombait, s'effondrait même. La nuque, le dos, les épaules. Ils portaient tous des chemises de nuit de l'Assistance publique. Ils avaient beau, pour certains, être gros, on ne voyait d'eux que de fines cannes nues et leurs pieds enfoncés dans des savates. Je distinguais, au bout de la queue, le long du bâtiment, de petites silhouettes qui s'agitaient pour leur venir en aide. Avec le brouillard, je n'arrivais pas à identifier leur forme. Elles avaient la taille d'enfants en bas âge. Chaque patient avait été amené là par une infirmière, certaines d'entre elles restaient autour à papoter en attendant que leur patient subisse son examen. C'est, du moins, ce que j'imaginais. Je me trompais complètement.

C'était la longue file des morts de la matinée. Et les formes au bout étaient des chiens habilleurs. Ils vous présentaient des habits et vous deviez choisir ceux qui correspondaient à votre croyance. Ils vous aidaient ensuite à les enfiler. Mon infirmière était partie fumer avec les autres. Derrière moi, de nouveaux malades, de nouveaux morts arrivaient au bras de leur infirmière. C'était un jour chargé, un jour de morts. Ils avaient l'air de zombies hâves et hors d'eux-mêmes. Je ne me sentais guère mieux. Mon esprit tournait encore à plein régime mais mon corps ne répondait pas bien. Je n'étais pas certain d'avoir la capacité requise pour enfiler les vêtements et autres accessoires mortuaires. Je croyais bêtement que les familles et les pompes funèbres prenaient en charge ce genre de choses. Je pensais qu'on vous mettait dans une chambre froide le temps de trouver un emplacement où vous enterrer. En plus se posait à moi un nouveau dilemme. Comment m'habiller ? Devais-je me considérer comme juif ou athée ? La question, je m'en rendais compte, n'était pas aussi absurde qu'elle en avait l'air. Ainsi c'était vrai, au seuil de sa vie terrestre, on se demande à qui, à quoi on appartient ? Et comment il convient d'être enterré ? Tu vois, je ne pensais pas être assailli par ces questions. J'étais sûrement trop jeune pour penser que je mourrais si vite et qu'il était nécessaire de « prendre ses dispositions ». Dans la queue, je me sentais étranglé par l'indécision. J'aurais aimé que l'on réponde à ces questions pour moi, que l'on m'évite cette souffrance. Quel que soit mon choix, j'avais le sentiment de me trahir. Pire, je craignais de ne pas savoir comment honorer mon identité. Si je me décidais à être juif, quels habits fallait-il que je choisisse ? Pour quels hochets et autres ornements devais-je opter ? La queue avançait. Il fallait que je me décide. Juif ou athée ? En fait, je n'étais rien.

Extrait du rôle infirmier – 12 au 13 juillet

Garde.	Sous	Apparemment n'a pas
Subfébrile cet après-midi. Aspirations naso-bronchiques très productives. Passage de l'ophtalmo cet AM : pas de lésion cornéenne.	**quadriantibiothérapie. Atropine* à chaque mobilisation.** Pupilles réactives. À droite, pupille légèrement parétique*. Communique avec mouvements du menton.	**mal.** N'a pas réussi à lever les paupières.

Je suivais la file des zombies, en proie au vertige et à la peur. On meurt comme on a vécu, dit la sagesse populaire. Peut-on mourir sans savoir qui l'on est ? Je croyais que les juifs devaient être enterrés à même le sol dans un drap blanc, rien d'autre. Je n'en étais pas sûr. Fallait-il être enterré avec la Torah ? Fallait-il être en costume comme dans ces films américains ? Les morts devant moi semblaient savoir ce qu'ils devaient faire. Plus j'avançais, plus j'étais surpris. Les chiens de petite taille se tenaient sur leurs pattes arrière et présentaient avec leurs pattes avant les différents ustensiles qu'on pouvait choisir : des vêtements et des bonnets, tout ce que l'univers offre comme linceuls et ornements funéraires. Les morts fonctionnaient à l'économie. D'un geste las de la main ou d'un hochement de tête subreptice, ils désignaient la robe de chambre ou le couvre-chef de leur choix. Les chiens, distingués comme des vendeuses, leur enfilaient alors avec grâce leurs derniers vêtements. Les animaux se mouvaient avec une finesse et une prestance étonnantes sur leurs cuisses fines. Ils paraissaient absorbés par leur tâche, ne lâchaient pas un aboiement. Un bourdonnement, un son métallique émanait du bâtiment derrière nous. Au-dessus de la purée de pois, de cette brume électrique, quelques oiseaux chantaient dans les arbres alentour. La file progressait, et plus on s'approchait de la zone d'habillage, plus le bourdonnement était fort. Les morts, une fois habillés, étaient repris en main par leur infirmière. Je ne savais pas ce qu'ils devenaient ensuite. Il restait au moins cinq malades devant moi. Et déjà, les chiens approchaient et me montraient leurs marchandises.

Je ne savais pas ce que je voulais emporter sur moi. Il y avait des mains de fatma en plastique, des chandeliers, des robes de chambre de grand-mère, des charlottes pour les cheveux. Je laissais les chiens passer sans rien montrer du doigt. Je ne savais pas, je ne voulais rien. C'était impossible. Ces chiens étaient d'une prévenance rare. Ils montraient un mélange de gêne et de déception face à mon indécision. Leur museau fin se penchait vers le sol, la langue légèrement pendante, et leurs yeux se voilaient d'un soupçon de défaite. Mais ils ne protestaient pas, serviles et sages. Ils sont passés au mort suivant. J'approchais de la fin de la file ;

je n'avais toujours rien choisi. Au bout, m'attendait mon infirmière à tête d'elfe. Elle tirait avec force sur sa cigarette. Choisir mon habit de mort était au-dessus de mes forces. Je n'y arrivais pas. Ni à me décider ni même à enfiler des vêtements ou porter des reliques. J'étais le plus faible des morts. Les autres tenaient sur leurs jambes et se montraient capables de trancher. Aucun ne ressemblait à une loque près de s'effondrer, aucun ne mourrait dans la mort. C'était mon cas. Je sentais mes jambes fléchir et mon esprit partir. L'air me manquait. Les brumes se transformaient en volutes et les morts en spectres aux jambes longues et imberbes. Je regardais en l'air, tentais de voir le ciel une dernière fois. L'air était gris, les hommes étaient gris. Les chiens jappaient et sautaient autour de moi, ils s'étaient lancés dans une petite ronde. Je n'avais plus le temps. Il fallait choisir. Je tombais à genoux, incapable de me soutenir plus longtemps.

Les chiens ont pris ce geste pour une forme d'acquiescement. Les uns après les autres, ils se sont empressés autour de moi. Je n'arrivais pas à faire un geste pour endosser les vêtements qu'ils me tendaient. Ils étaient au moins une dizaine à japper en se dandinant. Les chiens de la mort étaient de petites bêtes simples, programmées pour proposer des vêtements et aider à les enfiler avec des gestes gracieux, pas pour convaincre un mort sans idée de la valeur de ses choix. Ils m'angoissaient, là, autour de moi, si présents, si petits, si têtus. Car ils s'attardaient et continuaient leur danse agitée et bienveillante. Ils ne m'en voulaient pas, ils ne comprenaient pas. J'aurais voulu pleurer, me cacher, que cela s'arrête. Certains chiens étaient maquillés et portaient des tenues de soubrette du XIXe siècle avec coiffe et bustier en dentelle. Cela ne détonnait guère au milieu des linceuls mais l'ensemble paraissait décadent. Pourquoi confiaient-ils l'habillage des morts à des chiens ? Était-ce plus efficace ? Bientôt les chiens m'ont abandonné pour continuer auprès des autres. Je restais en marge, posé sur le trottoir ; les morts me doublaient. Plus personne maintenant, pas même un chien, ne se préoccupait de moi. J'étais dans le no man's land des morts, dans ce niveau d'entre les états. Je me faisais honte et songeais alors que ces chiens étaient peut-être des hommes qui avaient terminé leur course comme moi. À mi-chemin, ici. Je m'étais surpris à me comporter comme un chien tout à l'heure, à renifler le sol et à flairer le sexe. C'était le lot des hommes faibles et indécis, ils demeuraient là, valets empressés des vrais hommes, ceux qui savent mourir. Ne pouvait-on pas m'aider à franchir l'obstacle ? Ne pouvait-on pas m'aider à passer de l'autre côté ?

Mon infirmière est venue à ma rescousse. Elle s'est assise à mes côtés, elle avait encore une cigarette aux lèvres. « Tu ne sais pas comment faire ? Ne t'inquiète pas je vais t'aider. Hé, les clebs, venez par ici… » La ribambelle de chiens s'est ébranlée pour me proposer corsages et autres breloques. L'infirmière a pris les choses en main. Dès qu'un animal me présentait quelque chose, elle tournait sa fine tête vers moi et me disait : « Alors ça, ça te plaît, tu le veux ? » J'étais toujours incapable de choisir. Mais elle s'en moquait. De son doigt élancé, elle choisissait les vêtements et les reliques que je porterais en terre. « Oui, il veut celui-ci et aussi celui-là. » Les chiens s'exécutaient humblement. Je ressemblais à un prince turc enturbanné et couvert de tissus divers. Les chiens glissaient dans mes nombreuses poches talismans et représentations religieuses. Certains, je le sentais, émettaient des impulsions électriques, ils vibraient fort et transmettaient du courant, comme des électrochocs dans mes mains. Je ne comprenais pas ce que c'était, ni d'où ça venait. Quelle religion pouvait bien se servir de cela ? À la fin de la séance, je ressemblais à un clown, à un enfant qui aurait endossé l'armoire entière de ses parents. « Viens, je t'emmène au vestiaire, c'est maintenant que cela commence ! » Mon infirmière me tirait par la main. Nous avons laissé derrière nous les chiens et leur ballet perpétuel de morts. Elle m'entraînait plus loin vers les fondations du bâtiment suivant. Je découvrais, un à un, les arcanes de la mort. Je ne m'étais jamais figuré les choses ainsi.

22

Monter au ciel

Nous sommes entrés dans un gymnase où des hommes en marcel marinière et petit short faisaient de l'exercice. À côté de moi, l'épouvantail à tête de plâtre, ces hommes paraissaient des dieux. Leurs corps musculeux saillaient sous les vêtements moulants et leurs torses étaient démesurés par rapport à leurs jambes pourtant dures comme du roc. Ils soulevaient de la fonte et faisaient des pompes, renforçaient leurs abdominaux sur des espaliers ; l'ambiance était à la camaraderie. Les hommes tapaient dans leurs mains pour s'encourager, se donnaient des coups pour se houspiller, se congratulaient en accolades viriles. À côté d'eux, j'avais l'air d'un pantin ridicule. Les monceaux de taffetas accentuaient encore ma maigreur. Pourquoi m'avait-elle emmené là ?

Mon infirmière ne parlait pas, elle lâchait de temps à autre un juron ou une onomatopée dont j'étais certain d'être la cause. Elle avait certes hoché la tête pour saluer les sportifs mais c'était tout. Taciturne, elle m'a guidé vers un coin de la salle et m'a posé contre un cheval d'arçons qu'elle a enjambé pour se trouver derrière moi. De ses mains, elle fouillait à l'arrière de mon crâne de plâtre. Je ne sentais pas bien ce qu'elle faisait, j'entendais le bruit d'une coupelle en plastique et des lames qui s'entrechoquaient à l'intérieur. Elle jurait encore comme si elle n'arrivait pas à démêler le fil de ses doigts. « Putain, tiens-toi en place », disait-elle. Je ne comprenais pas. Je sentais – mais je n'en étais pas sûr – un peu d'air se faufiler par un trou à l'arrière de mon crâne. Il était frais et sec. « Écoute Boris, je vais introduire un asticot dans ton crâne, c'est le dernier test. Si tu es bien mort, il ressortira par l'une de tes narines. Tu verras ce n'est pas douloureux, c'est juste une présence étrange. S'il reste en toi, c'est qu'il trouve un soupçon de vie ; cela le nourrit et il s'installe. Ne t'en fais pas, dans l'un ou l'autre cas, tu ne risques rien. Voilà je voulais juste te prévenir pour que tu sois prêt. Ça risque de te surprendre. Mais c'est ainsi, figure-toi, que l'on pratique la médecine aujourd'hui. On a eu trop de surprises avec d'autres méthodes, on ne peut plus se permettre ce genre de choses. Attention ça risque d'être un peu froid et visqueux au début. » J'ai senti une traînée molle contre la fente de mon crâne. Et puis plus rien. Il était impossible de savoir qu'on avait une bête à l'intérieur de soi. J'essayais de repérer ses mouvements mais j'en étais incapable. Où était-elle ? Que faisait-elle ?

Extrait du rôle infirmier – 12 au 13 juillet

Hyperthermie ; aucun contact cette nuit ; pupilles plus ou moins réactives.

Œdème* des membres supérieurs : surélevé avec oreiller.

Quelque chose se passait dans mon nez. Il allait sortir, il farfouillait, il arrivait. Oui, c'était sûr, il s'était insinué dans mes sinus. Cela me torturait, cela grattait à l'intérieur et faisait onduler ma peau. Il était là, tout près de sortir. L'infirmière, devant moi, observait les mouvements de mon front ; elle fronçait les sourcils. Pourquoi ne sortait-il pas ? Il était si près du but. Elle a cherché une épingle de nourrice et l'a introduite dans ma narine droite. Quelques secondes plus tard, elle m'a extirpé l'asticot du nez. « Je sais pas pourquoi il s'est perdu comme ça. Normalement, ils trouvent tout de suite leur chemin. Il faut qu'on recommence. Attends-moi ici, je vais en chercher un autre. » De la boîte, elle a sorti un second asticot et l'a glissé dans mon crâne. Sensation froide et visqueuse. Et puis, plus rien. Cette fois-ci, l'asticot a émergé sans encombre de ma narine gauche. J'étais donc mort.

Je me souviens encore de mon attente lors du premier passage du ver de terre. Peux-tu le croire ? J'espérais vivre encore. Oui, une part de moi souhaitait que le ver reste bien tranquille dans mon cerveau. Je n'avais nulle envie de m'avancer plus avant dans LE passage. Mille fois, pendant que je m'enfonçais dans la tourmente, j'ai souhaité que ça s'arrête. Cela n'avait pas de nom, je ne pouvais me résoudre à l'appeler « la mort ». Mais j'attendais que ça se calme, que les minutes qui suivaient ne soient pas pires que les précédentes. Alors j'aurais pu me réjouir du fait que tout cela, enfin, avait trouvé son terme. Mais, vois-tu, je ne pouvais me départir de mon envie de vivre. Encore un peu.

« Messieurs, vous avez un client, il est à vous. » Mon infirmière s'adressait aux hommes musclés. Les sportifs se sont regroupés lentement comme des fauves préparant leur attaque. Puis ils ont fondu sur nous. Ils se tenaient droits, gladiateurs des temps modernes avec un je-ne-sais-quoi de dérangé.

« Qu'est-ce qu'on lui fait ?

– Comme d'hab, il est mort, il faut le monter. »

Le plus grand d'entre eux, un surhomme au visage carré surmonté de lourdes boucles blondes, s'est approché de mon épaule : « Allez, viens mon petit gars, on va t'emmener au vestiaire ! » Mon infirmière semblait m'avoir oublié, j'espérais au moins un geste, un signe. « Faites attention à lui, il est fragile, je ne suis pas sûre qu'il supportera le transport ou qu'il tolérera le produit », a-t-elle seulement dit. Ils m'ont entraîné au fond de la pièce vers l'encadrement d'une porte d'où sortaient par bouffées de grandes quantités de vapeur. Les vestiaires étaient vastes, carrelés de blanc avec des cloisons à mi-hauteur. Tout y était propre et net. Une chaleur douce et humide régnait dans la salle. Un parfum de sexe emplissait l'atmosphère car, sous les douches, sur les bancs, accoudés contre les casiers, des hommes et des femmes s'accouplaient au ralenti, comme amollis par l'eau. En baisant, ils fumaient des cigarettes qui dégageaient des volutes roses. Dès qu'ils avalaient une bouffée, leurs pupilles devenaient rondes comme des billes. Mes six guerriers me conduisaient dans cet antre. Nous suivions un couloir improvisé au milieu des boxes de douche. Dans chacun d'eux, un spectacle, une scène de sexe, un mythe illustré. Ici, un homme en cycliste et tenue de cuir noir jonglait avec des roues de vélo, ses yeux entourés de poudre blanche et soulignés d'un trait de khôl. Il souriait blanc de blanc sans discontinuer. Pendant qu'il jonglait, un homme à quatre pattes caressait son sexe et le prenait dans sa bouche. À côté, une partouze si débridée qu'aucun corps n'était identifiable. En face, une infirmière sexy piquait à la chaîne des fesses sans visage. C'était un temple du sexe.

Extrait du rôle infirmier – 12 au 13 juillet

Subfébrile toute la matinée. Toujours très **œdematié** malgré bonne diurèse.

Pupilles réactives mais **parétiques*** **++. Contact ++. Conscient** et vigilant. Remue le menton.

Pas de mouvements de paupière. Semble non algique.

Pendant que nous nous enfoncions dans le couloir, des visages masqués surgissaient et glissaient à mes compagnons : « Eh, c'est qui celui-là ? – Un transport pour là-haut… – Si tard ? – Eh oui, que veux-tu, il n'y a pas d'heure pour les braves. – Si vous avez besoin d'aide, faites signe… – Oui, compte sur nous. Surtout qu'il n'est pas bien en forme. La décomposition progresse. » Nous avancions encore. L'humidité était de plus en plus forte et les vapeurs étouffantes. La fumée rose, ici, imprégnait tout, piquait les muqueuses. Mes accompagnateurs semblaient ravis. « Allez, respire à pleins poumons, tu vas voir comme c'est bon. » Ils aspiraient l'air par sacs entiers et arboraient un sourire béat. Ils m'ont conduit dans un box vide. Je ne comprenais plus rien. De la fumée rose partout. Les sportifs ont fait un cercle dont j'occupais le centre. Chacun a allumé une cigarette de drogue à fumée rose. « On va décoller », m'a déclaré l'un d'eux avec un clin d'œil complice. Ils rigolaient ensemble. « Vous pensez qu'il va pouvoir fumer ? a-t-il ajouté. – Je ne crois pas, non. Il va falloir le faire pour lui. » Alors a débuté une étrange sarabande. Mes gardiens fumaient et me faisaient tourner sur mon axe, comme si j'étais attaché par les pieds. Chaque fois que mon visage approchait des leurs, ils soufflaient leur fumée dans mes bronches. Je sentais le produit me pénétrer et réchauffer mon corps éteint. Mes cellules peu à peu se regonflaient ; je les voyais qui reprenaient pulpe et densité. Elles étaient roses. Mes accompagnateurs, eux, grandissaient sous l'effet du produit, devenaient immenses. Leurs corps s'allongeaient. Cela me rappelait quelque chose. Une peur panique s'empara de moi. Les artificiers. Écully. Étais-je retombé entre leurs mains ? Mais, sous l'effet de la drogue, une légère euphorie montait en moi, comme un trop-plein de substance vitale. Mes compagnons continuaient à me faire tourner. Nous grandissions. Je me demandais bien pourquoi l'hôpital abritait une backroom géante où la drogue circulait en abondance. Était-ce pour soulager médecins et infirmiers de l'excès de souffrance ?

« Allez, viens mon bonhomme, on va un peu plus loin. » Flottant à moitié, les gaillards m'ont conduit vers le fond. La pièce dans laquelle nous avons débouché était si haute qu'on n'en percevait pas le plafond. C'était la station de départ. Devant moi, des nuées de sportifs géants étaient assemblées en pyramides d'inspirations diverses. Leurs gestes semblaient maladroits mais ils étaient habités par une forme de certitude et de grâce molle. Au milieu de ces amas d'hommes, un malade ou un mort qu'ils s'apprêtaient à convoyer. C'était le chemin de la mort, la route du paradis ou de l'enfer.

Les vestiaires étaient un sas. On me menait à destination, là où je devais aboutir. Je ne savais pas combien ma vie était frêle et comment je serais jugé. Manifestement le choix avait été fait, le verdict rendu. Les hommes des pyramides continuaient à fumer et à respirer ensemble. Ils continuaient à grandir. Quelque part, derrière la fumée, une femme dirigeait les opérations : « Plus que dix minutes avant le décollage. » « Tenez-vous prêts. » « Trois, deux, un, zéro. » La pyramide devenait alors une échelle. Hommes et femmes grandissaient pour atteindre des cimes insoupçonnables. Celui qui était au sommet tenait le mort dans ses bras.

C'était bientôt mon tour. Il ne restait qu'un mort avant nous. Lorsque celui-ci est parti, mes gardes du corps ont avancé jusqu'au milieu de la pièce. Autour de nous, de la fumée et des bruits de moteur. C'était l'usine divine, la rampe de lancement vers la fin des temps. Mes sportifs étaient les passagers des dieux, la rigolade était leur passe-temps ; ils avaient la belle vie. « Pouvez-vous nous amener un escabeau ? Il n'est pas solide celui-là. On se méfie. On va l'accrocher, ce sera mieux. » J'avais un peu peur. Pour l'atténuer, mes guides me faisaient fumer. « Avale la fumée, garde-la tant que tu peux dans tes poumons, concentre-toi. Plus tu seras défoncé, plus le voyage sera agréable. Allez fume, mon fils. » Celle qui me disait cela avait un visage doux et des yeux bridés. Ses pupilles emplissaient son regard et elle souriait. Elle portait une jupette de tennis. J'essayais d'avaler la fumée et de la garder en moi. Je voulais grandir comme eux et devenir souple comme du caoutchouc. J'avais peur du grand voyage. J'avais peur de rencontrer les dieux, Zeus-Jupiter ou les autres. J'étais inquiet.

Extrait du dossier médical – 13 juillet

Groupe hospitalier Pitié-Salpêtrière.
Laboratoire de bactériologie.
Prélèvement du 1er juillet

Sérum pour sérodiagnostic bactérien.

Sérologie des infections respiratoires bactériennes :
– Mycoplasma pneumoniae < 10 u (**négatif**).
Chlamydia pneumoniae 1/128.
Fièvre Q < 1/10 (**négatif**).

Sérologie des infections à Chlamydia trachomatis :
– Chlamydia trachomatis : 1/64 (**négatif**).

Un employé en salopette bleue a apporté l'escabeau. Il était minuscule au milieu des géants. Il gardait son calme, y prêtait à peine attention. Les géants m'ont accroché mains et pieds aux barreaux. « C'est pour le voyage, ça nous facilitera le travail. » J'ai acquiescé. Je voulais que cela se passe bien. « Dans trois minutes c'est à vous ! » Je pensais à ce qu'il y avait en haut. Qu'allais-je découvrir ? Les géants se regroupaient, ils tenaient l'escabeau à bout de bras. J'étais déjà à huit mètres du sol au moins. « Tenez-vous prêts. » Du sol me parvenait une vibration puissante, un grondement tellurique, la terre vibrait, les corps des géants n'étaient qu'une immense vibration. Le grondement couvrait tout. Nous allions décoller. Des gerbes de fumée rose émanaient de cet amoncellement de corps énormes. « Trois, deux, un. » Chacun d'entre eux assurait sa prise sur mon escabeau. « Zéro ! »

J'ai senti mon visage s'élever et s'allonger avec le corps de mes compagnons de route. Chacun de mes accompagnateurs avait accumulé suffisamment d'énergie pour porter à lui seul l'édifice que nous formions, nous étions comme une fusée dont j'assurais la tête, nous montions au milieu des nuages. Des vapeurs de fumée rose émanaient des géants, chacun de leurs pores dilatés laissait passer un flot de fumée, comme si elle assurait notre propulsion. Le ciel ne s'éclaircissait pas, il restait gris. Nous montions à la verticale du bâtiment. Ces hommes formaient un système d'ascenseurs parallèles. Assez vite, l'un d'entre eux a décroché ; plus assez de carburant. Il a lâché l'escabeau sans coup férir et nous avons fait une sorte d'embardée, comme un à-coup, un raté du moteur. Et puis notre course est redevenue régulière. C'était le processus, au bout d'un moment même les meilleurs gladiateurs lâchaient. Nous formions un engin à étages. Seul l'un d'entre eux parviendrait au bout. Quant à moi, j'étais ratatiné sur mon escabeau, ma jambe avait lâché et mon bras cognait contre le montant auquel j'étais attaché. L'air n'était pas trop mon truc. Nous traversions des perturbations. Mon ventre gonflait sous l'effet de la pression. L'un des colosses puis bientôt un autre ont lâché à leur tour. Nous devions être près du but. Le plus proche des géants était une femme. Elle m'observait avec attention et inquiétude, mais sans gentillesse. Elle me surveillait, l'œil méfiant comme si je pouvais receler quelque mauvaise surprise. Comme s'il existait des dangers que moi-même j'ignorais. « Je crois qu'il a commencé à pourrir. Il faut qu'on se dépêche, ils nous ont refilé un client pas frais. » Elle avait parlé d'une voix sans grâce, une voix rocailleuse et méchante, un brin vulgaire. Elle parlait de moi comme d'un hareng saur. Mon ventre se gonflait avec l'altitude. Ils avaient repéré, eux aussi, cette proéminence abdominale. Tout à coup, a retenti un pet énorme et nauséabond. Un pet si puissant qu'il a coloré de vert la fumée rose. J'avais un peu honte. « Merde, elle arrive, il faut qu'on se dépêche. » Les deux derniers porteurs semblaient tétanisés, comme si, à cause de mes gaz, nous risquions de chuter. À nouveau un pet retentissant et une odeur pestilentielle. J'aurais voulu me cacher. « Putain, il nous reste deux étages. Ils savent bien pourtant qu'on n'a pas le droit de les monter si la décomposition a commencé. C'est interdit. » Le chef des sportifs a allumé une cigarette à fumée rose pour retrouver des forces. Notre élévation continuait mais à un rythme plus lent. Nous tanguions, nous partions d'un côté, puis de l'autre, comme si nous avions perdu de vue notre destination. L'odeur y était pour quelque chose. Elle était insupportable. Mes deux guides étaient obsédés par l'idée de ne pas respirer. Ils semblaient possédés. Leurs yeux aux pupilles dilatées cherchaient à évaluer la distance qui nous séparait du but. Je ne distinguais rien en haut. Rien que cette façade verticale. J'ai compris alors ce qui m'arrivait. La mort avait poursuivi son chemin, j'étais en train de pourrir de l'intérieur, mon corps fermentait comme celui d'un noyé. Et les gaz cherchaient à sortir par tous les moyens. Un pet huileux et long comme un bras a désaxé davantage notre fusée humaine. Autour de nous, d'autres ascenseurs humains, sortes de bulles lumineuses au milieu des airs. Ils s'écartaient de nous, nous regardaient avec dégoût. Nous avions enfreint le règlement. À voir l'excitation de la bonne femme aux seins moulés en silicone, c'était bien plus grave que je ne pouvais le soupçonner.

Pourquoi ma mort ne se passait-elle pas normalement ? Tu sais mon ami, c'est une chose que je n'ai pas réussi à comprendre. Pourquoi ma trajectoire déviait-elle toujours de sa route, pourquoi des problèmes que je ne pouvais prévoir se présentaient-ils ? J'ai l'impression parfois d'avoir été maudit, d'être une sorte de loser céleste. Le type qui toujours fait le mauvais choix et tente de corriger ses erreurs. Un péteur invétéré et honteux. Tu ne peux pas savoir comme j'aspire à la paix. Je te mentirais en disant que je me sens bien maintenant. J'ai peur. Peur de toi et de l'autre, peur de ce qui m'attend, peur de mon avenir incertain. Je sais tous les écueils devant. Et pourtant, me croiras-tu si je te dis que ce n'est rien par rapport à l'enfer que j'ai traversé ? Tu vois, je me creuse encore pour en saisir le sens. J'ai des pistes, bien sûr. Certaines que tu connais, d'autres que tu ignores. Mais demande-toi une seconde, mon ami, ne voudrais-tu pas crever en paix ? As-tu déjà croisé un type dont les pets polluent l'atmosphère et contraignent des géants volants à se poser ? Non. Je m'en doutais. Quelque chose en moi est pourri.

Extrait du rôle infirmier – 13 au 14 juillet

Garde.
Atropine* systématique avant mobilisation. Pas de **dysautonomie* ni de bradycardie***. Patient à aspirer très régulièrement. Pupilles réactives. **Pupille droite parétique*. Communique** avec mouvements du menton. N'a pas réussi à ouvrir la paupière. **Le patient dit ne pas être algique. Œdème* membres sup +++.**

23

Les trois jours

Nous avons atterri sur une coursive en haut de l'hôpital. Un genre de balcon dans la pénombre des nuages. Nous étions très haut dans Paris mais je devinais la circulation, en bas, aux phares des voitures, comme au creux d'une gorge profonde. Je ne reconnaissais rien. Deux infirmiers m'attendaient avec un fauteuil roulant. Sous l'assise, une bassine. Ce devait être une chaise percée. C'était un jour sans lumière, comme un hiver norvégien. Les deux colosses, homme et femme, m'avaient amené à bon port. Ils sont repartis sans un mot, portant sur eux l'odeur poisseuse de ma décomposition. À peine assis sur le fauteuil, un nouveau pet liquide s'échappa de moi. D'autres personnes, infirmiers, colosses, citoyens ordinaires fréquentaient ces coursives. Cela fusait dans tous les sens. La vue de cette vie intense me frappait de plein fouet. Comment se faisait-il que je n'y avais jamais prêté attention ? La vérité m'a sauté aux yeux. Le trajet que je venais de faire n'était pas une simple ascension comme la présence, banale, des deux infirmiers pouvait me le faire croire. C'était LE passage. Je comprenais l'angoisse des colosses maintenant. Si l'on ratait son passage, on devait s'égarer dans les limbes, se perdre dans le grand nulle part. Par bonheur, nous étions arrivés ici, dans le monde parallèle, dans la vie des morts. Une vie grouillante et dense, une vie dans les coursives de la réalité. Elles ne communiquaient pas mais elles se côtoyaient. Cette lumière noire, ces hommes sans épaisseur, la légère ride qu'ils avaient au menton. Tout cela signifiait que j'étais dans ce nouveau monde. En bas, si bas que cela faisait peur, les voitures roulaient à tombeau ouvert dans un déluge de bruit, plein phares. Elles ne pouvaient s'inquiéter, c'est sûr, de renverser qui que ce soit. Tout le monde était mort. Pendant que les deux sbires m'emmenaient sur le fauteuil, mon ventre déversait des torrents de gaz. J'étais une usine à pestilence. Nous longions la rue. Un sourire naissait sur mon visage. Tout allait être à nouveau possible, je le sentais. La vie des morts commençait.

J'allais apprendre à mes dépens que je m'étais lourdement trompé, vois-tu, cher ami. Quand l'esprit s'embrouille, il perd sa capacité à discerner le vrai du faux. Au détour d'un couloir, là où le chemin se séparait en deux, les hommes se sont arrêtés. Ils voulaient s'en griller une en contemplant les nuages. Je les comprenais. Malheureusement, ils n'avaient pas même songé à me dire où nous allions. Ils me tournaient le dos pour fumer et contempler les mouvements du ciel ; ils étaient de ces infirmiers pensifs et mélancoliques.

Elles ont débarqué d'une fenêtre et m'ont enlevé à ce moment. Les artificières. Elles ont filé à toute vitesse avec le fauteuil. « Boris, c'est nous. Tu comprends, on avait tellement honte. On s'est demandé comment on pouvait réparer ça. On aurait pu envoyer des fleurs à ta famille ou un truc dans le genre mais on voulait faire mieux, tu vois. Un truc pour toi vraiment, quelque chose de nous que tu emporterais avec toi là-bas. Alors on a bien réfléchi et on est toutes tombées d'accord. Il fallait qu'on fasse un truc exceptionnel, amical et gentil. On s'est dit qu'on allait te faire la toilette des morts. Qu'on allait s'occuper de toi pour l'au-delà, tu comprends. Tu l'as bien mérité après tout. On va te faire ça bien. On est infirmières. La toilette des morts, c'est pas notre spécialité mais on a appris à l'école. On va se concentrer et elle sera parfaite. Surtout, ce sera pas une toilette faite par des inconnus. Ce sera une toilette intime. » Pendant qu'elles parlaient ainsi, elles couraient à toutes jambes le long des coursives. Me faisaient passer par des fenêtres, m'emmenaient vers un autre immeuble.

Elles cherchaient à échapper aux infirmiers ; elles cherchaient un coin tranquille où elles pourraient faire ma toilette. J'avais peur car je sentais les gaz et l'instabilité qu'ils généraient. Tout en moi se détruisait, se gonflait, implosait. Je craquais de l'intérieur. Il fallait intervenir vite pour éviter que je ne pourrisse complètement. Je n'avais pas besoin d'une course-poursuite au seuil de l'au-delà. Pas du tout. J'ai compris alors que ces femmes étaient folles, fondues de la tête. Elles avaient perdu tout contact avec la réalité. Les sentiments étaient devenus des choses abstraites à leurs yeux, comme la vie, la mort, la famille ou la maladie. Seul comptait leur petit désir : à présent elles voulaient m'aider alors qu'elles m'avaient assassiné quelques heures plus tôt. Je devenais fou. Ma famille m'attendait pour l'inhumation, pour commencer ce terrible travail de deuil ; je ne savais pas comment ma mère allait s'en sortir, comment elle allait encaisser la nouvelle et voilà qu'on me soustrayait à elle, à eux, à ceux qui m'aimaient. J'étais prisonnier de la chaise, incapable de m'échapper, je ne pouvais pas même protester. J'étais fait comme un rat. Mort. Les jeunes femmes paraissaient inquiètes de l'état d'avancement de ma décomposition. Il fallait agir vite pour m'éviter des problèmes. Je n'avais aucune idée de cette toilette. Que se passerait-il si elle n'était pas faite à temps ? En quoi consistait-elle au juste ? Je pétais si fort qu'elles en avaient peur. Je pétais sous l'effet d'une poussée violente, je pétais comme une fissure se crée, comme un ventre craque. Je pétais, pétais, comme si mon corps allait sortir par là, comme si les derniers résidus de vie cherchaient par tous les pores à fuir. Il était plus que temps. Ça puait la mort, ça puait le chien écrasé, ça puait la pourriture. Au point que les infirmières voulaient des masques ou quelque chose pour se protéger. Elles n'étaient en rien habituées à ces odeurs. Elles ne résistaient pas. Elles se sont éloignées, le temps de respirer, de prendre un peu de cet air ombrageux des cimes. Je continuais à pétarader comme un moteur. Le processus était enclenché. Je pétais comme un crevard sur mon toit.

Extrait du rôle infirmier – 13 au 14 juillet

Veille.	**Pupilles réactives.** **Mouvements du menton ok.** **Communication : douleur ok.**	**Fébrile à 38,3°.** Atropine* avant mobilisation.

« Ben alors t'étais passé où, toi ? C'est dingue ça. Un macchabée qui se fait la malle… » Les deux brancardiers m'ont retrouvé et ont repris leur chemin, sans s'interroger plus avant. Ils avaient la voix traînante des fumeurs de pétards. Ni l'odeur insoutenable, ni l'enlèvement d'un mort ne semblaient entamer leur flegme. Ils poursuivaient leur conversation comme si de rien. Parlaient d'un batteur capable de soulever des montagnes grâce à sa rythmique lourde et à sa frappe sèche. Ils tombaient d'accord sur sa qualité mais l'un des deux semblait douter de sa ténacité et de sa valeur sur le long terme. Tandis qu'ils me menaient sur la coursive, je cherchais les hyènes. Je les savais tapies dans l'ombre, attendant l'occasion de me reprendre et m'emmener avec elles. J'espérais que mes deux glandeurs de brancardiers sauraient garder un œil sur moi. Bientôt, alors que nous avancions, j'ai entendu des voix connues, aimées. Des voix précieuses. Celles de ma mère, de mon père, de ma sœur et puis celle aux envolées aiguës de Caroline ; ils étaient à côté de moi mais je ne les voyais pas. Ils se tenaient de l'autre côté des nuages, dans l'ombre. J'entendais leurs voix distinctement. Ils parlaient de moi et de l'arrivée prochaine d'une infirmière. Quelqu'un de bien et d'efficace, une femme douce. Elle prendrait soin de moi. Il restait trois jours à attendre, après les choses seraient plus claires. Je découvrais les joies de la mort. On nous fait croire toute une vie – courte dans mon cas – que c'est une cassure, une rupture, le terme soudain. En fait ceux qui vivent tous les jours à côté d'elle savent qu'il lui faut trois jours pour s'installer, que la mort est progressive. Mes parents et ma sœur marchaient maintenant le long du couloir sans que je puisse les voir. Je ne pouvais m'empêcher de chercher leurs silhouettes tandis qu'ils parlaient mais je ne voyais rien. Seules leurs voix résonnaient dans l'immensité du ciel. En face, un groupe de médecins se dirigeaient droit sur nous. En tête, celle qui s'était occupée de moi au tout début. Elle semblait exaltée dans sa blouse bleue. « On a les résultats. Ils sont bien meilleurs que prévu. Il n'y en a que 18. On pensait qu'il était impossible qu'il soit inférieur à 50. Et là, 18. C'est bon signe ; tout n'est pas foutu. » Elle brandissait les papiers pour ponctuer ses propos, elle paraissait heureuse. Je restais stupéfait. De quoi parlait-elle ? « Dans trois jours on sera fixé, je voulais vous le dire, dans les trois jours on en saura plus. D'ici là, Elsa va s'occuper de lui. Elle va lui faire sa toilette. Vous verrez, elle est très bien. »

C'était ça. J'ai compris maintenant, je peux t'en parler. Le trépas est un processus erratique. Quand tu es mort pour les hommes, tu n'es pas encore parti. Durant ces trois jours, tout peut advenir. Le meilleur aussi. « Allez, montez-le. » La médecin s'adressait à nouveau à mes parents. « Pour les morts, nous avons des salles spéciales en haut de l'hôpital. Elles sont plus confortables et il y a plus de place pour les familles. Elles peuvent s'y installer pour veiller leurs morts pendant ces trois jours. En plus, chaque religion et chaque nationalité ont leur espace. C'est très tranquille, vous verrez. Il s'y sentira bien. Vous pourrez vous succéder à ses côtés, lui parler, l'accompagner dans cette épreuve avec des mots et des caresses. Nous avons lancé ce service l'an dernier et je dois dire qu'il a fait ses preuves. Vous verrez, c'est tout en haut, sur le toit, à l'abri des malades. Non, vraiment, c'est beaucoup plus tranquille. » Derrière elle étaient apparus mes parents, qui avaient dû réussir à passer de ce côté. Je devinais dans le visage de ma mère une profonde reconnaissance. Il s'était ouvert, comme épanoui ; ses yeux éteints s'étaient remis à briller. Elle allait pouvoir s'occuper de son fils à nouveau, prendre soin de lui, être à ses côtés. Elsa, enfin, l'infirmière de la toilette des morts, avait surgi de l'ombre. C'était une jeune femme brune âgée d'un peu plus de vingt ans. Son visage était d'une beauté toute masculine. Sa mâchoire forte donnait une intensité noire à son regard. Tout le reste, la peau duveteuse et les lèvres épaisses, tentait d'atténuer cette impression virile. Elle a dit « bonjour » en baissant les yeux. Elle avait un fort accent portugais et semblait parler un français approximatif. J'étais entre de bonnes mains, tu comprends. Ce à quoi j'aspirais depuis tant de temps. Depuis la minute où j'avais senti ce doigt fourmiller au bureau, j'avais été entraîné vers le bas. Ici, au moins, j'avais touché le fond. Il me restait trois jours pour mourir. J'avais droit à une salle spéciale. Les artificières n'oseraient pas venir me chercher ici. Un détail me taraudait cependant : étaient-ils tous capables de franchir LE passage ?

Elsa était une jeune femme timide et déterminée. Tout en elle respirait cette contradiction. Elle a empoigné fermement le fauteuil : « Vous m'excusez si je vous fais mal. » Et nous sommes partis en cortège jusqu'à un ascenseur tout à fait normal. J'étais rassuré, mais j'avais peur d'être confronté à nouveau aux géants et à leur drogue rose. Sur le toit de l'immeuble, une grande tente à l'allure de yourte avait été dressée. C'était le coin des trépassés. Elsa s'y dirigea avec calme, suivie par ma famille. Morgan aussi avait su trouver son chemin. Ils étaient tous là, et je me tranquillisais. Rien ne pouvait m'arriver en leur compagnie. Dans la yourte, une ambiance chaleureuse de gymnase. Il y faisait chaud et humide et des familles murmuraient dans des sabirs incompréhensibles. À cet endroit, on était au-delà de la souffrance ; tout le monde cherchait réconfort et tendresse. Les voix s'entremêlaient pour former une coupole bienveillante. Ici, ni la haine ni la peur ne semblaient avoir de place. Ici, on veillait les morts jusqu'au bout du chemin. La yourte était bien plus grande qu'il n'y paraissait. C'était un véritable hôpital de campagne. Elsa me menait avec certitude vers le coin des juifs. C'était là que j'allais mourir. Je voyais mes parents songeurs. Je me demandais moi aussi si je le méritais. Ne devrais-je pas plutôt mourir avec les sans-dieu, les athées et les agnostiques ?

Extrait du rôle infirmier – 13 au 14 juillet

Jour.

Aspiration : ne donne rien. **Je ne récupère pas ce que j'instille ?**

Hyperthermie +++ 38,7°.

Atropine* ; **remue bien son menton.**

L'infirmière avait pris les choses en main et c'était pour nous tous un soulagement. Elle nous évitait des questionnements intenses et sans fondement. Je me rendais compte à quel point je n'avais pas su sortir de l'orbite de mes parents, cultivant la même indifférence teintée de respect à l'égard de mon origine. Comme si j'étais redevable mais que je refusais les devoirs. Je me retrouvais ainsi coupable, toujours coupable, ce que je croyais être un trait fort juif. Ce jour-là, dans le secteur juif, il n'y avait pas d'autres morts que moi. Cela permettait d'éviter la confrontation et la honte, l'imposture face aux pratiquants. La chambre était divisée en deux : une entrée dans laquelle étaient alignées des rangées de chaises, et la chambre elle-même au milieu de laquelle trônait une piscine ou une grande baignoire en plastique. De l'autre côté de l'entrée, un couloir étroit qui menait au carré musulman. L'hôpital avait décidé de rapprocher les Sémites. Les murs étaient nus, sans signe religieux. Mais, au lieu de l'habituel papier peint, des tentures de velours rouge couvraient les murs et atténuaient l'impression hospitalière. Entre la chambre et son entrée, pas de séparation. En revanche, il n'y avait qu'une place assise à côté de la baignoire. Mes visiteurs devraient donc se succéder. Elsa fit comprendre à ma famille qu'elle ferait mieux d'attendre dehors. Elle avait vraiment du mal à s'exprimer en français, aussi avait-elle choisi de leur faire des signes. Elle allait procéder à ma toilette. J'avais compris que la mort réelle commençait à cet instant précis, à l'instant où l'on vous vidait. J'en avais conçu une certaine angoisse, avec le sentiment qu'on allait me sortir les tripes. Et que ce nettoyage intérieur garantirait la préservation de mon corps. C'en était fini des matières organiques. C'était le sas dans LE passage.

Elsa, pourtant, ne semblait ni effrayée ni malheureuse à l'idée de commencer. Elle m'a couché sur le flanc, comme suspendu à la baignoire. Elle était silencieuse et ordonnée. Une vieille berceuse portugaise remontait parfois de ses entrailles sans même qu'elle en eût conscience. Elle fredonnait tout en introduisant un tuyau dans mon cul ; elle a déclenché l'aspiration dans un gargouillis de gaz. Elle aspirait ma merde et mes tripes. Voilà comment la mort venait : par le vide. L'opération durait moins de quinze minutes. De temps en temps, elle cognait mon ventre pour voir s'il était encore dur. Tant qu'elle rencontrait une résistance, elle aspirait. Je n'éprouvais rien. Seul un sentiment de dégoût me rappelait que je m'en allais de l'intérieur, que, bientôt, je ne serais plus qu'une coquille vide. L'ombre de moi-même. Mais ça ne durerait que trois jours.

Quand elle a fini l'opération, elle m'a immergé dans la baignoire et a convié Caroline à mes côtés. Je barbotais dans un bain chaud mais je ne sentais rien. Caroline avait posé la tête sur le rebord de la baignoire, les mots doux sortaient de sa bouche et tournaient dans la baignoire. Ils m'embarquaient comme une tornade. Des mots délicats sur la profondeur des sentiments et l'étendue de son désarroi. Je me sentais tranquille. Je l'écoutais sans penser à rien d'autre qu'à la stabilité du temps devant moi. Il me restait trois jours. Trois jours à vivre, trois jours ici avec eux, trois jours à mourir d'une mort calme. Plus de poursuites, d'hommes-légumes, plus d'attentat, plus d'espoir. Non, trois jours au fond de la baignoire. Après Caroline, ce fut au tour de ma sœur d'entrer, puis ma mère et mon père l'ont rejointe. Ils étaient là tous les trois. Ils me paraissaient plus proches qu'auparavant, plus attentifs à mes sentiments. Ils ne parlaient guère mais je sentais une vague en eux, un espoir. Ils voyaient un avenir de l'autre côté de la vie, ils savaient qu'Elsa à la mâchoire proéminente me traiterait dignement, que je mourrais en paix parmi les miens. Leur confiance entrait en moi, et mon corps, soulagé du pourrissement et de la dégradation, se laissait oublier. Je baignais dans ce calme et j'essayais de me souvenir de prières et de pensées secrètes. Mais je ne connaissais que la prière des morts, le kaddish. Et un sentiment de honte montait en moi : on ne devait pas chanter le kaddish pour un mourant. Ce serait sacrilège. Je n'en savais rien mais j'étais persuadé que si le kaddish vous accompagne auprès de Dieu, chanté trop tôt, il vous précipite en enfer. J'aurais aimé pourtant trouver le réconfort d'une pensée profonde, d'un rapport biblique à la souffrance. Je n'avais pour moi que l'amour des miens et mon sens de l'observation. L'hôpital de campagne vibrait de tous les morts, et des pas perdus de leurs proches. Ma mère avait abandonné les chants yiddish. Elle se taisait en contemplant mon calvaire. Que pouvait-elle dire ? Rien. Espérer encore. Le médecin avait été clair : « Dans les trois jours, ce sera dans les trois jours. » Espérer que les choses s'améliorent ? C'était vain. Alors elle s'enfermait dans un mutisme sans nom, celui de la mère éplorée. Elle avait toujours craint que je ne meure, toujours craint que la maladie ne m'emporte. Et voilà, c'était arrivé. Aussi simple que cela. En une poignée de jours – je ne savais pas combien –, j'étais passé de vie à trépas. Cette réalité était si profondément inscrite en elle qu'elle n'avait pas remarqué une instabilité dans la tente.

Extrait du rôle infirmier – 14 au 15 juillet

Garde.
Fébrile cet AM. Antibio en cours. Aspirations naso-bronchiques très abondantes, **très sales +++.**

Communique en bougeant le menton (**moins bien** qu'hier). **Fatigué** cet AM. A fait la sieste.

Pupilles réactives, **+/-** parétique* à droite. Œdème* membres **sup : mains surélevées.**

Tu sais mon ami, LE passage t'emmène partout. Il te met face à tes peurs, face à tes traits cachés et misérables. Tu te demandes peut-être qui tu es, quel genre d'homme tu fais ? Comment agirais-tu dans ces circonstances ? Une guerre, une invasion, une occupation ? Quel côté choisirais-tu ? Le bon ou le mauvais ? Une fois que tu as franchi LE passage, tu le sais. Mais tu en es le grand orchestrateur, tout ce que tu croises à l'intérieur vient de toi. C'est ainsi, un peu comme une épreuve. Les anciens croyaient à la pesée de l'âme. Ils ignoraient simplement que c'était une image. Pour la peser, ton âme, il faut la plonger dans ses tourments.

Comment le dire autrement ? Par intermittence, je quittais la pièce et me retrouvais dans la salle voisine, une salle commune pour les patients musulmans. Ils étaient suspendus à des poutres et moi aussi. Nous formions une allée de chauves-souris. De toute évidence, le cérémonial n'était pas le même. Les familles étaient assemblées autour des morts, la tête rivée à leurs corps, et elles priaient, pleuraient et se lamentaient. Leurs fronts cognaient contre les cadavres en train de durcir.

Plus on pleurait, plus on était triste. Les mères manipulaient des objets qu'on avait placés dans les mains de leurs enfants, des objets que les chiens nous avaient confiés. Je me sentais tranquille car j'avais récolté moi aussi des objets comme les leurs quand j'étais en bas, avec les chiens. Les objets reprenaient d'ailleurs vigueur dans mes mains, ils durcissaient, roulaient sur eux-mêmes, émettaient des signaux électriques. Ils me brûlaient comme s'ils étincelaient sous l'effet d'une énergie animale. Je retrouvais ma mère qui ne s'était aperçue de rien. Pour elle, j'étais resté à ses côtés, aussi silencieux que mort. Comme elle, éprouvé par la fin de ma vie. En réalité, par un défaut de cloison, je m'étais retrouvé à côté. À y repenser, je trouvais la mort plus spirituelle de l'autre côté, plus cérémonielle, plus profonde. Et je me retrouvais comme j'avais toujours été, un étranger, un homme pas à sa place, un juif parmi les musulmans. Cela ne me posait aucun problème. Mais j'aurais apprécié rester auprès des miens et sentir qu'autre chose que le seul amour familial nous liait. Un passé qui raconterait l'histoire de notre peuple ; un passé, une tradition et des cérémonies. Un passé et des racines. Nous n'en avions pas. Ma mère plus que quiconque avait toujours refusé de rendre grâce à ses racines : sa judéité et son Orient étaient les lieux de son enfance. Ma sœur et moi n'avions eu droit qu'à la France accueillante pour nous élever. Et nous laisser mourir, surtout moi.

24

Tueur juif

Quand la translation s'est produite, ma mère a voyagé avec moi dans le carré musulman. Mais elle ne semblait pas s'en apercevoir. Elle ne parlait plus depuis un moment, elle était plongée dans une de ces rêveries teintées d'abattement dans lesquelles ma maladie l'avait plongée. Ses yeux hébétés contemplaient le vide et son esprit roulait toujours une même question : « Pourquoi ? » Alors, ces gens autour de nous ne changeaient rien, ils pouvaient parler une autre langue et prier fort, cela n'avait aucune incidence. Elle était, elle aussi, dans un autre monde, nous formions un binôme perdu. Ma gêne ne faisait que s'accentuer. La vibration magnétique dans ma main augmentait, comme si notre présence ici avait réveillé quelque chose. L'un des objets dont les chiens m'avaient attifé était sorti de son silence, il voulait vivre, il m'irritait les mains, il irradiait. Mais le pire, c'était une femme. Une de ces vieilles femmes au visage ridé, au nez busqué et aux yeux rapprochés. Elle avait un visage de rapace. Ses yeux, d'un noir d'encre, me fixaient avec haine. Il n'y avait pas d'autre mot. Elle veillait sur un jeune homme, qui, bien que mort, paraissait en bien meilleure santé que moi. Un homme au torse musclé, aux épaules larges et au visage marqué. Deux épaisses cicatrices barraient sa joue et lui donnaient un air de baroudeur. Il devait avoir trente-cinq ans à peine et sa mère, qui toute sa vie s'était rongé les sangs, en paraissait quatre-vingts. Ma présence l'incommodait comme si elle avait senti le juif, l'impur au milieu des siens. La haine, dans ses yeux, étincelait comme un diamant. Un juif, un impie, un massacreur des frères dans le carré musulman ! Nous avons retrouvé le calme de mon antre. Mais le répit que j'avais entrevu en arrivant ici venait de trouver son terme. Je croyais avoir trois jours devant moi, trois jours pour dire adieu et laisser la réalité s'échapper. Il n'en était rien. Je savais être retombé à nouveau dans la spirale. Ma mère ne s'était aperçue de rien. Je cherchais à la prévenir, je voulais qu'elle prenne conscience du danger. Il n'était pas bon de se retrouver à côté, déjà les esprits s'échauffaient. Elle devait se sortir de sa torpeur et prendre les choses en main. Construire une digue. Mais c'était au-delà de sa compréhension, au-delà de son univers. Ses yeux ronds et sa bouche triste contemplaient un désastre personnel. Quant à moi, je devais me débrouiller. Lorsque la yourte a cédé à nouveau, je me suis retrouvé perché en travers d'autres cadavres, au moins quatre. Ils étaient attachés aux poutres par les extrémités et j'étais couché sur eux. Ils me servaient de lit. Les familles assises en dessous n'avaient rien vu. L'arceau métallique dans ma main vibrait et irradiait. La proximité des corps morts l'excitait. Les cadavres sur lesquels j'étais allongé étaient comme moi, dans LE passage. La chose dans ma main était comme folle. La proximité des corps lui conférait un désir puissant, elle vibrait, elle me brûlait, je n'arrivais pas à la contenir. Je l'ai lâchée, elle est tombée sur un vieil homme au visage émacié et doux. Un travailleur solitaire qui avait fini par faire venir sa famille en France, un taiseux, dur au mal. Lorsque l'arceau l'a atteint, son cœur monitoré par une machine lointaine a sauté ; une épaisse mousse blanchâtre est sortie de sa bouche. Une sonnerie régulière et alarmée a retenti. Et puis, bientôt, le long trait sonore de la mort. Il venait de faire une crise cardiaque.

Extrait du rôle infirmier – 14 au 15 juillet

Veille.
Muco-purulent
+++ dans bouche et nez.
Pas de mouvements
du menton perceptibles
en début de nuit
puis vers 3 h
léger mouvement.
Pupille réactive.
Fébrile > **38°**.
Oubli de faire
atropine* mais **pas**
de bradycardie*.
FC 85.

Les objets dont m'avaient affublé les chiens tuaient les gens au cœur pur, les musulmans. À l'instant même où l'homme a cédé aux impulsions trop puissantes de son cœur, la femme au regard de rapace s'est levée. De son doigt épais, elle me désignait, un doigt sale et grossier. « C'est lui, c'est lui ! Il vient troubler nos morts, arrêtez-le ! Pendez-le ! » Ses yeux jetaient des éclairs, formaient un rayon noir. Les rides de son front, une rivière de méchanceté. Je voulais fuir, me cacher, éviter les ennuis. J'étais embarrassé par ces objets vibrants, partout sur moi, des morceaux de métal dégageant énergie et chaleur et faisant passer les morts de non-vie à trépas. Leur cœur lâchait sous l'effet de mes ondes. Il n'y avait rien à faire, c'était une réaction mécanique.

Nous sommes repassés de l'autre côté avec ma mère, mais, du carré musulman, s'élevait une clameur, des cris. Une rage s'emparait des familles. Elles hurlaient, elles pleuraient, elles éructaient. Les frères des morts me déclaraient la guerre. J'étais une nouvelle fois le chien impie, l'immonde salopard, le tueur juif. Mes frères inconnus, ceux dont la religion était sûre, me béniraient peut-être. J'aurais ma place parmi les martyrs d'une guerre qui n'était pas la mienne. Mais la vérité éclatait au grand jour : j'étais un meurtrier. Je ne l'avais jamais voulu, ni même imaginé. Un meurtrier doublé d'un provocateur. À peine ma mère partie – la visite était finie –, j'étais renvoyé parmi les musulmans. En un instant, un claquement de doigts, je me trouvais au milieu de leurs morts. Mes armes étaient prêtes maintenant, elles sévissaient dès mon entrée, faisant craquer les cœurs de mille soldats musulmans. Et leurs mères, et leurs pères, et leurs sœurs se précipitaient sur moi, voulaient m'arracher la peau et les os, en finir avec l'impur tueur. J'échappais à leurs étreintes et retrouvais un havre paisible, ma baignoire protégée. Les autres s'excitaient, cherchaient à sortir de leur carré, des infirmiers les en empêchaient. L'émeute grondait. Ils prenaient ciseaux et scalpels, seringues et aiguilles, voulaient déchirer la toile plastifiée de la yourte. La peur est revenue, plus solide encore. Je ne me sentais pas responsable, je n'avais décidé de rien, mais la haine des autres, leur doigt vengeur était sur moi. L'hôpital, du moins cet étage, entrait en ébullition. Les médecins m'avaient désigné un infirmier. Un homme baraqué à l'haleine de fennec et à la diction pâteuse. Seule sa grande taille me rassurait. Il se tenait devant la porte, gardien du temple, mais somnolait par moments, comme s'il chancelait, comme s'il lui avait manqué quelques heures de sommeil. Il paraissait inconscient des torrents de haine que j'avais déclenchés. Il me croyait jeune et simple. J'étais un ange de la mort comme les autres. Il m'avait allongé sur une banquette fine et douloureuse pour mon dos. Il avait tenté de me calmer : « Allez, va, dors, essaie de te reposer un peu, tu l'as bien mérité. » Il ne comprenait pas. Mon regard le suppliait, il fallait me protéger. Il ne comprenait pas. Ils étaient des hordes dehors à vouloir ma peau. Ils avaient réussi à franchir les barrages car les objets vibraient dans mes mains et mes poches, ils sentaient la présence de l'ennemi, ils dégageaient leurs pouvoirs maléfiques. J'étais comme rivé à cette banquette avec l'infirmier de veille, tranquille. Il ne voyait rien, il ne sentait rien. Derrière moi, à son insu, les ennemis étaient en train de découper la toile de la tente, ils approchaient de moi. De l'autre côté, des vagues d'hommes et de femmes, jeunes et vieux, se précipitaient sur l'infirmier et faisaient diversion. Il était occupé à repousser leurs assauts pendant qu'une poignée de traîtres tentaient de m'atteindre. Voilà, leurs visages et leurs yeux fous se découpaient derrière le mur. Des yeux vitreux et globuleux possédés par la vengeance et la haine. J'avais peur. J'aurais voulu crier, me défendre. Les fétiches me brûlaient les mains, ils voulaient que je les libère, je ne savais pas comment faire. Les hommes, derrière la toile découpée, se demandaient comment agir. Ils n'osaient franchir cette limite, comme si quelque chose, encore, les retenait. Le respect des morts sûrement. L'hésitation qui prend les foules avant la lapidation. Ce n'était certainement pas la présence de l'infirmier, trop occupé à expliquer qu'en aucun cas, je n'avais pu me déplacer jusqu'à leur chambrée, s'ils savaient dans quel état j'étais. Les autres attendaient, repliés derrière la tenture ouverte. Ils préparaient leurs armes ou menaient conciliabule. Mes mains étaient des centrales nucléaires, elles brûlaient d'une énergie dévorante. Peut-être les fanatiques avaient-ils compris ? Peut-être craignaient-ils eux aussi la syncope ? Je ne pouvais pas bouger, je voulais m'enfuir. « Non, vous ne pouvez pas le voir, il souffre suffisamment comme ça. » La vague humaine repoussait l'infirmier ; il prenait peur, tentait de tirer une fermeture Éclair pour isoler notre bulle et échapper au tumulte. Les hommes derrière moi paraissaient fous, leurs dents étincelaient comme des poignards. Ils avaient préparé des seringues, ils allaient jouer aux fléchettes avec mon corps. C'était ainsi, ils lançaient leurs projectiles sans grande dextérité mais parvenaient quand même à m'atteindre. À l'intérieur des seringues, une solution blanche flottait. Je ne sentais pas les piqûres. Non, l'air était seulement devenu plus lourd, comme s'il était composé de strates, de volutes, comme s'il avait une épaisseur et que tout était plus dense, voilé. Sous l'effet de la foule, la chaleur était intense, elle imprégnait tout et les visages des croyants ruisselaient de sueur. Leur colère montait encore.

Extrait du rôle infirmier – 14 au 15 juillet

Jour.
Pansement cathéter* non fait. Demain.
Ne bouge presque plus le menton.

Pas de mouvements des yeux.
Pupille gauche réactive.
Pupille droite : légèrement réactive.

14 h : hyperthermie **à 38,6° + sueurs.**

Je ne comprenais pas un mot à leurs cris, ils étaient des animaux barbares, emportés par une folie que je ne connaissais pas. Sans qu'aucun d'eux ne s'en soit aperçu, j'ai fait encore une incursion parmi leurs morts. Il n'y avait plus personne chez eux à part la vieille au front ridé et aux diamants de haine. Je flottais parmi les morts et rompais le fil des mourants. Leur cœur sautait, « pof », dès que j'approchais. Je n'essayais même plus d'éviter le désastre. Je semais la mort, c'était ma fonction. Les objets que je portais, ceux qui devaient accompagner ma mort, me protéger dans le passage vers l'au-delà, étaient des maléfices pour ceux qui n'étaient pas comme moi. Je réintégrais ma couche. Les excités ne savaient pas encore la désolation que j'avais laissée à côté. Ils ne s'étaient même pas rendu compte de ma disparition. Ils ourdissaient quelque plan pour déjouer la surveillance de mon infirmier. Il essayait de comprendre : « Mais qu'est-ce que tu leur as fait, à ces gens ? Pourquoi ils s'énervent comme ça ? » La nuit avançait, la pénombre gagnait l'étage. Je sentais le massacre imminent.

Soudain mon infirmier a décidé qu'il avait fini de travailler. C'était l'heure, il allait faire ses transmissions. Il m'a bordé sous un drap humide et s'est frayé un chemin parmi la foule. « Allez, maintenant, laissez-moi passer et laissez ce garçon tranquille surtout. Vous voyez bien qu'il est fatigué. Allez protester ailleurs, s'il vous plaît. » Ces mots avaient été prononcés sans conviction, juste pour se donner bonne conscience. En quelques secondes à peine, la situation a sombré dans le chaos. Ils m'ont attaqué sans relâche, la tente a volé sous la pression de la foule. Ils étaient une centaine, peut-être plus, mais seuls les hommes jeunes me frappaient. Ils avançaient par petits groupes de trois ou quatre et me plantaient leurs seringues en tout endroit du corps en des sauts dignes de basketteurs. Ils sautaient puis m'enfonçaient l'aiguille jusqu'à la garde en retombant. C'était à peine un effleurement pour moi. Mais j'étais terrifié. Ils me déchiquetaient le corps, partout j'étais piqué. Les groupes passaient et repassaient, ils m'injectaient le contenu des seringues : « Tu vas voir, ce sont les maladies des nôtres, tu vas voir, tu vas adorer ça ! » Au début les enfants regardaient de loin, restaient dans les jupes de leurs mères. Mais, au fur et à mesure, ils s'enhardissaient et tentaient eux aussi leur chance. J'étais un rite initiatique. Je n'en pouvais plus. Mon cœur battait à tout rompre, il semblait vouloir me perforer le torse.

Puis ils m'ont délaissé. Je n'étais plus intéressant car je n'offrais aucune résistance. Mes draps et mes vêtements étaient en charpie, et la yourte en confettis. Mon corps était une plaie béante, il ne sentait rien mais souffrait atrocement. La peur lui faisait éprouver la douleur. Et la peur était omniprésente. Je grelottais, je n'en pouvais plus, je voulais que ça cesse. La peur était mêlée de rage. Pourquoi étais-je aussi impuissant ?

Ce que j'avais pris pour une fin n'était qu'un répit. Ils étaient allés chercher d'autres musulmans, des Sénégalais, des Indonésiens, des Pakistanais. Ils arrivaient par grappes en hurlant des slogans hostiles. Et, à leur tour, ils venaient me planter des maladies dans le corps. Ils les injectaient avec un plaisir non dissimulé. « Tu vas voir ce qu'il en coûte d'insulter notre religion. Tu vas payer, chien. » Ils déferlaient par vagues sur moi comme les Gaulois sur la tortue romaine. J'encaissais les coups. Les enfants en bas âge couraient autour de mon lit. C'était une fête et un sacrifice. Il n'y avait plus d'infirmiers ni de médecins. Je ne pouvais distinguer aucun visage, ils étaient des ombres. Seules leur taille et la couleur de leur peau différaient. Et leurs bras meurtriers s'abattaient sur moi sans relâche. Ils me hachaient menu. Par moments, la foule entière refluait puis repartait à l'assaut. Je cherchais en moi une impulsion, un instinct qui m'aurait permis de sortir de ma couche et de fuir à toutes jambes. Mes mains brûlaient encore des irradiations que j'avais subies. Et c'est cette énergie qui m'a sorti de là. Quelque chose en moi s'est réveillé, j'ai fui la curée. J'ai balayé les enfants d'un revers du bras et j'ai couru sans m'arrêter. Derrière moi, les hommes s'étaient mis en mouvement. Ils me pourchassaient. Je courais sur le toit pour leur échapper. Je cherchais un refuge.

Devant moi, une porte vitrée cadenassée avec une chaîne épaisse. Derrière, des escalators qui montaient. Je me précipitais contre la porte et la fracassais. Je continuais à courir. Certains, derrière moi, s'étaient arrêtés, d'autres m'avaient emboîté le pas. Devant moi, il n'y avait rien d'autre que des toits sur lesquels des groupes d'hommes et de femmes s'étaient formés. Mes poursuivants hurlaient et aussi quelques policiers et infirmiers qui s'étaient engagés derrière eux. « Non, ne va surtout pas par là, Boris. Quoi qu'il se passe, ne saute pas. Nous t'en supplions. Nous te protégerons des mollahs et des fous. Ne va pas sur ces toits. »

Extrait du dossier médical – 15 juillet

Pasteur Cerba Dossier 0048495-T.05	**Recherche d'ADN de borrelia burgdorferi.**	**Absence** de détection.

Je regardais en contrebas. Les hommes en dessous avaient l'air calme, quoique un peu abattu. Ils s'étaient rassemblés dans un coin du toit en pente, près d'un mur, loin du vide. Certains étaient agenouillés, d'autres assis, le dos contre le mur, les genoux repliés devant eux ; ils semblaient attendre. Par endroits, des pelotons d'hommes fumaient sans discontinuer et parlaient à peine. On aurait dit une cour de prison tranquille. Rien à voir avec les excités derrière. « Si tu sautes, nous ne pourrons pas venir te chercher. Tu seras livré à toi-même. Allez, fais demi-tour. » Je regardais plus loin. Il y avait d'autres toits et d'autres hommes. Ils ne me voyaient pas, ne faisaient pas attention à moi. C'est ce que je désirais plus que tout : qu'on m'oublie, moi et ma maladie. Mes mains ne brûlaient plus. J'avais dû perdre mes talismans.

J'ai regardé en arrière. Ils étaient agglutinés en haut de l'escalator. Ceux qui me voulaient du bien – soi-disant – et les autres, les centaines d'hommes et de femmes qui voulaient ma peau. Ils n'osaient pas s'approcher. Que craignaient-ils ? Je les scrutais. Leur visage montrait de l'effarement. Ils n'auraient jamais cru se retrouver là, si près de ces toits. Ils restaient à distance respectable, peut-être à dix mètres de moi. Certains étaient plus près. Je regardais les toits puis mes poursuivants. Mon choix était fait.

Je sautais.

25

Le grenier des enragés

« Boris, malheureux, tu ne sais pas ce que tu fais. Ici c'est le grenier de l'hôpital. Tous les malades incurables, toutes les maladies génétiques qui sont liées à une appartenance nationale ou religieuse. On les garde en quarantaine pour qu'ils ne contaminent personne. Sur chaque toit, une maladie d'une nationalité, d'une ethnie ou d'une religion. Tu n'as pas ta place parmi eux. Ils vont te dévorer tout cru. Tu peux encore être sauvé ! » C'était le cri d'un médecin perché au bord du précipice, bientôt rendu inaudible par celui de la foule amassée : « Mes frères musulmans. Cet homme est un fanatique juif, un tueur. Ne le laissez pas vivre parmi vous. Il doit mourir comme un chien. Poursuivez-le dans votre enfer. Faites-lui subir les douze châtiments sacrés. Nous avons confiance en vous, mes frères, vous que la vie a égarés ici. Vous saurez l'éliminer. »

Sur le toit où j'avais atterri, des hommes à l'allure de clochards, sans pieds ni mains, commençaient à ramper vers moi. Une longue langue sortait de leur bouche et laissait une traînée sur le zinc. J'étais arrivé dans l'enclos des hommes blessés. Les hommes poursuivaient leur reptation, la langue collée contre le sol et des glaires verdâtres s'écoulant lentement. Leur peau était craquelée et couverte de boursouflures. Je n'avais jamais vu ça. D'un bond, j'ai sauté sur un autre toit. Je suis arrivé chez les Italiens. Un groupe d'hommes, une vingtaine environ, de tous âges, me regardait avec indifférence. Je n'avais rien à faire chez eux. Je l'ai vite compris. Ils ne m'accueilleraient pas. Chez qui pouvais-je me réfugier ? Les Français ? J'en doutais. Les Turcs ? Ils étaient musulmans et seraient avant tout fidèles à leur religion. « Mes frères, ne le laissez pas fuir. Éliminez-le. » Dans cet enfer, il ne se passait rien. C'était la foire aux animaux humains. Il n'y avait pas besoin de grille car la zone était au bout de nulle part, confinée dans les derniers recoins de l'hôpital. C'était l'asile des immondices. Les malades baignaient dans leur jus. Et regardaient la nationalité voisine comme un pays hostile et dangereux. Les hommes ne paraissaient pas assez forts pour sauter de toit en toit. Les risques de contagion étaient donc minimes. Et puis qu'importe si toutes ces bêtes crevaient…

Extrait du rôle infirmier – 15 au 16 juillet

Garde.
Fébrile depuis la nuit dernière. Aspiration naso-bronchique légèrement **sanglante.**

Si pas de selles cette nuit, faire Normacol* demain matin. Pupilles réactives, +/- parétique* à droite.

Communique mieux cet AM (mouvements du menton).

Où que je pose le regard, je voyais ces lambeaux d'hommes traîner un regard impavide et une peau sale. Certains étaient jaunes, d'autres verts ou noirs, couverts de verrues et de bubons. Leurs vêtements aussi étaient en lambeaux. Un parfum de soufre et d'éther envahissait cette prison à ciel ouvert. Les Italiens, maintenant, me fixaient. Ils ne voulaient pas de moi. J'ai quitté le toit d'un bond, semant la zizanie chez les Éthiopiens qui ont formé un cercle pour m'attraper. J'étais comme une gazelle prise au piège, ils poussaient des cris de chasseur et semblaient vifs sur leurs jambes maigres mais puissantes. Je me suis précipité dans le vide. Quelque chose, dont j'ignorais le sens, me poussait. Quelque chose qui disait : « Va, cours, ne te laisse pas rattraper. » Je ne savais même plus ce qu'il y avait au bout, je ne m'en souciais guère. J'étais à nouveau seul, dans la nef des infectés. Des filets étaient tendus au-dessus des toits au cas où l'un d'entre nous aurait voulu s'échapper, fuir par le haut. Les malades qui m'ont accueilli sur un autre toit n'avaient même plus la force de me poursuivre, affalés sur des paillasses à fumer des mégots noircis et à boire quelque alcool blanc dans des bouteilles de plastique. D'une saleté repoussante, ils pourrissaient sur place. Ils plissaient les yeux et riaient en silence de quelque blague qu'eux seuls pouvaient comprendre. J'ignorais leur maladie. J'ai sauté de nouveau. Je me demandais quelle nationalité pourrait m'accueillir. Ma belle-mère était une femme célèbre en Norvège, parmi les plus populaires de ce pays. Peut-être les Norvégiens accepteraient-ils de m'accueillir et de me protéger ? J'ai sauté ainsi de toit en toit pour trouver le pavillon norvégien. Lorsque je suis arrivé en vue des pays scandinaves, j'ai compris mon erreur. Le toit norvégien était d'une propreté immaculée, un dessin ornait d'ailleurs le mur mitoyen ; c'était une allégorie sur les mérites de la nation. Ils étaient, hommes, femmes, enfants, d'un blond parfait et d'une robustesse sans pareille. Je me leurrais si je croyais pouvoir les rejoindre. Jamais ils n'accepteraient un pou malade comme moi. Un noiraud turc, juif et crevant de trouille. Je n'aurais pas ma place chez eux. Je n'avais, en fait, aucun endroit où aller. Certains, lorsque je posais le pied sur leur sol, me crachaient dessus, comme des chats. Ils ressemblaient à des animaux, se déplaçaient comme des araignées et voulaient me prendre dans leur toile. D'autres s'approchaient de moi par-derrière et me collaient leurs mains baveuses sur le nez, la bouche ou les oreilles. Ils voulaient me transmettre leur infection. Je sursautais et fuyais. J'entendais leurs cris lourds tenter de me retenir, comme si on leur avait enlevé une bonne surprise. Bientôt, le cri s'est mué en chant et tous poussaient en mesure un « euh » retentissant. Un rythme beuglé qui disait : « L'ennemi est parmi nous, chassons-le, tuons-le, ne lui laissons pas de répit ! »

D'en haut, les infirmiers contemplaient cette chasse à l'homme où la proie seule se déplaçait et s'enfonçait toujours plus avant vers le danger. Dès que j'arrivais sur un toit, les habitants rejoignaient le chœur. C'était un battement qui me contraignait à fuir, comme si j'entendais la menace. Ici, il n'y avait plus de nationalités mais des grappes de malades atteints de virus si invalidants qu'ils les rendaient méconnaissables. On aurait dit des zombies aux couleurs vives et à la peau en lambeaux. Je n'en pouvais plus. Sur chacun de ces toits, un verre à pied élégant contenait les crachats des habitants. Curieusement le liquide était limpide, clair comme de l'eau de roche. Je voulais braver les interdits et leur montrer ma force, je voulais les rejoindre et perdre toute conscience. Je regardais le verre puis les miséreux qui l'avaient rempli. Ils étaient enturbannés et jaunes. Leur regard était empli de souffrance. C'était tout ce qu'ils avaient réussi à gagner : une maladie puissante, un venin tel qu'il les avait détruits, réduits à une ombre de vie. Je me précipitais sur le verre et je le buvais. Une gorgée à peine et c'était fini. J'allais maintenant les rejoindre et m'affaiblir ici parmi les rebuts de l'humanité. Dans ce purgatoire des corps. Dans LE passage, la vie vous révèle et mon dégoût de moi-même ne faisait que s'accentuer. J'avais envie d'en terminer, de construire ainsi mon grand œuvre. Je boirais tout. Je sentais dans ma gorge l'odeur des glaires et l'envie de recracher, de me libérer de l'horreur. Mais j'avais décidé de les ingurgiter, de les ingérer jusqu'à en crever. « Parmi les naufragés, je serai le pire », me disais-je. Sur les toits, les hommes étaient de moins en moins nombreux et les maladies de plus en plus sérieuses. J'avais l'impression de déguster des calices toujours plus précieux. Chaque fois, je soulevais le verre, je regardais le liquide à la lumière grise, certains étaient à peine remplis, d'autres débordaient, je regardais les mouvements légers du liquide dans le verre. Je me hasardais à sentir l'odeur du poison, et je l'avalais aussi sec. En déglutissant, mille flashes de violence faisaient exploser mon cerveau. Et je levais à nouveau les yeux sur les moribonds perchés dans un ciel de misère. Je parachevais mon aventure, goûtant singulièrement le seul exploit qui m'était autorisé : celui de m'empoisonner jusqu'à la lie et de n'être plus qu'une arme de destruction massive. « Je finirais peut-être par trouver mon refuge », pensais-je, celui où je serais seul puisque j'avais toutes les tares. Parfois, dans le grand verre à vin, il n'y avait qu'une goutte, un nectar miraculeux délivré à force de tentatives par des malades dont la salive avait disparu. Je la buvais avec avidité. Je triomphais dans cet instant car j'étais animé d'une haine féroce. Je voulais tout faire sauter, tout détruire, tout absorber.

Extrait du rôle infirmier – 15 au 16 juillet

Veille.	Normacol* non fait car **inexistant dans tout le service.**

En montant dans les étages de ces gradins en toit, je découvrais des enfants qui grelottaient les yeux révulsés mais m'avaient laissé, quand même, quelques gouttes de leur maladie. Je les buvais en les faisant miroiter dans le blanc de leurs yeux. Je m'élevais jusqu'au dernier des toits. Un garde-corps entourait ce toit des toits où nous étions une vingtaine, peut-être trente. La surface n'excédait pas cinquante mètres carrés et nous surplombions ce désert des malades. Ici, ils étaient noir de charbon et leur peau tombait comme de la poudre ; ils n'étaient plus des hommes mais des monstres. Ils psalmodiaient, agenouillés, sans attendre rien que de psalmodier encore et encore jusqu'à ce que leur voix s'éteigne. Être arrivé ici me plongeait dans un état de rage folle. J'ai bu le calice, noir cette fois, et j'ai hurlé de toutes mes forces : « Venez donc me tuer, espèce de culs-terreux, n'y a-t-il donc personne de plus malade que moi, dois-je finir ici parmi les faces de charbon ? » Le ciel blanc a renvoyé l'écho de ma voix et le beuglement rythmé de mes compagnons. Je criais à nouveau, un cri sans objet et sans sens, seule manifestation possible de mon désarroi. Je rejoignais la meute. Je devenais l'un des leurs. J'étais au sommet du purgatoire, si contaminé qu'ils me craignaient. Autour de moi, le vide s'était fait. Les autres malades n'osaient guère m'approcher. L'un d'entre eux m'a fait passer une cigarette d'une pichenette. Je me suis empressé de la coller entre mes lèvres. La pulpe de ma bouche était craquelée, celle de mes doigts cloquée de verrues, ma couleur n'était pas claire. À peine entre mes lèvres, la cigarette s'embrasa. J'ai fumé ce morceau de feu et contemplé le spectacle. Je savais ce qui était devant moi et sous mes pieds, je préparais ma vengeance. Ils allaient comprendre ce qu'il en coûtait de me martyriser et de me poursuivre.

J'étais là-haut et plus personne ne me voulait du mal. Je portais les maux, les virus, les bactéries, je portais tout cela, je l'avais fait mien. Et désormais je détruirais. L'outremonde était à moi. La horde de gueux que j'avais traversée m'appartenait, je les avais bus, ils m'accepteraient. J'ai fumé une autre cigarette et regardé en dessous. Affalés, mes hommes cultivaient la dépression de l'enfermement. Mais en eux, la colère grondait. Je l'entendais, elle était aussi en moi. Une colère immémoriale qui hurlait : « Vengeance ! » J'étais son bras armé. Je me moquais de ce qui adviendrait après. Je laissais la chose monter. Une voix s'élevait en moi, une voix que je ne connaissais pas, elle prenait forme doucement dans mon ventre et remontait jusqu'à ma gorge. Elle formait un pont entre ces deux points et s'étirait comme un muscle. Chaque seconde qui passait lui donnait de l'épaisseur, comme si elle se reconstituait après des centaines d'années d'absence.

Mon corps tout entier était absorbé par cette création. La voix était maintenant tapie dans ma gorge. Il ne faudrait plus que quelques instants avant qu'elle émerge. Un troisième larron m'a fait passer une cigarette – de toute façon, j'aurais besoin d'assistants – et une bouteille de tord-boyaux. Le liquide coulait sur mes cloques et les transformait en plaies ouvertes et fumantes par lesquelles il s'engouffrait dans mon corps. Ça y est, j'étais prêt. « RAAAH ! » C'était un rugissement sorti des entrailles de l'enfer, celui d'un lion et d'un singe. Il vous faisait exploser les tympans. Sa ligne grave faisait trembler la terre. Ce n'était plus un rugissement, c'était une secousse sismique, un signal. Le réveil de mon peuple venait de sonner. Le clairon était ma voix et il savait la reconnaître. Une parcelle de chacun y était contenue. Il y a eu comme un frémissement et puis un grand silence. Et la jungle des fous s'est réveillée. Mon peuple répondait à l'appel. Il se levait et hurlait à la mort. Les femmes et les enfants glapissaient. Oui, nous étions prêts. La voix en moi devenait de plus en plus forte. Elle ébranlait le monde.

26

L'assaut final

Le toit a sombré. Et nous sommes partis à l'assaut. Nous étions des centaines à vouloir crever les murs de notre monde. Du lointain un cri a retenti : « Il y a une faille, nous sommes foutus ! »

Ce qui est advenu alors est inexplicable. Le monde a craqué. Le système de protection a lâché et la toile s'est crevée. L'immeuble a basculé, il était de guingois, penché sur le côté. Et le ciel gris était ouvert, laissant entrevoir, derrière, un monde noir. Une alarme a retenti. Les hostiles – c'étaient nous – allaient tout défoncer. La horde, car il ne s'agissait de rien d'autre, a pénétré le monde par ses toits. Elle était assoiffée de sang et de chair fraîche. Nous allions transmettre, contaminer, inoculer. L'épidémie globale. L'homme deviendrait à notre image, vérolé, puant, pullulant, pustuleux, nécrosé. Il était temps qu'ils découvrent la vérité :

les barbares étaient cachés au-dessus de leur tête ! Le secret devait être dévoilé. J'étais l'instrument de cette libération.

Mais je n'étais qu'une étincelle. J'étais débordé par l'enthousiasme de mes troupes. La voix m'avait fui, tandis qu'une vigueur sans pareille avait retrouvé mes camarades. Sous leurs pantalons, des bosses, que dis-je, des montagnes tendaient le tissu. Tout en nous exsudait la force et le désir. Les plus habiles s'étaient jetés sur les rames de métro qui circulaient à côté et s'étaient offerts à la population des wagons. Un empoisonnement massif, voilà ce que nous étions en train d'accomplir.

Au fur et à mesure de notre avancée, la ville se colorait de vert et de marron, elle perdait de la consistance. Les matières solides s'effilochaient, fondaient en une mélasse inquiétante. Nous prenions possession de Paris. Les passants et les femmes fuyaient en courant mais il n'y avait rien à faire, nous étions partout comme des vampires. Cela ressemblait à un massacre, une libération de violence pure. J'accompagnais la progression des affamés. Je n'étais même plus le chef de meute. Ils m'avaient oublié. Ils violaient les femmes avec leurs sexes démesurés, on entendait les tissus vaginaux craquer. L'un d'entre eux possédait un sexe pareil à un canon et enfilait plusieurs femmes sur cet engin, comme si elles étaient des anneaux. Il avait une tête tout en dents et un teint cireux terrifiant. Sa bite aussi tirait sur le vert, elle paraissait solide comme un roc. Le type jouait avec elle et cherchait de nouvelles cibles que ses compagnons lui offraient en pâture. En comparaison, les Vikings étaient des anges. Nous allions en finir avec ce monde pourri et hypocrite, ce monde de convenances.

Mes fous entraient dans les immeubles et les dévastaient avec soin. Ils ressortaient par les fenêtres pour attaquer le suivant. Perché sur un quai de métro, je les voyais éventrer les frigos et s'empiffrer avec les pâtées pour chien. Ils n'avaient aucun savoir-vivre. Ils étaient le cœur refoulé du monde, sa vérité cachée. J'étais comme eux, mais sans la faim ni la soif. La peur m'avait quitté. Je regardais le monde se défaire et me demandais où serait ma place. J'avais honte aussi, un peu. Ce déferlement, cette haine, venaient-ils vraiment de moi ? Pourquoi avais-je fait cela ? Pourquoi avais-je voulu un monde au diapason de ma perte ? Car le défouraillage continuait de tous côtés. Certains s'adonnaient à des libations sur le quai du métro. Hommes et femmes avaient organisé des banquets et jouaient avec les mets et les esclaves. Cela regorgeait de fruits et de corps. Des pyramides des deux et des parties de sexe. L'un de mes lieutenants – enfin je le pensais – en était le maître d'œuvre. Il m'a invité à les rejoindre : « Regardez qui voilà, le grand malade, le grand fou à qui nous devons notre liberté ! Offrons-lui des femmes et faisons-le jouer. Qu'il découvre avec nous nos petits apéritifs. » Sans que je m'en sois aperçu, mon sexe tendu était dénudé. Je n'osais le regarder tant il était devenu gros, difforme. Des femmes à demi nues s'étaient mises à le lécher en maints endroits. Mon sexe, d'ordinaire normal, avait décuplé. La parole n'avait pas sa place ici. Le plaisir non plus. Pourtant la situation était équivoque, l'une d'entre elles m'ayant introduit en elle dans des proportions insoupçonnables pour moi. Elle remuait mais loin de moi. Je voulais la toucher, sentir son corps, son odeur, sa chaleur. Mais mon sexe était trop grand. Il l'éloignait. Elle vint à bout de ce qui ressemblait à du plaisir. Son sexe était béant, meurtri et saignant mais une autre esclave contaminée vint recueillir ses sucs et s'offrir à moi.

Extrait du rôle infirmier – 15 au 16 juillet

Jour.
Aspirations productives seulement après le décubitus* latéral droit. Sinon presque rien, on récupère à peine ce qu'on instille => épanchement à gauche ? **Hyperthermie** à 8 h. **Pupilles réactives mais parétiques*.** Famille : coups de tel en deux minutes de plusieurs personnes.

Je refusais en me détournant, et mon lieutenant en profita pour m'amener à leurs jeux. « Tiens, viens, assieds-toi, tu vas manger ! » Il m'assit sur un banc du métro et installa en face de moi une jeune femme. « Veux-tu une olive ? » J'acquiesçai. Deux brutes s'installèrent autour de la femme et lui placèrent la main face à un fusil à air comprimé. Elle semblait heureuse. La dernière phalange de son index, celle qui était liée à la paume, était devant le canon. Elle se réjouissait et minaudait, tortillait son bassin et se frottait contre les hommes. Je ne voyais pas où étaient les olives. Et puis le coup est parti. La phalange sectionnée s'est élevée dans ma direction. J'ai ouvert la bouche et l'ai réceptionnée. Je l'ai avalée sans y penser. C'était ça, l'olive. J'ai observé la fille. Je m'attendais à la voir en pleurs, agenouillée. C'était tout le contraire, elle rigolait, montrait le trou laissé par l'olive à tout le monde et commençait à caresser l'un des pirates. Au bout d'une minute, sa phalange avait repoussé.

J'étais dégoûté. Nous avions conquis le droit d'en finir avec ce monde policé, ce monde de gens propres et nets, ni malades, ni fous. Mais mes camarades n'avaient rien d'autre à proposer. Oui, mon ami, c'était cela : nous allions vous tuer, et vite. Vous alliez mourir, par nos mains, par nos sangs, par notre haleine puissante. La rue était une jungle de feu et d'ordures. Paris ressemblait maintenant au ghetto de Varsovie. Le même état de délabrement, la même folie libérée. Je déambulais sans but, je voulais retrouver un peu de civilisation.

Peut-être avais-je mal jugé de ma place ? Peut-être LE passage m'avait-il révélé à moi-même. Une sombre brute parmi les autres. Maintenant que nous sommes l'un et l'autre face à face, je continue à m'interroger. D'où vient-elle cette violence que j'ai libérée ? Le meurtrier a-t-il toujours été là ou est-ce la maladie qui l'a créé ? Tu crois cela sans importance ? Tu te trompes, mon ami. Tu penses encore qu'un fait est un fait, toi ? Tu vois pourtant, au milieu de cette guerre, j'ai été pris de remords ; la solitude me pesait, il n'y avait plus personne avec qui parler ou à qui se justifier. Mes compagnons de voyage, ces malades de tous les pays, étaient trop affectés pour moi. Ils avaient accepté la mort de Dieu et du monde. Ma famille m'avait perdu dans ce déluge de haine à l'hôpital. Ces trois jours s'étaient transformés en une apocalypse. Ils mourraient contaminés, eux aussi. Je ne pouvais pas les sauver, je ne le voulais même pas. Je marchais sous les arcades du Louvre. La cour Carrée, la pyramide, tout était vide. Seules quelques voitures passaient en trombe sur les pavés. Des officiels qui cherchaient à se protéger. Dans un coin, accrochée au plafond, une télévision diffusait les nouvelles. Il était question de l'Iran, de son président nouvellement élu et de la condition des femmes. Je regardais les images défiler lentement.

Des femmes témoignaient à visage découvert, signe ostensible de rébellion. J'étais absorbé par l'écran, comme si la vie normale continuait, comme s'il était encore possible de prendre fait et cause pour des hommes et des femmes, comme si l'agonie n'était pas ici et maintenant. Sur l'écran, des silhouettes noires glissaient le long d'un mur, dissimulées sous d'épais voiles et des lunettes de soleil. Elles parlaient à voix basse et avec une féminité débordante. Elles avaient un corps, une voix, des convictions. L'une d'entre elles était une intellectuelle reconnue. Je l'admirais. Ce feu, cette conviction, depuis combien de temps les avais-je perdus ? Dans ce coin de Paris touristique, il n'y avait personne. J'en profitais pour avancer tranquillement et réfléchir. L'émission sur l'Iran avait été interrompue par un flash spécial sur la destruction de Paris. Selon eux, un virus avait contaminé l'atmosphère. Partout des médecins cherchaient à l'isoler et à trouver des anticorps pour l'éliminer. En attendant, la télévision conseillait de se calfeutrer chez soi et de n'ouvrir à personne. Alors les médecins pensaient s'en sortir ? Ils ne savaient pas que la circulation du virus était volontaire, qu'une meute de loups en rut cherchait à le diffuser, à le répandre partout. Ou alors, ils le cachaient pour ne pas affoler les ménages.

Au-dessus de moi passaient des hélicoptères. Ils déversaient une pluie décontaminante. Une odeur montait ensuite, une odeur écœurante d'éther et d'hôpital. Cela sentait le désinfectant. J'ai dégluti à plusieurs reprises, je craignais de vomir. La tête me tournait. Il fallait que je m'éloigne, que je m'enferme loin de cet épandage infect. Je me suis enfoncé dans la galerie du Louvre. C'était ici qu'ils s'étaient réfugiés, les hommes. Comme toujours, dans les sous-sols. La galerie grouillait de monde. Les gens vaquaient à leurs occupations, ils cherchaient à faire des provisions pour tenir la durée du siège. En descendant les escalators, je riais intérieurement. Mes camarades me suivraient bientôt. D'ici peu, on trouverait des couches et du sucre par terre, ces braves gens seraient morts. La haine était plus forte que moi. Les bactéries et les virus que j'avais ingurgités feraient leur office. Chacun de ces hommes était si occupé par sa petite survie qu'il ne prêtait pas attention à moi. Ma seule proximité signait pourtant leur arrêt de mort. Je suis entré dans un supermarché, histoire de me mêler à la foule. L'odeur de désinfectant était toujours présente, hostile, me rendant hagard. J'essayais de ne pas y penser. J'allais moi aussi faire des courses, toucher les aliments. J'ai renversé un pot de fromage blanc frais, il s'est étalé par terre. Sans comprendre, je me suis précipité à quatre pattes et j'ai léché le sol. Je n'étais plus maître de rien. Le fromage blanc a viré au vert à mon seul contact. La tête me tournait, plus fort. Les hommes me regardaient, ils me montraient du doigt. Eh oui, quoi, j'étais malade, j'étais fou de douleur et de honte. Je me suis relevé. Ils allaient voir, eux, ces salauds, les bien portants. Je n'allais faire qu'une bouchée d'eux. La foule, maintenant, essayait de fuir le supermarché ; ils avaient laissé leurs achats en plan. Ils avaient compris. J'étais malade, le malade… Ils avaient côtoyé le virus. Une lumière étrange émanait de moi. Les télévisions à l'intérieur du supermarché continuaient à diffuser les nouvelles de la ville.

Extrait du dossier médical – 16 juillet

Dr D. (praticien hospitalier).
J21 du début.
J16 de l'**intubation.**
J13 de la **tétraplégie.**

Aucune amélioration motrice avec persistance de quelques mouvements très discrets du menton.

Aucun mouvement des 4 membres, ni occlusion, ni ouverture palpébrale.
Pas d'ouverture buccale, abolition des réflexes ; pas de dysautonomie*.
Surinfection bronchique et ORL très probable.

Fièvre,
pas de foyer radio.
Seul résultat **positif :**
chlamydia pneumoniae.
Suit le traitement.
On arrête ce jour tous les antibios.

Partout la situation empirait, dans les rues désertées, des hordes de malades avançaient, infectant le monde. Des journalistes apeurés témoignaient dans la rue, avec dans le regard, la crainte de voir un malade approcher et les contaminer. Mais le micro était droit et leurs paroles sincères, ils racontaient la désolation en cours. Une vague meurtrière s'était abattue sur Paris, on avait libéré les fauves. Les journalistes formaient les dernières proies visibles. Dans le magasin, je glissais sur les produits abandonnés à la hâte par les clients terrifiés. Les bouteilles s'étaient brisées, les sacs avaient été éventrés dans la bousculade. Je décidais de faire moi-même quelques courses. Je me suis dirigé vers le rayon des produits frais. Dans cette odeur lancinante d'éther, il me venait une envie de poisson, de saumon, comme s'il pouvait me soulager et me protéger contre l'avenir. Au moment où ma main allait en attraper, il s'évanouissait, se volatilisaient complètement. Mes mains provoquaient des trouées dans le réel, elles effaçaient le monde. Je ne sais pourquoi, je me suis soudain senti en danger. J'ai posé la main sur tout ce qui m'entourait. Dès que je les touchais, les objets se volatilisaient. J'étais l'égal d'un dieu, je pouvais décider de ce qui méritait d'exister ou non. Ce pouvoir m'étourdissait et m'effrayait. J'ai lâché la bride à mon désir et ai entrepris d'effacer ce magasin.

J'étais capable de dissoudre l'univers, d'en terminer avec la réalité. Je m'acharnais à la tâche quand j'ai entendu une voix à la télévision. Mon cœur s'est serré. J'avais comme une attaque. Je m'effondrais sur le sol. J'étais à genoux, implorant. Caroline me parlait à travers la télévision. Elle était inquiète. Comment allais-je faire pour la protéger, comment ferais-je pour éviter que mes brutes de compagnons ne l'éliminent ? Aucune de ces pensées ne m'avait effleuré jusque-là. Mon corps lui-même vivait ce duel. Une part de moi voulait ignorer ma compagne et assouvir sa soif de destruction, l'autre voulait la sauver, lui épargner les souffrances de la contamination et la folie ravageuse de mes troupes. Caroline. Sa voix m'atteignait à peine. Sur l'écran, il n'y avait plus personne, les journalistes avaient fui. Seul un menu déroulant donnait les dernières nouvelles.

Mais, au rythme où progressait la contagion, elles étaient déjà défraîchies. La voix de Caroline me parvenait du poste. Elle me voyait semble-t-il à l'aide de caméras. « Boris, je sais que tu es là et que tu m'entends. Il faut que tu t'accroches à moi, à nous, à la vie que nous avons eue. Les médecins cherchent tous une solution. Ils cherchent les toxines qui sont en toi. Si on arrive à les identifier, tout ira bien, ce sera simple. On trouve les anticorps ou le moyen de les détruire et on n'en parlera plus. La vie retrouvera ses couleurs, tu comprends ? » Je ne comprenais que trop bien. J'observais cette supérette vide, la lumière orange des ampoules, la musique d'ascenseur en fond sonore et les produits étalés sur le sol, certains rayons à moitié effacés.

J'étais la clé de leur problème. Toutes les toxines étaient en moi. S'ils parvenaient à m'analyser, ils trouveraient une solution, un vaccin, un antiviral. Je sentais le combat dans mon ventre. Caroline me parlait. Je voulais la sauver, la gracier. Mais mon corps bouillonnait, des bulles remontaient dans ma trachée. Elles étaient vénéneuses. La force de la maladie était organique, elle aspirait à persévérer. La voix de Caroline était son ennemie. Tout mon corps la rejetait, il voulait tout dissoudre et assombrir ce monde. Personne ne méritait de vivre. « Boris, si tu m'écoutes, fais-moi signe, ouvre-moi la porte ! » Je l'entendais. Mais que pouvais-je faire ? Je touchais les sacs de farine éventrés, les faisant disparaître. Je sondais mes humeurs, cherchant à comprendre si je pouvais préserver ma compagne. Mais non ! C'était trop tard, tout était détruit, cassé ; la pourriture me poussait sur la peau. Il n'y avait rien à sauver, rien à aimer. Tout devait disparaître. La voix persistait : « Ils disent que s'ils trouvent la ou les toxines et s'ils identifient les combinaisons, ils pourront tout mettre en œuvre. Il faut juste que tu les aides, que tu acceptes qu'ils t'examinent. Tu veux bien ? » Je ne savais pas quoi dire ni quoi faire. La voix de Caroline me pénétrait, elle tournait dans le magasin avant de s'introduire dans mes oreilles, c'était comme un écho réconfortant venu d'un pays étranger. Un souvenir de l'enfance, de l'amour. Sa voix était un vent inspiré ; il calmait mes ardeurs. Mes bras retombèrent sur le sol. J'écoutais son silence. Qu'allait-elle dire pour atténuer ma haine ? J'entendais son souffle fort réchauffer le magasin.

Extrait du rôle infirmier – 16 au 17 juillet

Garde.
Fébrile cet AM. **Pas stable** mais pas de dysautonomie*.

Aspirations très abondantes après mobilisation
=> **atélectasie*** ?
Communique moins bien cet AM

(mouvements du menton +/- perceptibles.) Pupilles réactives, droite toujours **parétique***.

Tout était sale ici, les néons, les étals, les frigos. L'odeur d'éther empestait la pièce. Je me sentais si seul, perdu. Soudain, des chiffres apparurent devant ma rétine, sur l'écran de contrôle de mon visage. Les médecins avaient profité de la liaison avec Caroline pour commencer à me tester. Des colonnes verticales de chiffres défilaient devant mes yeux, certains apparaissaient puis disparaissaient, d'autres étaient barrés. Ils cherchaient à trouver mon ADN ou quelque chose du genre. Comme ça, ils pourraient identifier les anomalies : je les portais toutes. Je les avais toutes ingurgitées et je m'en étais délecté. J'étais l'homme le plus empoisonné du monde et je vivais encore. « C'est bien, Boris, continue. Tu vas y arriver mon chéri, laisse-toi faire. C'est si simple, mon amour. Toi seul peux savoir tout ce que tu as attrapé. Et si tu as survécu, grâce à toi d'autres survivront. » Les chiffres défilaient devant moi comme si j'étais un ordinateur, c'était mon code-source, ma matrice. Les médecins devaient être des dizaines, peut-être même des centaines à l'analyser, cachés dans des blockhaus sanitaires, protégés par des bâches en plastique et des désinfectants. Ils ne risquaient rien, ces sauveurs de l'humanité, à l'abri derrière leur science. J'imaginais Caroline avec eux, c'était mon seul espoir. « Ce qu'on voit dans les hôpitaux est si terrible, mon amour. Les familles arrivent par vagues entières, comme les survivants d'une frappe aérienne. Ils sont en haillons, le corps brûlé et meurtri. Ce ne sont plus des hommes, ce sont des bêtes. Ils avancent par grappes de trois ou quatre, ils crient, ils meuglent. Ce sont des corps brinquebalants. Les infirmiers et les médecins tentent de canaliser l'afflux, de créer des cordons sanitaires, de trouver des remèdes. Mais ils meurent tous comme des mouches devant les hôpitaux. Ils arrivent là et ils s'effondrent, convulsent et trépassent. Et nous, nous sommes obligés de les regarder, sans même esquisser un geste. Si on les approche, ce sera notre tour. Alors on se tient à distance et on regarde l'humanité bafouée. Je ne peux plus le supporter. Il faut que tu t'en mêles, que tu donnes de toi-même et qu'on s'en sorte, il faut que tu nous livres la clef, mon amour, sinon ce sera la fin. »

Les types cherchaient encore. Plusieurs colonnes de chiffres étaient venues s'ajouter à la première. Je n'y comprenais rien moi-même. Parfois, ils entouraient un chiffre, tiraient un trait et prenaient des notes. Des X et des Y s'étaient ajoutés aux chiffres, et des 0 et des 1 aussi. Tout y passait. J'étais scanné, laserisé, étudié dans des dimensions de moi-même que j'ignorais. Ma vie était dans ces poisons, pas ailleurs. Mais eux persistaient dans leurs recherches, ils pensaient trouver autre chose, des indices, des toxines, des virus, des anomalies génétiques. Ils n'avaient rien compris. C'était une histoire de vie ou de mort, une histoire de bête, d'animal traqué. Leur savoir ne les mènerait qu'à des impasses. Il fallait qu'ils me comprennent, qu'ils identifient mon double. Celui qui avait voulu en finir, mourir, s'empoisonner de ces breuvages ignobles, il fallait qu'ils comprennent l'aspiration au mal et à la souffrance qu'il y a en tout homme. Sans cela, rien ne pourrait les aider. Pourquoi aller trop loin ? Pourquoi pousser le vice à son paroxysme ? Ils ne trouveraient pas la réponse car elle n'était pas en moi. Elle était en eux, comme en chacun de nous. Nous ne portions plus désormais que cette part-là, mes acolytes et moi. Nous l'avions faite nôtre, épousé la cause. C'était leur faute. Ils nous avaient parqués là comme des bêtes, sous un ciel de néon. L'électricité nous servait de jour et le toit de ciel.

Nous étions enfermés sans droit de visite ni même reconnaissance officielle, des monstres relégués dans les recoins de l'hôpital. N'avaient-ils pas quelque responsabilité à nous avoir laissés ainsi ? N'était-ce pas une juste révolte ? Mon corps avait crié. On ne le laissait pas mourir en paix, on le poursuivait, on le traquait jusqu'à le transformer en venin. Nos corps étaient devenus des armes. Eh, fallait-il en avoir honte ? Fallait-il s'incliner devant cet ordre injuste ? La haine était née de leur chef, ils en portaient la responsabilité. Les chiffres qui défilaient sur ma rétine comme un cours de Bourse ne révéleraient rien, sauf s'ils parvenaient à isoler cette part de moi, mon frère de haine. Caroline me tenait au courant des avancées de leurs recherches : « Ils progressent bien, tu sais. Ils ont déjà identifié neuf cent quatre-vingt-sept virus et toxines en toi. Il paraît que ta peau frémit et vibre sous l'effet des substances qui circulent. Tes nerfs sont si atteints que de petits points noirs en marquent le parcours, comme si tu étais tatoué. Ils n'ont jamais vu ça. C'est extraordinaire. Si tu savais comme ils veillent sur toi, Boris. Pour eux, tu es une Bible. Ils tentent de te lire comme les manuscrits de la mer Morte. Tu contiens tant de données qu'ils ne savent plus par où commencer ni ce qu'il faut croiser ou non. » Je les imaginais bien, ces jardiniers de la science, en train d'ausculter mon corps, s'émerveillant de ses capacités de résistance autant que de sa prolifération bactérienne. Je voyais leur mine contrite, parfois songeuse et, derrière le voile sérieux du regard, la jubilation du chercheur qui a enfin trouvé un cas à sa mesure. Caroline était une éponge, elle absorbait leurs sentiments, elle voulait se réjouir. Avait-elle pensé à ce qu'ils feraient de moi une fois leur besogne terminée ? Avait-elle pensé qu'ils me mettraient à nouveau en compagnie des déchets humains, dans la réserve pour malades ? Avait-elle songé que je n'avais toujours pas de lieu où mourir ? Il me fallait une sépulture, une tombe... Un lieu à moi où je pourrais trouver un semblant de paix. Et eux, que me proposaient-ils ? Rien.

Extrait du rôle infirmier – 16 au 17 juillet

Fébrile cette nuit à 39°.

Ils s'excitaient maintenant car la contamination progressait. La mort faisait son chemin doucement au-dehors, elle livrait ses palanquées de cadavres, sans distinction de race ni de sexe ni de religion. Elle prenait tout ce qui était doté de vie et le restituait, simple morceau de chair exsangue. Ils prenaient peur, faisaient des tableaux comparatifs. Ils devaient trouver, sans cela l'apocalypse aurait bel et bien lieu. Ils jouaient contre la montre tandis qu'agenouillé je leur avais livré les portes de mon corps. Leurs voix remontaient en moi comme des engins lancés à grande vitesse, elles me remontaient l'échine et me faisaient frissonner. J'étais parcouru par leurs recherches. Ils me testaient et pestaient. Ils ne trouvaient pas, une part de moi leur échappait. À l'extérieur, des rues dévastées comme après une émeute. Des carcasses de voitures brûlaient et une odeur de chair avariée montait à mes narines. Soudain, les médecins m'ont appelé : « Ça y est, on a tout décodé. On est prêts. On prépare les doses. » Alors, devant moi, apparaissaient des tubes, des éprouvettes. Ils se remplissaient d'un liquide bleu turquoise et très dense. C'était mon sang. Deux tubes à côté étaient rouges. Une pipette passait, lâchait une goutte et les tubes viraient au bleu comme le mien. Ils avaient trouvé la formule protectrice, le graal de la survie. La combinaison parfaite de tous les maux de la terre : mon alliage. « Boris, mon chéri, ça y est, tu es sauvé, ils ont trouvé ce que tu as, ils ont tout trouvé, tout identifié. Ils vont te sauver. »

Tu as compris maintenant ? As-tu deviné où nous sommes ? Les choses sont-elles plus claires pour toi ? Tu as besoin d'aide, peut-être. Je ne sais plus, tu comprends. Je suis là dans le halètement régulier de mon respirateur, sous les yeux menaçants de l'espion et je ne sais plus. Quand je te le raconte, je sens bien que tout cela paraît incohérent, délirant. Personne ne meurt plusieurs fois, pourrais-tu ajouter. Mais... en es-tu sûr ? Cette plongée dans LE passage n'est pas irréelle, ce serait trop simple. Non, c'est un voyage au cœur de la mort. Et un révélateur pour les hommes, en tout cas pour moi. Comme tu le vois, je ne me montre pas sous mon meilleur jour. Caroline pouvait encore me dompter. Je me nourrissais de l'espoir de la revoir. L'espoir est un mot faible. Tu comprends, elle était le bout de mon voyage, comme un point fixe au milieu de mon ventre, une pierre noire. Plusieurs fois, j'ai cru la perdre, laisser couler, penser à autre chose. Mais, chaque fois, elle est revenue me tirer de mes forêts obscures. Tu vois, ce n'était plus une personne ou un corps, ce n'était plus vraiment un être humain ou des souvenirs, c'était son prénom et la présence qu'il évoquait, l'attente qu'il faisait naître en moi. Tout cela est si réel, si vivant. Quand je ferme les yeux, je revois l'un après l'autre les artificiers, les médecins, les malades des toits. Les terroristes qui avaient juré ma perte. Tu vois, cher ami, je ne suis pas celui que tu crois. Je ne suis pas un sphinx d'un calme redoutable, je suis un fou perdu dont la vie cherche à percer. Un fou meurtrier et un héros.

Car, au-dehors, des colonnes de malades se voyaient administrer un sérum, mon sérum. J'en étais l'unique et seul architecte ; c'était l'œuvre de ma vie. Je voyais les visages verdâtres revenir à cette complexion chair si courante chez les humains, les corps couverts de verrues s'en débarrassaient miraculeusement. La vie reprenait ses droits dans un air de fête. Le ciel si sombre était bleu, maintenant. Je laissais ma tête retomber sur le sol du magasin. C'était fini. Caroline m'avait empêché de nuire. J'ai fermé les yeux et rêvé un instant de nuit noire.

Lorsque je les ai rouverts, un goutte-à-goutte coulait dans mon bras. Un médecin me parlait. Nous étions sur une digue devant une mer puissante et démontée. Une grue haute tenait, suspendu, un bloc de béton entouré de chaînes d'acier brossé. Pas une fenêtre visible. Le médecin était accompagné d'un orchestre de rue et d'une longue procession. J'étais attaché à la perfusion, je ne pouvais pas bouger. Je me tenais droit comme au garde-à-vous. Le discours a retenti : « Nous enterrons ici l'âme damnée de Boris, cette âme rembrunie par mille poisons plus noirs que la mort. Nous les enterrons ici avec un corps. Celui qui les porte les gardera ainsi. Boris est des nôtres mais il sait qu'une part de lui est abritée dans cette cellule de béton. Ce que nous enterrons dans cette digue, et dans le port de notre ville, c'est l'épidémie qui a manqué causer sa perte. Une épidémie dont le monde se souviendra, une épidémie que les enfants des siècles prochains viendront admirer, enfermée dans son cube. Boris a demandé à être enterré avec mais nous avons refusé ce sacrifice. Il restera avec nous et vivra. Sa part morte sera en bas. Au moment où la cellule touchera le fond, peut-être ressentira-t-il un pincement, une douleur au cœur. N'oubliez pas qu'une part de lui demeure dans ce sarcophage et qu'il a accepté qu'on les sépare. Ainsi, mes enfants, vous vivrez ! » La grue a lâché le cube dans l'eau. Quand il a rencontré le sol vaseux, mon cœur s'est ébranlé. J'ai fermé les yeux. Je croyais enfin avoir rencontré la paix.

27

Le double fond

Je me trompais, cher ami. Mon enfer commençait tout juste à prendre forme. Je croyais pouvoir m'endormir sur mes lauriers. Après tout, il n'est pas donné à tout le monde de sauver deux fois le monde. Mais je devais me rendre à l'évidence : la vie des héros ne s'arrête jamais. Tu te moques, hein, maintenant ? Tu te dis : mais quel héros tu fais, là, couché dans ton lit, paralysé. Tu vois, arrivé à ce point de mon histoire, je vois bien que tu me prends pour un de ces don Quichotte qui s'inventent des ennemis pour mieux en triompher. Tu voudrais que je m'incline devant la réalité. Je ne suis qu'un pauvre malade, un jeune homme qui s'invente une épopée pour ne pas sombrer dans la folie. Tu te dis même, mais comment fait-il pour ne pas devenir fou ? Tu te demandes ce que tu ferais, toi, si tu étais comme moi, coincé dans ton corps, à attendre une étincelle qui peut-être ne viendra pas. Tu voudrais crever ? Sûrement mais que sais-tu, toi, de la réalité, que sais-tu des soubassements de la vie, des territoires sombres où s'agitent les fantômes de mon espèce ? Si je te dis que la vie, notre vie, laisse des marques indélébiles, des marques que ni toi ni moi n'apercevons, trop absorbés que nous sommes à tracer notre chemin. Ces marques sont comme de petites entailles, les plaies qui se raviveront le jour venu. Pour moi, ce jour est arrivé, vois-tu, je parcours toutes ces entailles, les unes après les autres, je les affronte, ces blessures que la vie m'a laissées. J'y ai plongé jusqu'à la noyade. Alors oui, je peux te le dire, j'étais un héros.

Je suis encore au fond du sarcophage, ici, avec toi. Et j'étais aussi dans cette ville enflammée par mes virus, où des milliers d'hommes et de femmes étaient morts. Tu comprends, je sentais la fumée rose peu à peu sortir de moi, s'évacuer par tous les orifices. Je résistais même à l'arrivée de mes parents, mère et père en pleurs devant mes yeux. Se délestant des larmes contenues pendant trente ans, des humiliations et des rancœurs, et puis, bien sûr, de l'amour qui ne trouvera plus où s'épancher. L'amour coagulé dans la gorge, la bouche, l'amour séché sur le bout de la langue. À cet instant, je ne savais plus. Déchiré en deux, sous les mers, et là, au milieu des miens. Pouvait-on me sauver encore, trouverais-je un lieu où vivre, quelles séquelles allaient laisser tous ces virus qui avaient transité en moi, les balles, la bombe… Et Caroline où était-elle ? Celle pour qui j'avais renoncé à détruire leur putain de monde. J'aurais pu tout effacer et je ne l'avais pas fait, je m'étais arrêté dans mon geste parce que sa voix m'avait supplié. Qu'allions-nous devenir ? Et où étais-je demeuré : dans le sarcophage ou dans ce monde vicié ? C'est là que j'ai commencé à me dédoubler. La réalité n'est pas unique, tu sais, elle a plusieurs dimensions. J'avais pris place dans un double fond.

Extrait du rôle infirmier – 16 au 17 juillet

Jour.
Départ au scan thoracique à 11 h 30 => **sinusite**, foyer bilatéral.

Hypotension au retour du scan pendant le transport. Fébrile puis subfébrile.

Lavement vaseliné fait. **Aucun mouvement de paupière ni de menton** ce jour.

J'étais au cœur de la nuit et, dans cette nuit, j'avais trouvé mon chemin, ma compagne, Caroline. Autour de moi, tout n'était que ruines et désolation. Immeubles éventrés, rues jonchées d'éboulis et de détritus. Et, au milieu de ce désert, j'avais créé une maison. Caroline était là, avec moi ; je lui tenais la main et nous sommes entrés à l'intérieur. Elle ne manquait pas de s'émerveiller devant l'attention que j'avais portée aux détails. Les fleurs un peu fanées disposées sur le vaisselier dans l'entrée, la salle de bains aux structures et aux baignoires en pierre mais aux robinets et aux vitres ultramodernes. Notre chambre avec un pied de jasmin odorant à toute heure, surtout en cette nuit tombante. Elle me tenait la main et poussait de légers cris de joie à chaque surprise que lui réservait la maison. « Tu crois que les filles seront bien, qu'elles n'auront pas peur ? me demandait-elle avant d'ajouter : mais c'est tellement merveilleux, ici. » Je voyais dans ses yeux les lumières dorées de l'apaisement. Ses doigts battaient doucement contre les miens comme pour se rappeler que tout ceci était vrai ou presque. Combien de temps avions-nous ? La vie. J'étais absorbé par cette illusion. Qui m'empêcherait de l'entretenir ? Qui m'empêcherait, chaque jour, de rebâtir cette maison et de l'armer contre les goules ? Qui m'empêcherait de vivre ici ? Je regardais Caroline et ses cheveux dorés. J'observais son visage et me prenais à espérer. Nous pouvions nous installer et recommencer à vivre. Elle me regardait avec un peu de tristesse, comme s'il lui était interdit d'y croire. Nous nous sommes assis dans de vieux fauteuils crapauds en cuir, nos bras se touchaient sur les accoudoirs. Ses yeux étaient mouillés, elle pleurait de bonheur. La force rose bouillait en moi. Elle voulait continuer. Je tentais de tempérer ses ardeurs. Un coup de tonnerre au-dehors. Une pluie battante a tambouriné aux fenêtres. Caroline avait posé sa joue contre mon bras. Il n'y avait rien d'autre à faire. Être ici, ensemble, en profiter. J'avais allumé le poêle et son âtre chauffait en faisant craquer le métal. Les sons et leur réalité me rendaient fou de joie. Nous étions chez nous, seuls, nos poursuivants semés, les artificiers disparus, la mort oubliée.

Extrait du dossier médical – 17 juillet

Groupe hospitalier Pitié-Salpêtrière. Service de neuro radiologie.
Compte rendu d'examen radiologique.
Examen réalisé le 17 juillet.
Scanner des sinus et **thoraco-abdomino-pelvien.**

Clinique : **recherche de foyer infectieux.**

Résultats : **sinusite maxillaire droite, frontale gauche et sphénoïdale droite.**

Foyers de condensation alvéolaire des 2 lobes inférieurs et **épanchement pleural* bilatéral de faible abondance.**

Les yeux de Caroline étaient secs, elle me parlait d'avenir, d'une vie sans accrocs, d'une vie de village, de fruits et de légumes. D'une vie consacrée à notre amour. Ce soir, un peu plus tard, nous ferions l'amour. J'y pensais et je savais qu'à ce moment-là se jouerait l'avenir, dans la fusion de nos deux corps, dans cette rencontre profonde et moite. À nous deux, nous devions construire un feu, un monde. « Comment as-tu fait pour sortir de l'hôpital ? Tu ne risques rien ? Il n'y a rien que je doive faire pour éviter des problèmes ? Est-ce qu'il faut que je te masse ou te caresse ? Y a-t-il des choses qui te sont interdites ? » Caroline voulait être sûre de ne pas me faire courir de risque, elle me parlait de la réalité, de la maladie. « Si tu veux, tu peux me nettoyer les yeux de temps à autre, c'est la seule chose qu'ils font régulièrement. » Elle paraissait rassurée.

En réalité, nous ne savions pas par où commencer. Je ne pouvais rien raconter de mes aventures car je ne voulais pas la mettre en danger et – je le confesse – je n'étais plus bien sûr de son rôle. Quant à elle, elle s'interrogeait encore sur mon état, ma vulnérabilité. Elle ne voulait pas me casser, comme un enfant son jouet. La situation nous aidait : nous devions vivre ici et maintenant. Dans l'espoir que tout était fini, que tout était derrière nous. Je me berçais à cette idée : j'avais retrouvé le chemin de la vie. Nous avons décidé de prendre un bain. J'ai allumé un feu dans la cheminée de la salle de bains, et nous nous sommes allongés dans les baignoires en pierre installées côte à côte. Nous avons accompli chacun de ces gestes sans jamais nous lâcher la main. Je n'avais pas osé regarder son corps nu. Mais je le connaissais sur le bout des doigts, et son image, comme un voile transparent, m'avait accompagné durant tout le cérémonial. Une fois dans l'eau, j'ai compris le sens de tout cela. Nous accomplissions des gestes au-delà du temps et de nos vies, c'était un rituel de purification. La peur s'est emparée à nouveau de mon ventre : je ne voulais pas que la réalité ou que sais-je reprenne le dessus, je voulais continuer à vivre ici, avec elle. Je ne laissais rien paraître de mon angoisse, je la regardais et lui souriais. L'eau montait, chaude, le long de mes mollets relevés, elle me rappelait la force rose, cette fumée. En m'immergeant, je me sentais revivre. L'eau était vivante, elle clapotait sur ma peau, se parant de nuances de froid. Je serrais la main de Caroline et plongeais mes yeux dans sa mer. Mon sexe allait bientôt être immergé à son tour. J'attendais avec impatience que la vie s'empare de lui. Lui si longtemps flétri et terne. Je regardais ma femme et lorsque l'eau chaude m'a touché le gland, j'ai su que nous ferions à nouveau l'amour. La nuit était tombée, les lumières s'étaient allumées dans la salle de bains. Je me laissais imprégner par cet instant. Je tenais Caroline et elle me tenait. Je n'avais plus peur.

Lorsqu'elle est montée sur moi, quelques minutes plus tard, là où elle prenait son plaisir, j'éprouvais une forme de gratitude. Je bandais mais j'étais calme. Le sexe, ce jour-là, parlait d'autre chose. J'avais les yeux ouverts et perdus. Et pendant que nous faisions l'amour, la ville autour de nous poussait, des maisons, des ruelles apparaissaient. Nous ensemencions le monde. Cette ville était grecque, italienne et française. D'une architecture florentine, elle bordait la mer avec de hautes fortifications. Une mer d'un bleu vivace. Je reconnaissais des formes, des intonations. Je voyais les cafés, les villas, les églises orthodoxes pousser comme autant de merveilles. Rien de fastueux ni d'ostentatoire, non, un gros bourg élégant naissait de notre étreinte. Il s'animait et vibrait. Nous haletions à peine, concentrés, pris dans cette œuvre intime qui devait nous mener plus haut. À travers nous, la terre reprenait vie, les fleurs sortaient de leurs bulbes et parfumaient les rues, l'herbe poussait entre les pierres, les esprits s'animaient. Un air de fête sur cet îlot d'amour. Nous allions vivre ici et nulle part ailleurs. Mon sexe était ardent, il avait dépassé mes espérances. Il comblait ma femme. J'allais bientôt jaillir en elle et redonner vie à mes désirs, aux siens. La fumée rose investissait mes bourses, prêtes à participer à la création. Nous formions un couple, une denrée rare, et notre amour, déjà, avait donné la vie, la ville. Cette petite cité nous appartenait. Une principauté, une vallée fortifiée, une bourgade de bord de mer. J'accentuais ma pression, je m'enfonçais en elle... Je m'arrêtais net.

Car dans mes bras, le corps de ma compagne venait de perdre toute substance. Il devenait transparent et fragile. J'oscillais du bassin pour lui donner du plaisir mais c'était risqué. Ses intérieurs avaient disparu, ma femme était en verre. À travers elle, je voyais la salle de bains déformée par une bulle de savon. Ses orifices étaient moins visibles, elle ne parlait plus. Je ne me laissais pas envahir par le sentiment glacé. Des images de vagues et d'écumes me parvenaient, une mer délicate et chaude un peu plus loin. Juste au bout de la rue, vous passiez sous l'arche, vous tourniez à la tour médiévale et là il y avait une petite plage de sable grossier, pas vraiment blanc ni vraiment gris. La salle de bains et cette plage se rencontraient, Caroline et moi étions dans l'eau. Elle me chevauchait, transparente, et j'entendais les hoquets de son cœur. Je bougeais à peine et l'eau nous accompagnait mais il fallait que je l'aide. Son corps disparaissait, il s'effaçait, il m'échappait. J'utilisais du sable comme matériau. Je ne devais oublier aucun détail de son corps. Graver dans ma tête la courbe de ses hanches, la longueur de ses jambes, la distinction de ses mollets, les grains de beauté, les traits. Tout, j'essayais de tout mémoriser en même temps que, pied à pied, je luttais avec ma fumée. Je ne devais pas la laisser partir, je ne devais pas la laisser s'évanouir. « Caroline ! Caroline ! » Mon corps l'appelait et mes mains remodelaient sans cesse sa silhouette. Je la gardais à mes côtés, je l'entretenais, je sculptais en permanence son corps qui s'étiolait. Si j'étais capable de maintenir ses formes, alors elle resterait en ma compagnie. Elle ne disparaîtrait pas, ne me laisserait pas dans ce monde fané. Je m'acharnais à fertiliser le sable avec la fumée pour redonner naissance à ses contours. Dès qu'ils étaient parfaitement dessinés, la chair réapparaissait. Mais ailleurs, la disparition menaçait. Que se passait-il ? Qui manœuvrait dans l'ombre pour détruire ma femme ? J'isole cet instant comme un tableau. Moi nu tenant à bout de bras une forme de verre, sur la mer et dans une salle de bains rocheuse. Une lune blanche achevait de donner à cette vision une allure de cauchemar froid. Et pourtant, il s'agissait d'amour, de vie, de retrouver le chemin. Je m'étais égaré depuis longtemps, je le savais. J'avais vu l'invisible et perdu le contrôle. Je devais protéger cet amour, protéger le corps de ma femme, protéger la vie qui était née autour de moi, dans cette cité médiévale. J'avais le souffle coupé. Tout était suspendu à moi, sa vie ne tenait qu'à mon œuvre. Et je mesurais le talent des artistes capables de reproduire ce qu'ils voyaient... Étais-je apte à retrouver son corps, à lui donner la bonne forme, la bonne épaisseur ? Et si je l'inventais différente, qu'adviendrait-il de son âme ? Caroline ! Je tentais de me calmer, de ne pas trop me laisser absorber par l'angoisse. Les rayons de lune faisaient luire les fesses vitrées de ma femme. La porte du paradis. Dans la mer, des enfants nous regardaient, paralysés. Ils avaient compris le danger mais n'osaient bouger. La pierre plate qu'ils avaient envoyée continuait à ricocher dans notre direction...

Extrait du rôle infirmier – 17 au 18 juillet

Garde.
Pneumopathie*
bilatérale => alternance décubitus* latéral droit 1 h, décubitus* dorsal 2 h, décubitus latéral gauche 1 h.

Pansinusite ++.
Demain matin PL* prévue.
Pose trachéotomie* prévue cette semaine.
Hausse des apports en sel.
Pupilles isocores* et réactives.

A communiqué avec mouvement du menton : vraiment net, mieux qu'hier.

Ma femme était un morceau de verre fin, fragile comme du cristal. Je craignais pour son corps, que faire si la pierre la fracassait ? Je pouvais parer à la disparition de son corps, la recréer à partir d'une base mais si elle se brisait en éclats… Les enfants nous regardaient ébahis parce que nous faisions l'amour ou parce qu'ils avaient peur. La pierre a continué son chemin. Caroline était absente. Derrière la paroi de son corps, je ne la sentais plus. Le ciel s'était assombri, l'écume des vagues était grise. Un flash. Nous, dans la salle de bains en train de faire l'amour, son corps transparent, fenêtre sur le vide. Un flash. Nous dans la mer. Le sable pour la reconstruire. J'étais ici et là. Mon cœur s'emballait. Je ne pouvais pas la perdre, pas la laisser partir, je devais sans cesse la refaire, la maintenir en vie. Son image gravée dans mon crâne. Les formes de son corps. Être capable de les mouler à l'identique. Mon cœur au rythme de plus en plus erratique. Je transpirais. Mes mains risquaient de déraper. Interdit. Elle était là, sous les mains, ne pas la perdre, ne pas la laisser s'échapper à nouveau. Les embardées de mon cœur faisaient trembler mon corps. On les voyait, rapides, qui bousculaient mon ventre, mes mains, mon bassin. Je devais me contrôler, ne pas la perdre. Je ne parvenais plus à coordonner mes efforts. Je la tenais à bout de bras mais la peur me torturait. Un bruit, une alarme, une sonnerie qui retentissait toutes les cinq secondes. La fin, l'avertissement.

« Madame ?
– Oui ?
– C’est votre compagnon…
– Quoi mon compagnon ?
– Eh bien, il ne va pas bien. C’est son cœur. Il est en train de lâcher. Vous savez, il en a déjà fait un il y a quelques jours. Mais là on ne sait pas. Je vais vous le dire honnêtement : on ne sait pas s’il passera la nuit. Ce n’est plus de notre ressort. On ne peut plus rien faire. Il faudrait, si vous le voulez bien, l’amener à la chapelle bulgare. On est au courant des soucis qu’il a eus à la Salpêtrière, c’est la raison pour laquelle on vous propose de le mettre à la chapelle bulgare et pas dans la synagogue ou ailleurs.
– Mais il n’est pas catholique.
– Nous le savons bien, madame. Mais, à moins que vous vouliez l’amener chez les protestants, il y a cette chapelle bulgare pour les athées et les agnostiques. C’est la seule qui les accepte et les traite bien. Mais dépêchez-vous. Ils n’accueillent plus les malades au-delà d’une certaine heure. Ils s’occuperont bien de lui, vous verrez. Et s’il passe la nuit, vous pourrez le ramener chez nous. Dépêchez-vous, madame, sinon il n’y aura plus de place ! »

Extrait du rôle infirmier – 17 au 18 juillet

Fébrile à **39°**. Changement
de position. **Pas de
contact.**

« Boris, mon amour, on ne peut pas rester ici, tu es en train de mourir. Ils ont appelé. Tu es en train de faire une crise cardiaque. Ton cœur s'emballe. Il ne tient pas le choc. Il faut que je te ramène, que tu survives. Je ne devrais pas te le dire, mais ils craignent pour ta vie. Ils pensent que tu ne passeras peut-être pas la nuit, je dois t'emmener dans une chapelle bulgare et prier pour toi. C'est le seul endroit pour les athées. »

Tu vois, j'étais ici avec elle, je ne sais trop où, et, dans mon esprit, je voyais mon corps alité dans la chambre noire, les lumières des machines et des scopes, et le bruit trop rapide de mon cœur qui faisait tout sonner. Un parfum d'urgence et d'angoisse, je sentais cette réalité vibrer en moi, je pouvais presque la toucher du doigt. J'étais à l'intérieur du sarcophage et en même temps avec elle dans ce village du bord de mer. Et pour une fois, il n'y avait rien de suspect. J'avais eu la chance de me retirer ici, de profiter de ce moment d'amour et d'intimité. De sexe aussi. Il n'y avait rien d'anormal. Cela avait duré ce que cela avait duré. Maintenant, mon corps ne me le permettait plus. Il était temps de trépasser. J'irais dans cette église. Peut-être étions-nous arrivés à la fin des soixante-douze heures, des trois jours du mort, peut-être étais-je arrivé au bout de cet interlude ? J'avais pu faire mes adieux. Et baiser ma compagne une dernière fois. J'avais contribué à façonner son corps, à restaurer toute sa pureté. En cet instant figé, mon esprit a quitté la maison.

Je sentais la mort en moi. Elle était plus paisible que jamais, plus proche aussi. Mon corps, là-bas, à l'hôpital, dans son sarcophage, vivait dans les soubresauts de la douleur et du beat endiablé de mon cœur. Il était pris dans un rythme insoutenable. Mais j'étais ici et lucide. Calme dans ce face-à-face. J'irais à la chapelle bulgare... Où d'autre pouvais-je me réfugier ? Qui pourrait accepter un mécréant comme moi, un torturé de la tête, dissocié du cerveau ? Les juifs m'avaient à peine reconnu, les musulmans voulaient ma mort. Va pour les Bulgares. Cet hôpital était grand s'il avait une chapelle par religion et par nationalité. Je me demandais à quoi cela ressemblerait. Je m'imaginais, allongé sur un catafalque en marbre surmonté d'un dais en velours rouge et noir. Des candélabres aux longs cierges accentuaient le caractère gothique de la scène. Des infirmières à demi nonnes passaient de lit mortuaire en lit mortuaire en administrant les derniers sacrements en bulgare. Elles étaient coiffées de ces petits chapeaux à l'ancienne avec une croix rouge peinte sur le devant. Elles marmonnaient des prières incompréhensibles et trempaient leurs lèvres dans l'eau bénite avant d'embrasser nos fronts de morts. Habituées à côtoyer la mort, elles n'en faisaient ni trop ni trop peu mais prenaient chaque membre des familles dans leurs bras pour les réconforter.

Ces nonnes étaient étonnamment jeunes ; une trentaine d'années et une allure mystérieuse. J'entendais le long murmure des familles endeuillées, cette plainte monotone et lourde qui occupait la nef, l'autel et toute la coupole comme le martyre d'une abeille. Je voyais Caroline agenouillée à mes côtés, retrouvant la ferveur de sa jeunesse et priant pour ma survie. « Faites qu'il passe la nuit ! Je vous en supplie... » C'était le dernier voyage, je me sentais prêt.

28

La dernière prière

Le quartier des chapelles ne ressemblait à rien. Un entrelacs de rues comme dans le vieux Quartier latin et, pourtant, nous nous trouvions ailleurs, sur une butte, peut-être à Montmartre. Nous étions entourés d'églises. À chacune correspondait une nationalité ou une secte. Caroline avait un papier à la main, ce devait être un plan où elle avait griffonné l'adresse. Mais, sur les murs, rien n'indiquait le nom des rues. Nous avancions au hasard, cherchant devant chacune des églises à identifier son appartenance. Une foule se pressait comme nous ; elle mêlait, étrangement, des mourants et leurs familles, et des jeunes venus, en groupe, faire la fête. Ces derniers buvaient et marchaient en zigzag, traînaient des pieds et rigolaient de leurs voix grasses. Ils ajoutaient un soupçon d'insécurité au climat de ce quartier. Chaque fois que nous croisions une bande, Caroline, méfiante, me faisait faire quelques pas de côté pour les éviter. Ici, à mon corps défendant, j'étais à nouveau malade et défaillant, à l'article de la mort. Je tenais encore debout grâce à son aide ; un bras à ma taille, l'autre sous mon bras, elle me soutenait.

Nous longions des rues étroites et pavées, bordées par des murs de quelques mètres de haut, comme ceux d'un cimetière. Des réverbères à la lumière orangée faisaient miroiter les pavés humides et irréguliers. J'avais du mal à marcher sur ce sol glissant. Nous nous dirigions vers un centre animé, nous remontions la rue. Caroline tentait tant bien que mal de suivre son plan. Le long du mur, un peu à l'écart de la lumière, des femmes court-vêtues en jupe de skaï fendue et top en cuir faisaient les cent pas. Elles offraient leurs services aux jeunes gens en goguette. Pourquoi le sexe et la fête flirtaient-ils avec la mort ? Pourquoi ces églises se trouvaient-elles au milieu de la perdition ? Par égard pour ma compagne, je cherchais à éviter d'observer ces créatures affriolantes. Le galbe de leurs cuisses exerçait sur moi un attrait certain. Et, rouées comme elles étaient, elles ne manquaient pas de s'en apercevoir. Je baissais les yeux mais c'était plus fort que moi. « Alors, mon mignon, tout va bien avec ta bourgeoise. Tu cherches l'aventure mais t'oses pas sortir des sentiers battus. Faut t'aider, mon couillon ? Regarde ce que j'ai pour toi. » Et la voilà, effrontée, sous la lumière crue du réverbère, les deux yeux fixés sur moi, dégrafant d'un geste sec son corsage pour me montrer une poitrine dure et fière. Caroline n'avait pas même jeté un œil à cette femme, elle n'avait pas compris ma concupiscence. J'en profitais. Mais cette lubrique avait réveillé les autres. Sur mon chemin, elles s'avançaient toutes plus près de nous. Et je les observais, ces femmes. Elles étaient belles, indéniablement. Leurs tenues légères laissaient voir des morceaux de chair de couleurs diverses. L'une d'entre elles, un peu plus loin devant nous, a attiré mon attention. Son visage, sa peau étaient rouges. Pas de soleil, non, elle arborait un rouge vif, irradiant. Sur son visage, son nez et ses joues, des taches noires comme des taches de rousseur. Lorsque je suis passé devant elle, elle a sorti une langue épaisse qu'elle tortillait à grande vitesse à proximité de mon nez. Une invitation au cul.

Extrait du dossier médical – 17 juillet

Ponction lombaire* avec **demande**	**phénotypage lymphocytaire.**

Caroline a fait un pas de côté. Cette femme était dangereuse. Elle voulait me contaminer. Caroline me parlait : « Il faut que tu fasses attention, mon amour, que tu reviennes à toi. Je ne trouve pas le chemin. Je me sens perdue. » Que pouvais-je faire ? La dépravation m'attirait et la coexistence des morts et de la perversion nourrissait chez moi une fascination profonde. Je regardais toutes ces femmes, cherchant la lettre de leur visage et la forme de leur cul. Les groupes de jeunes excités voguaient dans la rue, d'une pute à une autre, et j'aurais voulu les rejoindre, gueuler à leurs côtés et me jeter dans leurs bras. Mais c'était l'heure de mourir, l'heure de trouver ma chapelle, d'y bander une dernière fois et de fermer les yeux. Le quartier était gothique, il faisait penser à ces rues sombres de Prague ou à celles de Barcelone. Une chape lourde s'y abattait sur les passants. Nous avions fini de longer le cimetière et ses innombrables putes, nous avions remonté la rue et, face à nous, un flot de jeunes gens se déversait dans la lumière.

Tu sais, je n'arrive pas à comprendre où et quand commençait la réalité, ce sarcophage où je suis enfermé, les résultats médicaux, le rien de ma vie. Et cet autre monde, ces autres mondes où je vivais. J'étais plongé dans des nuits multiples, comme des labyrinthes d'où je devais m'extraire. Je devais trouver la sortie. Je la savais en moi, quelque part.

Extrait du rôle infirmier – 17 au 18 juillet

Jour. Après la ponction lombaire*, laissé **en décubitus* dorsal.**	Présent, **conscient**, ouverture des paupières x 2. **Pose de trach*** : mercredi 11 h 30.

La mort était mon poursuivant le plus farouche, mais il y en avait d'autres. Pour faire face, j'essayais de garder quelque chose avec moi, de trouver une certitude, un fil qui me donnerait le courage de continuer. C'était elle, bien sûr. Caroline. J'avais réussi à la retrouver, elle m'avait sauvé du naufrage et maintenant, elle me guidait dans la ville. Autour de la place, l'ambiance était plus chaude encore. Des groupes de jeunes se promenaient en hordes. Certains arboraient un torse nu dans le froid de la nuit. L'effet de la drogue sans doute. Je l'ai reconnue lentement. Elle était là, revenue avec la foule ; une petite boule nette. J'avais reconnu la peur. Nous avons poursuivi, les rues se sont vidées. Seuls quelques égarés, putes et malades mélangés, s'y trouvaient et ma peur s'est renforcée. Caroline me portait presque, tout en déchiffrant son papier. Une rue sombre et courbe s'élevait vers une nouvelle butte. Le coin des sectes était là, semblait-il. « Tu ne laisses personne t'approcher », m'a averti ma compagne. La nuit était poisseuse, le noir filandreux se délitait en teintes bleues et grises. Elle m'a laissé un instant. « Reste ici, je vais voir si c'est le bon endroit... » Je ne l'ai pas vue venir, je ne l'ai pas vue approcher. Jusqu'à ce qu'il soit trop tard. Dans la minute suivante, une femme à la peau ocre et aux scarifications tribales a attrapé Caroline par le bras et lui a planté ses crocs dans la poitrine. Cela s'est passé en une fraction de seconde. Le geste comme une danse, les dents dans sa plantureuse poitrine et le regard de la malade droit dans le mien comme si elle jouissait de me prendre ma femme. Caroline aussi me regardait, abandonnée, impavide, comme dépossédée de l'enjeu. Elle n'avait même pas cherché à lutter, elle s'était offerte. Elle me regardait et ses yeux disaient : « Ainsi, je ne t'abandonnerai pas. »

Elle avait décidé de mourir avec moi. Son visage commençait à se marbrer. Elle semblait plus pâle, comme si le sang la quittait. Elle n'avait pas crié, pas laissé un seul instant la douleur prendre possession de son corps. Comme toujours, elle s'était montrée forte, déterminée. Sans un mot, nous nous étions avancés jusqu'au milieu d'une place dans ce qui ressemblait à une file d'attente. Nous, les malades, attendions d'être triés pour nos derniers instants. Ils ne voulaient pas mélanger les maladies. Et, dans cette file, les comportements les plus suspects étaient tolérés. Caroline était à mes côtés, elle m'avait subrepticement donné la main. Nous nous étions contaminés mutuellement. Elle portait ma tare, je portais la sienne. Notre avenir était devant nous, un peu plus loin, une fois passée la sélection. Nous ne pouvions pas voir tant la foule était dense, mais nous devinions que cela se passait vite et sans atermoiements. Nos mains se serraient fort tandis que nous écoutions les rumeurs. Il semblait que la mort venait toujours la nuit, qu'elle se faisait parfois attendre jusqu'au matin mais rarement. Certains décrivaient les soins des infirmières comme des moments de grâce, ils décrivaient l'arrivée de la mort comme s'ils l'avaient déjà vécue.

Quand ça a été notre tour, quelque temps plus tard, j'ai été surpris de voir des hommes longs et chauves assurer la sélection en robe de moine bouddhiste. Ils présentaient des flacons de verre, comme des sels, devant le nez des miséreux et, en fonction de leur coloration ou d'autre chose, leur indiquaient un endroit où se rendre. Plus on était infecté, plus les groupes devenaient petits, plus les hommes qui les composaient étaient difformes et inquiétants. Leurs corps, pour ce que je pouvais en voir, ressemblaient à des tableaux de Francis Bacon. Des corps dodus et pervertis. Le tri se faisait vite et sans état d'âme. Je serrais fort la main de ma compagne, je craignais que l'on ne nous sépare une nouvelle fois. J'espérais tant pouvoir mourir à ses côtés, allongé auprès d'elle, profiter de la force de ses yeux clairs.

Extrait du dossier médical – 18 juillet

Fédération de biochimie. Chimie LCR. **Origine rachis,** aspect **clair, eau de roche.**

Protéine : **0,86 g/l.** Laboratoire **d'hématologie** cellulaire. Cytologie du LCR.

Recherche de **lymphome :** quelques lymphocytes, **aucune cellule lymphomateuse.**

Les bonzes nous ont conduits plus loin, au milieu d'un cercle de tordus, des rebuts de l'humanité, ceux que l'on ne savait pas comment accompagner. Ils nous ont déshabillés, nous ont fait asseoir par terre, un peu à l'écart, pour attendre encore. Autour de nous, quelques hommes, nus comme des vers. Ils ressemblaient à des limaces que l'on aurait travaillées comme des bonsaïs. Ils n'avaient plus aucun poil et un liquide luisant collait à leur peau, la rendait visqueuse et molle, formant des bourrelets. Caroline s'était assoupie, elle semblait accepter son destin. Comment faisait-elle ? N'avait-elle pas assez souffert ? N'avait-elle pas suffisamment enduré déjà de me suivre parmi les zombies ? Fallait-il qu'elle subisse mon sort, qu'elle meure à mes côtés ? Il y a peu encore, je m'évertuais à lui redonner forme, à refaire ce corps que j'avais tant pénétré. Et maintenant ? Allongée à moitié nue, elle gisait parmi la lie. Elle était infectée, malade, elle allait mourir. Tout était ma faute ! J'aurais dû la laisser à sa vie, loin de moi. Elle ne bougeait plus.

Les tas amorphes et paresseux semblaient émoustillés par ses fesses et ses seins lourds et laiteux. Ils se tortillaient pour s'approcher d'elle. Ils grognaient, rameutaient en eux la flamme du sexe. Je sentais cela. Un désir venu des tréfonds. L'un d'eux s'était dressé sur les genoux. Son sexe énorme et flasque pendait devant lui. Un véritable gourdin aux airs indéterminés. Il paraissait demeuré. Son visage était déformé par la graisse, comme fondu, tandis qu'un bandeau ceignait son front et barrait l'un de ses yeux. Il paraissait souffrir d'un mal lointain, sorti d'une caverne. Et Caroline était étendue devant lui, chair blanche et fraîche, comme une proie de choix. La maladie semblait l'achever, elle dormait. Je ne pouvais pas bouger. Ici, rien ni personne ne le dissuaderait d'agir. Lui et les autres étaient à l'article de la mort, une vilenie de plus ou de moins ne comptait pas. Je connaissais les mécanismes de ces hommes.

Extrait du dossier médical – 18 juillet

Groupe hospitalier Pitié-Salpêtrière.
Laboratoire de **bactériologie.**
Demande N° SA 0507 2754.

Prélèvement liquide céphalo-rachidien.
Éléments nucléés : 17.
Hématies : 6.

Bientôt, ils tenaient Caroline à deux tandis qu'un troisième essayait de donner forme au boudin qui lui servait de sexe en le serrant avec un lacet. Caroline était à quatre pattes, il allait la sodomiser. Je hurlais. Ma vue se brouillait sous l'effet de la colère. Le type approchait d'elle, il allait la violer. Le monstre introduisait à toute force son sexe dans son cul. Caroline criait. Il était en elle avec son sexe énorme. Ils étaient à moitié humains, presque des bêtes, malades et faibles comme nous. Ils haletaient et beuglaient, dépassés par leurs pulsions. Ils violaient ma compagne sous mes yeux. Ma respiration tranchait mes poumons. D'un mouvement brusque, je me suis jeté sur eux. J'étais fou de rage. Du sang coulait du cul offert de ma femme. J'ai posé la main à plat sur le crâne du violeur et l'ai fait pivoter d'un mouvement sec. Il s'est détaché comme un fruit mûr, est tombé au sol comme une noix de coco. Sa tête gisait, ouverte, à mes pieds, vide. Je voulais me venger, détruire ces larves. En rampant, j'ai réussi à rattraper un des complices. Je l'ai démembré sans état d'âme. J'avais trouvé la force. Les autres étaient loin, ils pleuraient et miaulaient auprès des infirmières. Des animaux... Je m'agenouillai aux côtés de Caroline et j'implorai la vie d'effacer ces instants. Des gouttes de sang et de merde mêlées tombaient sur le sol. Caroline gisait sur le ventre. Sa respiration, lente, faisait s'élever ses côtes. Elle ne sanglotait pas. Je n'osais la toucher, poser mes mains sur son corps.

Au bout d'un long moment, une infirmière est arrivée. Elle affichait une mine impassible de professionnelle. Sans même un regard pour nous, elle a installé deux perfusions dans nos bras. « C'est bientôt fini », a-t-elle dit. Je l'espérais tant. Dans ma main, je tenais, celle, inerte, de ma compagne.

Tu sais, j'identifie les choses en même temps que je te les raconte. Ce n'est pas simple. As-tu déjà été seul aussi longtemps ? As-tu déjà été enfermé dans ton monde, celui que tu as créé ? Celui où personne d'autre ne peut se rendre. Comme moi tu y trouveras ton petit camp de concentration personnel. Le pire, c'est qu'il recèle ce qu'il y a de plus nu et pur en toi. La peur de l'enfant qui va naître, toutes les peurs accumulées. C'est le ventre d'où je suis en train de sortir. Tu entends ici le récit de ma naissance. La question qui se pose à nous deux est simple : quel monstre en émergera ? Toi, moi et l'autre qui me surveille, nous attendons de savoir.

29

Last call for Mr Razon

Mon ami, tu vois, j'ai eu le temps d'attendre avec sa main dans la mienne. Cette main si chaude devenue rêche. Son corps avait perdu toute élasticité, il n'avait plus rien d'attirant. Sa peau grise tirait à chaque attache, et le trajet de ses nerfs était tacheté de noir. Elle avait fondu. Il ne restait d'elle plus rien qu'un corps sans âme. Je ne voyais pas son visage, tourné de l'autre côté.

Ces images dans mes yeux, ce corps autrefois aimé, désiré, baisé, ce corps que j'avais voulu posséder. Ce corps que sans cesse je poursuivais. Il m'obsédait. Sa blancheur à l'opposé de moi. Nuit et jour il me hantait. C'était elle, c'était par là que je pouvais y accéder. Ce corps, ma porte, disparu. Autrefois, quand je l'allongeais dans un lit, ses yeux devenaient autres. Elle me regardait comme un animal ardent et apeuré, sa prunelle écarquillée m'appelait et semblait prête à tout me dévoiler. Je la regardais ainsi jusqu'à ce que je ne puisse plus. Je cherchais à comprendre le mystère de la femme couchée. Une fois, elle avait pleuré. Je n'avais rien dit. Et aujourd'hui, mes yeux secs. Je ne pouvais plus pleurer. Elle était morte. Je l'avais détruite, mon amour l'avait détruite. J'avais tout perdu.

Extrait du rôle infirmier – 18 au 19 juillet

Garde.
Aspirations buccales fluides. **Pas de bradycardie* sans atropine*** (prête si besoin).

Légère **mydriase*** œil droit, difficulté à évaluer la réaction pupillaire, réa de garde prévenu.

Œdèmes* au niveau du cou + **tuméfaction** occipitale. EMG* au lit le 22.

Lorsque l'infirmière est venue me voir, j'ai cru que ma mort approchait. « C'est bien, elle est partie, tu as vu. Elle est morte paisiblement, comme il convient. Tu dois faire comme elle. Tu dois partir, Boris. L'heure tourne. Tu dois la rejoindre, il est temps. Si tu ne meurs pas cette nuit, tu ne t'en sortiras pas bien, crois-moi. Et que feras-tu sans elle ? » J'étais incapable de me concentrer sur ses paroles. Je scrutais les aiguilles d'une horloge, le vide entre elles. Je voulais que ça s'arrête. La vie n'avait plus aucun goût, aucun sel. Mais il n'y avait rien à faire. Mon vide continuait à se maintenir. Mon corps avait cessé de me faire souffrir, j'étais recroquevillé et je ne sentais plus mes membres. Ils s'effaçaient de ma mémoire, ils disparaissaient et je croyais voir enfin la mort s'offrir. Le temps allait balayer le peu qui me restait. Mais les aiguilles tortillaient du ventre avant d'avancer, elles répugnaient à accélérer leur course. Je ne demandais que ça. La mort, la vraie. L'infirmière est revenue me voir : « Il nous reste une heure avant la relève. Il faut se dépêcher. »

Des ambulances et des fourgons mortuaires étaient arrivés sur la place. On démontait le camp de la mort pour laisser place à la ville et à sa circulation. Ce soir encore, ils reviendraient. En attendant, il ne devait plus rester trace des événements de la nuit. « Quelle ville étrange », pensais-je en serrant une dernière fois la main de Caroline. J'avais le secret espoir de la voir renaître. Je songeais à l'organisation du monde, à cette place où, dans quelques heures, des femmes et des enfants fouleraient nos vies du pied. Ils devaient savoir que la mort rôdait sous leurs pas, ils devaient l'avoir accepté. Comment tout cela était-il organisé ? Pouvait-on avoir une jeunesse heureuse ici ? Je pensais à l'enfant qui était mort entre nous, celui qui n'avait pas existé, celui que nous avions désiré. L'enfant qui ne naîtra pas. Cette pensée ne parvenait en rien à combler le vide en moi. Il n'y avait même plus de place pour la tristesse.

La perfusion coulait encore dans mon bras. Mais où était-elle cette foutue mort ? J'attendais qu'elle vienne. Je la guettais. Mes yeux passaient en revue cette place agitée où la vie revenait. Ils percevaient l'activité d'un jour nouveau. Les images, le soleil voilé s'imprimaient sur ma rétine mais ils n'éveillaient rien. J'étais prêt à m'éteindre. Je n'attendais que cela. Mais cela ne venait pas. J'étais vide, je me sentais mort, mais l'abandon ne se produisait pas. Je sentais le temps en moi, si long, les minutes, les heures qui s'égrènent et n'accouchent de rien. Comment t'expliquer cette attente, le vide dont on voudrait qu'il cesse, le rien qui se transforme en vrai rien. Du noir devant les yeux, du noir dans la tête, du noir partout, comme l'écran de cinéma quand le film est fini. Car le film était fini ; Caroline était morte.

Extrait du rôle infirmier – 18 au 19 juillet

Veille. **Sécrétions sales.**

Dans l'heure qui a suivi, elle fut emmenée avec les autres. La voiture, le brancard, son corps chaviré dessus, l'ambulance… L'infirmière, une Australienne, a changé ma perfusion. J'étais le dernier. Je résistais. Alors, sache-le, je suis allé chercher la mort avec les dents. Je vais t'épargner les détails mais sache seulement que je suis allé bouffer dans le cul du monde, y goûter le secret qui pourrait me permettre d'en finir. Sache que j'ai sorti mes cordes vocales à la main après m'être tiré une balle dans la gorge, sache qu'au bout du chemin, j'ai entendu l'alarme. Elle a sonné avec ses trois timbres dissonants. Elle s'est annoncée ainsi. Enfin. Trois « dongs ».

« Last call for Mr Razon. » Dans la salle d'embarquement de l'aéroport, les trois timbres discordants ont résonné à nouveau : « Last call for Mr Razon. » Les infirmières et les hôtesses de l'air passaient perchées sur leurs talons sans se préoccuper de moi. Elles jacassaient. « Last call for Mr Razon. » Personne ne semblait savoir qui j'étais, ni ce qui m'attendait. Il fallait que je trouve la bonne porte. Dix au moins s'alignaient devant moi. Et les hommes se pressaient pour prendre place dans la file. J'avais entendu la voix qui m'appelait. Mais je ne savais pas où.

Soudain, au milieu du flux de passagers, j'ai entendu un éclat métallique sur le sol ciré. Je me sentais sonné, étourdi. J'ai entendu cet éclat, comme le pied d'une lampe qu'on pose à répétition. Puis un crissement sur le sol comme si une serre accrochait le bois. Et à nouveau, le même éclat. Puis le crissement d'un pas traînant. Je me retournais, j'avais reconnu quelque chose. Et, au milieu de la foule dégoûtée, j'ai vu apparaître Caroline. Ou ce qu'il en restait. Elle se concentrait pour faire avancer sa jambe avec précaution et la poser au sol puis faire glisser l'autre jambe. Je regardais ce corps inconnu. Ses jambes étaient des bras métalliques articulés, son corps posé dessus comme celui d'une autruche. Elle avait encore des membres supérieurs et tenait au bout de sa main une canne munie de serres comme ses pieds. Elle n'avait plus rien d'humain mais elle était vivante. Et elle respirait la femme. Sa démarche était gracieuse et son allure était celle d'une duchesse. Seule, parmi les vulgaires humains, différente, handicapée ? Elle était belle. Une écharpe d'un rose léger relevait le noir de sa tunique. Son visage avait des stigmates de vieillesse mais, alors qu'elle avançait, je la retrouvais aussi jeune et délicate qu'avant. Ma compagne. Je la fixais, bouche bée. C'était comme une apparition, un corps de femme juché sur des échasses en métal. Elle était si grande et si digne. Cette princesse se dirigeait droit sur moi. La marche lui était encore pénible et son genou articulé fléchissait parfois légèrement sous le poids de son corps. Elle est arrivée à ma hauteur. Mon visage au niveau de sa cuisse, trois tiges de fer qui remontaient vers un bassin invisible. Elle n'était pas assez souple pour me déposer un baiser. D'un geste vif de la main, elle a dégagé ses cheveux et laissé traîner la main sur mon visage, ses doigts sur ma gorge, elle a parcouru chacun de mes orifices de sa main délicate et fine, elle a cherché à sentir la moindre blessure comme si elle pouvait en prendre la mesure. Ses gestes déclenchaient chez moi de terribles douleurs, ma peau, mes plaies brûlaient et le vertige m'attirait vers le sol. Quand elle eût fini, elle a planté ses yeux dans les miens : « Mon chéri, nous voilà devenus des hommes-oiseaux… »

Extrait du rôle infirmier – 19 au 20 juillet

Garde.
À jeun à minuit pour pose **trachéo***.

Subfébrile. Œdème* au niveau du cou, des **yeux**, de la tête : médecin au courant.

Pas de bradycardie*.
Mouvements du menton.

« Des hommes-oiseaux. » Les mots ricochaient dans mon esprit sans trouver de représentation. Mais c'était elle, je ne pouvais pas me tromper. Elle avait survécu, nous avions survécu tous les deux.

Mon ami, tu ne peux pas imaginer ce que cela signifiait pour moi. Jusque-là, j'avais été seul, j'avais fui la peur, fui les terroristes, les ennemis, les artificiers, fui les désastres à répétition, les bombes et les séismes de mon cerveau, fui la mort de ma compagne. Et à nouveau, elle était là avec moi. Tu comprends, j'avais cru que la mort était la solution, qu'elle me délivrerait de la douleur et de la peur. Je l'avais recherchée. Mais maintenant, il n'en était plus question. Elle était là à côté de moi, cabossée, différente, qu'importe ! Nous avions franchi le sas.

« Mon amour, m'a-t-elle dit, notre destin est lié. Très rares sont les hommes à avoir passé cette épreuve, très rares sont les hommes qui ont réussi leur métamorphose. Il existe, bien sûr – je me suis renseignée –, des hommes-oiseaux de naissance. Mais la plupart, comme nous, le deviennent. Jamais ou presque, des couples n'ont réussi à se transformer. Leur espèce, notre espèce, est menacée. Mais nous, nous pouvons encore nous reproduire, tu comprends. Ils veillent déjà sur nous et nous aideront en tout. Tu ne peux pas me laisser en chemin. Il m'a fallu accepter ça. C'est ton tour maintenant. »

Je regardais son visage, plus allongé, plus fin qu'à l'accoutumée. Elle avait maigri. Du côté droit, il était strié de cicatrices comme des éclats métalliques fins. Mais cela lui allait bien, elle était très belle. Je la regardais. Je ne comprenais rien. Je regardais mon corps qui ne ressemblait en rien au sien. J'avais l'impression d'être composé de différentes pellicules qui se détachaient les unes après les autres, qui se désincarcéraient. Ma peau, mes organes, plus rien ne communiquait, ne se touchait, ne se parlait. Les juifs étaient-ils admis chez les oiseaux ? Caroline ne m'a pas laissé le temps de réfléchir, elle voulait, pour une raison que j'ignore, me conduire chez un tailleur à l'intérieur de cet aéroport. Un grand tailleur pour hommes-oiseaux. « On ira après à la porte, ne t'inquiète pas, tu as le temps, m'a-t-elle dit. Le tailleur va te fabriquer un costume sur mesure, un costume capable de te soigner. » Je ne comprenais rien mais je me laissais faire. Le tailleur était un vieux Yiddish, qui ponctuait de « nu » toutes ses phrases imparfaites. Il était prévenant et ne semblait guère s'inquiéter d'être payé. C'était un vieillard qui avait connu les camps de la mort.

« *Nu*, un costume de mariage ? C'est ce que vous voulez. *Nu*. J'ai ce qu'il vous faut ! » Et il m'a préparé un costume d'une rare perfection, un modèle malaisien qui recyclait la merde. La coupe était très élégante, un coton marron avec de minces incrustations beiges en nid-d'abeilles. Un pantalon et une veste légers, au tombé fluide. Il dissimulait à l'arrière, sous la veste, une usine à recycler ma merde. Il n'y avait pas d'autres mots. Mes étrons, de quelque nature qu'ils soient, étaient lavés, désodorisés, et surtout compressés et séchés pour former une balle, de la taille d'une balle de tennis, inodore et dure comme du bois. Les balles de merde étaient alors stockées dans une grande poche dissimulée sous mon pantalon, invisible aux autres. Je pouvais ainsi vivre tranquille avec mon incontinence. Chier quand bon me semblait sans que personne ne s'en aperçoive. J'étais incapable de faire autrement, du reste. Je ne me contrôlais pas. La machine travaillait dans mon dos à fabriquer, à l'abri des regards, ces balles de merde.

Extrait du rôle infirmier – 19 au 20 juillet

Jour.	12 h : pose de **trach***. Sédation : Fenta* et **Diprivan***. 2 g Augmentin. Bivona 8.	
Dr L. (interne)	**Pas d'amélioration motrice.**	**Trach* posée** ce jour.

Mon ami, comment te décrire cette joie de surmonter sa faiblesse, de dépasser sa condition. Pour la première fois depuis que je m'étais enfoncé dans ces nuits, je retrouvais de la force, une allure. J'étais vêtu, protégé et un avenir s'offrait à nous. Nous allions nous marier. C'était ainsi chez les hommes-oiseaux. « Il n'existe pas de couple sans mariage », m'a expliqué Caroline. Les hommes-oiseaux étaient musulmans mais ils acceptaient les juifs. « Tu sais, m'a-t-elle glissé, nous devrons encore passer des épreuves. Je n'ai pas encore bien compris ce dont il s'agit. Mais ne t'inquiète pas, je serai avec toi quoi qu'il arrive. » Nous traversions à lents pas les halls de l'aéroport. Je me sentais paré pour ce voyage. Et, pour dire la vérité, j'étais prêt à tout pour rester avec ma compagne. Je me disais : « On verra après. » J'entrevoyais un futur. Mon esprit a commencé à vagabonder, je cherchais sur moi des traces d'oiseau. Portais-je des plumes ou des ailes, étais-je palmé ? Je ne voyais rien. Je suivais Caroline. Nous nous dirigions vers la porte.

30

La machine

Caroline était en train de me parler des préparatifs du mariage, de l'ambiance de fête qui m'attendait au-dehors, elle parlait de notre vie future, de la maison que nous partagerions, lorsque la machine m'a happé. Elle ressemblait à une grande porte des douanes ou à un portique de sécurité. Des gyrophares se sont allumés, ils se sont mis à tourner sur eux-mêmes, accompagnés d'une sirène puissante. J'ai été surpris et effrayé. Une main dans mon dos ou une puissance invisible m'a tiré vers la porte d'embarquement. La machine m'avait repéré.

Extrait du rôle infirmier – 20 au 21 juillet

Garde.
Algique au niveau du **dos.**
Vu avec médecin
=> Perfalgan.
Efficace ++. **Pression artérielle sanguine à 8/4** à deux reprises.
Non stable. **Arrive à bouger la tête ce jour.**

C'était une « machine à repérer les gros dégueulasses ». Ses grands yeux lumineux se réjouissaient de la prise, j'étais entré dans son halo et malgré tous les efforts que j'avais entrepris pour dissimuler la réalité, elle m'avait identifié : j'étais un gros dégueulasse. J'étais passé trop près d'elle pour qu'elle ne reconnaisse pas la nature de mes effluves. Elle avait senti ma merde. Mon costume avait beau être perfectionné, il ne pouvait tout dissimuler. Je suis arrivé devant la porte immense, rouge et verte.

Une fois la porte passée, j'entrai dans la grande galerie. Comment qualifier autrement ce lieu chargé tout à la fois de détecter vos vices et d'y remédier. Une voix m'a adressé la parole : « Cher monsieur, vous avez été repéré par notre machine. Si vous êtes consigné ici, c'est que votre taux de substance fécale dépasse de 1 800 % le seuil autorisé. Ceci est plus que douteux. En l'état actuel des normes aéroportuaires, vous n'êtes pas autorisé à monter à bord d'un aéronef. Nous allons nous assurer de votre sécurité et tenter de remédier à cette situation à travers un parcours destiné à vous sensibiliser aux pratiques hygiéniques les plus modernes et les plus sûres. Que vous soyez blanc, noir, asiatique ou indien, nous avons des réponses adaptées à votre situation. Sachez que cette machine est expérimentale. Elle est à l'essai dans trois aéroports européens et sera étendue au reste du monde si les tests se révèlent concluants. À l'issue de votre batterie d'examens, nous vous indiquerons votre niveau d'hygiène et vous inviterons à régulariser votre situation soit en refaisant le test, soit en vous acquittant d'une amende correspondant à votre niveau de saleté et de corruption du corps. »

Il s'agissait, bien sûr, d'un automate. Et déjà j'étais mené à une rampe qui allait me faire circuler entre des bornes, comme un bagage. Quelques autres, comme moi, semblaient avoir été pris au piège de la dégueulasserie. Je n'y comprenais rien. J'espérais seulement que la machine avait entendu parler de mon costume. Sinon, j'étais cuit. Je ne sais pourquoi, je me sentais démasqué, comme si toute ma vie j'avais craint qu'on ne découvre, chez moi, cette nature un peu sale. Je me sentais démuni, humilié. Mais je devais répondre aux questions ; j'arrivais devant la première borne : « Êtes-vous blanc, noir, ou asiatique ? »

Extrait du rôle infirmier – 20 au 21 juillet

Jour.	**Douleurs zéro** mais présence de **fourmillements.**	**Mouvements** de tête plus **faciles, mouvements** paupières et menton.

Un curseur rouge se déplaçait en indiquant les secondes restantes. 8-7-6-5 secondes. J'ai tapé maladroitement sur l'écran et me suis trompé. J'ai répondu « noir ». La question suivante m'a laissé désarmé. « Quel est votre type de noir ? » Des photos accompagnaient les réponses proposées et allaient du léger café au lait au noir le plus intense, un noir d'ébène. Je frappais de ma main au hasard, avant la fin du décompte. Le compte à rebours me faisait peur. Qu'allait-il se produire si j'omettais de répondre. « Bravo, c'est le plus beau des noirs... » Je n'étais pas sûr d'avoir bien entendu, était-il possible qu'elle s'adressât à moi ainsi ? Qu'elle osât un commentaire aussi raciste ? J'avais dû rêver. « Quelle est votre ethnie ? Peul, Kongo ? » À chaque fois, une photo illustrait le nom de l'ethnie sur l'écran. Que pouvais-je faire ? J'étais incapable de répondre... Je regardais les secondes défiler. Quand le chronomètre est arrivé au zéro, une alarme a retenti dans la machine. Une voix grave, une voix de stentor a pris le relais : « Vous DEVEZ répondre à l'ensemble des questions... Sinon nous nous occuperons de vous. Ceci n'est pas un exercice. Votre sécurité et la nôtre dépendent de votre hygiène. Vous êtes sous le contrôle d'une autorité policière. Aucune question n'est facultative. » Je me chiais dessus une fois de plus. De trouille. J'appuyais plusieurs fois sur l'écran pour déclencher une réponse, qu'on en finisse. L'alarme retentit à nouveau. « Votre taux de matière fécale dépasse désormais les 2 000 % au-dessus du seuil ! Usage contrevenant. Il est temps d'apprendre à bien se comporter. » Le tapis roulant m'a entraîné vers une bifurcation. Deux bras métalliques m'ont projeté contre un mur et maintenu en place. « Désinfection. » Deux jets mousseux sur mon corps. C'était une mousse sèche, presque poussiéreuse. « Le contrevenant est désinfecté. Taux de matière fécale toujours très élevé. » J'étais terrorisé. Autant par les questions que par mon incapacité à y répondre.

Extrait du dossier médical – 21 juillet

M. (externe)
Stable. **Trachéotomie* bien tolérée.**

Mouvements de tête discrets possibles aujourd'hui. A **pu ouvrir l'œil droit.**

Pas d'autre amélioration motrice. Troubles sensitifs.

C'était la machine de tous les dangers, elle clignotait de partout et j'étais sommé de répondre… J'en étais incapable. Incapable de mouvoir mes mains de manière décidée et logique, incapable de répondre aux questions tordues que la machine me posait. « Vous frottez-vous la peau pour vous blanchir ? » J'appuyais pour me débarrasser de la question. « Non ! » Aussitôt après, je me retrouvais face à un miroir : « Avez-vous vu votre visage ? Vu votre blancheur, vous devez utiliser une crème blanchissant la peau comme nombre de vos compatriotes. Répondez honnêtement aux questions ! Nous contrôlons vos réponses et nous connaissons votre visage. En entrant, vous avez été pris en photo sur 360 degrés. Nous confrontons vos réponses à ces images. Vous ne pouvez pas mentir ! » La rampe me déplaça jusqu'à la borne suivante. « Quelle crème utilisez-vous pour blanchir votre peau ? » Je ne savais pas répondre et me bornais à poser la main sur l'écran pour stopper le compte à rebours. Il fallait que je sorte de ce piège. Mais, sans savoir comment, j'avais déclenché à l'écran un cours sur l'art de blanchir sa peau. « Lorsque, comme vous, on est noir, il faut traiter sa peau. On ne peut la laisser ainsi, car la peau est comme un cuir, il faut l'entretenir. Bien choisir sa crème blanchissante, c'est bien choisir les ingrédients qui la composent. Selon votre couleur, vous pouvez plus ou moins changer – au fur et à mesure des années – votre carnation. Regardez, cet homme... » Est apparu à l'écran un homme dont le visage semblait fait d'arachides agglutinées. « Il a mal choisi sa crème et maintenant son visage s'effiloche. » Un doigt a traversé l'écran pour s'enfoncer dans le crâne du cobaye comme dans de la pâte à tartiner. « Il a utilisé un mauvais mélange. Il a trop voulu se blanchir. Pour bien traiter sa peau, il faut savoir la malaxer. Et bien choisir son produit... Pour une peau, comme la sienne, avec cette texture et cette couleur, l'huile de noisette ou la pâte de noisettes sont très fermement recommandées. Regardez ! Vous ouvrez la boîte, mettons de pâte, vous malaxez soigneusement la pâte avec votre crème et vous couvrez votre peau. À force de répéter le geste, jour après jour, votre peau change de couleur. Mais surtout, elle devient onctueuse et douce. Vous en prenez la maîtrise, vous la contrôlez. Il n'y a pas de mal à vouloir se blanchir la peau. Les inégalités dans ce monde sont telles que cela peut se comprendre. Regardez, Michael Jackson, il l'a fait. Mais il a eu tort de recourir à la chirurgie, les crèmes c'est très bien. Si vous êtes noir de peau et que vous voulez blanchir, voilà comment il faut procéder… » La machine, à nouveau, me débitait son laïus sur la méthode pour se blanchir la peau. L'image du doigt s'incrustant dans la peau de cet homme me restait dans la rétine, la peau qui s'étirait en lambeaux collants et grumeleux. Je n'arrivais pas à m'en détacher. Faisaient-ils vraiment cela ? Trouvait-on des gens dans le monde pour se pétrir la tête jusqu'à ce qu'elle change de nature, qu'elle devienne modelable ? Soudain je vis passer l'homme sur la photo, celui-là même, devant moi. Son visage était inquiétant. On y sentait en effet quelque chose de factice. Il était devant moi, soumis aux mêmes tests. Il devait apprendre à se défaire de ses habitudes. L'écran me rappela à l'ordre : « Voulez-vous oui ou non vous blanchir la peau ? » Je suis parvenu d'un geste maladroit à répondre par la négative. Le tapis m'a mené plus loin devant un nouvel écran. « Vous avez déclaré être noir d'ébène. Vous avez tenté de vous blanchir la peau. Mais vous avez déclaré ne pas le souhaiter. Cela est visible et dommageable. Il est temps d'en terminer avec les faux-semblants et les à-peu-près. Nous allons donc restaurer votre ancien système, cher monsieur. Vous redeviendrez noir immédiatement après. » La borne a reculé dans un bruit de turbines et s'est écartée vers la droite. Elle a été remplacée par une toile tournant sur elle-même, un morceau de tissu imbibé qui roulait à toute vitesse. Il avançait sur moi, frétillant et en projetant, de tous côtés, des gouttes noires. La chose arrivait sur moi, est passée sur mon visage et mes chaussures. C'était une machine à cirer et à lustrer les peaux. Ils avaient tanné mon cuir. Dans la seconde d'après, un miroir se figea devant mon visage. Ma peau était noire et luisante, un noir profond et dense, teinté, en son cœur, de brun. Ma peau brillait, le cuir de mes chaussures brillait de la même teinte. Je m'étais transformé en sapeur africain. J'essayais de sourire de ses dents d'une blancheur immaculée… Les vertus du contraste.

Extrait du dossier médical – 21 juillet

Électromyographie*. Fédération de neurophysiologie. **Conclusion.**

Conduction motrice : les **deux nerfs SPE et le cubital ne sont plus excitables. Aucun nerf n'est enregistrable** y compris le facial droit.

Dr L. (interne) EMG* ce jour, **tous les nerfs explorés sont inexcitables.**

Début de **fibrillation* musculaire.** Mais **amélioration clinique au niveau du visage** (yeux, rotation de la tête, mouvement des lèvres. Détection : apparition de **fibrillation*** et **PLD** dans les premiers interosseux droits et gauche, deltoïde droit, radial gauche et **houppe du menton.**

Au TOTAL : plus aucun nerf stimulable et apparition de fibrillations*, moins important que ne le voudrait la clinique.

Niveau infectieux : **baisse de la fièvre.**

J'ai cru alors que la torture avait pris fin, que je pourrais retrouver ma future femme. La rampe s'était remise en marche et me guidait vers la sortie. Mais, avant le portique, elle m'a fait passer sous un porche d'où émanaient des vapeurs intenses et chaudes. Des jets puissants sur ma peau, avec des éponges et des brosses mécaniques qui frottaient toutes les parties de mon anatomie. Elles se concentraient évidemment sur mes fesses, où il n'y avait nulle trace de caca. Une fois la douche terminée, une voix proclama fièrement : « Matière fécale 0 %, tout est rentré dans l'ordre. » La machine m'a rhabillé, ajusté devant un miroir. Mon visage était toujours aussi noir. Je me suis surpris à le trouver plus beau, plus juste, comme si ma vraie nature avait été celle-là et que la machine, par erreur, me l'avait restituée. Mon nez me semblait moins gros et mon corps paraissait s'être allongé. J'étais devenu un autre. La rampe me menait directement vers la sortie. Je glissais vers la libération. J'avais réussi à me retenir de chier. J'étais bon à marier. La rampe m'a déposé devant le portique, propre et noir comme un sou neuf. Un peu plus loin, devant le comptoir orange d'une compagnie à bas coût, Caroline était pendue au téléphone. Elle regardait fixement dans ma direction, un échalas noir tout droit sorti de la machine. Je venais de passer l'une des épreuves.

J'ai fait un pas en avant, vers ma nouvelle vie d'homme-oiseau.

Extrait du rôle infirmier – 21 au 22 juillet

Veille	**Hyperthermie** à **38°5** puis **chute** à 6 h.

31

Le mariage des oiseaux

L'alarme a retenti. Les trois « dongs » distordus. « Last call for Mr Razon. » Caroline m'a empoigné. Je regardais ses jambes métalliques, sa canne. Comment ferais-je pour avoir autant d'allure qu'elle ? Nous avons franchi la porte.

Extrait du rôle infirmier – 22 au 23 juillet

Garde.
Soin **trachéo*** fait en stérile. **Urine trouble.** À surveiller. ECBU* fait. Communique +++. **Ouverture aux ¾ œil gauche, totale œil droit, ouverture bouche partielle.**

Au-dehors, la lumière était blanche et scintillante. Pour la première fois depuis longtemps, je sentais le vent frais sur ma peau. Était-ce possible ? Face à nous, des hommes par centaines. Des ouvriers, des infirmiers, des marins, des médecins, des commandants de bord, des pompiers, des animateurs, des putes, des hôtesses de l'air, des barmen, et ma mère et mon père et ma sœur et mes amis. Ils étaient tous là. Petit homme, figure pâle dans l'ombre de la porte, j'observais la vie… Et le ciel enfin.

Mes jambes flageolaient. Étaient-ils comme nous des hommes-oiseaux ? Ils semblaient nous attendre, ils guettaient, attentifs, nos mines surprises. Il régnait un parfum de fête, d'allégresse car deux nouveaux membres allaient rejoindre la communauté. Je voulais poser des questions, savoir ce que cela changeait. Mais je n'en ai pas eu le loisir. À notre arrivée, ils ont formé une double haie d'honneur devant laquelle nous devions passer. Leur mine réjouie accompagnait notre progression. Caroline souriait. Elle m'entraînait avec elle. En moi quelque chose résistait, s'opposait. Je voulais rester Boris, le fils de mes parents. Et que nous feraient-ils si nous voulions rester des hommes ? J'avais ce sentiment diffus : je voulais redevenir un homme, vivre une vie d'homme. Là était mon destin, pas avec un peuple d'élus.

Au bout de l'allée, sur un promontoire, une enseigne rouge : « Tapas ». C'était un grand bar blanc au sol carrelé recouvert de sciure de bois. Une petite terrasse avec un barbecue avait été aménagée devant, les tables étaient disposées sur le côté. Devant le comptoir, sur un grand buffet, des victuailles appétissantes. Ça sentait l'ail et le calamar, le poisson et les poivrons. Des grappes d'aux et d'oignons étaient suspendues au plafond. Face à nous, une très vieille femme toute de noir vêtue. Une de ces veuves du Sud au visage flétri par les années, aux yeux de taupe et à l'allure de momie. « C'est elle, la folle savante, celle qui voit l'avenir. Oui, c'est ici qu'elle consulte. Ses yeux brillent comme des pépites. On la croirait aveugle mais ce qu'elle voit toujours se réalise. » La voix parlait directement dans mon cerveau.

Extrait du rôle infirmier – 23 au 24 juillet

Jour.
Aspirations ORL très abondantes. Le soulagent beaucoup.

Douleur au niveau des jambes et des pieds => Rivotril*. **Yeux** moins rouges, **laissés ouverts à sa demande.**

Patient bouge la tête, beaucoup + flagrant qu'avant, meilleure mobilité de la tête.

Caroline et moi nous sommes présentés devant elle. Nous attendions la divination. Sur la table, un verre de cognac, un autre de vin blanc et du persil en grande quantité. La femme en a choisi deux brins qu'elle nous a accrochés à l'oreille. « Tu dois me donner le sang de ton sexe pour que je sache. C'est ainsi qu'on regarde. Prends cette écuelle et va aux toilettes. Reviens-en avec le sang de ton sexe. » L'écuelle était une coupelle en étain qui servait à faire revenir les œufs. Elle était sale, tachée de vert. « Ne bouge pas », m'a dit Caroline. Elle est revenue avec, dans l'écuelle, son sang d'un rouge très foncé, presque coagulé avec des bulles. La femme a humé son sang d'un air empressé, penché l'écuelle d'un côté, puis de l'autre, examiné les dépôts marron, fait chauffer l'écuelle sur une bougie jusqu'à ce que le sang commence à coaguler, plongé ses doigts et malaxé les boules de sang, approché de nouveau l'écuelle de son nez, fait goutter le sang dans une coupelle jaune, réchauffé les restes, reniflé et est demeurée silencieuse un long moment. Un soupir rauque et permanent émanait d'elle. Elle avait fait tout cela avec un grand détachement comme s'il ne s'était nullement agi des humeurs de ma femme mais d'un acte administratif et rigoureux, répertorié. Ses yeux étaient clos. Elle ne bougeait pas. Caroline retenait sa respiration. Elle voulait tant avoir un enfant. Je l'observais. Son visage était mangé par la peur et la crainte d'une déception. Elle m'aimait, je le voyais. Elle n'avait pas honte. C'était une femme et elle voulait ce qu'elle voulait, voilà tout. Elle pouvait aussi bien se mettre nue ou faire la danse du ventre, elle savait ce qu'elle voulait. Et ma compagne voulait me donner un enfant. La vieille n'avait toujours rien dit.

Tu vois, j'attendais qu'elle parle, cette femme, qu'elle nous dise ce qui allait advenir. J'espérais moi aussi, que crois-tu ? Mais elle s'est tournée vers moi de ses yeux livides d'aveugle. Elle s'est levée et m'a conduit vers la plancha. J'ai vu mon avenir dans ce barbecue. Une femme est apparue à l'intérieur. Elle a crié : « Deux calamars ! deux ! », et elle a débité deux doigts de ma main droite en rondelles pour les mettre sur le gril. Elle a ensuite lancé : « Une sardine ! une ! », et j'ai vu une forme cuire sur la plancha. J'ai mis longtemps à comprendre qu'il s'agissait de mon sexe. J'ai relevé la tête pour oublier cette image. Puis j'ai baissé les yeux sur mon pantalon : à la place de mon sexe, une arête de poisson pendait. Ils m'avaient coupé la bite. Caroline est arrivée portant son écuelle à deux mains : « C'est bon, mon amour, c'est bon, nous allons avoir des enfants. Je suis enceinte. » Mes yeux étaient rivés à l'arête qui pendait à la place de ma bite. C'était impossible. Comment avaient-ils pu me faire cela ? Ma sardine étêtée pendait mollement devant mon pantalon. Elle oscillait devant moi comme un pendule. J'étais démembré.

Une voix a retenti : « Il est l'heure maintenant. L'heure de laisser l'agneau à son destin. Caroline vous devez le quitter. Vous pouvez partir maintenant. Nous vous remercions d'être venue jusqu'ici. Il est rare que nous recevions des visites aussi longues et agréables. Mais il nous appartient. Allez-y, partez, et ne vous retournez pas. Laissez l'enfant à son destin. Laissez-le seul faire face. Il vous reviendra peut-être. » Alors Caroline s'est détournée, elle m'a laissé dans cette ville isolée de province. Elle est partie car il était trop tard.

Et je l'ai affronté. Mon destin était un combattant. Le prince des illusions, le champion des artifices. Nous étions dans cette ville au milieu des oiseaux, des artificiers, des légumes. Ils avaient formé une ronde autour de nous. Je le connaissais mon ennemi, je l'avais admiré en son temps. Il marchait sur moi, calme et d'une beauté solaire. À chaque pas, il grandissait, usant de cette extraordinaire fumée rose. Il semblait gorgé de pouvoir. Autour de nous, une bulle de fumée qui s'élevait du sol, sortait de toutes les anfractuosités de la roche. Il était drapé dans un drap de l'Assistance publique. Oui, je le connaissais, il m'avait accompagné depuis le début et me ressemblait comme un frère. Le sol s'est mis à trembler. Je devais le vaincre. Mais je n'avais aucune force, encore moins d'énergie. J'étais paralysé.

Extrait du rôle infirmier – 24 au 25 juillet

Garde.
Pas de germe dans les urines.
Communique +++ : nette amélioration/hier. Réussir à tirer +/- la **langue.** Ouverture des deux yeux.
S'est plaint **de douleurs cervicales dans l'AM,** après plusieurs repositionnements : mieux.
S'est plaint de douleurs au niveau des membres inférieurs difficilement qualifiables : pas fourmillement, pas picotement, pas brûlure : **douleur profonde.** Fébrile à 38°.

Il marchait sur moi, les cheveux en bataille et l'œil vif. Il marmonnait une prière comme une litanie hébraïque. Il avait à la main une roulette ou un scalpel. J'étais paralysé. Je ne pouvais ni bouger ni crier. Il s'est collé à moi. Du pouce et de l'index, il m'a ouvert la paupière. Et il m'a baisé l'œil. Son souffle chaud me brûlait et ma vue s'effaçait. Mes yeux devenaient noirs, plus d'œil, plus d'iris, ou de pupille. Toutes les pépites étincelantes de mon iris avaient disparu. Il ne restait qu'une orbite et ma vue perdue. Il a alors embrassé mon œil gauche. Il exultait. Il a exécuté devant moi une petite danse enfantine. Je distinguais son ombre noire sur le voile gris de mes yeux. C'était comme s'il avait éliminé la couleur et la vie, comme si la surface réfléchissante avait été effacée du territoire. J'étais terrorisé et aveugle. Il savourait sa victoire. « À moi on ne sacrifie ni la vie ni la nuit, je suis le maître des nids, la lumière dans le cerveau, la clé dans la tête, je contrôle tous les artifices de la vie. »

Sa prière ressemblait à une complainte juive, il avait cette rythmique particulière cassée, relevée par endroits, qui lui donnait un sens. C'était comme si sa parole devait révéler le monde, restituer les mécaniques complexes qui en font le sel. Les mots ne prenaient pas sens seuls, c'était le rythme qui les unissait, les dépassait, leur faisait vivre une sarabande nouvelle. Clément, je le découvrais, maîtrisait la kabbale ou quelque chose approchant. Il savait les secrets du monde et les dessous de ses mots. Il savait invoquer le secret caché de la terre. Ou en tout cas, il le faisait croire. La litanie prenait possession de mon corps. Il voulait m'enlever ce qui m'appartenait.

Extrait du rôle infirmier – 25 au 26 juillet

Jour.	Bilan sanguin fait. Œil droit encore très **rouge.** **Douleur +++** ce matin.

La terre a tremblé plus fort, elle secouait le peu de vie qui restait dans mon corps. Que se passait-il ? Pourquoi la terre tremblait-elle ? Les mots du maître des artifices résonnaient et vibraient dans la terre et dans ma tête. C'était comme si les deux communiquaient. Je ne voyais plus que des ombres et je sentais mes forces s'évanouir, partir, nourrir l'artificier. Il se gonflait de mes faibles forces. Ses mots aspiraient les miens, sa prière était un trou dans lequel je me dissolvais. Il allait me réduire au silence. Moi mutilé, sans sexe, sans doigts, transformé en homme-oiseau, il voulait me retirer la seule chose qui me restait : les mots. Je tombais à genoux. Il absorbait tout. Caroline, le passé, le présent, le futur. Tout lui appartenait. Ma mémoire était sienne. Il priait si fort que le ciel s'est coloré de rose. Alors que je sentais les derniers mots s'échapper de moi, alors qu'il aspirait les dernières gouttes de mon cerveau, les trois « dongs » ont retenti.

Extrait du rôle infirmier – 25 au 26 juillet

Jour. avant son départ pour **Garches.**
5 mg de morphine

« Tu vas voir, ça va te faire du bien pour le voyage, ça t'aidera à moins souffrir. » J'ai senti un flash comme si un rempart venait d'être élevé contre l'aspirateur à idées. Mon adversaire s'est arrêté. Ses yeux ronds comme des billes étaient roses. Il ne pouvait plus rien contre moi. Ses prières, ses attaques étaient vaines, elles ne m'atteignaient pas. Il psalmodiait, il hurlait, convoquait les dieux et les cieux mais rien n'y faisait. En moi, une forteresse avait été bâtie. Il a tout essayé. Sa colère était si puissante, elle tirait sur tous les muscles de son visage. Un fou, un psychotique, voilà ce à quoi il ressemblait. Il ne pouvait plus rien.

Il est parti dans le lointain. Je l'observais, une capuche remontée sur le crâne, s'éloigner en zigzaguant. Il se parlait à voix haute et tête basse. Les gens accouraient et s'embrassaient. Je suis resté au sol. « Allez viens, on t'emmène à Garches. » Des hommes m'ont ramassé. Les premiers secours. Ils m'ont enveloppé dans une couverture gonflable comme après un accident de ski et m'ont fait glisser lentement. Je venais d'affronter le maître des artifices.

Extrait du rôle infirmier – 25 au 26 juillet

Garde.
Douleurs tout l'après-midi. 14 h, patient se plaint de la **nuque.** Perfalgan donné vu interne. 15 h algique +++. Rivotril* donné. Efficacité + à 16 h moins douloureux. 17 h patient **algique +++ surtout au niveau nuque, jambes (articulations) et dos.** Grande difficulté à trouver une position +/- confortable. À 20 h somnolent et fatigué. Communique bien.

Troisième partie

UN HOMME

L'hôpital

Extrait du dossier médical – Hôpital Raymond-Poincaré Garches – 26 juillet

Assistance publique Hôpitaux de Paris – Raymond-Poincaré – Service de réanimation Letulle – Observation médicale.
Boris Razon, né le 27/12/75
NIP : 3799130749
NDA : 660551937
26 juillet 2005 – 12 h 45 – **DR L** (PH)
Motif de l'hospitalisation
Homme de 29 ans, hospitalisé pour **poursuite** de prise en charge d'une **méningo-polyradiculonévrite aiguë** probablement de type Guillain-Barré* atypique.

ANTÉCÉDENTS
Médicaux
Acouphène et surdité de l'oreille gauche depuis 10/99
Kyste épidermoïde intra-osseux occipital droit, asymptomatique, suivi en neurochirurgie à la Pitié par le professeur Cornu.

Chirurgicaux

Familiaux

Allergies

Mode de vie
Journaliste
Vit en **concubinage**
Voyages récents en février-mars 2005 en Guadeloupe, en avril en Norvège à Oslo pendant deux jours et fin mai sur les îles grecques.
Dîner dans un restaurant thaïlandais le 21 juin.
Traitements à l'entrée
Sondalis HP 1000. CC/24 h.
Sondalis Fibre 1000 cc/24 h.
Pommade vitA 6 x 24/h
Sérum phy 1000 cc/j.
Vit B1 1 ampoule/J.
Atropine* 05.mg si FC < 50/min.
Par voie IV.
Inexium 1/24 h.

Diff k 600 mg x 3/24 h.
Tranxène 5 mg x 2/24 h.
NaCI en fonction de pertes urinaires.
Autres :
Forlax
Rivotril* 3gtes x 4/24 h
Lovenox 0,4 ml/12 h
Protocole **Actrapid**
Ventilé en mode VAC, Vt 480 ; FR 15, FiO2 40 %.

HISTOIRE DE LA MALADIE

25 juin 2005
Douleur d'allure radiculaire du MS droit (C8-D1) avec sensation d'engourdissement et idem pour la cuisse gauche.
Du 26 au 30 juin : aggravation des troubles sensitifs : paresthésie distale des 4 membres, engourdissement, ataxie* proprioceptive* le tout de manière très asymétrique (DT > gauche).
Paresthésie au niveau de la face. Apparition de troubles visuels en rapport avec une mydriase* unilatérale à droite.
Le patient consulte aux urgences de l'hôpital Saint-Joseph, le 28 juin.
Transfert en réanimation neurologique à la Pitié le 29 juin.
À l'arrivée en réanimation : le patient est **conscient**, orienté. Mydriase* droite réactive sans autres troubles de l'oculomotricité ; ataxie* du MS droit sans troubles moteurs, ROT sont asymétriques, diminuées à droite, RCP en flexion ; la bouche est sèche. Pas d'autres particularités à l'examen clinique. Les examens paracliniques retrouvent une lymphopénie et une hypobéta1Gbèmie, **toutes les sérologies sont négatives,** bilan immuno nl ; la PL* montre une méningite lymphocytaire sans dissociation albuminocytologique et l'EMG retrouve une atteinte périphérique extrêmement sévère aux 4 membres.
Du 1er au 3 juillet : aggravation rapide des troubles nécessitant une intubation naso-trachéale, le patient présente une **tétraplégie** flasque*, une **diplégie** faciale, une **paralysie oculomotrice* complète** et quelques épisodes de **bradycardie*** sans dysautonomie* vraie.
Du 3 au 25 juillet : le patient est **stable** sur le plan neuro ; devant le tableau de méningo-polyradiculite une ATBthérapie large spectre est instaurée et des cures **d'IG** sont débutées (5 au totales). À noter, la mise en place d'une **trachéotomie*** le 20 juillet (noté 20/06).
Depuis le 25 juillet : **début** de **récupération** clinique, avec **ouverture palpébrale** possible et début de récupération de l'oculomotricité verticale ainsi que des **mouvements** latéraux et verticaux de la tête.
Transféré à Garches pour poursuite de prise en charge pour raison de fermeture estivale du service.

Examen clinique d'admission

Signes généraux et vitaux
Poids (kg) : 58
Taille (m) : 1m80
Temp : 36,1
FC (bpm) : 66
TA (mmHg) : 134/85
FR (c.mn) : 15
BMI : SaO2* (%) : 100ss 40 % de FiO2

Examen cadio-vasculaire

BDC régulier.
Pas de souffle audible.
Pouls périphériques perçus.

Pas de signe d'IC.
Mollets souples et indolores.
Examen respiratoire.
Patient trachéotomisé ventilé en mode VAC, Vt480, FC 15 et FiO2 40 %.
Adapté à la machine
Mv bilatéral et symétriques.
Pas de bruits surajoutés.
Pas de signe de DRA.
Examen neurologique.
Patient **conscient**, orienté.
Tétraplégie flasque*.
Diplégie faciale.
Paralysie oculomotrice*.
Anisocorie à type de mydriase* droite réactive.
RPM consensuel est conservé.
Déficit sensitif complet
ROT abolis aux 4 membres.
RCP indifférents.
Examen abdominal et pelvien.
Abdo SDI, pas de défense **ni de contractures.**
Pas de **masses** palpables, pas de globe.
Orifices herniaires sont libres.
Sonde U en place.
Examen ostéo-articulaire
RAS.
Examen cutané
RAS.
Examen ORL
RAS.
Aires ganglionnaires
RAS.
Autres.
CONCLUSION DE L'EXAMEN INITIAL
Méningo-polyradiculite aiguë non étiquetée probablement de type Guillain-Barré* atypique en cours de récupération avec déficit au sensitivo-moteur complet sans dysautonomie* franche.

EXAMENS COMPLÉMENTAIRES À L'ADMISSION
Biologie
GB : **6500** GR : **2,92** Hb : **8,8** Ht : **27,9** VGM : **95,5**
Plaq : **283 000**
TP : **82 %** TCA : **40/34**
Fib : 3,72 Na+ : **132**
K+ : 3,9
PH : **7,43** PaCO2 : **5,89**
CO2T : 30,8 Pa02 : **15,7**
SaO2* : **99,5 %**

Bilan inflammatoire
ECBU*
ECG
RSR à 80/min
Pas de TDR ou de TDC
Axe nl

Pas de troubles de la repolarisation.
Radiographie pulmonaire.
Échographie.
Fibroscopie.
Scanner.
IRM.

Hypothèses diagnostiques
Méningo-polyradiculite aiguë probablement de type Guillain-Barré*.
Traitements initiaux effectués
Poursuite du ttt déjà initiée

Tu sais, mon ami, je crois que la douleur est une histoire. Les miennes, de douleurs, sont longues et profondes. Leur trajet est inscrit dans mon corps, elles suivent le chemin de mes nerfs. Et la circulation est coupée. Elles ne peuvent pas remonter jusqu'à moi, elles ne peuvent pas envoyer des signaux, alors elles trouvent des chemins détournés, elles me montrent des images, des doigts coupés par exemple. J'essaie de trouver des explications, tu comprends. Sinon c'est insupportable. Et puis les images sont trop précises, trop réelles, trop proches. J'arrive à te raconter cette histoire mais souvent elle m'étouffe. Quand, au hasard d'un geste, les infirmières me rappellent un épisode du passé. Quand je crois que je replonge dans la nuit. Quand ils m'ont transporté à l'hôpital juif de Garches, mon ami, tu ne peux pas t'imaginer la joie que j'ai éprouvée. J'avais attendu tout ce temps de retrouver un hôpital. Car, aussi étrange que cela puisse paraître, je n'aspirais qu'à une chambre moche et réconfortante, avec mon respirateur et mes tubes. Pour pouvoir enfin me reposer.

À l'hôpital, j'ai retrouvé Caroline et ma sœur, mon père et ma mère. Ils m'attendaient. Ils étaient en piteux état. Mon père était si maigre qu'il semblait sortir de camp et ma mère était d'une pâleur et d'un silence déchirants. Cette maladie et ces aventures l'avaient éreintée, elle avait besoin de se reposer, de surmonter la dépression qui rampait en elle. Annette et Caroline avaient besoin des soins appropriés aux femmes enceintes et moi j'étais un animal blessé, humilié. Entre mes jambes pendait quelque chose qui n'était plus un sexe mais un os de poisson, une arête, et j'avais été tant et tant de fois découpé en tranches que mon corps ressemblait à un amas de peuples désunis : un agrégat de viandes diverses et plus ou moins avariées. Pour nous tous, l'hôpital était une étape nécessaire, le temps de se refaire une santé.

Tu sais, je ne voulais pas rester un homme-oiseau. Ça ne m'inspirait pas. Je concevais en secret le projet de nous faire opérer pour récupérer une vie d'hommes, Caroline et moi. Je ne doutais pas qu'aux États-Unis on soit capable de le faire. On sait faire tant de choses aujourd'hui. Comment aurions-nous pu perdre nos corps à jamais ? Mon corps actuel me semblait sec et fonctionnel. Il avait oublié le plaisir. Je voulais retrouver l'usage de mon corps puis partir me faire opérer. J'étais sûr que c'était possible.

Extrait du dossier médical – Hôpital Raymond-Poincaré Garches – 26 juillet

26 juillet – Écueil des facteurs de risques d'escarres*.
Service Lit o Réa.
Pathologie : Guillain-Barré*
1/**Âge** : 0-30 = 0
2/Irritants chimiques et mécaniques : **incontinence urinaire totale avec diarrhée ou transpiration = 3**
3/Mobilité physique : **Immobilité des quatre membres = 4**
4/Niveau d'autonomie : **dépendance totale** = 4
6/État métabolique : **Présence de signes de déshydratation** = 2
7/Sensibilité : **trouble de la sensibilité** = 4
8/Participation aux soins : **comprend et ne coopère pas** = 3
Score supérieur à 12 = risque important d'escarres.
Score du patient : 20.

Les premiers secours m'ont laissé à l'accueil auprès de mes parents. Je croyais cet hôpital très moderne. Pourtant, l'intérieur semblait terne et usé ; l'accueil était beige et triste. Et la femme hommasse qui le tenait faisait peur à voir. Le médecin est arrivé par l'escalier. Un homme de petite taille à la barbe en collier et au front dégarni, un visage d'intellectuel new-yorkais, d'écrivain dépressif. Sur son nez trop petit, il portait des lunettes à double foyer et semblait encore avoir du mal à accommoder. Le vieil homme a baissé ses lunettes sur son nez et nous a observés sans ménagement. Une bande de pieds nickelés, des va-nu-pieds, pouvait-il croire. Après avoir détaillé chacun de nos corps avec minutie, il nous a dit : « Si ce n'était pas un cas à part, je ne vous prendrais pas ici. Vous savez, normalement, nous n'acceptons que les juifs orthodoxes. Je peux faire des exceptions mais quand même je ne dois pas exagérer. Sinon, je perdrais les fonds de la communauté et d'Israël. Mais si vous êtes des nôtres, vous êtes des nôtres. Vous êtes circoncis au moins ? » Mon père a opiné du chef. Quant à moi, j'ai fait semblant de ne pas avoir entendu. Mon sexe était une plaie au milieu de mon cerveau.

Transmissions infirmières ciblées – 26 au 27 juillet

Douleur de position.
Lui demander s'il est bien positionné => signes de tête.
Fermer les yeux la nuit et le jour hors des soins.

Nuit du 26-27
MDM **stable.**
Cutané : **œdème*** oculaire.
Respi : bien adapté.

FR et Sat ok.
Aspi peu productive.

Je rêvais de discuter avec ce médecin, de définir avec lui les opérations à mener pour recouvrer mon corps et celui de ma future épouse, savoir ce que nous devions faire, où nous devions aller. Mais il n'a pas daigné nous adresser la parole. Il a fait venir des infirmières pour nous montrer le chemin de nos chambres et nous a quittés sans plus de considération. Décidément, ces hommes ne cesseraient jamais de m'étonner. Trois aides-soignantes sont venues nous prendre en charge. Annette et Caroline ont été guidées vers la maternité, un peu plus loin. L'une des aides-soignantes a mené mes parents vers une chambre pour eux. Je restais seul, sans personne pour s'occuper de moi. Je ne savais pas où aller mais je me sentais en sécurité. J'attendais. Puis, d'une porte battante, le médecin dégarni est sorti sans prendre la peine de me regarder – il avait le nez dans un dossier – et m'a asséné un « Suivez-moi » des plus comminatoires. Je lui ai emboîté le pas dans un dédale de couloirs sombres avant d'entrer dans une grande salle nue, au sol couvert de tatamis. La pièce était grande et bénéficiait de la façade vitrée de l'hôpital. Pourtant, la lumière était grise et triste. Mon père patientait en caleçon et maillot de corps. Il m'a souri, gêné que je le voie en si petite tenue.

« Mettez-vous à poil. »

J'ai obtempéré sans protester, trop content cette fois de bénéficier des faveurs du professeur.

« Mais qu'est-ce que c'est que ça ! »

Le médecin regardait mon sexe avec insistance et dédain.

« Je croyais qu'il était circoncis.

– C'est le cas, a dit mon père, il a été circoncis. On ne peut pas dire qu'il ne l'est pas.

– Mais il n'a qu'une arête de poisson à la place de la bite. Il n'a plus de sexe, de *spunch*, de *brunch*. Il n'a plus rien d'un juif. Comment puis-je savoir qu'il est juif, moi, que ce n'est pas un goy à arête ? Je trouve tout ça très douteux, pas kasher pour un sou. Je n'aime pas ça, je n'aime pas ça du tout. Monsieur, venez dans mon bureau.

– Mais regardez, je suis juif et je suis son père. Il ne peut pas y avoir de doute...

– Et sa mère alors, hein, et sa mère ? Expliquez-moi comment un juif, un vrai, peut se retrouver avec un truc comme ça à la place du *zgeg*. Il y a forcément un problème. Ça ne peut pas nous arriver. »

27 juillet 2005 14 h 34 – Dr L.

Entretien avec sa famille (3 médecins, 1 psychologue) ; leur ai expliqué que **actuellement semblait en amélioration mais que nous manquions de recul.** Par ailleurs la famille souhaite :
– **Un changement de secteur,** pour que le patient soit dans le secteur prenant habituellement en charge ce type de patients ; leur ai expliqué le manque de place et ai dit que j'en parlerai à Mme C.
– Une **adaptation des horaires de visite pour sa compagne.** Leur ai dit que cela dépendait des soins en cours pour les deux patients de la chambre.
– Que **l'on explique au patient l'évolution de sa maladie.**

Il s'est approché de moi, a tâté mon arête du bout des doigts sans comprendre ce qu'il touchait. Je n'osais même pas regarder mon entrejambe. Il a poussé un léger soupir avant de s'intéresser à mes yeux. Il auscultait mes paupières et surtout mes orbites. Il les faisait craquer sous ses doigts. Mes yeux étaient secs. Ses doigts me semblaient démesurément gros.

« Oh et puis ses yeux, ils vont mal, très mal. Il faut les nettoyer, faire un bain profond. Il ne voit plus les couleurs déjà. On peut s'en occuper, ça, on sait faire. Mais avant, je voudrais bien régler cette histoire de bite avec vous. Venez dans mon bureau ! »

Il s'est dirigé vers une porte attenante et l'a fermée derrière mon père. Il voulait se montrer discret mais j'ai entendu leur conversation :

« Ici c'est un hôpital juif pour juifs, pas une ferme à poissons. Mes subsides viennent d'Israël, comment voulez-vous que je fasse, moi, si je perds mes financements ? Nous avons les meilleurs résultats d'Île-de-France, c'est important. Nous le devons à nos moyens et à une clientèle triée sur le volet – juive au demeurant. Et vous m'amenez ce bout d'homme...

– Mon fils !

– Oui, votre fils, avec sa bite avariée. Je ne peux pas l'accepter parmi nous. Comprenez-moi, je peux traiter la dépression de votre femme. Je peux m'occuper d'elle, et de vous avec. Je la soignerai comme elle n'a jamais été soignée ailleurs. On la traitera bien et je tenterai de remédier à ce que la torture a fait de vous. Je ne garantis pas un rétablissement complet mais une véritable amélioration. Quant aux filles et à leurs bébés, on fera tous les examens d'usage. Il ne faut pas s'inquiéter. Pour votre femme, ça sera long, l'hospitalisation. Vous savez comment c'est, vous êtes médecin, je crois. Il faut compter six mois. Mais elle s'en remettra. Mais lui, vraiment je ne sais pas comment faire.

– Écoutez, on est là tous les jours avec lui depuis le début. Ma femme ne voudra pas le laisser. Il faut qu'on trouve une solution. On ne peut pas mettre quelque chose sur sa bite pour que vous l'acceptiez comme juif ?

– Vous ne comprenez pas, c'est sacrilège. Notre religion. Il ne peut pas y avoir d'homme sans *shmegele*. Et lui, cette arête centrale avec les os autour.

– Et si on installe quelque chose par-dessus, un truc qu'on brancherait. Qui ferait une bite… Un *schmug* quoi ?

– …

– Je sais pas, un vibromasseur ou une brosse à dents électrique. Vous savez les modèles qui tournent et qui ont un socle. Je suis sûr que ça s'emmancherait parfaitement sur son arête. Vous le garderiez ?

– Essayons, mais même comme ça je ne le garderai pas plus de deux jours. On lui installe une brosse à dents, notre ophtalmo s'occupe de ses yeux et après je ne veux plus le voir.

– Je vous remercie. »

Ils sont sortis tous deux du bureau comme si je n'avais rien entendu de ce conciliabule. Le médecin s'est agenouillé devant moi et a examiné de près l'arête qui me servait de sexe. « Voyons voir un petit peu, a-t-il dit en tripotant la chose. Et si j'essayais d'installer ça là-dessus… » J'ai entendu un léger « clic » et puis un vrombissement. J'avais une brosse à dents électrique à la place de la bite. Elle tournait sur elle-même bruyamment et je n'en comprenais pas l'intérêt. Qui pouvait vouloir d'une brosse à dents à la place du sexe ? Mais mon père et le médecin semblaient ravis. Ils souriaient de toutes leurs dents, mon père, car il y avait enfin du plein à la place du vide, et le médecin, car il venait de trouver une solution pour les deux prochaines nuits. Je n'avais toujours pas l'air très kasher mais, au moins, je n'étais plus démuni. J'avais un sexe, certes étrange, mais un sexe tout de même. Je regardais la chose vrombir entre mes jambes et me demandais quelle bouche voudrait s'y frotter. Le Pr Weinberg semblait absolument ravi de sa trouvaille, il contemplait ma bite comme si elle était une œuvre ou le début d'une phase de mutation. « Venez par ici, mon jeune ami. Cher monsieur, je vous laisse, votre femme est entre de bonnes mains. Quant à vous, mon jeune ami, on va s'occuper de vos yeux. On va vous faire un bain d'œil, ce sera du plus grand effet. Je vous conduis dans la chambre de votre compagne. Rhabillez-vous, mon ami, je ne doute pas que votre nouveau jouet lui fasse le plus grand effet mais nous sommes dans un hôpital… Ah ah ! allez venez… »

Le professeur a suivi des rires pour me mener jusqu'à la chambre des femmes enceintes. Sur un mur rétroéclairé, leurs radios étaient affichées. Caroline passait une échographie. Le médecin peinait à voir l'enfant. « Vous savez c'est un homme-oiseau, c'est un peu différent, expliquait Caroline. – Madame, je connais mon métier ! » Le Pr Weinberg avait fait silence comme s'il cherchait à découvrir l'enfant, à le voir, comme si le moment était grave : « Faites-la passer entre les deux radios. N'hésitez pas, ce sera plus simple. Venez, mademoiselle, vous voyez ces deux pans de mur, placez-vous entre les deux. Allez-y… Allez, allez, "hop, hop", vous êtes jeune, ne nous faites pas attendre. » Elle s'est glissée entre les deux pans de mur. J'avais eu le temps d'apercevoir son corps nouveau, nu. Je me demandais ce que cela ferait de se fourrer dedans. Et puis je me suis souvenu de ma transplantation honteuse. Mais soudain, sur le mur, une tache blanche au milieu du noir, une tache à la merveilleuse forme d'oiseau, de moineau encore en pleine croissance. C'était mon fils, mon petit fils-oiseau. Je regardais cette tache blanche merveilleuse sur la radio et j'ai compris que j'allais être père. Que cet enfant dans le ventre de ma femme était le mien. Je regardais mieux, on pouvait déjà distinguer quelques plumes sur son petit corps dodu. Il n'était pas du tout dans l'utérus de ma femme. Au contraire, il était placé juste en dessous de son cœur, au niveau de la cage thoracique. Il avait l'air d'une telle douceur !

Fiche d'identification – service lit réa – date d'entrée dans le service 26 juillet

Motif d'admission : transfert.
Évaluation de la douleur à l'admission.
Patient **douloureux ?**
Oui.

Pourquoi ? **Douleur à la nuque lors de la mobilisation.**
Douleurs liées à son Guillain-Barré*
Ne bouge pas du tout.

Signes tête bouche.

Le professeur m'a poussé du coude. « Vous pouvez le toucher si vous voulez. » Je l'ai regardé, interdit. « La grossesse chez les femmes-oiseaux n'est pas tout à fait pareille, elle ressemble plus au fait de couver. Une fois qu'il a atteint une taille raisonnable, l'enfant peut sortir et rentrer. Il profite en quelque sorte du ventre de sa mère pour croître en paix. Vous êtes son père, vous pouvez le toucher. Il ne risquera rien. » Je m'avançais vers Caroline qui m'a coulé un regard d'une douceur inconnue – elle reconnaissait le père en moi – et m'a embrassé sur la bouche. Puis, d'un geste lent, elle a guidé ma main vers son ventre soyeux de plume à la recherche d'une brèche au niveau de ses côtes. Elle chuchotait à mon oreille mais je n'entendais rien tant j'étais absorbé par ma main. Nous avons glissé à l'intérieur de son corps, il faisait une chaleur merveilleuse et humide, moite et veloutée. Ma main a avancé jusqu'à toucher une surface d'une finesse admirable. C'était la tête de mon fils. Une tête de petit oisillon. J'étais fier et heureux. Peu m'importait qu'il fût un oiseau ou un homme, c'était mon fils, notre fils. Je lui caressais le crâne et le plumage, je sentais ses ailes qui, bientôt, se rétracteraient. Je buvais la vie dans les yeux de mon épouse et découvrais que nos nouveaux corps offraient des horizons. Ma main était toujours à l'intérieur de Caroline, je profitais de sa chaleur et des battements de son cœur. Je pouvais, paraît-il, me réfugier moi aussi dans ses entrailles si je le désirais et elle dans les miennes. C'était une vertu de nos corps. Caroline me souriait. Comme moi, elle pouvait à peine parler. Notre amour, pour la première fois, avait donné la vie. Et pour rien au monde, nous n'y renoncerions. Nous étions protégés par les pans de la radio et je me penchais sur elle pour l'embrasser à pleine bouche, une bouche qui ne marchait pas tout à fait comme je le croyais. Elle m'a murmuré : « Tu sais, je crois que ça peut être bien comme ça… » Je voulais la croire mais en moi une résistance rampait : j'aurais tant voulu être un homme.

Le professeur m'a rappelé : « Venez, monsieur, il faut que je m'occupe de vos yeux. On va le faire ici, comme ça vous pourrez rester avec votre femme et votre fils. Asseyez-vous. »

Il m'a désigné une chaise. « Je vais vous laver le globe oculaire. » Il a saisi une coupelle en plastique de la taille d'une casserole et l'a remplie d'un liquide brillant et lumineux. Son doigt s'est attardé ensuite sur mes yeux. L'un puis l'autre. Il en a tout retiré : les pupilles, les iris, les petites taches qui en faisaient les couleurs. C'était comme une poussière qu'il aurait mise à tremper dans le liquide, mes yeux étaient là. Il tamisait le tout comme un chercheur d'or. « Voilà, on va laisser vos yeux reposer un peu dans cette lotion et ils vont retrouver toutes leurs fonctions. » Je regardais l'espèce de soupe claire dans laquelle baignaient mes yeux, loin de moi. Ma femme paisible couvait un peu plus loin. Mais la silhouette est passée par là. Le malfaisant, le destructeur, le maître des artifices, celui que j'avais affronté. Ses cheveux ondulés sont apparus dans l'entrebâillement de la porte. « Oh, mesdames et messieurs, ne vous en faites pas, je ne suis que de passage. Je suis malade, complètement malade. » Il roulait des yeux, avait l'air de se consumer de l'intérieur, hanté par des pensées qui refusaient de s'interrompre. Le docteur m'a pris à partie : « Il est juif comme vous. Nous l'avons accepté. Nous le laissons circuler car il n'est pas dangereux. Il souffre d'un complexe d'opposition. Il philosophe et provoque les idées en duel, c'est tout. Il suffit de l'écouter. »

Prescription d'examens – G.

Bilan **d'entrée** avec **ECG**, **RP**, bilan **d'hygiène** +++. Bilan entrée.
sortie, **testing musculaire**. NFS-Plaquettes, B12.
Iono sang + urines, folates

L'homme s'est dressé face à moi : « Alors d'accord ? » J'ai opiné du chef. Il a commencé, de son phrasé kabbalistique : « Je vais te suivre et te poursuivre jusqu'à ce que tu comprennes. Tes idées sont miennes et tes amours aussi. Plus rien ne t'appartient. C'est l'heure du duel. Je joue aux échecs avec ta vie. C'est une partie difficile car je joue contre moi-même. Qui va gagner ? Je te conseille de partir. Ils te cherchent. Ils savent que tu es ici. Ils vont te débusquer, ils vont t'attraper. Bientôt ils frapperont à la porte. » Mais de qui parlait-il ? Ses mots me faisaient frémir comme s'ils avaient révélé des abysses nouveaux.

Trois coups. On frappait, déjà, à cette porte. J'aurais reconnu entre mille le martèlement de ces poings. Ils cognaient de toutes leurs forces. Comment avaient-ils pu me retrouver ici ? Les coups redoublaient. Depuis combien de temps étaient-ils sur ma piste ? Je pensais avoir bien brouillé les cartes. Ils frappaient avec acharnement. La porte allait céder. « BORIS, TU M'ENTENDS ? » Je ne pouvais pas bouger, j'étais paralysé par la peur. Je voulais m'enfoncer, me cacher tout entier. Cinq coups secs encore. Je tremblais. Peut-être y avait-il un autre endroit où se réfugier ? « BORIS, TU M'ENTENDS ? » Pourquoi étaient-ils venus me chercher ? « NOUS SAVONS QUE TU ES LÀ. RÉPONDS ! » Des coups à nouveau contre la porte. Pourquoi me voulaient-ils à tout prix ? Pourquoi voulaient-ils me sortir du noir ?

Ces coups dans le noir. Ils me dérangeaient. Je ne pouvais pas me laisser aller, je ne pouvais pas m'abandonner à la nuit. J'étais au fond du trou. Ils frappaient, ils frappaient. Quoi, que voulaient-ils encore ? Mais non, ils tapaient et tapaient encore. Pourquoi ? Merde. Laissez-moi. « BORIS, TU M'ENTENDS ? SI TU ES LÀ, MONTRE-TOI. » La phrase est apparue devant mes yeux, en lettres de feu puis elle s'est envolée. J'ai tenté de la suivre, je montais pour rattraper les mots. J'étais au fond du puits et je remontais lentement. C'était inévitable. Les coups ébranlaient mon corps mais j'étais aspiré. Ces mots. « BORIIIIIIS, TUUUUUUUU M'ENTEEEEEEEEEEEENDS ? » Ils m'irritaient. Ils me forçaient à sortir. Je me suis faufilé au milieu des ordures. J'ai remonté ce long tunnel noir pour toucher une trappe. La porte. J'avais peur. Il fallait qu'ils s'arrêtent. Je devais les empêcher de frapper ainsi. J'ai poussé contre la trappe de toutes mes forces. Mon visage a émergé du noir.

J'ai ouvert les yeux. Et vous étiez là, face à moi. Oui, vous étiez là, toi, mon ami, et l'autre qui me surveille. Vous étiez là, oui, avec les putes et les démons, avec les légumes et les oiseaux, avec les infirmiers et les artificiers dans ce parfum de haine et de débauche. Vous étiez là au milieu des bruits : les bips réguliers du monitorage, la pression sur mon bras lorsque le tensiomètre se déclenche, le décollage des avions ou des hélicoptères au-dehors, le souffle de la climatisation, les alarmes qui se révoltent, la soufflerie du lit et celle du respirateur. Et j'étais là aussi, et le monde autour de moi semblait normal, identifié. L'hôpital ! Était-ce possible ?

Transmissions ciblées – 27 au 28 juillet

Douleur ++ à 16 h. Rivotril*, tranxène, **Atarax.**

Nuit du 27 au 28 : **fébrile** à 38°3 à 4 h.

28 juillet 2005 11 h 55 – V.

Le patient a eu un épisode fébrile ce matin à **38**,8 °C. Les **hémocs*** sont prélevées.

L'état **neurologique** est **inchangé. Se pose une question de continuer des EP.**

Écho-doppler veineux à discuter.
Ablation de VVC ce jour.
Bilan PRN J30 à faire.

Transmissions ciblées

Hémocs* 38°8.

Nous sommes là, mon ami. Ici, à l'hôpital. Je le sais. Tous les bruits me le disent : « Tu es à l'hôpital », ils me rassurent. Caroline me glisse des mots d'amour à l'oreille, des mots comme une caresse de papillon. Ma femme-oiseau, ma femme, mon oisillon. Autour de moi, une vibration différente, comme si j'étais sorti du noir. « Si je ne bouge pas, on va pouvoir me soigner, me sortir de là », voilà ce que je pense maintenant. Je guette les bruits. Il y en a plein. Les pas des infirmiers dans le couloir, ceux des médecins, les chariots qu'on tire et qu'on déplace, les lits des patients qu'on mène aux examens, le son de la serpillière sur le sol, les voix que l'on distingue de loin. Les voix de ceux qui sont autorisés à me rendre visite. Caroline, ma mère, mon père et ma sœur, mon ami Morgan. Les voix de ceux qui se relaient presque nuit et jour pour maintenir une présence et me dire : « Tu n'es pas seul. Nous sommes là, nous t'aimons. » Et je sais qu'au-dehors, il y en a d'autres encore qui sont ici même dans cet hôpital, pour les soutenir à leur tour et leur dire : « Vous n'êtes pas seuls, nous sommes là, nous vous aimons. » Et ils me le disent aussi à moi, par la même occasion. Mon ami, je te mentirais si je te disais que je ne les sens pas, ces vies qui me pressent de revenir, de retrouver ma place parmi les hommes. Et ces cris d'amour frappent dans ma tête. Mais moi, où suis-je vraiment ?

Prescription d'examens – V.

NFS, CRP*, GDS, Iono sanguin urinaire, ASAT, ALAT, GBT, PAL, Bilirubine.

Radio thorax
Pose de **KT*** rose au poignet droit.

Ablation du KT* central deux lumières.

Je dois me concentrer sur des faits concrets. Je suis dans un lit d'hôpital, dans une chambre que je ne connais pas. Je ne sais pas ce que j'ai. Mais pour le reste... Que s'est-il passé ? Je fais les additions, combien de morts ai-je sur la conscience ? J'ai tué l'homme dans la cafétéria, les musulmans dans la yourte, j'ai mis à sac une banlieue, une bombe a explosé par ma faute, j'ai dévasté la ville... Et lui, là. Je le sens sur moi. Je ne sais pas comment dire, je sens son poids sur mon thorax. Il ne bouge pas mais c'est comme s'il rôdait autour. Il est une menace posée à côté de moi. Son silence m'effraie. Il laisse la place à l'imagination et aux souvenirs. Que vont-ils faire de moi ? Savent-ils que j'ai pris une balle dans la tête, m'ont-ils opéré pour ça ? Non, surtout pas, ils ne doivent pas savoir, ils ne doivent rien savoir des artifices. S'ils découvrent la balle, ils poseront des questions. Ils ne doivent rien savoir. Je dois me taire. Je suis ridicule. Me taire alors que je ne peux même pas parler. Tant que je suis réduit au silence, je ne risque rien. Mais après ? Tu sais, je ne comprends vraiment pas. Je me croyais généreux et humain, un mec de gauche ouvert et tolérant. Et je me suis transformé en boule de haine.

Souvent, ma pensée s'attarde, elle revient aux jours d'avant, elle fait des comptes. Juste avant – je ne sais pas encore l'appeler –, j'avais été pris dans l'angoisse de mes trente ans approchant : qu'avais-je construit, qu'avais-je fait ? Rien d'encore solide. Je voulais un enfant avec Caroline, je voulais changer de vie, de rythme, profiter de mon temps, cultiver mes talents. Je pense à cette femme qui m'a lu l'avenir une fois, elle m'avait prédit beaucoup de succès et aucun problème de santé. Pourtant je m'étais tourné vers elle en partant et je lui avais demandé : « Vous êtes sûre, pas de problème de santé ? » Et elle m'avait renvoyé chez moi. Je pense aux présages sordides de la femme de Garches : plus de doigts, plus de bite. Je ne peux même pas regarder ce qu'il en est. Je sens le tube dans mon nez. Je ne sais même pas si j'ai la brosse à dents.

29 juillet 17 h 04 – L.

Stable.

Je suis perdu dans ce labyrinthe. Il est là. Il est tout le temps là. Je le sens au-dessus de moi. Je ne sais pas comment dire. Quand tu n'as que l'ouïe pour te guider, tu commences à ressentir les vibrations de l'espace, comme si tous les volumes émettaient des ondes. Et celles d'un homme sont légèrement différentes de celles des meubles. Elles sont plus molles mais plus puissantes, comme si elles aimantaient tout ce qui se trouve autour. Il m'observe. Je suis tout seul avec lui. J'ai l'impression que personne ne le voit. Quand les infirmiers ou ma famille passent, personne ne le salue ni n'échange quelques mots avec lui. Dès qu'ils arrivent, sa présence, ce poids sur mon ventre, disparaît. Les infirmiers, j'écoute leurs histoires, leurs voix qui ignorent jusqu'à ma présence. Je suis un objet. Un simple objet. Comme un tube qu'on remplirait d'air, parce qu'il le faut. Le matin, pour me laver, on me prend, on me retourne, on change le drap, on me nettoie et on me repose. Je suis sous perfusion, je vis sous perfusion. Des tuyaux, des tuyaux, des tuyaux. J'en ai un dans la bite, un dans le nez, un dans la gorge. Des liquides entrent dans mon corps par des voies qu'il faut trouver. Mes veines ne résistent plus bien. Elles se cachent sous la peau, s'enfoncent pour que les infirmiers ne les trouvent pas. Comme je les comprends. Si je pouvais, moi aussi, disparaître de leur radar à tous. Les veines, quand elles ne se cachent pas, elles durcissent. Les endroits trop piqués s'épaississent, ils luttent contre l'agresseur. Et souvent, figure-toi qu'elles roulent sous l'aiguille. Pendant trente minutes, les infirmiers cherchent, tapent sur le bras pour les faire remonter, mettent de l'alcool, retournent la main. C'est comme une partie de pêche à la baleine. Ils finissent toujours par trouver. Et puis s'ils ne trouvent pas, ils m'opèrent. Hier, ils m'ont injecté l'anesthésique par le cul car il n'y avait pas d'autre moyen. Ils voulaient poser un cathéter* dans la veine sous-clavière. Je ne dormais pas. J'ai senti le scalpel froisser ma peau. J'ai senti le tube glisser en moi en même temps que le médecin de garde frimait devant les infirmières. Mais je préfère ça plutôt que l'armée des ombres.

Prescription d'examens – V.

Bilan PRN J30.
Testing fait.
CV – Pressions imprenables.

NFS Plaquettes, iono u + sang, radio Thorax + ECBU*.

30 juillet – Prescription d'examens – V.

NFS, CRP*, GDS,
Iono sanguin urinaire

Caroline, mes parents, ma sœur, Morgan, je voudrais qu'ils comprennent ce qui m'arrive, cet autre qui me tourne autour. Je ne suis sûr de rien. Là, il est là. Je le sens. Assis sur la chaise, il me regarde. C'est Leïla qui s'occupe de moi cet après-midi. Je l'adore, cette infirmière. Elle met une telle ardeur à me soigner ; elle m'explique tout ce qu'elle fait. Et j'ai l'impression qu'elle me veut du bien. Elle est capable de passer plusieurs minutes à plier et replier des draps pour installer mon corps, lui éviter des escarres*. Elle glisse des draps sous mes coudes, des coussins sous mes bras, elle positionne soigneusement l'oreiller sous ma tête de manière à ce qu'il malmène le moins possible ma nuque fragile. Tout cela avec une infinie douceur. Leïla est une perle de l'humanité. Elle parle peu et se donne à fond. Et moi, je ne peux même pas lui dire merci. Et j'ai mal encore, mal si loin que je ne sais même pas où. Mal parce que je ne comprends pas d'où ça vient. Je me sens surveillé, il est là. Je dois me taire. Ne rien dire. Oublier ce que j'ai traversé. Oublier la violence et les morts, oublier les artifices et le monde d'où je viens. Personne ne peut comprendre. Ils me prennent tous pour un survivant mais ils ne savent pas à quoi j'ai survécu ni où je suis mort en réalité. Ma mère me répète tous les jours : « Tu ne vas pas mourir, mon fils, tu m'entends ? Tu ne vas pas mourir, je le sais. Tu ne vas pas mourir, tu m'entends ? » Et moi je pense : « Mais, maman, sais-tu combien de fois je suis déjà mort ? Pourquoi ne t'a-t-on pas prévenue ? Quelqu'un devrait te le dire. » Et j'enrage contre mon père qui n'a pas eu le courage de lui dire la vérité : son fils est mort. Je suis mort. Je suis à côté d'eux et je les sens. Ils ont le dos voûté par la peine, ils se débattent dans le torrent. La douleur est si puissante. Alors c'est comme ça ? Je les vois, collés l'un à l'autre, ennemis intimes soudés par la souffrance. Ils font front et essaient de réanimer l'enfant perdu. Ma mère chante, elle chante des chansons yiddish au-dessus de mon lit. « Pourquoi ? Que veux-tu, maman, c'est mort tout ça. J'ai tué, j'ai exterminé, j'ai haï, la peur a fait son chemin en moi. Tes chansons ne me touchent plus, ou, si, elles me touchent trop fort. Je ne veux plus, maman, je ne suis plus sensible. Arrête. » Et alors je la vois ELLE, surgie de nulle part noircir la chambre et se glisser derrière mes parents. Elle les surplombe de sa haute taille, les ailes de son carrosse comme celles d'un ange. Elle les menace. Et ma mère chante, innocente. « Pitié, ne lui faites pas du mal », ils sont en haut d'une falaise et moi sur un rocher en contrebas. Je dois faire semblant, feindre d'être dans mon lit d'hôpital. « Pitié, ne touchez pas à mes parents, prenez-vous-en à moi encore mais pas à mes parents, je ferai tout ce que vous voudrez. » J'ai compris. Je ne dirai rien. Je ne suis plus de ce monde. Je leur appartiens. Ils décident de tout, où je suis, ce qui se passe. Je ne dois rien dire. Je suis à leur merci. Mais alors pourquoi ? Pourquoi me laisser parmi les hommes, pourquoi m'avoir ramené à l'hôpital ? Pourquoi ai-je l'impression d'être à côté de moi, de me surplomber ? Et, lui, qui est-il ? Fait-il partie comme moi de ceux qui vivent dans l'entre-deux ?

J'échafaude des hypothèses sur cet homme que je sens à mes côtés. Peut-être est-ce normal ? Peut-être sommes-nous des milliers à errer dans ces limbes, incapables de communiquer avec les autres, perdus dans nos cerveaux ? Peut-être avons-nous pour mission de nous tenir compagnie ? L'internationale des comateux. Des centaines, des milliers d'hommes et de femmes dans le coma ou dont le corps est devenu un cercueil. De par le monde, ils veillent les uns sur les autres en silence, à deux ou à trois par chambre, invisibles aux êtres humains. Un monde parallèle et calme, une cohorte muette et solidaire comme si nous étions en « observation ». Pas celle des médecins, non, l'autre… Je ne voudrais pas que tu te trompes. Je ne suis ni mystique ni croyant. Les forces de l'esprit ne sont pas une évidence pour moi. Mais je ne peux pas non plus fermer les yeux : le monde s'est solidifié autour de moi. Il a pris de l'épaisseur car j'ai gratté les couches. J'ai creusé les profondeurs. Et je formule des hypothèses car tout le monde fait mine d'ignorer ce qui m'arrive. Pas la maladie, la douleur, l'hôpital, pour ça ils sont là. Mais le reste, je suis seul avec le reste, seul avec le déferlement de violence, la peur, la haine, les massacres. Et le jugement.

Tu sais, si elle n'était pas là, je ne sais pas comment je ferais. Je me repose sur Caroline. Je l'écoute, et à travers mes paupières closes, j'essaie de la regarder. Nous avons commencé à parler avec les yeux, à nous dire des choses qui se passent de mots. Tu sais, mon ami, sans elle, je ne m'en sortirais pas. Imagine-toi un peu au fond d'un lit avec un rythme cardiaque qui frise les cinquante, la berlue et des ennemis qui te plantent des banderilles dans le dos. Imagine cela et pense à cette minute où j'entends ses talons dans le couloir. Je reconnaîtrais son pas entre mille. Tu vois, elle a pris quelques minutes pour se maquiller avant de venir me voir, elle s'est faite belle pour moi. Moi, son homme en train de crever dans un lit. Tu comprends ça ? Tu ne peux pas savoir ce que c'est, une femme comme ça, mon ami. Elle te tirerait de la tombe. Et moi tout occupé que je suis, je ne peux pas m'empêcher d'essayer d'être à la hauteur de cette femme si belle qui m'aime et se dévoue pour moi. Elle entre et elle me raconte des histoires, elle me parle de son travail qu'elle reprend, de ses filles, de nos amis, elle me parle de tout ce qui nous entoure. Et elle me caresse le corps, le masse. Elle m'observe aussi, cherche les traces de douleur ou les escarres*. Elle me voit maigrir presque chaque jour. J'ai perdu quinze kilos depuis mon entrée dans cette chambre. Je pèse cinquante kilos. Je suis un sac d'os d'où émergent çà et là des parties saillantes. Mes cheveux poussent autour de mon crâne, ils s'étalent sur l'oreiller comme le halo d'une méduse. Je ne ressemble à rien et je ne peux rien lui dire. Et pourtant elle est là. Elle se mettrait nue pour me faire revivre. Elle me montrerait son sexe si elle savait que je peux y puiser de la force. Tu comprends, je ne suis rien et elle est là, elle me parle encore comme si j'étais son homme. Tu ne peux pas comprendre ce que c'est que l'amour dans une chambre d'hôpital. Mais c'est la seule chose qui compte.

Transmissions ciblées – Nuit du 30-31 juillet

Sécrétions buccales **hyperproductives, sales et glaireuses.** Aspirations fréquentes.	Aspirations **collantes.**

Il ne fait rien. Il est posé là et il attend. Mais quoi, bordel ? Il attend quoi ? J'explose. Ma femme arrive. Elle vient contre moi. Ses mains me frôlent mais je ne le sens pas, je le devine. Elle m'embrasse à pleine bouche mais je ne le sens pas. Je le sais. Elle me raconte sa journée comme si j'étais là, vraiment là, avec elle. Mais je le guette où est-il ? Que va-t-il me faire ? Où va-t-il m'emmener ? J'essaie de me concentrer sur les mots de ma femme : « Mon amour, je vais te mettre un peu de crème. J'en ai pris une nouvelle. Il faut bien te masser pour t'éviter des problèmes. » Ah oui ? Lesquels ? Mais je ne peux pas focaliser mon attention, je le cherche. Il rôde comme un requin. Il va vouloir nous emmener encore. Comme avec mes parents. Va-t-il choisir le même endroit ? Non, il a choisi un autre lieu. Nous ne sommes plus dans mon lit mais à même la terre. Je sens le poids de ma compagne sur moi et la viscosité de la boue tout autour. Une odeur entêtante de feuillage et d'humidité tropicale. Il nous a transportés tous les deux dans les soubassements de la chambre, dans une piscine désaffectée envahie par la végétation. Que veut-il me dire ? Caroline continue à me masser, elle se love contre moi. Je sens la vapeur d'eau partout. Caroline se colle plus fort à moi. A-t-elle remarqué où nous sommes ? Je l'espère de tout cœur. La forêt est en train de pourrir tout autour. Elle se colle plus fort. Ma respiration s'emballe. Je sens bien qu'elle veut me calmer. Mais voit-elle ce qui nous entoure ? J'entends ses mots tendres : « Allez, calme-toi, tout va bien, calme-toi, mon chéri. » Les a-t-elle vraiment prononcés ? Je ne sais plus. Je ne suis sûr de rien sinon qu'en un rien de temps, il est capable de nous emmener ailleurs. Il maîtrise le temps et l'espace, il a le contrôle de ma vie. Mais je ne sais pas ce qu'il veut, voilà. Le simple fait de le savoir là me rappelle les jours passés. Tu sais, ce sont des années.

Transmissions infirmières ciblées – 31 juillet

Aspirations buccales et trachéales abondantes et collantes.

Lavage semble très **douloureux** malgré le Rivotril*. **Famille très inquiète.**

Transmissions infirmières ciblées – Nuit du 31 juillet au 1er août

Patient algique. Rivotril* sans grand effet.

22 h. **Poche à urine vide.** Sonde à plat : 1400 ml recueillis.

1er août – Prescription d'examens – G.

NFS, CRP*, GDS, Iono sanguin urinaire.

Radio thorax.

1er août 2005 15 h 50 – M-H M. (psychologue)

Premier contact avec la famille ce jour.
Le discours tenu à la mère semble l'apaiser.
Il est convenu que je vienne voir le patient demain matin lorsqu'il sera seul.

Si mon père n'était pas là, à entrer chaque jour dans ma chambre en me disant : « Boris, nous sommes le 1er août aujourd'hui, cela fait trente-deux jours que tu as été hospitalisé et un mois que tu as été intubé », je croirais avoir vécu dix ans. C'est sa manière à lui de me parler en homme. Il a les pieds sur terre. Mais quand j'ai entendu cela pour la première fois, je n'ai pas compris. J'ai essayé de faire des comptes, d'aligner les jours et les nuits, mais j'en suis incapable. Mes repères sont troubles, ce mois a duré un siècle. Je m'accroche à la date comme à une bouée de sauvetage. C'est pour ça aussi que je t'ai tout raconté ou presque, pour que mon temps de vie soit consigné, que je m'en souvienne et que personne ne puisse dire que cela ne s'est pas passé. La date et les bribes de conversation qui me parviennent sont mes hameçons, je les gobe comme un poisson. Je voudrais qu'ils me remontent à la surface. C'est comme ça que ma vie s'orchestre, les mots qui me viennent des autres, leur présence. Les infirmiers viennent à heure fixe. Je commence à bien les connaître. Il y a ceux qui saluent, qui tentent de lier contact au-delà de la surface, et les autres, ceux qui me traitent comme un simple sac de viande. Mais tu sais, je ne les blâme pas. Quand ils entrent, je suis content. Ça veut dire que la vie continue, que les rituels se poursuivent. Ils font toujours tout dans le même ordre et n'en changent jamais. Ils viennent à deux le matin, ils lisent la prescription, préparent les médicaments, changent les perfusions, me les branchent, changent la poche de nourriture, vident ma gourde d'urine, surveillent les points d'entrée, nettoient ma trachéotomie*, passent une compresse sur mon visage et sur ma langue, changent le drap de mon lit en me faisant la toilette, puis me laissent. Avec tous sauf une, cela se passe ainsi. Elle, quand elle entre, je sais que je vais avoir mal. Les autres infirmiers en discutent d'ailleurs, de sa violence à peine dissimulée, de son désintérêt pour les patients. Quand elle manipule mon corps, elle réveille en lui des geysers de souffrance. Elle est douée pour cela. Elle est malheureuse, disent les autres ; son fils de dix-sept ans la vole et la frappe. Et nous, les patients, nous trinquons. Elle fait partie de l'équipe du matin. Ils arrivent le matin à 7 heures puis passent toutes les deux heures. Le relais se fait en début d'après-midi et enfin, à 21 heures, les dinosaures débarquent, les capitaines de la nuit. Eux ils sont maîtres en leur domaine. L'hôpital leur appartient et les patients dorment, en général. Ils cultivent une forme d'indifférence. Dans l'après-midi, j'ai droit à des visites. Caroline puis mes parents, ma sœur et Morgan. Tu sais, toi tu m'entends mais, pour eux, je n'ai pas un mot. Je suis un bloc de glace, une tombe. Ils m'appellent, me parlent, ils vivent à mes côtés et font de moi un être vivant. Ils m'arrachent aux griffes de la folie et à celles de mon geôlier. Et moi je ne peux pas répondre. Ni même esquisser un geste pour leur dire « C'est moi, Boris, c'est moi, je suis moi. Je suis là. » Tu sais maintenant, je les entends et je les comprends. Je sais quand ils entrent et quand ils sortent, ce qu'ils disent et ce qu'ils ne disent pas. Chacun a ses manières. Savent-ils que je les entends ? J'en suis sûr. Même si je suis derrière un mur et que ma prison est mon corps. Avec leurs mots, ils frappent des coups de marteau. Ils vont bien finir par percer un trou. Caroline est la plus déterminée : « Boris, mon amour... Ne me laisse pas seule. Ça a déjà été si compliqué de se trouver ; de s'offrir une vie. Tu ne vas pas me laisser en chemin. Boris, mon amour. » Sa tendresse creuse des sillons dans mon corps, essayant de le réveiller. Mais rien. Les mots chez moi s'entrechoquent, je voudrais répondre, lui témoigner de mon amour. « Boris, tu sais, je suis allée au cinéma. Dis, Boris, est-ce que tu as déjà vu des chats verts ? Il y avait ça dans le film », m'a demandé dans un enregistreur ma belle-fille Salomé. Je voudrais lui dire : « Non, des chats verts, je n'en ai jamais vu mais je pourrais te raconter les hommes-légumes, et les hommes-oiseaux. J'ai de grandes ailes sous les bras maintenant. »

« Non, Bobik, mon fils, tu ne vas pas mourir, tu m'entends. Tu n'as pas le droit. – Maman, maman, maman : je suis déjà mort ! » « Hé Bobo, quand est-ce que tu reviens faire la cuisine à la maison ? a enregistré Romane. – La cuisine, ma petite, mais la nourriture je ne sais plus ce que c'est, les aliments ça n'existe pas ! » « Tu entends, mon frère, est-ce que tu entends le son de la Méditerranée ? Je te l'ai rapporté de Corse. Écoute-le bien, m'a dit ma sœur. – Je ne sais pas, je ne suis pas sûr de l'entendre. » « Et reconnais-tu la sonnerie de mon téléphone, c'est celle de Jack Bauer de *24 Heures*. – Oui, oui je la reconnais. Sais-tu, Annette, que moi aussi j'ai identifié des terroristes, que j'ai été poursuivi par eux et que j'ai déjoué un complot. Moi aussi ! » « Alors comment ça va, mon grand ? Tu vois, c'est dur au boulot en ce moment. C'est la guerre. Et tu sais quoi, je la mène en pensant à toi, à l'endroit où tu te trouves, et je me dis que, le boulot, c'est du pipi de chat à côté du combat que tu livres. » « Boris, nous avons eu les résultats de tes examens aujourd'hui. Ils espèrent que ça va aller mieux bientôt. Ils ne savent toujours pas ce que tu as eu. Ici ils disent qu'ils ne t'auraient pas donné d'immunoglobulines, que ça ne servait à rien. Il faut t'accrocher, mais je trouve que tu encaisses bien. Tu vois, tu as des infections, de la fièvre, mais tu tiens. C'est bien. Continue comme ça. » Les médecins aussi leur parlent et j'entends : « Vous savez, ces pathologies se déroulent de cette manière. Plus la phase de plateau est longue, plus ce sera dur. Mais il est jeune, il va s'en tirer, c'est sûr. Il va remonter, c'est sûr. Ça n'est qu'une question de temps. Il faut s'accrocher c'est tout. Ne pas s'épuiser. D'ici trois mois, on n'en parlera plus. Vous tirerez un trait sur tout ça. La vie reprendra ses droits. Ce n'est qu'une question de temps maintenant, croyez-moi. »

Transmissions infirmières ciblées – 2 août

Radio comparative.
Douloureux lors de la mobilisation.

J'entends et j'enregistre, mon ami, je compte les secondes, les minutes, les heures qui me rapprochent de vous et de vos vies. Tu ne m'en veux pas, je dis « vous », les bien portants. J'écoute, attentif, tous les bruits qui m'environnent, ceux que produisent mon corps ou les traitements. Le « boump » de l'air qu'on envoie dans mon estomac pour vérifier que la sonde naso-gastrique* est bien en place, le bruit du plastique qu'on déchire pour sortir les seringues, les tubes, les perfusions, le froissement des gants en latex, le son de l'eau qui coule sur la paillasse, le bruit de sonar qu'émet le respirateur, les alarmes quand quelque chose chez moi s'enraye. J'écoute et je catalogue. Chaque journée émet son lot de bruits identiques.

La réalité est simple. Elle se résume en quelques mots :

– Je suis entièrement paralysé depuis plus d'un mois.

– Je ne peux pas respirer, pas pisser, pas manger, je ne peux pas même soulever un cil. Je suis comme mort, enfermé dans mon tombeau.

– Ils attendent que je guérisse de moi-même. Il n'y a rien à faire.

– Je suis sorti de la zone de grand danger. Ils attendent d'un jour à l'autre que mon état s'améliore.

Mais pour être plus près d'elle, il faut que j'ajoute :

– J'ai traversé des mondes inconnus.

– Je suis un meurtrier doublé d'un homme-oiseau.

– Il me surveille. Je ne sais pas bien qui il est.

– Je ne comprends pas tout ce qui m'entoure.

Tu sais, je ne suis pas dupe. Je suis en train de m'en sortir. Et il ne le veut pas. Il essaie de me retenir dans cet autre monde. Il me tire en arrière, m'attrape par la manche alors que la vie m'appelle. Ma femme, un avenir. Non, il veut me garder avec lui, avec les putes japonaises, m'enfoncer la tête dans ce ventre putréfié. Là où l'on baise, où l'on dévore son voisin, où l'on tue, le creuset des peurs et des haines. Là où je me suis enfoncé. La peur est son principal argument. Ma peur, la honte aussi. Je me sens coupable. Le maître des artifices ne veut pas me quitter et retourner parmi les siens dans l'outre-monde. C'est lui ou moi. Voilà ce que je crois. Je ne sais pas comment tout ça s'est noué. Je les avais pris pour des alliés, ces créateurs d'illusions. Je me suis trompé. Les rencontrer, c'était signer ma perte. Ils m'ont entraîné plus profond. J'ai cru qu'ils allaient me sauver à Écully. Mais en vérité, ils n'ont fait que me compromettre davantage, comme s'ils voulaient m'empêcher de revenir. Je crois qu'ils l'ont dépêché ici pour me surveiller, pour m'empêcher de raconter ou me ramener avec lui. Je crois qu'ils ont peur de ce qui pourrait se passer si je révélais leur existence. Ils ne veulent pas qu'on sache, pour les passerelles entre les mondes. Ils ne veulent pas qu'on dévoile tout ça. Ils ont peur de moi, de ce que j'ai vu, de ce que je pourrais divulguer. C'est ça. C'est sûr. La douleur et la peur sont leurs passerelles. Elles leur permettent de prendre place à nouveau, de s'installer, de coloniser mon cerveau. C'est pour ça qu'il est là. Il n'a pas perdu espoir. Il pense pouvoir m'emmener encore. Si j'en crois les médecins, il ne lui reste plus beaucoup de temps.

Mais je n'arrive pas encore à le contenir. Trop de douleur, trop de peur. À chaque fois, il s'installe, il prend ses aises. Ce matin, mon genou menaçait d'exploser. Il me faisait si mal, comme s'il avait été fendu en deux dans la longueur avec la plaie ouverte sur l'os, à vif. La douleur est un animal qui ne te lâche pas une fois qu'il t'a mordu. Elle t'empêche de réfléchir, elle te paralyse et concentre toute ton énergie. La douleur est un monde. Le sien. Et, chaque fois, elle m'entraîne. Mon genou était sur le point d'exploser, je le sentais s'échauffer, rougir, gonfler, je ne savais pas ce qu'il avait, pourquoi il s'irritait comme cela. Je sentais mon genou sur le point d'exploser et, tout à coup, je me suis retrouvé assis sur un télésiège, et la barrière était coincée dessus ; elle le comprimait contre le rebord. Nous étions la nuit au Japon et je tournais sur ce télésiège qui ne voulait pas s'arrêter. Je n'étais pas seul. Caroline se trouvait dans la balancelle du dessous.

2 août 17 h 32 – Dr L. (ph)

Bursite* du **genou droit**. À l'examen : genou droit est indolore à la palpation sauf la zone de bursite*, pas d'**épanchement**, pas de **choc** rotulien, flexion à 150°, pas de flessum. T=37.6° CAT : radio de genou face, profil bilatéral et comparatif et surveillance ; si évolution négative ou apparition d'un épanchement, **réaliser une ponction de genou.**

Ma mère et mon père étaient derrière moi et, derrière encore, mes amis, ma famille plus éloignée. Nous étions en pèlerinage sur cette montagne japonaise. La nuit était claire, un peu grise. La piste en dessous était sombre et les sapins laissaient une ombre froide sur le sol. Et le télésiège tournait, j'étais coincé, je voulais en finir, en terminer, que ça s'arrête. Mais il continuait à tourner, à monter au sommet de la montagne et à redescendre. Au fur et à mesure, les autres descendaient du télésiège et moi j'étais bientôt seul à bord. Avec une douleur lancinante, insupportable. Ils m'attendaient en bas mais j'étais incapable de descendre. J'ai compris que c'était le lieu de ma mort. Ce télésiège où je me trouvais seul, cette montagne désolée très loin de mon pays étaient le décor de mon suicide. Il fallait que je me décide à mourir. Et j'en étais incapable. Si je voulais que ça s'arrête, je devais mettre fin à mes jours. Au bout de plusieurs heures, le télésiège s'est arrêté en bas, non loin du panneau d'arrivée, mon genou coincé en son milieu. Au pied de la piste, une foule m'attendait. Au bout d'un long moment, des infirmiers sont venus, ils sont sortis du groupe en contrebas. Ils se sont approchés de ma balancelle et, avec une longue épée effilée, ils ont tranché du genou jusqu'en haut de la cuisse un long morceau de ma viande. « C'est de la bonne, presque de la viande argentine », avait clamé l'un d'eux en brandissant le morceau sanguinolent. La douleur a diminué et j'ai retrouvé ma chambre et l'autre qui veillait non loin de moi. Et j'ai compris, mon ami. Ce que tu ignores probablement, c'est que la douleur est une langue, un paysage. La douleur communique avec le cerveau, elle lui parle et se montre. Tu sauras donc que la douleur a des couleurs lorsqu'elle surgit, que le rouge est sa couleur de plus forte intensité, tu sauras aussi qu'elle a besoin de s'exprimer, de sortir quelque part. La douleur est un avertissement. L'idée qu'on ne l'entende pas lui est insupportable. Elle cherchera tous les moyens possibles pour s'exprimer, jusqu'à contaminer le cerveau et parasiter son univers pour lui dire : « J'ai mal », pour que tout en lui absorbe la douleur. Et le maître des artifices en est le grand prêtre. Souvent, je me demande : « À quoi me servent-ils, ces lieux qu'il invente pour me parler ? » Ils ne correspondent en rien à ce que les infirmiers appellent la douleur. « Pouvez-vous noter votre douleur de 1 à 10 ? » voilà ce que me disaient les infirmières il y a un siècle, quand j'étais un jeune homme qui avait eu soudain un grave problème de santé. Et je notais sagement une douleur que je croyais terrible. Mais maintenant que je suis une masse d'homme, un aventurier perdu, un tueur, je sais qu'elles n'y connaissent rien. Pour commencer, elles feraient mieux de présenter un nuancier, l'image serait plus proche de la réalité. Sur son échelle, les gradations sont importantes. Mais, surtout, je sais maintenant qu'elle est un monde sans frontière, qu'elle peut surgir à n'importe quel moment et vous lâcher quelques minutes plus tard, haletant, pantelant. Il m'observe alors, sûr de sa victoire. Je ne peux pas lui échapper. Il est son messager.

Tu vois, ça m'obsède. Je n'arrive pas à les évacuer, lui et les autres, les milliers de fous que j'ai croisés sur mon chemin. Ils reviennent me prendre par la main. Aurais-je pu agir autrement ? Être plus digne, moins haineux ? Je te laisse juge, mon ami. Je ne sais pas comment ce serait si je n'avais pas cet enfer qui s'ajoute à la maladie. Si je devais juste attendre, prier, espérer que ça revienne, que je puisse à nouveau bouger un muscle puis un autre, que je reprenne espoir. Mais je me sens cerné. J'ai fait ce que je croyais bon pour survivre. S'il fallait en écraser quelques-uns, tant pis. Je voulais vivre, retrouver ma compagne, retrouver ce qui existait avant. Quelque part, quelqu'un doit savoir que c'est possible, que c'est normal, que c'était mon devoir. Le sens de ma vie, le destin. Comme je déteste ces mots. Je veux croire que tout est devant moi, que, dehors, m'attendent mes futurs enfants, qu'ils piaffent d'impatience à l'idée de m'avoir comme père.

Un jour, mais lequel, ça reviendra. Je voudrais déjà ouvrir les yeux, voir la chambre, ceux qui s'occupent de moi, ceux que j'aime. Et parler avec eux. Leur raconter ce qui m'arrive, du moins essayer de leur dire où je souffre et comment. Leur expliquer ce que parfois je subis. J'entends des pas. Et ça me réjouit. C'est la femme médecin sûrement. Je l'aime bien. Elle a quelque chose dans la voix qui donne de l'espoir. Comme si elle ne s'était pas encore résignée à la misère qui l'entoure, à tous ces gens qui, comme moi, croupissent dans un lit et, parfois, meurent. Parfois pas. Comme si elle croyait qu'elle pouvait nous sortir de là. Maintenant, je sais que cette flamme-là fait la différence entre les hommes. Oui, c'est elle, je reconnais son pas. Quel jour sommes-nous ? Je ne sais pas. Est-elle accompagnée ou seule ? Il y a des gens avec elle, c'est peut-être la visite. L'interne, les externes, la farandole des médecins. Elle regarde mon dossier, elle est sur le côté, à ma droite. « Lui, c'est Boris Razon, vingt-neuf ans, journaliste. Il est arrivé fin juin et son état a empiré très vite dans des proportions rares. Il a fait ce qu'on appelle "une bascule axonale*". Son système nerveux périphérique est détruit. Il a l'Emg* d'un grand brûlé. On attend que ça revienne, on lui a donné tout ce qu'on a pu parce qu'on ne savait pas d'où ça venait : antibiotiques, immunoglobulines. Il est stable maintenant, fait très peu de dysautonomie*. On ne craint plus pour sa vie même si, dans ces cas-là, les complications sont toujours à redouter. Le tout, c'est qu'il sorte de cette phase de plateau. » Et voilà, elle se penche sur moi. Ça n'a rien d'affectueux, elle le fait pour tout le monde. Elle gonfle ses poumons et elle parle d'une voix forte, très forte comme pour réveiller un mort : « BORIS, TU M'ENTENDS ? BORIS, TU M'ENTENDS ? C'EST MOI LE DOCTEUR D. TU ES EN RÉANIMATION À L'HÔPITAL, NOUS NOUS OCCUPONS DE TOI. BORIS, TU M'ENTENDS ? SI TU M'ENTENDS, FAIS-MOI UN SIGNE, N'IMPORTE LEQUEL POUR ME DIRE QUE TU ES LÀ. ALLEZ, BORIS, JE SUIS SÛRE QUE TU ES LÀ.

ESSAIE DE BOUGER QUELQUE CHOSE, N'IMPORTE QUOI. JUSTE POUR NOUS DIRE OUI, JE SUIS LÀ. TU M'ENTENDS, BORIS ? ESSAIE DE BOUGER QUELQUE CHOSE. NOUS SOMMES LUNDI, C'EST LA VISITE ET, DEMAIN, ON VA TE FAIRE UNE PONCTION LOMBAIRE*, TU SAIS CE QUE C'EST, N'EST-CE PAS ? TU M'ENTENDS ? BOUGE QUELQUE CHOSE N'IMPORTE QUOI. CONCENTRE-TOI. BOUGE QUELQUE CHOSE… ALLEZ. »

Un long silence, elle me scrute elle aussi, à l'affût d'un soubresaut de mon corps. « LA PONCTION LOMBAIRE*, C'EST POUR VOIR OÙ EN SONT LES PROTÉINES RACHIDIENNES, SI ELLES ONT BAISSÉ. C'EST UNE DONNÉE IMPORTANTE POUR NOUS. BORIS, TU M'ENTENDS ? ESSAIE DE FAIRE UN MOUVEMENT, METS TOUTES TES FORCES EN MOUVEMENT. » Je voudrais bien mais je n'y arrive pas. Et puis j'ai peur que l'autre ne me surveille. Ils ne ferment jamais la porte. Je ne voudrais pas qu'il sache que je suis là. Mon état me protège. Alors je pousse, je tire, je me concentre pour déclencher un mouvement « C'EST MOI, JE SUIS LÀ », mais je n'y mets pas l'ardeur nécessaire sûrement. De toute façon rien ne vient. « BON, CE N'EST PAS GRAVE. ÇA VIENDRA. JE REVIENDRAI DEMAIN POUR LA PONCTION. » Ils repartent. Elle est suivie par son troupeau de moutons silencieux. Mais l'un d'entre eux est resté. Il m'observe et soudain s'écrie : « Il a bougé ! il a bougé ! »

5 août 2005 11 h 30 – Dr L. (ph)

Introduction de **Neurontin** hier soir ; **diminution** des **douleurs**.
<u>Prescription d'examens – G.</u>
Pas de bilan, ponction lombaire*.

<u>Transmissions ciblées</u>
Genou glacé huit heures.
Nauséeux après change + aspi 17 h.
Selles ++ Exonéré après 1 Microlax.
Diurèse faible ; Ventre gonflé = **globe.**
Sonde changée.

A **poussé** avec ses abdos pendant l'exonération. Sent le **besoin d'aller à la selle.**
A communiqué de manière certaine +++ ; signes de la tête et du menton.

Suivi des pansements

Escarres* **au crâne.**
Nettoyage Amukine.
Vaseline plus compresses.

Évolution : croûte propre.

19 h 14 – Dr L. (ph)

Problèmes relationnels avec les parents
– Mettent en doute le diagnostic de prostatite, car la CRP* est à 15...

– Leur ai dit que leur rôle, certes difficile, était de veiller au bien-être moral de leur fils, et de nous laisser le reste.

C'est mon menton qui a tressauté, vois-tu. À force de crier : « C'EST MOI, JE SUIS LÀ » quelque chose s'est enfin mis en branle. Un mouvement infime. L'externe a dit : « Il a bougé, il a bougé. » Et le maître des artifices a plongé en moi.

J'ai senti mon corps. Une lourdeur différente. Jusque-là, la paralysie était si intense que je ne sentais plus rien, que j'étais devenu un pur esprit. Évidemment, il y avait des douleurs atroces, des sensations d'inconfort mais, dans mon esprit, mon corps n'avait plus de sens. Comment puis-je te décrire ça, mon ami ? Il était devenu une idée à force d'être allongé ainsi et de n'avoir rien pour se rappeler à moi. Ni les sensations, ni le poids, impossible à soulever. C'était comme si ma volonté se diluait dans ce corps absent. Mon esprit avait beau faire comme si mon corps existait encore, la réalité était tout autre. Il n'y avait plus rien. Une kinésithérapeute venait bien tous les jours manipuler mes membres, tenter d'en conserver l'élasticité et d'en préserver les articulations, mais c'est comme si elle jouait avec un pantin. Je n'en souffrais pas. Je l'avais oublié. Mais maintenant, il renaît, car l'ennemi essaie d'entrer. Je le sens, ça ne fait aucun doute. C'est comme si je me dédoublais. Je suis allongé et, jusqu'au coude et au genou, tout va bien. Je suis seul à habiter ce corps. Mais après, cela se dédouble. Il cherche à me pénétrer. Je sens mes mains posées sur mon ventre et deux autres avant-bras à côté de mes flancs. Même chose avec mes jambes. Je ne suis pas fou. Ce n'est pas mon corps mais celui d'un autre. Je ne suis plus bien sûr de savoir si mes mains sont les miennes ou si ce sont les siennes. Cela déclenche en moi des torrents d'angoisse. Je voudrais couper la partie qui vient de lui, comme la tête d'un serpent ou la queue d'un lézard. Il essaie de prendre ma place, d'occuper mon corps, de me contrôler. Nous luttons pied à pied pour chaque parcelle de mon corps. La guerre de tranchées est à l'intérieur de moi et je n'arrive pas à savoir qui contrôle quel territoire.

18 août 2005 11 h 02 – Dr L. (ph)

Poursuite de la récupération neurologique : arrive presque à fermer les yeux. **Amélioration de l'oculomotricité** avec disparition de la diplopie* mais n'atteint pas la position extrême. Persistance d'une **paralysie du facial inférieur** des deux côtés. Mouvements du chef mais pas contre pesanteur. Élévation des épaules. **Contraction** sans déplacement au niveau de la racine des MI. **Sensibilité tactile et à la piqûre récupérée jusqu'aux extrémités. Ventilation spontanée à l'épreuve du débranchement.** CV estimé à 80 ml. Sur le plan biologique, persistance d'une **élévation de la CRP* à 15. Fièvre à 38° par intermittence.**

Parfois, je sens son poids dans mon dos comme si sa carcasse avait une autre densité que la mienne, comme s'il était fait d'os plus solides et plus denses. J'ai l'impression d'étouffer dans ces moments, que ma chair va imploser sous la pression de son squelette. Qu'espère-t-il obtenir ainsi ? Croit-il pouvoir prendre le contrôle de ma vie et me réduire au silence ? Je sens qu'il fait son nid, il s'incruste en moi, c'est comme si le rapprochement entre nos corps s'opérait de manière progressive.

L'après-midi, quand je suis seul, que je somnole, ses membres me font souffrir, ils sont comme des fantômes lancinants. Ils m'empêchent de me reposer et de dormir, je ne peux que penser à eux et je n'arrive plus à savoir lesquels sont les miens et lesquels sont les siens. Je sens comme un poids qui s'empare de moi, une espèce de gangue qui me compresse partout, surtout aux articulations. Je suffoque, je voudrais tourner sur moi-même, comme pour chasser une mauvaise insomnie la nuit. Le problème, c'est que ce n'est pas une idée mais un corps qui m'occupe. Il s'est installé en moi comme un ver dans le fruit. Sur les draps jaunes de l'Assistance publique, mon esprit tâtonne à la recherche du lieu où nous sommes arrimés. Comment et par où s'est-il accroché ? Je passe mon corps en revue, mais il a un peu perdu de son évidence, dans mon esprit fatigué, ses contours ont disparu. Ça aussi, mon ami, tu ignores ce que ça veut dire. Ne pas savoir vraiment où tu te trouves, enfin non ce n'est pas ça. Je sais bien où je me trouve. Je suis là et je te parle. Mais ce qui nous relie, ce sont des mots, de la pensée, des choses immatérielles et vertueuses. Ça, je le sais, je suis dans chacun des mots que je prononce. Mais cette pensée n'existe pas seule. Elle est portée par cette entité morte qui la supporte et je ne la connais plus. Je ne sais plus où sont mes mains, je ne sais plus quelle jambe est sur l'autre si on les croise. Je n'ai plus d'images de moi-même, mon ami. Je ne te parle pas de cette représentation qu'on a de soi quand on ferme les yeux, non, je te parle d'autre chose, de cette certitude que ta cuisse a une forme et un sens, que cette somme de certitudes dessine ton corps. Ce que les autres appellent « toi ». Moi je me fonds dans le paysage en ce moment. Je ne saurais pas te dire ce qui m'appartient ou ce qui vient du drap. Je suis complètement perdu.

J'ai l'impression que mon cerveau est un labyrinthe, que mon corps en est un autre et que je ne parviendrai jamais à m'en sortir. Dans mon corps, il se tait maintenant, il est tapi dans mes os et dans mes muscles. Qu'y puis-je ? Cela doit être sa place.

30 août – Compte rendu d'hospitalisation – Dr O. N.

Évolution clinique
Sur le plan **neurologique ;** l'évolution est **lentement favorable.** La sensibilité récupère progressivement dans tous les territoires nerveux. Persistent des **paresthésies** nécessitant un traitement par Gabapentin. Sur le plan moteur, le patient récupère une motricité axiale et périphérique des membres supérieurs (2/5) et inférieurs (1/5). La CV mesurée le 27 août est à 12 %.

Sur le plan infectieux. Le patient a présenté un premier épisode fébrile 48 heures après l'admission. Le bilan infectieux ne montre pas d'autre point d'appel qu'urinaire, avec des urines troubles et concentration de S.epidermidis et de leucocytes. L'échographie montre une prostate hyperhémiée et hypoéchogène. Après avis d'urologue de la Pitié, l'épisode est traité comme une prostatite, malgré le syndrome inflammatoire biologique modéré.

Une antibiothérapie par Targocid et Amiklin pendant cinq jours est débutée le 9 août ainsi qu'un lavage vésical et un changement de sonde. L'évolution est également émaillée par une pneumopathie* bilobaire gauche à P.aeruginosa et E.cloacae sauvages, nécessitant la mise en route d'une antibiothérapie par Tazociline et Amiklin pendant 3 jours.

Épilogue

Maintenant je le sais. Il fallait que je l'accepte si je voulais vivre. Il n'était ni mon ami, ni mon ennemi, cet homme qui est entré en moi. Toute ma vie, il était resté dans l'ombre, je l'avais tenu en respect, tout doux la bête. Et puis, quand je me suis effondré, il a surgi, il a pris tout l'espace, il a occupé mon cerveau, la seule chose vivante qui demeurait. Je lui avais laissé le champ libre. La bête est intelligente, elle est vive, elle communique, elle est le « maître des artifices ». Cette histoire, ces hallucinations, elle les a nourries sans cesse comme on entretient une chaudière, pour tromper la mort. Pour m'empêcher de sombrer dans le néant. Elle m'a permis de surnager au milieu du chaos. Elle a mis mon supplice en image, elle en a fait une histoire. Je te l'ai déjà dit, la douleur est un langage, comme l'inconscient.

Après ça, j'aurais voulu l'oublier, la sortir de ma vie. Reprendre là où j'avais laissé les choses. Le vocabulaire médical est clair : « récupérer », dit-on. En ces premiers jours d'août, je lui ai livré combat. Je voulais oublier. Tu vois, j'avais cru pouvoir tenir tout ça loin de moi, comme si c'était une aventure étrange. Je me trompais lourdement. Et, pour vivre à nouveau, j'ai dû l'accepter. Je ne pensais pas que cela me changerait autant, je pensais que cela n'affecterait que mes idées, ma perception de la vie. Encore une erreur. La métamorphose a été complète. Elle a modifié ma voix, mon visage, mon corps, tout. Souvent, il m'arrive de chercher une trace de celui d'avant. Il est là partout bien sûr, dans les attitudes, les expressions, dans l'idée des mouvements. Mais il est un autre. Je ne l'ai pas tout de suite compris, crois-moi.

Je m'en suis rendu compte des mois plus tard, lorsque je suis sorti de réanimation, en janvier. Je te laisse faire le compte du temps qui s'est écoulé. J'ai progressé lentement comme un enfant à partir du moment où il est entré en moi. J'ai commencé à pouvoir échanger des mots. Ils alignaient les lettres de l'alphabet et je leur faisais signe pour les arrêter. Puis j'ai commencé à parler quand ils dégonflaient le ballon de ma trachéotomie*. Mon premier mot a été pour Caroline : « Mon amour », d'une voix que je ne connaissais pas. Certains de mes membres se sont mis à bouger. Et j'ai fait dans mon lit de réanimation des danses de paralytique.

Car les frémissements sont devenus des contractions, les contractions, des mouvements, et les mouvements, des gestes. Mais c'est une autre histoire. Le plus long a été de se débarrasser du respirateur. Pour m'entraîner, on le débranchait et c'était comme si on m'avait laissé trop longtemps sous l'eau. Je pompais l'air comme un poisson. Ce combat-là, je ne te le raconterai pas en détail, nous sommes des milliers à l'avoir vécu, des milliers à avoir lutté pied à pied pour retrouver un semblant de vie. Tu sais, durant ces six longs mois, je ne me suis pas vu une fois. Je savais bien que j'avais maigri. Mon corps n'était plus fait que d'os. Je n'avais rien mangé de solide pendant tout ce temps. Je pesais quarante-sept kilos. Mais je refusais de me voir.

Ce jour-là, pour la première fois, mes parents ont eu l'autorisation de me sortir de ma chambre. C'était simple, il suffisait de me mettre dans un fauteuil roulant et de me faire rouler. Il n'y avait rien à craindre. Ils étaient si heureux de pouvoir me mener dehors, de sortir de mes quelques mètres carrés de souffrance. Ils m'ont emmitouflé dans une couverture, ils se hâtaient comme si cette sortie était le plus merveilleux pique-nique dont nous puissions rêver. Nous allions juste descendre dans le hall car il faisait froid dehors ; nous étions en plein hiver. Mais j'allais quitter la chambre, le symbole était si fort. C'était, pour eux, la plus belle des promesses. Ils me poussaient sur cette chaise roulante à travers le couloir au lino bleu. De part et d'autre, dans les chambres, des malades comme moi. Tous atteints de problèmes neurologiques, tenus par des tubes mais plus mobiles, ressemblant à des êtres vivants, debout parfois. Entourés des draps jaunes et des alaises vertes de l'Assistance publique, accrochés à un pied à perfusion.

Nous avons attendu l'ascenseur. Je regardais le couloir, la salle d'attente avec des yeux interloqués. C'était donc ici que s'était produit l'autre acte de ma maladie. Ma femme, ma famille, mes amis rassemblés chaque jour en ce lieu, attendant de pouvoir me voir, espérant un léger mieux. Lorsque l'ascenseur est arrivé avec sa petite sonnerie, mes parents ont voulu entrer vite mais il y avait trop de monde. Ils avaient peur de me coincer dans la porte et ils étaient gênés par le fauteuil, ne savaient pas trop comment le manœuvrer. Ils m'ont poussé tout droit à l'intérieur car les autres passagers avaient fait de la place. J'ai regardé autour de moi : une vieille femme avec des seins en ogive, un couple d'Algériens d'une soixantaine d'années et un jeune type à l'air de rien en fauteuil roulant à côté. Je cherchais mes parents dans le miroir. Et soudain j'ai compris. Les larmes ont commencé à couler sur mes joues. Des larmes en cascade. Des larmes de rage. Le jeune type, c'était moi. Cet adolescent dans le miroir, c'était moi. Je ne m'étais pas reconnu. Je scrutais cet homme que je ne connaissais pas. Ces traits tombants et en aiguille, ces yeux vides écarquillés, cette pâleur et ces cheveux raides et gras qui ornaient mon crâne comme le cul d'une poule. Et j'avais l'air si jeune. Je pleurais et pleurais. Mes parents ne comprenaient pas la raison. Que se passait-il ? Ils avaient peur de m'avoir cogné ou quelque chose. Ils ne pouvaient pas comprendre, cela faisait des mois qu'ils me voyaient ainsi. Pouvaient-ils soupçonner que cela me ferait un choc ? La porte de l'ascenseur était en train de se refermer. Je l'ai vu alors dans l'embrasure. Lui, enfin moi. Celui que j'étais, appelle-le comme tu veux, Boris. Il était beau et fringant, il portait mes vêtements. Il n'entrerait pas dans cet ascenseur. Il m'a fait un signe discret de la main pendant que mes parents me harcelaient de questions et tentaient d'assécher mes larmes. Mais non, elles ne cesseraient pas de couler. Dans la chambre, nous pouvions être deux. Ici, au-dehors, il ne pouvait en rester qu'un. Mon visage, ma voix, mes expressions avaient disparu dans la bataille. L'ascenseur descendait vers le hall. Je pleurais durant les trois étages sous l'œil inquiet des autres passagers. Je pleurais sur l'évidence de ce qui m'était arrivé : un autre avait pris possession de moi.

Du temps a passé. Beaucoup de temps. Dans quelques jours ou quelques semaines, quand la vie m'en laissera le temps, j'irai changer ma carte d'identité périmée. La photo imprimée dessus est encore l'ancienne, c'est la dernière trace du passé. Les autres ont disparu, éliminées par quelques années de nettoyage. J'ai repris ma place. J'ai fait l'amour à ma femme, repris le travail, élevé mes belles-filles, consolé ma mère, passé mon temps à entretenir la confusion. Et ça marche. Pour eux, je suis le même. La maladie est passée par là mais ce n'était qu'une maladie. Elle a laissé des séquelles, c'est tout. Ils n'ont pas compris : c'était lui ou moi, lui et sa beauté solaire, sa joie de vivre, son plaisir débordant à fumer, à boire, à prendre ce qui était devant lui, sa démarche de fauve, sa confiance et sa capacité à dire : « J'ai eu beaucoup de chance » ; ou moi, boiteux, handicapé, insensible, perdu dans d'insondables abîmes, allaité par la conscience du meurtre, de la haine, de la violence, moi et mes putes, mes monstres, les démons qui s'épanouissaient dans mon corps. Moi et mon cirque d'hommes-oiseaux. Il ne pouvait en sortir qu'un. Et je suis celui-là. Lui le joyeux, le chanceux, le normal, nous l'avons laissé à l'entrée de l'ascenseur.

Quand l'employé de la mairie me tendra ma carte d'identité en maugréant, il ne se doutera pas qu'il est en train de le rayer de la carte. Pour tous, Boris, ce sera moi, ce visage un peu immobile, les joues tombantes et les lèvres à peine assez fortes pour esquisser un sourire, ce visage mangé par une mauvaise barbe. Combien de fois, dans une rue sans histoire, ai-je croisé une personne du passé, un vieil ami, une connaissance, qui m'a ignoré car je n'étais pas lui. La mue sera bientôt complète. Il n'existera plus que dans les souvenirs, et l'oubli aura raison de lui. Parfois, quand je suis seul trop longtemps ou que les circonstances me mènent à l'étranger sans ma famille, dans ces moments où j'affronte mon corps pour qu'on ne me remarque pas, pour que je passe inaperçu, au moins aussi peu visible que les autres humains, je le vois, lui. Il apparaît au détour d'une rue, comme une ombre. Il marche comme d'autres courent, bien en appui sur ses jambes, sautant presque d'un pied sur l'autre comme si le monde lui réservait encore une bonne surprise. J'admire son port altier, son visage fin de chat, ses yeux plissés de fumeur. Et ce sourire insolent qui laisse voir des dents tordues comme les miennes. Souvent je vois dans son sillage, ou à ses côtés, une, deux ou trois petites silhouettes qui trottinent. Ses enfants qu'il guide, sur le chemin de la vie. Ceux Que Je N'aurai Pas. Les fantômes que nous avons laissés. Car les assassins n'ont pas d'enfants.

Je suis un homme sans âge et un meurtrier car j'ai abandonné derrière moi celui qui aurait pu ou dû vieillir. Mais je ne suis pas le meurtrier que je croyais, je suis d'un autre type. Je suis de ceux qui tuent parce qu'ils en veulent encore un peu, parce que, croient-ils, au bout du couloir, il y a peut-être quelque chose de bon. Je suis de ceux qui tuent par amour. Et cela, je le lui dois. Cette énergie qui vous pousse à faire encore un pas, à poursuivre l'aventure, à braver sa peur au milieu du carnage, c'était la sienne. Elle m'a guidé jusqu'à la sortie. Sans ça, sans l'amour des siens, nous nous serions éteints dans les premières heures de l'été. Bien sûr, quand, au hasard d'une visite ou d'une fête, je tombe sur une photo de lui, les larmes me montent aux yeux. Je ne suis pas un monstre. Mais je n'avais pas le choix. Longtemps j'ai couru après lui, j'ai voulu lui ressembler, retrouver ce qu'il était. Et puis j'ai compris qu'il était trop tard, que je devais le laisser partir. Quand j'ai commencé à écrire ce livre, je voulais raconter cette histoire, ce qui m'était arrivé et me semblait fou. Je me croyais lui. Maintenant qu'il s'achève, je sais que je voulais lui rendre, une dernière fois, hommage. Après l'avoir tué. Et que ce livre, au fond, porte son goût de la vie.

Je vais maintenant t'avouer le plus surprenant. Tu ne me croiras pas et pourtant c'est vrai. Il y a des années, j'ai écrit un roman jamais publié. *Le Cas Z*. Une histoire que j'avais inventée de toutes pièces. L'histoire d'un homme qui était pris d'une étrange maladie, une maladie inconnue. Sans qu'il s'en rende compte, sa santé se dégradait. Cet homme éprouvait le besoin impérieux de faire des prises de son et d'écrire des histoires inspirées de ce qu'il enregistrait au pied de son immeuble. Mais bientôt son état s'aggravait, il ne mangeait plus, ne buvait plus, se faisait dessus. Il se trouvait mort sans être mort. Un psychiatre était chargé d'analyser ses écrits, d'en trouver le sens, de comprendre ce qui l'avait rendu ainsi. Je te passe les détails car il est tard. Mais, entre mon histoire et ce roman, il y a tant de points communs, des mots, des structures, des histoires. Je te l'ai déjà dit, je ne suis ni un mystique ni un médecin. Mais je ne peux pas fermer les yeux. Mon histoire était inscrite quelque part en moi, les mots étaient allés la déterrer.

Nous arrivons à la fin maintenant, alors ne me laisse pas tomber. Je ne te demande pas de croire aux forces de l'esprit, à notre capacité à entrevoir l'avenir. Je te propose de sentir l'animal qui sommeille en nous. J'ai été le théâtre d'un combat sans merci. Sous mes yeux, la vie et la mort n'ont cessé d'en découdre et je les ai vues. Chacune des deux était en moi. Je suis le fruit de ce combat et je voulais en garder une trace. Ce livre est notre palladium.

Lexique

Apex : l'extrémité conique d'un organe, le sommet du poumon en particulier. L'apex pulmonaire dépasse le niveau de la première côte et se situe dans le creux sus-claviculaire.

Aréflexie : absence de réflexes, disparition des réflexes ostéo-tendineux.

Asthénie : faiblesse générale se traduisant par une diminution du pouvoir de fonctionnement de l'organisme.

Ataxie : pathologie neuromusculaire qui consiste en un manque de coordination fine des mouvements musculaires. Elle est liée à une atteinte du système nerveux.

Atélectasie : affaissement d'alvéoles pulmonaires dépourvues de leur ventilation.

Atropine : substance dite alcaloïde, issue de la belladone. L'atropine permet une accélération du rythme cardiaque et est parfois utilisée à cet effet. L'origine du nom atropine est liée à la troisième Parques, Atropos, celle qui coupe le fil et détermine la mort.

Axonale (voir Axone)

Axone : prolongement du neurone qui conduit le signal électrique du corps cellulaire vers les zones synaptiques.

Bradycardie : ralentissement du rythme cardiaque par rapport à la normale, c'est-à-dire inférieur à 50 pulsations par minute.

Brucellose : également appelée fièvre de Malte, cette maladie transmise par les animaux est due à des bactéries du genre *Brucella*. Chez les humains, c'est une maladie aux expressions très variées, de longue durée et par poussées successives.

Bursite : inflammation d'une bourse séreuse. Elle se manifeste par une tuméfaction rouge, inflammatoire et très douloureuse au niveau d'une articulation.

Cathéter (KT) : le cathéter est un tube de largeur et de souplesse variables destiné à être inséré dans la lumière d'une cavité du corps ou d'un vaisseau sanguin et qui permet le drainage ou l'infusion de liquides.

Ciguatera : intoxication importante liée à la consommation de produits de la mer, notamment de poissons contaminés par des toxines marines produites par une algue microscopique (*Gambierdiscus*). Les symptômes de la ciguatera apparaissent quelques heures après l'ingestion et peuvent durer des mois, voire des années avec des paralysies et des dysfonctionnements du système nerveux.

CPK : la créatine phosphokinase est une enzyme que l'on retrouve dans différents types de tissus. Elle catalyse la libération d'énergie.

CRP : protéine qui reflète une inflammation aiguë. Elle s'élève très rapidement au cours de processus inflammatoires.

Cytomégalovirus : virus responsable d'infections passant le plus souvent inaperçues. Il se transmet par toutes les sécrétions corporelles.

Décubitus : terme médical décrivant un corps allongé à l'horizontale. On distingue le décubitus latéral – la personne est allongée sur le côté –, le décubitus ventral – à plat ventre –, et le décubitus dorsal – sur le dos.

Désaturation : diminution de la saturation en oxygène dans le sang.

Diplopie : perception simultanée de deux images d'un simple objet. C'est la double vision. Lorsqu'elle touche les deux yeux, elle peut être le signe d'une atteinte neurologique.

Diprivan (ou Propofol) : agent anesthésique intraveineux d'action rapide utilisable pour l'induction et l'entretien de l'anesthésie.

Douleurs neurogènes : douleurs liées à la lésion ou à la destruction d'une structure nerveuse périphérique ou centrale. Elles sont peu sensibles, voire insensibles aux antalgiques périphériques et centraux. Elles se caractérisent par des sensations de brûlure, de fourmillement, voire d'arrachement ou de striction, et par l'existence fréquente de paroxysme de courte durée : décharges électriques, élancements qui peuvent prostrer le malade.

Dysautonomie : ensemble d'affections entraînant un dysfonctionnement du système nerveux autonome. L'atteinte peut être diffuse ou porter sur une fonction précise du système nerveux autonome (contrôle de la tension artérielle).

ECBU : examen visant à rechercher la présence de cellules et de bactéries dans l'urine.

Échelle de la douleur (EVA) : méthode la plus utilisée et la plus fiable pour l'auto-évaluation de la douleur. Deux extrémités – absence de douleur et douleur insupportable – délimitent la réglette sur laquelle le patient évalue sa douleur.

Électromyographie (EMG) : technique médicale qui permet d'enregistrer les courants électriques qui accompagnent l'activité musculaire. Elle permet d'étudier le système nerveux périphérique, les muscles et la jonction neuromusculaire.

EMG (voir Électromyographie)

Épanchement pleural : présence d'un liquide dans la cavité pleurale ou plèvre.

Escarre : lésion cutanée liée à une compression des tissus mous entre un plan dur et les saillies osseuses. C'est une plaie de dedans à base profonde, ce qui la différencie des abrasions cutanées. La cicatrisation n'est pas spontanée.

EVA (voir Échelle de la douleur)

Fenta (voir Fentanyl)

Fentanyl (Fenta) : analgésique opioïde. Son potentiel analgésique est quatre-vingts fois supérieur à celui de la morphine.

Fibrillation : activité anormale des fibres musculaires qui présentent une contraction malgré une absence d'innervation.

Gaz du sang : analyse de laboratoire qui permet d'évaluer la fonction métabolique et respiratoire d'un patient. Très utilisée en pneumologie et en réanimation.

Guillain-Barré : maladie auto-immune inflammatoire du système nerveux périphérique. Elle se caractérise principalement par une faiblesse des membres inférieurs et supérieurs, voire, parfois, par une paralysie. Elle peut être partielle ou totale. C'est une maladie rare.

Hémocs (voir Hémoculture)

Hémoculture (Hémocs) : examen sanguin mis en culture à partir de trois prélèvements réalisés à quelques heures d'intervalle, notamment lors d'un pic de fièvre ou lors de frissons. Il permet d'identifier les germes.

Hypoesthésie : diminution de la sensibilité.

Isocore : se dit de pupilles ayant exactement le même diamètre.

KT (voir Cathéter)

Lyme : la maladie de Lyme est transmise par des morsures de tique. Elle peut affecter plusieurs organes et évoluer sur plusieurs années ou décennies. Les symptômes peuvent être très différents.

Lymphangite : inflammation des vaisseaux lymphatiques qui se traduit par une rougeur locale avec œdème.

Méningo-radiculite : inflammation de la méninge et des racines des nerfs rachidiens.

Mydriase : état de dilatation anormale de la pupille, bénin ou pathologique.

Neurogène (voir à Douleurs neurogènes)

Neurontin : médicament utilisé dans le traitement des douleurs neuropathiques périphériques.

Normacol : laxatif administré par voix rectale. Il ramollit les selles et déclenche une contraction du rectum.

Œdème : gonflement d'un organe ou d'un tissu dû à une accumulation ou à un excès de liquide dans le milieu interstitiel. Il peut être dû à de nombreuses causes.

Paralysie oculomotrice : paralysie des muscles de l'œil.

Parésie : paralysie partielle entraînant une simple diminution de la force musculaire.

Parétique (voir Parésie)

PCO2 : pression partielle de gaz carbonique dans les gaz du sang. Trop élevée, elle est le signe d'une mauvaise oxygénation.

Péricardite : inflammation de la membrane entourant le cœur.

PL (voir Ponction lombaire)

Pneumopathie : maladie des poumons aux origines et aux symptômes divers.

Ponction lombaire (PL) : examen médical destiné à recueillir le liquide céphalo-rachidien (LCR) par une ponction dans le dos entre deux vertèbres.

Proprioception : ensemble des récepteurs, voies et centres nerveux impliqués dans la perception de soi-même, consciente ou non, c'est-à-dire de la position des différents membres et de leur tonus en relation avec la situation du corps. C'est la sensibilité très profonde du corps à lui-même.

Proprioceptive (voir Proprioception)

Rivotril : médicament issu d'une molécule aux propriétés sédatives, hypnotiques, anxiolytiques et anticonvulsivantes.

SaO2 : saturation artérielle en oxygène. Au-dessus de 96 % en général.

Sondage naso-gastrique : introduction d'une sonde dans l'estomac par voie nasale pour administrer des produits directement dans l'estomac.

Tégéline : immunoglobuline humaine.

Tétraplégie flasque : perte complète des mouvements des membres. Elle est qualifiée de flasque du fait d'un relâchement des muscles ou d'une abolition des réflexes.

Trach (voir Trachéotomie)

Trachéotomie (Trach) : ouverture pratiquée de manière chirurgicale dans la trachée haute sous le larynx afin d'assurer une perméabilité permanente des voies aériennes. Elle est pratiquée le plus souvent pour permettre la ventilation mécanique sur une longue période.

Ventilation contrôlée : travail respiratoire effectué intégralement par respirateur.

Remerciements

Peu de livres doivent autant à ceux qui ont entouré son auteur. Car avant le livre, il y a la vie. Et l'occasion de rendre hommage à celles et ceux qui l'ont sauvé. Aux médecins et aux infirmiers qui font la force et la noblesse de l'hôpital public français, de notre système de santé si précieux. J'ai eu la chance de naître en France et de comprendre, dans les dernières extrémités, ce que cela signifie.

Mais, au-delà du système, il y a les femmes et les hommes dévoués qui, chaque jour, se battent pour maintenir en place un édifice branlant. Les infirmiers des services, bien sûr, mais aussi ceux du pool, les intérimaires, et les aides-soignants, ces piliers pour les patients. En quatorze mois, je suis passé dans quatre services – la réanimation de la Pitié-Salpêtrière, la réanimation de l'hôpital Raymond-Poincaré de Garches, le service de neurologie et le service de médecine physique et de réadaptation de la Pitié-Salpêtrière. Quatre services, ce sont autant de médecins, de chefs de cliniques, d'internes, d'infirmiers, de kinésithérapeutes, d'aides-soignants, d'opérateurs radio, de techniciens, de cadres de santé, de psychologues, d'assistantes sociales... Je veux remercier tous ceux qui, de près ou de loin, ont croisé mon chemin à ce moment et ont contribué à me maintenir en vie.

Je ne saurais jamais assez saluer les médecins qui m'ont soigné, les docteurs Francis B. et Sophie D. et leur formidable équipe. J'ai tant de prénoms qui me reviennent en mémoire, qui affluent avec les souvenirs de petits mots ou de menus gestes. Je ne prendrai pas le risque ici de les énumérer de peur, après sept années, d'en oublier un. J'entends les phrases d'une kinésithérapeute, la voix douce d'une infirmière, le sourire généreux d'un infirmier, le cœur hardi d'une aide-soignante et la profonde générosité d'un autre... Je n'oublierai jamais les attentions des uns et des autres, les soins, les marques d'affection, les cadeaux, la vie, la vraie, qui permet d'échapper à la maladie. Pour chacun j'ai une pensée amicale et une profonde reconnaissance. Les petits canards sont toujours là !

Pendant ces longs mois, leurs joies, leurs états d'âmes, leurs histoires, leurs troubles ont peuplé mon monde, je vivais avec eux au rythme de la *kompa* que parfois – quand c'était trop dur – ils écoutaient en « réa ». Je ne pouvais quitter ni mon lit, ni ma chambre mais ils apportaient un air frais et c'était puissant et enivrant. Combien d'autres, comme moi, ne les ont pas oubliés mais ont si peu l'occasion de le leur dire ? Alors je voulais en profiter. Et m'incliner devant Fatiha, pour qui je fais une exception, car à elle seule, elle vous réconcilie avec l'humanité.

J'ai eu la chance inouïe d'avoir autour de moi tant de monde, de gentillesse, de présence, d'amitié, d'attention, tant d'apparitions impromptues, de grâce… Tant d'amour. Je ne me suis pas battu seul contre la maladie. Ce livre dit assez ce que je dois à Caroline, ma femme maintenant ; à ma mère et à mon père, indéfectibles à mes côtés ; à ma sœur et à Mathieu si présents et si forts ; à Joseph et à son humanité ; et à Morgan l'ami combattant. Il y avait un clan, une tribu dans la salle d'attente de la réanimation. La mienne. Je ne la savais pas si grande, si soudée. Ils étaient tous réunis et si souvent… Ils m'ont dit leur soutien de tant de manières, il en reste tant de traces. Alors, comme dans « ABC Bobo » qui a su me tirer d'un mauvais pas, je voudrais remercier Alexandre, Alexis D., Alexis M., Andreï, Aristide, Benjamin C., Benjamin F., Berty, Bidou, Bruno, Carlo, Céleste, Clotilde, Dan, Elsa, Emmanuelle, Éric, Erwann, Fabien, Fernande, Florence, Georges, Grégoire, Gro, Jean-François, Jean-Marie, Julien, Jérémie, Karen, Lolita, Lolo, Marie-Louise, Mark, Martin, Maya, Michelle, Nathan, Olivier, Ralphy, Simon, Susie, Thomas C., Thomas K., Ulysse, Valérie, Virginie, Yann, Yolande. Les amis, vous m'avez permis de traverser un désert et de ne pas m'y perdre. Vous m'avez, chacun à votre manière, tenu à bout de bras. C'était long et vous ne m'avez pas lâché. C'est inscrit en moi et ça le restera.

Et puis, il y a Salomé et Romane, si petites dans cette tourmente. Merci les filles – je sais combien tout ça était dur et violent – d'avoir effacé la douleur d'un coup de gomme magique.

Je pense aussi à ceux qui étaient là, de loin, mais qui étaient là, vraiment. Je n'omettrai pas les lettres, les mots, les disques, les livres, les carnets, les jeux reçus de mes camarades du monde.fr. À chacun d'entre eux, je voudrais dire un profond « merci ». Ils m'ont attendu, ne m'ont pas abandonné à mon sort et je n'en reviens toujours pas. Les retrouver fut une joie et un honneur.

Ce livre a ceci de particulier qu'il doit à ceux qui m'ont permis de rester en vie. Mais il n'aurait pas pu exister sans la persévérance d'un bout à l'autre de Joseph venu enregistrer mon récit quand je ne pouvais rien faire seul. Sans les lectures affectueuses et sans complaisance d'Alexandre dont les conseils m'ont guidé tout du long ; personne n'aurait pu être plus juste. Sans l'amour de Caroline qui a bravé la réalité et la fiction pour m'aider à partager cette histoire. Sans l'œil de Maya qui a pointé du doigt les écueils, sans les encouragements de Pierre qui y a toujours cru, sans les mots de Jean-François « ça vaut la peine d'être lu donc d'être écrit », sans les écrits de Paul qui a vu la promesse mais n'a pas cru à sa réalisation, sans la confiance de Jean-Marie et les analyses de Fabien, sans l'émotion de Pascale, sans la détermination de Fabienne qui m'a permis de terminer, sans les mots galvanisants d'Annette, de Mathieu et de Dan, sans Carlo et Lolita qui m'ont hébergé pour la dernière ligne droite, sans la lecture fiévreuse et bouleversante d'Alexandre et de Christophe. Sans la relecture salvatrice de Martine, si fine et amicale. Sans celle, si apaisante, de Véronique et Joseph, toujours.

Et puis il y a Jean-Marc, l'éditeur de ce livre, que la maladie a emporté. Jean-Marc, son cœur battant et son élégance, ses mots intenses, la joie des quelques moments partagés. Et sa lecture qui vous transforme.

Merci enfin à Émilie et aux équipes de Stock pour leur engagement et leur soutien.

Il a fallu plus de sept ans pour que tout cela se cristallise et devienne cet objet. Merci est un bon mot pour le finir.

Cet ouvrage a été composé
par Nord Compo à Villeneuve-d'Ascq
et achevé d'imprimer en septembre 2013
sur Roto-Page
par l'Imprimerie Floch
à Mayenne
pour le compte des Éditions Stock
31, rue de Fleurus, 75006 Paris

PAPIER À BASE DE FIBRES CERTIFIÉES

Stock s'engage pour l'environnement en réduisant l'empreinte carbone de ses livres. Celle de cet exemplaire est de :
1,700 kg éq. CO_2
Rendez-vous sur www.editions-stock-durable.fr

Imprimé en France

Dépôt légal : septembre 2013
N° d'édition : 03 – N° d'impression : 85430
51-51-1681/9